HEYNE <

Jen Frederick

A WAY *to* LOVE

WILHELM HEYNE VERLAG
MÜNCHEN

Die Originalausgabe HEART AND SEOUL erschien erstmals 2021
bei Berkley, an Imprint of Penguin Random House LLC, New York.

MIX
Papier | Fördert
gute Waldnutzung
FSC® C083411
FSC
www.fsc.org

Penguin Random House Verlagsgruppe FSC® N001967

Deutsche Erstausgabe 01/2023

Neumarkter Str. 28, 81673 München
Redaktion: Lisa Scheiber
Printed in Germany
Umschlaggestaltung: bürosüd, www.buerosued.de
Satz: Uhl + Massopust, Aalen
Druck und Bindung: CPI books GmbH, Leck
Printed in the EU
ISBN: 978-3-453-42439-5

www.heyne.de

Für meinen Bruder Andrew,
den einzigen Mensch in meiner Welt,
der wie ich aussah

KAPITEL EINS

Als ich zehn war, machte mein Dad, Pat Wilson, den Witz, dass ich mir mit den Mandeln auch gleich die Tränenkanäle hätte herausoperieren lassen sollen.

Mir war klar, warum er das sagte. Ich habe früher ständig geweint. Ich habe geweint, wenn einer meiner Buntstifte zerbrochen ist. Ich habe geweint, nachdem die rote Schleife, die mein Lieblingsteddy um den Hals getragen hatte, verloren gegangen war. Ich habe geweint, als ich die Hintertür zur Garage kaputt gemacht habe. Wegen Letzterem vergoss mein Dad allerdings auch beinahe eine Träne. *Hara, du bist acht Jahre alt. Wie in Gottes Namen hast du es geschafft, die Tür aus den Angeln zu reißen?*

Ich weiß nicht mehr, wie ich es geschafft habe, die Tür kaputt zu machen, aber der Grund, warum ich mit zehn in Tränen ausgebrochen bin, ist mir noch lebhaft in Erinnerung. Warum mich ausgerechnet dieses Ereignis aus meiner Kindheit verfolgt, kann ich nicht sagen, aber Beschämung haftet an einem wie Alleskleber. Meine Grundschultage bilden ein Mosaik aus verlorenen Buchstabierwettbewerben, Röcken, deren Saum hinten in meiner Strumpfhose steckt, Pullis mit Erdnussbutterflecken, die ich den ganzen Tag nicht bemerke, der Tatsache, dass mein Schwarm am selben Tag, an dem ich ihm mein Viertklässlerinnenherz schenken wollte, einem anderen Mädchen seine Liebe erklärte, und dann noch das. Ich würde gerne sagen, dass all diese Dinge in der Vergangenheit wehgetan haben und ich inzwischen drüber hinweg bin, aber ich erinnere mich an jedes einzelne Ereignis, als hätte es gestern stattgefunden.

Es war sonnig, und das Schuljahr neigte sich dem Ende zu. Wir konnten es nicht abwarten, dass die Sommerferien begannen, und vielleicht war das der Grund, warum wir alle leicht reizbar waren. In der Pause fragten mich ein paar dämliche Kinder, ob mein Gesicht so flach sei, weil ich mit dem Gesicht nach vorn vom Hangelgerüst gefallen war. Erstens, ich war nie vom Hangelgerüst gefallen. Ich war schon damals, mit zehn, unglaublich stark und hangelte mich im Spurt die verdammten Streben entlang. Zweitens, mein Gesicht ist nicht flach. Wenn überhaupt, ist es zu rund. Mein Kinn ist geschwungen, und meine Wangen sind voll. Ich habe keine prominente Stirn oder tief liegende Augen, aber das ist nichts Schlimmes. Es ist etwas Asiatisches. Obwohl ich all das wusste, schämte ich mich für mein Gesicht, also weinte ich, weil das Zehnjährige nun mal tun, wenn ihre Gefühle verletzt werden.

Die Tränen störten meinen Dad.

Hara, weinst du wirklich, weil irgendein Kind gesagt hat, dass du ein flaches Gesicht hast? Das ist doch keine große Sache. Tränen werden kein anderes Kind davon abhalten, sich über dich lustig zu machen. Ellen, sag ihr, dass sie aufhören soll zu weinen.

Er hatte recht. Das Weinen änderte absolut nichts, und ein Jahr später schlossen sich meine Tränenkanäle und haben seitdem nie wieder funktioniert. Nicht mal dann, wenn sie es tun sollten. Wenn der Held oder die Heldin in einem Buch stirbt, obwohl alles nach einem Happy End aussah. Oder wenn Allie in *Wie ein einziger Tag* sich erinnert, dass es Noah war, der ihr die Geschichten vorgelesen hat. Oder wenn ich im Bestattungsunternehmen sitze, in dem Dads Körper in einem Sarg im Raum nebenan liegt.

Selbst wenn ich auf Kommando Tränen produzieren könnte, hätte ich heute kaum Grund zu weinen. Seit meinem elften Lebensjahr hatten Dad und ich keine besonders innige Beziehung. Das war, nachdem er beschlossen hatte, dass das ganze Vaterexperiment für ihn nicht wirklich funktioniert. Er war damit beschäftigt gewesen, sich selbst zu finden, was dazu führte, dass er Männerurlaube unternahm, die er sich eigentlich gar nicht leisten konnte, mit Frauen flirtete, die halb so alt waren wie er, und ganz generell dafür sorgte, dass es Mom nicht gut ging. Ich war froh, dass er auf Distanz ging; jegliche Interaktion zwischen meinen Eltern führte nämlich dazu, dass meine Mutter in eine Negativspirale geriet. Einmal machten wir einen Witz, dass sie genug für zwei Leute weinte, aber es war nicht nur ein Scherz. Sie wünschte sich, dass ich mehr weinte, und ich wünschte mir, dass sie es seltener tat. Ab einem gewissen Zeitpunkt habe ich mich offensichtlich in meinen Dad verwandelt. Wie deprimierend.

»Trink das, du siehst aus, als hättest du Durst.« Mom drückt mir einen Becher in die Hand.

»Nein danke.« Allein beim Gedanken, irgendetwas hinunterschlucken zu müssen, fängt mein Magen an zu rebellieren. Nicht nur, dass die Leiche meines Vaters in einer Holzkiste nebenan liegt, in diesem Gebäude werden Tote hergerichtet. Ich würde eher meine eigenen Zehen essen, als etwas von diesem Beerdigungsfraß zu mir zu nehmen.

»Du hast den ganzen Tag noch nichts getrunken oder gegessen. Ich verstehe ja, dass dir übel ist, aber nimm wenigstens Flüssigkeit zu dir.«

Ich tue so, als würde ich an dem Becher nippen. Auf einer Beerdigung über eine Tasse heißes Wasser zu streiten, scheint mir nicht die beste Vorgehensweise. Es ist einfacher nachzugeben.

»Dein Eyeliner ist verschmiert.«

Das kommt davon, dass ich zu Beginn dieser Veranstaltung versucht habe, Tränen zu produzieren, indem ich mir einen Finger in die Augen gebohrt habe. Es hat nicht funktioniert, nur wehgetan.

Mom befeuchtet einen Finger und fährt mir damit unter dem Auge entlang, als wäre ich wieder ein kleines Mädchen, das Dreck im Gesicht hat.

Die feuchte Stelle oberhalb meiner Wange stört mich, aber ich widerstehe dem Drang, sie abzuwischen, weil ich nicht möchte, dass Mom sich zurückgewiesen fühlt. Sie steht ohnehin schon am Rande eines Zusammenbruchs. Also lasse ich mein Gesicht an der Luft trocknen.

»Dein Dad ist wahrscheinlich wütend wegen dem hier.« Sie deutet auf den Tisch, den irgendjemand aufgebaut hat und auf dem ein großer Rahmen mit Fotos steht. »Es ist so billig. Und dann die wenigen Leute ...« Sie schnalzt mit der Zunge. »Er wäre am Boden zerstört. Ich kann nicht glauben, dass Geoff Kaplan nicht gekommen ist. Die beiden waren Geschäftspartner, verdammt noch mal.«

Gescheiterte Geschäftspartner, wenn ich mich richtig erinnere, aber Mom hat absolut recht. Dad wäre mit der Veranstaltung unzufrieden. Wenn das hier Geoffs Beerdigung wäre, stünde Dad jetzt mit einem Golfkumpel da drüben in der Ecke und würde verkünden, dass dieses Event hier sowohl stinklangweilig als auch geschmacklos sei. Auf dem Büfetttisch steht ein Kuchen aus dem Supermarkt, daneben vegetieren Käsehäppchen auf einem Plastiktablett vor sich hin, auf dem ein Aufkleber mit Barcode prangt. Dazu weiße Wegwerfbecher, literweise Softdrinks und zwei Edelstahlkannen mit Kaffee und Tee.

Dad würde das alles hier mit seinem Gesellschaftslächeln aufnehmen – dem Verkäufergrinsen, das sich so dauerhaft in sein Gesicht gegraben zu haben schien wie die Narben beim Joker –, aber innerlich würde er vor Wut kochen. Die Teilnehmerzahl an der Totenwache ist spärlich, und niemand klingt, als würde er ihn vermissen. Selbst die zweite Mrs. Wilson ist damit beschäftigt, ihr Kleinkind davon abzuhalten, das Getränkebüfett vollzusabbern, anstatt still in ihrem schwarzen Kleid dazusitzen und dezent in ein Taschentuch zu schluchzen. Die letzten Strohhalme sind der Sonnenschein und die gelb-rosa Tulpen, die in den Blumenbeeten entlang des Gehwegs zur Trauerhalle hinauf blühen. Pat hätte sich Klagelaute und Regen und eine Szenerie gespickt mit schwarzen Regenschirmen gewünscht. Er war ein Fan von dramatischen Auftritten und liebte Aufmerksamkeit, was der Grund dafür war, dass er bei Nina Mathews landete. Meine Mutter besitzt Handtaschen, die älter sind als Nina.

Die zweite Mrs. Wilson war Kellnerin in einer Bar, in die Dad regelmäßig ging. Eins führte zum anderen, und sie war schwanger. Ich wurde per SMS informiert: *Hey, Sportsfreundin. Frisch deine Babykenntnisse auf. Du bist bald eine große Schwester.*

Dass er zum zweiten Mal Vater wurde, musste ihn so in

Panik versetzt haben, dass sein Herz aussetzte. Das und die Tatsache, dass seine Arterien so hart wie Beton gewesen waren.

»Alles wirkt so unglaublich ... *geschmacklos*«, erklärt Mom mit gerümpfter Nase. »Aber was soll man von einer wie der auch erwarten. Billig kennt eben nur billig.«

Ich zucke zusammen. Mom war Dads neuer Frau gegenüber nicht immer so feindselig eingestellt. Bis zum gestrigen Tag hat sie für die aktuelle Mrs. Wilson vor allem eins empfunden: Mitleid. *Das arme Mädchen sollte besser anfangen, das Haushaltsgeld zu verstecken* oder *Sie verschwendet ihre Jugend an den Mann.* Aber am vergangenen Abend hat die neue Mrs. Wilson verkündet, dass Dad eine Hypothek hinterlassen hat, die deutlich höher ausfällt, als das, was ihr kleines Zweizimmerapartment, in dem sie zusammen gewohnt haben, wert ist, und außerdem Leasingraten für ein Auto, mit denen er drei Monate im Rückstand war. Ach ja, und eine Lebensversicherung in Höhe von zwanzigtausend Dollar. Mom hat darauf bestanden, dass ich die Hälfte davon erhalte. Dad hat keinen Letzten Willen hinterlassen, und per Gesetz steht mir anscheinend ein gewisser Anteil zu. Mrs. Wilson hielt dagegen, dass dies alles sei, was für den Collegefonds von Klein-Ryder zurückgelegt werden könne. *Du warst schon auf dem College und hast einen Abschluss*, hat Nina gesagt, wobei ihr schmales Gesicht noch verkniffener als sonst ausgesehen hat. *Sei nicht egoistisch.* Mom hat lautstark protestiert und darauf bestanden, dass Patrick Wilsons Tochter ihr gerechter Anteil zusteht. Darauf machte Nina den Fehler zu verkünden, dass Ryder das Erbe mehr verdient habe, weil er Pats *richtiges* Kind sei. Ich hab Mom rausschleifen müssen, bevor sie einen Mord beging, so wütend war sie. *Wie kann es diese Schlampe wagen, so über dich zu reden? Natürlich bist du sein richtiges Kind!*

Was Nina damit gemeint hat – was alle damit meinen, wenn sie sagen, ich sei nicht Pat Wilsons *richtiges* Kind –, ist, dass ich adoptiert bin. Ich sehe meinen Eltern nicht das kleinste bisschen ähnlich, was nicht selten für Verwirrung gesorgt hat, wenn irgendwelche dämlichen Fremden meine Mom fragten, wo denn meine richtigen Eltern seien. Mom antwortete darauf immer kurz und knapp, dass sie meine *richtige* Mutter sei. *Richtige Mutter, weil ich dich aufgezogen habe. Es spielt keine Rolle, wer dich zur Welt gebracht hat. Ich habe dich ausgewählt. Ich habe dich unterstützt.*

Und das hat sie getan. Sie hat mir die Tränen weggewischt, mir Pausenbrote eingepackt, mich zu Arztterminen gefahren, meine Collegegebühren bezahlt, mir ein Auto gekauft und sogar dabei geholfen, die Anzahlung für das Apartment zusammenzubekommen, um das mich all meine Millennial-Arbeitskollegen beneiden. Sie ist der Grund, aus dem es mir gut geht, und ich brauche die andere Hälfte der Lebensversicherung nicht, auch wenn meine Freundinnen mir raten würden, das Geld zu nehmen und damit einen wilden Partyurlaub zu machen.

Ich schiele auf meine Handtasche, in der eine ausgedruckte E-Mail steckt. In letzter Zeit habe ich darüber nachgedacht zu verreisen ... Aber nein, wenn ich diese Reise wirklich mache, dann bezahle ich sie von meinen eigenen Ersparnissen.

Nina ist auf die Versicherungssumme angewiesen, weil Sparen nicht gerade eine Stärke meines Dads war. Verfügbares Geld in leichtsinnige Geschäfte wie die Eröffnung eines Taco-Franchise zu stecken, obwohl es bereits zwei in derselben Gegend gab, und einen Haufen Biotech-Aktien auf Grundlage eines Tipps kaufen, den er beim Mittagessen gehört hatte, das waren die Dinge, in denen er gut war. Auch wenn Mom für den Rest ihres Lebens sauer auf Nina sein sollte, ist es für mich also vollkommen in Ordnung, wenn ich nichts erbe. Es wäre sogar okay für mich, nicht Pat Wilsons richtige Tochter zu sein, wenn das bedeuten würde, dass ich sofort gehen könnte. Der leicht chemische Geruch in diesem Gebäude, die gedämpften Unterhaltungen und der Sarg nebenan lösen ein Jucken zwischen meinen Schulterblättern aus. An dieser ganz bestimmten Stelle, an die ich weder von oben noch von unten drankomme.

»Ellen, meine Güte, ich habe mich gefragt, ob du überhaupt kommst. Wie geht es dir?« Eine dicke Frau mit einem Zinken von einer Nase in einem schwarzen Kleid mit Blumenmuster beugt sich herunter, um meine Mutter zu umarmen. Ich atme eine Wolke Lavendel und Eukalyptus ein, wobei sich mir mein leerer Magen umdreht.

»Ich kann nicht glauben, dass Patrick von uns gegangen ist, und dann auch noch in so jungen Jahren. Es war ein Herzinfarkt, habe ich gehört?«

»Ja, beim Rasenmähen, kannst du dir das vorstellen? Seine Arterien waren vollkommen verstopft. Ich habe ihm immer gesagt, dass er auf seinen Cholesterinspiegel achten soll.«

»Andererseits, wie hätte er das machen sollen, solange er mit dir verheiratet war? Du hast immer die besten Desserts gemacht. Unsere Abendessen, bei denen alle etwas mitbringen, sind seit deiner und Pats Scheidung nicht mehr dieselben. Machst du manchmal noch deine Mousse au Chocolat? Du hast mir schon mal dein Geheimnis verraten, aber ich habe es wieder vergessen.«

»Kälte«, erklärt Mom, offensichtlich froh über die Ablenkung. »Alles muss eiskalt sein. Ich lege sogar den Schneebesen, mit dem ich das Eiweiß schlage, vorher ins Gefrierfach. Das ist übrigens auch der Schlüssel zu einer knusprigen Pie-Kruste. Kalte Butter. Viele Leute vergessen das. Ich habe dieses Kochbuch, auf das ich nichts kommen lasse, auch wenn ich weiß, dass man heute alles online findet.«

»Ich liebe meine Kochbücher auch!«, verkündet die andere Frau.

Die beiden vertiefen sich in eine Unterhaltung über Printkochbücher versus Rezepte aus dem Internet – die Onlineversionen können nicht mithalten.

Da Mom beschäftigt ist und ich Angst habe, dass ich mich wirklich übergeben muss, wenn ich noch länger diesen überwältigenden Parfümgeruch einatme, beschließe ich, mich zu bewegen. Über den Kopf der Frau hinweg deute ich auf meinen so gut wie unberührten Tee und gebe meiner Mutter stumm zu verstehen, dass ich mir einen weiteren holen gehe. Mom schenkt mir ein ermutigendes Lächeln und bedeutet mir mit einer Geste, dass sie verstanden habe.

Ich werfe meinen Becher in den nächsten Mülleimer und schlendere zum Andachtstisch rüber. Neben dem Rahmen mit den vielen Fotos steht ein Monitor, auf dem in Dauerschleife eine Diashow mit Bildern und Videos aus Dads Leben läuft. Nina hat sie zusammengestellt, deswegen wundert es mich nicht, dass ein großer Teil von Dads Leben unterrepräsentiert ist, trotzdem tauche ich auf. Eine Reihe Babybilder von mir sind zu sehen. Dann eine Collage aus Schulfotos: Dad mit einem Baseballschläger in der Hand und mit einem Football. Dad bei einem Leichtathletikwettkampf. Es gibt ein Foto von ihm, auf dem er gegen einen hellblauen Sedan gelehnt steht, und ein anderes beim Abschlussball, gefolgt von einem, auf dem ein junger Patrick seinen Absolventenhut in die Luft wirft.

»Was für eine Schande, die Sache mit Patrick, nicht wahr?«, sagt eine Frau hinter mir. »Er hat kaum eine Sache im Leben richtig hinbekommen, und nun hinterlässt er eine junge Witwe und ein Baby.«

»Er hatte endlich ein Kind, nachdem er es jahrelang probiert hat. Immerhin war er mit einer Sache erfolgreich, bevor er gestorben ist«, erwidert ein Mann.

Ich frage mich, ob Kritik am Verstorbenen Gegenstand normaler Unterhaltungen auf einer Beerdigung ist. Es hat einen schalen Beigeschmack, auch wenn die Aussagen zutreffen.

Nach seiner SMS lud mich Dad damals zum Essen ein. Über einem Teller Nudeln gab er zu, ein schlechter Vater gewesen zu sein, der zudem die meiste Zeit durch Abwesenheit geglänzt hatte. Seine genauen Worte lauteten: *Ich hab mich wie ein Vollidiot aufgeführt, als du ein Kind warst, Hara. Ich habe bei dir alles falsch gemacht, und ich denke, dass ich meine Fehler wiedergutmachen sollte, indem ich für meinen Sohn da bin.* Ich nickte und sagte ihm, dass das in Ordnung sei. Und selbst wenn es das nicht gewesen wäre, hätte ich es gesagt, denn Dad ist – ich meine, war – ein Verkäufer, und wenn er ahnte, dass ich ihm nicht zustimmte, würde er versuchen, mir seinen Plan »zu verkaufen«. Diese anstrengende Erfahrung wollte ich mir ersparen.

»Hatte er nicht ein Kind aus seiner ersten Ehe?«

»Ich glaube schon, aber kein richtiges. Anscheinend konnte seine erste Frau keine Kinder bekommen. Oder sie hat eins bekommen, bevor sie Pat geheiratet hat, sie hat nämlich eine Tochter. Wie dem auch sei, dies ist sein erstes richtiges Kind. Und Gott sei Dank ist es ein Sohn.«

Ich möchte weitergehen. Es macht keinen Sinn, sich weiter diese Unterhaltung anzuhören. Ich blicke auf meine Füße und befehle ihnen stumm, sich zu bewegen, aber sie scheinen mit dem Boden verwachsen zu sein.

»Als ich gehört habe, dass er ein Baby bekommt, habe ich ihm mein Beileid ausgesprochen. Ich meine, wer will denn bitte mit fünfzig ein Kleinkind zu Hause haben? Aber Pat war vollkommen außer sich vor Freude. Er meinte, dass er die ganzen Milchflaschen-Windel-Geschichten nicht erlebt habe und dass er es nicht erwarten könne.«

»Verrückt. Ich würde mich die nächsten fünf Jahre ins Bad einschließen, wenn mir meine Frau sagen würde, dass sie schwanger ist.«

»Ich auch. Aber Pat hat sich richtig gefreut.« Die Frau gibt einen Ts-ts-Laut von sich. »Sehr schade. Das ist alles so furchtbar tragisch.«

Genug Beerdigung für heute, beschließe ich. Es ist nicht allein die Unterhaltung, die mich nervös macht; außer meiner Mom, Nina und Ryder kenne ich hier niemanden. Ich habe keine Ahnung, in welcher Beziehung diese Leute zu meinem Vater standen. Waren sie Kollegen? Golfpartner? Mitglieder eines Swingerclubs? Ich habe keinen Schimmer, und je länger ich darüber nachdenke, desto stärker werden meine Kopfschmerzen. Wenn ich noch eine Minute in diesem bedrückenden Raum mit seinem blechernen Klassik-Soundtrack und den boshaften Extras bleibe, könnte es sein, dass ich auf einen Tisch klettere und darum bitte, einbalsamiert zu werden.

Ich drehe mich um, um mich von meiner Mutter zu verabschieden, als eine Schar Kolleginnen und Kollegen von mir durch die Tür kommt und mir so den Fluchtweg versperrt.

»Hara, meine Güte, wie geht es dir?« Meine Vorgesetzte, Lisa, schließt mich in die Arme, bevor ich es verhindern kann. »Warum hast du uns nicht gesagt, wann die Beerdigung von deinem Vater ist? Wenn Kelly nicht zufällig den Nachruf gelesen hätte, hätten wir es nie erfahren!«

Kelly, die hinter Lisa steht, zuckt zusammen und formt mit den Lippen ein stummes »Sorry«. Immerhin weiß sie, dass ich mit Absicht nichts gesagt habe. Ich hasse es, im Rampenlicht zu stehen, egal in welcher Hinsicht. Manchmal fragen mich Leute, ob ich gerne selbst schreiben würde, aber das will ich nicht. Ich bin glücklicher als Lektorin, die auf Details achtet, denn als Autorin eines Werkes, bei dem mein Name in der Verfasserzeile steht. Es hat etwas Sicheres und Geborgenes, hinter den Kulissen zu arbeiten.

»Ich kann nicht glauben, dass du gestern zur Arbeit gekommen bist. Du hättest mir sagen sollen, dass dein Vater gestorben ist. Ich hätte dir zwei weitere Tage Urlaub gegeben.« Lisa gibt sich mütterlich. »Wir haben Blumen mitgebracht. Jeffrey, wo bist du?«

»Hier. Wir sind draußen deiner Schwester begegnet.« Er drückt mir ein Bouquet mit Lilien in die Hand.

»Schwester?« Ich habe keine Schwester.

»Das war ich.« Boyoung Kim tritt hinter meinen Kolleginnen und Kollegen hervor und hebt eine Hand.

»Ihr seid keine Geschwister?«, fragt Jeff. »Seid ihr nicht beide Chin...«

»Koreanerinnen«, unterbricht ihn Kelly. Mit einem Blick

fleht sie mich an, das nicht weiter zu kommentieren. Wir wissen beide, dass Jeff eher in die Kategorie der Ignoranten denn der Arschlöcher fällt. »Die beiden sehen sich kein bisschen ähnlich. Hey, Boyoung, schön dich wiederzusehen.«

»Es tut mir so leid, Hara.« Boyoung senkt den Kopf und reicht mir einen weißen Umschlag. Dabei streckt sie eine Hand aus, während sie mit der anderen ihren Ellbogen stützt. Eine koreanische Höflichkeitsgeste, die ich Boyoung schon bei vielen Gelegenheiten habe ausführen sehen. Unter anderem an der Supermarktkasse, wenn sie ihre Kreditkarte zum Bezahlen überreicht.

»Dann seid ihr so was wie Cousinen? Aus Korea?«

»Sie sind nicht verwandt«, zischt Kelly. »Na los, lass uns reingehen.« Sie packt Jeff am Arm und zerrt ihn hinter sich her.

Während sie sich entfernen, höre ich Jeff fragen: »Sie sehen sich ähnlich und sind beide aus Korea. Ich meine, das ist doch ein Riesenzufall, oder?«

Boyoung und ich tauschen ein trockenes Grinsen. Es ist nicht das erste Mal, dass wir als Schwestern bezeichnet werden, dabei kennen wir uns noch gar nicht so lange; leider sehen wir Asiaten für die meisten Leute hier in der Gegend alle gleich aus, obwohl Boyoung und ich uns nicht mehr unterscheiden könnten, wenn eine von uns gestreift und die andere gepunktet wäre.

Boyoung ist klein, sie reicht mir gerade bis zur Nase. Sie hat große Augen, die sie immer ein wenig so aussehen lassen, als sei sie überrascht. Einmal hat sie mir gestanden, dass sie sich manchmal überlegt, sich die Lider operieren zu lassen, weil jeder sie für sehr viel jünger als sechsundzwanzig hält. Sie trägt die Haare in einem kinnlangen Bob. Ihre Unterlippe ist im Gegensatz zu ihrer Oberlippe sehr schmal und tendiert dazu, ganz zu verschwinden, wenn sie keinen Lipgloss trägt.

Mit meinen fast ein Meter siebzig bin ich ziemlich groß für eine Koreanerin. Meine Haare sind lang und dick, und manchmal, wenn ich die Energie dafür übrig habe, drehe ich sie mit dem Lockenstab zu Beach Waves. Ich habe wirklich *viel* Haar. Meine Augen haben eine Falte, worum mich Boyoung beneidet. Sie sind nicht mandelförmig – ich kenne keinen Asiaten, dessen Augen mandelförmig sind, und ich habe keinen Schimmer, wie dieses Gerücht entstanden ist –, nahe meinem Nasenrücken sind sie leicht nach innen geschwungen. Boyoung behauptet, dass sie wie die Augen eines Drachen aussehen. Sie hat immer die nettesten Umschreibungen für meine Gesichtszüge.

»Die Vorlesung hat länger gedauert, deswegen konnte ich nicht früher kommen«, erklärt meine Freundin, während sie mir weiterhin den Umschlag hinhält.

Widerwillig nehme ich das Geld an. Boyoung ist klein und spricht leise, aber es gibt bestimmte Dinge, die für sie unumstößlich sind, und dazu gehören Geschenke. In Korea ist es Tradition, zu jeder Gelegenheit ein Geschenk mitzubringen.

»Danke, dass du überhaupt gekommen bist.« Ich gehe rein, um das Geschenk und die Blumen auf dem Andachtstisch abzulegen. »Das hättest du nicht tun müssen.«

»Ich wollte aber. Geht es dir gut?« Boyoung legt den Kopf leicht schräg, sodass ihre glänzenden schwarzen Haare zur Seite rutschen wie ein dunkler Vorhang.

»Hab ich was im Gesicht? Meinen Eyeliner, oder?« Vielleicht hat meine Mutter bei ihrer Wegwischaktion nicht alles erwischt. Augen-Make-up aufzutragen, ist für mich bis heute ein Buch mit sieben Siegeln. In anderen Dingen bin ich nicht schlecht. Mein Apfelkuchen ist der Hammer. Und ich bin eine ziemlich gute Lektorin. Ich habe festgestellt, dass mein langer Oberkörper und meine kurzen Beine super in hochtaillierten Hosen aussehen. Ich weiß ganz genau, welche Lippenstiftfarbe perfekt zu meinem Teint passt. Letzteres herauszufinden, hat mich fünf Jahre und Hunderte Dollar gekostet. Aber das Augen-Make-up bleibt mir ein Mysterium. Irgendwann muss ich Boyoung um Hilfe dabei bitten. Ihr Lidstrich ist mörderisch.

»Nein. Nein. Es ist ein …« Sie reibt mit einem Finger unter ihrem Auge herum.

»Fleck?«, schlage ich mit einem Lächeln vor. Ich weiß, dass sie gerne neue Worte lernt.

»Ja, ein Fleck«, ruft sie, ein wenig lauter als gewöhnlich.

Einige Köpfe drehen sich in unsere Richtung. Boyoung zuckt zusammen, aber mir ist es egal. Ich bin froh, dass sie hier ist. Es hat etwas Tröstliches, nicht die einzige Asiatin im Raum zu sein. Dadurch fühle ich mich weniger alleine hier. Auf der Beerdigung meines Vaters.

KAPITEL ZWEI

»Du solltest irgendwo hinfahren«, sagt Kelly und zieht an ihrer Vape. »Bermudainseln oder so. Sonderurlaub im Trauerfall sollte heißen, dass man eine Woche lang Ferien machen kann, wo man will.«

»Ich würde nach Vail in Colorado fahren«, sagt Jeff.

»Es ist Mai, Jeff«, erinnert ihn Kelly.

»Na und? Sterben im Winter etwa keine Leute?« Er beugt sich vor und nimmt ihr die Juul aus der Hand. Die beiden streiten sich so häufig, dass ich manchmal vergesse, dass sie ein Paar sind.

Kelly verdreht die Augen und wendet sich an den Rest von uns. »Zum hundertsten Mal: Bitte entschuldigt Jeffs primitive Aussagen.«

Ich bin daran gewöhnt, und falls es Boyoung stört, zeigt sie es auf jeden Fall nicht. Sie ist damit beschäftigt, jemandem zu texten.

Nach der Beerdigung sind wir zu viert bei Denny's gelandet, nachdem wir einstimmig der Meinung gewesen waren, dass im Haus eines Verstorbenen zu essen schlimmer ist, als zu verhungern. Die Überbleibsel unseres Pancake-Frühstücks haben wir in die Tischmitte geschoben.

»Wo würdest du hinfahren, Boyoung?«

»In den Urlaub?« Sie sieht von ihrem Handy auf. »Vielleicht nach Hawaii?«, antwortet sie zögerlich. Falls sie sich wundert, dass wir über Post-Beerdigungs-Reisen sprechen, lässt sie es sich nicht anmerken.

Ich frage mich, wie Beerdigungen in Korea ablaufen. Gibt es eine Totenwache? Eine Erdbestattung? Sargträger? Als in der Highschool die Tante einer jüdischen Freundin von mir starb, hat die Trauerfeier eine ganze Woche gedauert.

»Zwei für Sonne ...«

»Und einer für Spaß«, fällt Jeff Kelly ins Wort.

Sie ignoriert ihn und sieht stattdessen mich an. »Wo würdest du Urlaub machen?«

»Korea.« Ich platze mit dem Wort raus, ohne lange darüber nachgedacht zu haben.

»Korea?«, wiederholen die anderen drei synchron.

Ihre Überraschung wundert mich. Ich sehe mich in der Runde um. »Was? Warum kann ich nicht in Korea Urlaub machen?«

»Du hast noch nie erwähnt, dass du mal nach Korea möchtest«, sagt Kelly und nimmt Jeff die Juul aus der Hand.

»Ich weiß. Es ist nur so eine Idee.« Eine, die ich anscheinend nicht mehr aus dem Kopf bekomme.

»Warum ausgerechnet dahin?« Jeff runzelt die Stirn.

»Weil sie von dort stammt, du Idiot.« Kelly schnippt gegen Jeffs Ohrläppchen.

»Aber du hast keine Ahnung von Korea, oder Hara? Aua, das tut weh, Kells!« Jeff reibt sich den Bizeps – gegen den ihn Kelly geboxt hat, nachdem sie sein Ohr malträtiert hat. »Wisst ihr noch das eine Mal, als ich sie gefragt hab, wann der Koreakrieg vorbei war, und ihr mir alle beinahe ins Gesicht gesprungen seid, so nach dem Motto, das sei rassistisch und ich könne sie nicht als Lexikon missbrauchen und dass nur, weil sie Koreanerin ist, das nicht heißt, dass sie etwas über Korea wissen muss?«

»Du kannst nicht automatisch vom einen aufs andere schließen«, erwidere ich ein klein wenig bissig, und vielleicht liegt es daran, dass Jeff mich langsam nervt, oder meine abwehrende Reaktion rührt daher, dass er recht hat. Ich habe keine Ahnung von Korea. Als ich letztens was im Internet nachsehen wollte, ist mir klar geworden, dass ich nicht mal einen Satz auf Koreanisch eingeben kann, weil ich keine koreanische Tastatur auf meinem Computer habe. Mein Wissen über mein Geburtsland würde kaum einen Fingerhut füllen.

»Nur weil Hara koreanisch aussieht, heißt das nicht, dass sie eine richtige Koreanerin ist. Nicht so wie Boyoung«, sagt Kelly. »Hara ist Amerikanerin.«

Autsch. Schon wieder die Sache mit dem »richtig«. Aber habe ich wirklich das Recht, deswegen sauer auf Kelly zu sein, wenn ich selbst immer versucht habe, mich so weit wie möglich von meinem Asiatisch-Sein zu trennen? Ich werde häufig genug gefragt, wo ich herkomme, und meine Antwort lautet jedes Mal »von hier«, was nie ausreicht, weil »von hier« nicht die Antwort ist, die die Menschen, die diese Frage stellen, hören wollen. Die Frage hat einen Kontext, der lautet: »Du siehst anders aus als ich, also musst du woanders herkommen.« Mir ist vollkommen klar, wie die Frage gemeint ist, aber ich hasse sie, also wiederhole ich stumpf meine Antwort. Ich komme von hier. Aus Iowa. Aus Amerika. Genau wie du. Außerdem fühle ich mich nicht koreanisch – wie auch immer sich das anfühlen soll –, aber ich weiß, dass die Unterschiede zu Boyoung deutlich sind.

Es geht nicht um die Sprache. Boyoung unterscheidet

sich grundsätzlich von mir, angefangen bei der Art, wie sie sich kleidet (immer sehr schick), über ihr professionelles Make-up (ich habe versucht, Boyoungs Eyeliner-Technik anzuwenden, was dazu geführt hat, dass ich aussah, als hätte ich ein blaues Auge), bis hin zu ihren Manieren (zeige beim Lachen, Essen oder Lächeln niemals deine Zähne). Um ehrlich zu sein, habe ich gar nicht gewusst, wie wenig koreanisch ich tatsächlich bin, bis ich Boyoung kennengelernt habe.

»Ich wusste nicht, dass du nach Korea willst«, sagt Boyoung leise.

»Wie gesagt, nur so ein Gedanke.« Ein Gedanke, der von einer überraschenden E-Mail, dem plötzlichen Tod meines Vaters und dieser Unsicherheit, die mich schon viel zu lange umtreibt, herrührt. Es ist, als ob mein Leben eine frühere Lieblingsjacke von mir ist, die ich zu heiß gewaschen habe und die deswegen jetzt an den Oberarmen spannt und bei der außerdem der Reißverschluss klemmt. Es bedeutet nicht, dass die Jacke auf jeden Fall richtig sitzen wird, wenn ich nach Korea reise, aber vielleicht ist es an der Zeit, einen Versuch zu wagen.

»Was würdest du da machen?«, fragt Jeff. Er ist verwirrt. »Ich hab mal ein Video gesehen, auf dem die noch lebenden Tintenfisch essen.«

»Der hat nicht mehr gelebt.« Ich habe dasselbe Video gesehen, das in den sozialen Medien die Runde macht. Darin wird Sojasoße auf einen toten Tintenfisch gegossen, und wegen irgendeiner chemischen Reaktion zwischen dem Salz und dem Kopffüßer bewegt er sich in der Schlüssel, aber aufgrund der Reaktionen auf das Video meint man, es hätte das reinste Massaker stattgefunden.

»Das war japanisch«, murmelt Boyoung.

»Was?«

»Sie hat gesagt, dass es ein japanisches Video war«, wiederholt Kelly genervt. »Asien ist nicht gleich Asien, aber in gewisser Weise hat Jeff vielleicht recht. Du sprichst kein Koreanisch, oder?«

Boyoung versteift sich merklich.

»Oder doch?«

»Nein.« Meine Freundin entspannt sich wieder. Ich klopfe ihr beruhigend die Schulter. »Keine Angst, ich hab kein Wort von einem deiner Telefonate verstanden.« Nicht, dass ich sie so viel auf Koreanisch hätte telefonieren hören, aber ein paarmal ist es vorgekommen, dass ich dabei war, wenn sie mit jemandem in Korea gesprochen hat. Ich habe keine Ahnung, ob dort alle so schnell reden wie sie, aber ich könnte nicht mal sagen, wo die Sätze anfangen oder aufhören.

»Wie würdest du dich zurechtfinden? Wie würdest du was bestellen oder nach dem Klo fragen?«

»Alles gute Fragen«, antworte ich Kelly.

»Und?«

»In der U-Bahn gibt es auch Beschilderungen auf Englisch«, kommt mir Boyoung zu Hilfe. »Und in touristischen Gegenden laufen Helfer rum, die Englisch und Chinesisch sprechen. In vielen Restaurants gibt es Speisekarten auf Englisch, und in Itaewon leben viele ... Wie sagt ihr dazu noch mal? Expats?«

Jeff klatscht in die Hände. »Vielleicht sollten wir alle hinfliegen.«

»Wohin?«

»Korea.« Jetzt ist es an Jeff, genervt zu klingen. »Wir

machen alle zusammen da Urlaub, und danach darf mich keine von euch mehr als ignorant bezeichnen.«

»Das kann ich mir nicht leisten«, jammert Kelly und rutscht so weit auf der Sitzbank herunter, dass sich ihre Schultern auf Höhe mit der Tischkante befinden. »Ist Korea nicht teuer, Boyoung?«

»Nein. Essen kann günstig oder teuer sein, je nachdem, wo man hingeht. Das ist genau wie mit den Wohnungen. In Seoul gibt es sowohl arme als auch sehr reiche Viertel.«

»Wie ist es dort?«, fragt Jeff.

Wir alle beugen uns neugierig vor.

Boyoung schweigt eine ganze Weile, bevor sie sagt: »Schön.«

Und einfach so fügt sich ein frei schwebendes Teil meines Herzens mit einem hörbaren Klick an die richtige Stelle.

Einen Monat nach der »Hey Sportsfreundin«-SMS habe ich mich bei einem DNA-Analyse-Service angemeldet. Kelly war an dem Tag in die Arbeit gekommen und hatte verkündet, laut den Ergebnissen des DNA-Tests, den sie hatte vornehmen lassen, zu einem Sechzehntel Inuit zu sein und eventuell Cousins und Cousinen zweiten Grades in Kanada zu haben. Sie war total aufgeregt und riet mir, auch einen Test zu machen, um herauszufinden, aus welchem Genmaterial ich bestehe, und sei es nur aus gesundheitlichen Gründen. Ich hatte ihr mal erzählt, dass ich mit dem Ausfüllen der Formulare beim Arzt immer total schnell bin, weil ich keine der Fragen zur Familienhistorie beantworten kann. Als ich noch ein Kind gewesen war, hatte meine Mutter überlegt, mein Erbgut untersuchen zu lassen, aber Dad hatte behauptet, das sei zu teuer. Nach der Scheidung hatte Mom andere Sorgen, und das Thema war nie wieder aufgekommen.

Aber mit vierundzwanzig war ich neugierig, also nahm ich einen Abstrich vom Inneren meiner Wange und schickte ihn an ein Labor. Ein paar Wochen später kam ein Umschlag mit den Ergebnissen, die mir bescheinigten, zu 98,2 Prozent koreanischer und zu 1,8 Prozent japanischer Abstammung zu sein. Es gab keine genetischen Warnzeichen und keinerlei Hinweis auf Übereinstimmungen mit DNA-Ergebnissen einer Person anderswo auf der Welt. Ich war ein wenig enttäuscht. Ich wollte es nicht zugeben, aber tatsächlich hatte ich gehofft, dass es vielleicht irgendwo einen weit entfernten Verwandten gab, der sich ebenfalls in die Datenbank hatte eintragen lassen. Ich hatte gelesen, dass sich adoptierte Geschwister wiedergefunden hatten, von denen einer in den USA und der andere in Frankreich lebte. Eine französische Schwester zu haben wäre toll. Ich wollte schon immer mal nach Frankreich. Aber es waren nun mal keine verschollenen Geschwister gefunden worden, also begrub ich meine Erwartungen in der gedanklichen Kiste mit der Aufschrift »Dinge, die ich besser vergessen sollte« – zusammen mit dem Traum meines Vaters, dass ich mich als Ausnahmeathletin herausstellen würde, und der Fantasie meiner Mutter, ich könnte die nächste Gillian Flynn sein.

Die Wahrheit ist, dass ich eher tollpatschig bin, meine Tage damit verbringe, Fakten zu überprüfen und zu lektorieren und eine größere Chance habe, im Lotto zu gewinnen, als Informationen über meine biologische Familie zutage zu fördern. Es ist nicht so, dass ich etwas über die Leute wissen möchte, die mich vor fünfundzwanzig Jahren an einer Straßenecke in Seoul ausgesetzt haben. Ich bin nur ... neugierig, ob ich Geschwister habe. Vielleicht Tanten und Onkel. Ich bin als Einzelkind eines Einzelkindes aufgewachsen. Die Mutter meiner Mom ist vor vierzehn Jahren gestorben, und es waren immer nur wir zwei gegen den Rest der Welt, seit Mom Dad rausgeschmissen hat. Zu wissen, dass ich eine erweiterte Familie habe, wäre cool, oder zumindest versuche ich, es so vor mir selbst zu begründen. Und als nichts daraus wurde, als sich keine Nachrichten in meinem Postfach befanden, als aus Wochen des Schweigens Monate und schließlich ein Jahr wurden, hatte ich es irgendwann so gut wie vergessen.

Bis zu jenem Morgen vor drei Monaten, als ich eine E-Mail zwischen viel zu vielen Newslettern entdeckte, von denen ich mich nicht erinnern kann, sie jemals abonniert zu haben, und den Spam-Nachrichten, die trotz des sogenannten Filters in meiner Inbox landen. Ich brauchte einen Moment, bevor ich kapierte, dass die Betreffzeile in *Hangul* verfasst war und es keine willkürliche Reihung von Buchstaben war, die meinen Spam-Filter überlisten sollte. Ich kopierte den Satz in ein Übersetzungsprogramm im Internet, aber die englischen Worte, die dabei herauskamen, ergaben keinen wirklichen Sinn. Nach einer kurzen Recherche erfuhr ich, dass digitale Übersetzungen ungenau und irreführend seien. Zusammengefasst, ich konnte mich nicht darauf verlassen.

Aber ich kannte auch keine menschlichen Übersetzer. Ich lebte in Des Moines in Iowa, einer so homogenen Stadt, dass mit meiner Adoption der Anteil der asiatischstämmigen Einwohner vermutlich um einen ganzen Prozentpunkt angestiegen war.

Das war, bevor ich in einem Café in der Nähe meines Büros Boyoung begegnete. Nachdem ich sie kennengelernt hatte, kam es mir falsch vor, gleich beim ersten Treffen – oder auch beim sechsten – die E-Mail aus der Tasche zu ziehen. *Hey, neue Bekannte, die von der anderen Seite des Ozeans kommt, wir kennen uns zwar kaum, aber könntest du vielleicht das hier für mich übersetzen?* Es schien mir unhöflich, also hab ich sie nie darum gebeten. Bis jetzt.

KAPITEL DREI

Es vergeht eine weitere Woche, bevor ich es schaffe, mich mit Boyoung zum Mittagessen zu verabreden. Ich rede mir ein, dass es nicht daran liegt, dass ich Angst vor dem Inhalt der E-Mail habe, sondern dass ich eine angemessene Trauerzeit einhalte, um nach dem Tod meines Vaters keine überhasteten Entscheidungen zu treffen. Ich belüge mich also nicht selbst, sondern betreibe Selbstfürsorge.

Ich bin dreißig Minuten zu früh in der Einkaufspassage, weil ich vor Panik halb durchdrehe. Ich weiß nicht, ob ich die richtige Entscheidung getroffen habe. Schon seit Tagen schwanke ich zwischen zwei Redewendungen: »Unwissenheit ist ein Segen« und »Wissen bedeutet Macht«. Letztere gewinnt in der Regel die Oberhand; vor allem aus dem Grund, dass ich bereits ein paar Dinge weiß. Meine Unwissenheit hat einen Riss, seit ich die E-Mail in meinem Posteingang entdeckt habe. Oder vielleicht seit ich ihren Inhalt ins Übersetzungsprogramm eingegeben habe. Was ich glaube zu wissen, nagt an mir. Die Redewendung sollte »Umfassendes Wissen bedeutet Macht« lauten; Halbwissen treibt einen nämlich lediglich an den Rand des Wahnsinns.

Ich versuche, die Zeit rumzubringen, indem ich durch die Geschäfte in der Nähe des Restaurants schlendere. Vor allem der Kosmetikladen hat es mir angetan.

»Möchten Sie ein Cut-Crease-Tutorial?«, fragt mich eine ambitionierte Mitarbeiterin. »Es ist kostenlos.«

Wer würde ein kostenloses Angebot ausschlagen? Ich zumindest nicht.

»Ja klar, gerne.«

»Gibt es einen bestimmten Look, den Sie gerne einmal ausprobieren würden? Zum Ausgehen oder für die Arbeit?«, fragt mich die Verkäuferin, während sie mich zu einem Kosmetiktisch führt.

»Ich bin ziemlich hilflos im Umgang mit Lidschatten. Ich glaube, ich weiß nicht mal wirklich, was ein Cut Crease ist.« Ich klettere auf den Stuhl, der vor einem hell erleuchteten Spiegel steht. Bei meinem Anblick stelle ich fest, dass er *zu* gut beleuchtet ist. Ich kann die Poren in meiner Nase zählen.

»Oh, ein Cut Crease ist für Sie perfekt, da Ihre Lidfalte nicht besonders ausgeprägt ist. Mit einem Cut Crease können Sie Definition erzielen, indem Sie auf Farben setzen.« Die Verkäuferin sucht ein paar Utensilien zusammen, trägt dann eine Grundierung auf und beginnt anschließend damit, mit einem kleinen Applikator Farbe auf meine Lider aufzutragen. »Haben Sie eine Verabredung? Oder ist es was Berufliches? Schließen Sie die Augen.«

»Ich treffe mich mit einer Freundin«, antworte ich, während ich die Lider senke.

»Cool. Sie wird sie beneiden. Dieses Braun steht Ihnen fantastisch. Okay, öffnen Sie die Augen.«

Ich will gerade tun, wie mir befohlen, als die Frau hastig sagt: »Stopp! Sorry, doch noch nicht.«

Der Prozess nimmt ein paar weitere Minuten in Anspruch. Die Verkäuferin murmelt vor sich hin, dann spüre ich, wie sie mit einem feuchten Wattebausch über meine Lider fährt.

»Ich glaube, das Braun war doch nicht die richtige Farbe. Ich probiere was anderes aus.«

Ich muss mein Spiegelbild nicht sehen, um die Bestätigung zu bekommen, dass das hier nicht gut für mich läuft, aber ich tue es trotzdem. Die Farbe, die jeder anderen Person garantiert hervorragend gestanden hätte, lässt mich aussehen, als hätte man mir mit der Faust ins Gesicht geschlagen.

Die Verkäuferin begegnet meinem Blick im Spiegel. »Tut mir leid.« Sie verzieht entschuldigend das Gesicht. »Lassen Sie es mich noch mal versuchen. Diese Farbe hier passt normalerweise gut zu jedem Teint. Wenn Sie …«

Ich winke ab. »Schon gut. Ich muss sowieso los.«

Was stimmt. Inzwischen wartet Boyoung wahrscheinlich schon auf mich. Sie ist immer pünktlich.

Am Empfang des Tofu begrüßt mich eine Kellnerin mit einem koreanischen Hallo. *Annyeonghaseyo.* Ich versuche, den Gruß zu erwidern, aber ausgehend von der amüsierten Miene der jungen Frau liege ich mit der Aussprache mal wieder gründlich daneben. In dieser Stadt leben vielleicht gerade mal eine Handvoll asiatischstämmiger Menschen, und ich habe es geschafft, mich vor jedem einzelnen von ihnen zu blamieren.

Boyoung sitzt an einem Tisch in der Nähe des Fensters, das zum Parkplatz rausgeht. Ein leichtes Lächeln umspielt ihre Lippen.

»Hast du das gehört?« Ich setze mich ihr gegenüber.

Boyoung nickt. »Deine Aussprache wird besser«, flunkert sie.

»Sie ist schrecklich, aber danke, dass du mich nicht auslachst. Irgendwann werde ich es schaffen, das Wort perfekt auszusprechen. Und wenn es das einzige Wort ist, das ich jemals auf Koreanisch kann, ich werde wie eine Muttersprachlerin klingen, wenn ich es sage.«

»Das stimmt nicht. Du klingst wie eine Muttersprachlerin, wenn du *ottoke* und *ppalli ppalli* sagst.«

»›Was soll ich tun‹ und ›beeil dich‹ – ich würde mich ohne Probleme in Seoul zurechtfinden«, witzele ich.

Boyoung muss kichern. Schnell hebt sie eine Hand vor den Mund.

»Wie war's in der Uni?«, erkundige ich mich, während wir auf unsere Pizza warten.

Pizza ist Boyoungs Lieblingsessen, aber sie mag sie nur in diesem koreanischen Restaurant, in dem es das beste frittierte Hühnchen und eine superkäsige Pizza aus dem Holzofen gibt. In Korea schmeckt die Pizza ganz anders, wiederholt Boyoung jedes Mal. In den Monaten, seit ich sie kenne, war sie jede Woche mindestens einmal Pizza essen, und zwar immer die gleiche: Ananas, Käse, Schinken.

»Gut. Ich hab meine Stipendienunterlagen beinahe fertig.«

Boyoung nimmt an einem kulturellen Bildungsaustausch des örtlichen College teil. Ein neues Programm für Studenten der höheren Semester, das diesen Frühling gestartet ist; meine koreanische Freundin war eine der ersten Teilnehmerinnen. Wenn Boyoung über ihr Projekt spricht, fühle ich mich jedes Mal wie eine stolze Mutter. Sie ist aus Korea hergekommen, um hier, im Mittleren Westen der USA, ein College zu besuchen.

Boyoung fasziniert mich. Ich kenne nur wenige Koreanerinnen und Koreaner. Da ist das Paar, dem einer der drei asiatischen Supermärkte in der Stadt gehört. Ich bin immer ein wenig verlegen, wenn ich den Laden betrete, weil ich bei der Hälfte der Produkte, die in den Regalen stehen, keine Ahnung habe, um was es sich dabei handelt. Mithilfe des Internets habe ich versucht zu entschlüsseln, was Mom mir gekocht hat, als ich jünger war, wie zum Beispiel das Gericht mit Fadennudeln, getrockneten Pilzen und *kimchi-jjigae* in einer Brühe aus getrockneten Sardellen und Algen – was schrecklich klingt, aber eines meiner Lieblingsgerichte ist. Ich war mit Boyoung in dem Laden, und sie hat mir eine Menge Dinge erklärt und sogar ein paar Zutaten gekauft, damit ich sie probieren kann. Eine bestimmte Ramen-Sorte sei die beste, meinte sie, und ob ich sie schon mal mit Käse gegessen hätte? Nein, nie, und sie war beinahe schockierend gut. Mikrowellenreis schlägt Instantreis um Längen. Das Currygemüse aus der Kühltheke ist gar nicht mal so schlecht. Außerdem hat sie mich in die Welt des koreanischen Theaters eingeführt, und ich habe die beiden Serien *Kingdom* und *Signal* konsumiert wie Drogen. Was sie in gewisser Hinsicht sicher auch sind. Mit jeder Minute, die ich mit Boyoung verbringe, bereue ich mehr, wie ich mich aufgeführt habe, als ich jünger, unreifer und, nun ja, dümmer war.

Als Kind nahm mich Mom mit zu koreanischen Kulturprogrammen in Minneapolis. Oder vielmehr, sie schleppte mich dorthin. Ich hasste diese Veranstaltungen, und die gesamten fünf Stunden – oder wie lange auch immer die Fahrt dorthin gedauert haben mochte – tat ich so, als ob ich es interessanter fände, im Vorbeifahren Kühe zu zählen, als auf eine von Moms Bemühungen einzugehen, eine Unterhaltung mit mir zu führen. Ich hab mich aufgeführt wie ein verzogenes Gör. Die Musik, die auf den Veranstaltungen gespielt wurde, klang seltsam und fremd. Der Geruch des Essens schien noch Tage später in meiner Kleidung zu hängen. Wenn ich in der Schule gefragt wurde, was ich am Wochenende gemacht hatte, log ich. Das Traurige war, dass diese Veranstaltungen die einzigen waren, bei denen ich von Menschen umgeben war, die wie ich aussahen. Ich hätte mich also wohler dort fühlen sollen, aber es erinnerte mich nur daran, wie sehr ich mich von meinen Freundinnen und Freunden unterschied. Irgendwann hörte Mom damit auf, mich hinzuschleppen.

Ich hatte mit voller Absicht meine Augen und Ohren verschlossen, und nun bezahlte ich dafür. Wäre ich weiter zu den Kulturveranstaltungen gegangen, hätte ich vielleicht ein wenig Koreanisch gelernt und müsste Boyoung heute nicht um Hilfe bitten.

Aber so ist es nun mal, also greife ich in meine Tasche und nehme die E-Mail heraus, die ich heute ausgedruckt habe. Den alten Ausdruck habe ich so lange mit mir rumgeschleppt, dass er vor lauter Knicken kaum noch lesbar war. Aber Boyoung muss alle Zeichen lesen können. Es ist wichtig, dass ihre Übersetzung perfekt ist.

»Ich muss dich um einen Gefallen bitten.«

»Natürlich.« Mit einem Lächeln bedeutet sie mir weiterzureden.

Ich hole tief Luft und lege das Blatt Papier vor sie auf den Tisch. Ich habe keine Ahnung, warum ich so nervös bin, aber ich bin froh, dass ich noch keine Pizza im Magen habe. Vermutlich würde sie mir sonst wieder hochkommen.

»Es geht um eine Übersetzung. Ich hab versucht, online

was rauszufinden, aber du hast mal gesagt, dass die maschinellen Übersetzungen nicht verlässlich sind, also ... Würde es dir was ausmachen?«

»Nein, überhaupt nicht.« Sie nimmt den Ausdruck in die Hand und überfliegt den Inhalt.

Die E-Mail ist kurz, sie besteht lediglich aus ein paar Sätzen. Während Boyoung liest, gehe ich im Kopf die Übersetzung aus dem Internet durch. Ich weiß, dass sie fertig ist, als ihr die Kinnlade runterklappt und sie ihre großen braunen Augen aufreißt. Seltsamerweise beruhigt mich ihre Reaktion. Es bedeutet, dass meine eigene Übersetzung inhaltlich von ihrer nicht allzu stark abweicht.

»Die Mail ist von meinem Vater. Meinem leiblichen Vater, oder?«

Meine Freundin nickt langsam und stammelt: »Wie hast du ... Wo ... Wann ...« Sie klingt genauso verwirrt und überrascht, wie ich mich gefühlt habe, als ich die Mail in meinem Posteingang gesehen habe.

»Vor einer Weile ...«, beginne ich vage und breche ab. Es fällt mir schwer zuzugeben, dass mich Pats Ankündigung, ein leibliches Kind zu erwarten, in meinem Alter in Panik versetzt hat. »Vor einer Weile habe ich mich bei einem DNA-Service im Internet registriert. Wo man herausfinden kann, ob irgendwo in der Welt jemand mit einer ähnlichen DNA lebt. Man schickt eine Speichelprobe und alle Infos hin, die man zu seiner Adoption hat, und wenn beide Parteien dem vorher zugestimmt haben, wird man kontaktiert, wenn es eine Übereinstimmung mit einer anderen Person in der Datenbank gibt. Ich hab zuerst keine Rückmeldung bekommen, deswegen dachte ich, dass es entweder keine Übereinstimmung gibt oder meine leiblichen Eltern einer

Kontaktaufnahme nicht zugestimmt haben.« Ich ziehe das Blatt Papier unter Boyoungs Hand weg und fahre mit dem Finger über das Schriftzeichen am Ende. Lee Jonghyung. Der Name meines Vaters. Meines *leiblichen* Vaters. Mein Hirn setzt das Adjektiv jedes Mal nachträglich an die Stelle, als könnte ich es sonst vergessen. Meine Mutter würde ihn als »Samenspender« bezeichnen. »Ich dachte, dass es keine Übereinstimmung gibt, weil sie mich ... na ja ... ausgesetzt haben.«

Boyoung nickt wieder. Kurz nachdem sie meine Mutter kennengelernt hatte, hab ich ihr meine Geschichte erzählt. Ihre Augen waren voller Fragen gewesen, aber sie war zu höflich, zu gut erzogen, um auch nur eine einzige davon zu stellen; ganz im Gegensatz zu Jeff, der einmal quer durch den Pausenraum gebrüllt hatte, aus welchem Babyautomaten Ellen mich eigentlich gezogen habe. Dafür gab es eine Verwarnung, aber ich sagte der Personalabteilung, dass es kein Problem sei. Was es tatsächlich nicht war. Es war nicht die erste dämliche Frage, die mir im Laufe der Jahre über meine Beziehung zu Ellen gestellt worden war. Es machte mir nichts aus. Nicht wirklich. Oder zumindest nicht viel. Doch während ich Jeff niemals die Umstände meiner Adoption offenbaren würde, sprudelten die Worte bei Boyoung geradezu aus mir heraus. Nach einem Abendessen bei mir zu Hause holten wir uns noch ein Eis, und bei einem riesigen Bananensplit erzählte ich ihr, dass man mich, als ich nur wenige Wochen alt gewesen war, in der Nähe einer Polizeistation in Mapo-gu zurückgelassen hatte. Ein lebhafter und zentral gelegener Stadtteil Seouls. Ein Polizist fand mich und brachte mich in ein Waisenhaus, von dem ich in eine Pflegefamilie gegeben wurde. Dort blieb ich, bis ich mit einem Jahr von den Wilsons adoptiert wurde.

»Dein *abeoji,* ich meine, dein Vater hat zugestimmt, dass diese Information an dich weitergegeben wird?« Boyoungs helle Stimme rutscht vor lauter Unglauben noch eine Oktave höher. Sie räuspert sich. »Du solltest vorsichtig sein. Ich liebe mein Land, aber schlechte Menschen gibt es überall. Vielleicht will dich dieser Mann nur ausnutzen. Viele Leute in Korea denken, dass alle aus dem Westen reich sind, vor allem Amerikaner.«

»Er hat nicht zugestimmt. Er hat sich nicht selbst an mich gewendet. Es gab ein Datenleck, deswegen hat mir das System seinen Namen und seine Kontaktinformation geschickt.«

Lee Jonghyung. Das würde bedeuten, ich bin eine Lee. Hara Lee klingt ziemlich asiatisch. Um genau zu sein, müsste es Lee Hara heißen. Boyoung hat mir erklärt, dass der Nachname – der Clan-Name einer Person – immer zuerst genannt wird, weil dies dem konfuzianischen Ideal entspricht. Die Familie steht an erster Stelle. Aber offensichtlich nicht immer. Sonst hätte man mich nicht an einer Straßenecke ausgesetzt, und ich wäre nicht adoptiert worden. Manchmal steht also jeder Mensch – und jedes Kind – für sich selbst.

Ich bin weder verbittert noch nachtragend. Ich habe kein Recht dazu. Ich habe eine großartige Mutter. Ich habe einen Job, ein Apartment, ein zehn Jahre altes Auto, eine gute Krankenversicherung und keine Schulden. Das ist ziemlich viel für eine Millennial. Nein, ich bin nicht verbittert, und wenn ich mir das weiter einrede, dann verschwindet dieses säuerliche Gefühl, das beim Gedanken an meine

Geschichte in mir aufsteigt, vielleicht irgendwann von selbst.

»Ich habe gewartet. Ich habe die Nachricht gelöscht.« Ich lächele bei der Erinnerung. »Aber ich habe die Mail wieder aus dem Papierkorb geholt und ihm geschrieben. Das hier ist seine Antwort.«

Ich bin Lee Jonghyung. Mit zwanzig hat mir meine Liebschaft gesagt, dass sie schwanger von mir ist. Ich habe ihr nicht geglaubt, dass das Baby von mir ist, und sie weggeschickt. Aber jetzt frage ich mich, ob das du warst. Mein Herz ist schwer, und ich habe Angst, dass meine Vorfahren mich nach meinem Tod zurückweisen werden, wenn ich diese Sache nicht in Ordnung bringe. Ich würde dich gerne kennenlernen.

»Was, wenn er nicht dein Vater ist? Du hast gesagt, dass du den Kontakt durch ein Datenleck bekommen hast. Dieser Mann könnte jeder sein. Warum hast du mich nicht um Hilfe gebeten?«

Boyoung ist erschüttert. Ernsthaft erschüttert. Ihre Besorgnis treibt meinen Blutdruck in die Höhe.

»Ich ... Ich dachte, dass ich das alleine schaffe.«

Und ich war nicht bereit, es mit jemandem zu teilen. Ich bin immer noch nicht bereit, aber ich war so unsicher, was meine eigene Übersetzung angeht, und ich vertraue dem Internet nicht, also bin ich damit zu dir gekommen.

Boyoung presst die Lippen zu einer missbilligenden Linie zusammen, bevor sie die Hand ausstreckt. »Gib mir die E-Mail. Ich recherchiere ein wenig für dich. Wenn ich rausgefunden hab, wer der Mann ist, helfe ich dir dabei, eine Antwort zu schreiben. Ich will nicht, dass dich jemand ausnutzt.«

Ich umklammere das Blatt Papier, als ob die E-Mail nicht in meinem Posteingang gespeichert wäre und ich sie nicht immer und immer wieder ausdrucken könnte. »Schon gut. Ich werde nichts überstürzen, Boyoung. Ich war nur neugierig.«

Ich meine, ja, ich habe Flüge nach Korea gesucht, aber ich habe kein Ticket gekauft. Vielleicht habe ich auch einen Reisepass beantragt, der bisher noch nicht in der Post war. Bisher habe ich nichts Konkretes unternommen. Das alles sind nur Träume und Hirngespinste.

Ich falte den Ausdruck zu einem winzigen Quadrat und schiebe ihn zurück in meine Tasche.

»Antworte nicht, ohne vorher noch mal mit mir gesprochen zu haben«, bittet Boyoung mich. »Versprochen?«

Die Kellnerin, die unsere Pizza bringt, bewahrt mich davor, meine Freundin anzulügen.

KAPITEL VIER

»Und nachdem Karen und ich uns bei der Trauerfeier begegnet sind, dachten wir, es wäre gut, wenn wir uns wiedersehen. Anscheinend sind Pats Kollegen auch keine großen Fans von Nina. Jeder ist der Ansicht, dass dein Dad ein absoluter Idiot war, neu zu heiraten und in seinem Alter noch ein Kind zu bekommen. Karen hat immer wieder gefragt, was Pat sich dabei gedacht hat, aber das ist ja gerade das Problem. Er hat nicht gedacht. Zumindest nicht mit seinem Kopf.« Mom verstreicht die Creme auf dem Honig-Zitronen-Kuchen, den sie macht.

Bei der Anspielung auf den Penis meines toten Vaters zucke ich zusammen und beschließe, dass von diesem Statement aus kein Übergang zu dem Geständnis möglich ist, das ich zu machen gedenke. Es ist nicht die Reise, wegen der Mom ausflippen wird, sondern der Grund dafür. Ich habe kurz darüber nachgedacht, wie ein Feigling zu lügen, dass ich einen Urlaub im Osten mache, aber das würde eine komplexe Fantasiegeschichte nach sich ziehen, die ich garantiert innerhalb der ersten vierundzwanzig Stunden komplett durcheinanderbringen würde. Abgesehen davon, kann man seine Mutter überhaupt anlügen? Mütter verfügen über einen sechsten Sinn, was ihre Kinder angeht. Es ist mir kein einziges Mal gelungen, meiner Mom was vorzumachen, und wenn sie zurzeit nicht so sehr mit Dads Tod und der anderen Mrs. Wilson beschäftigt wäre, hätte sie längst gemerkt, dass ich vollkommen neben mir stehe.

Ich beuge den Kopf über das Wachspapier vor mir und steche weiter die gedrungenen Körper der Schokoladenbienen aus, mit denen Mom den Kuchen dekorieren will. »Karen war schockiert, dass unsere Namen nicht als Erste in der Trauerrede genannt wurden. Ich hätte eigentlich an erster Stelle kommen müssen, dann du, dann sie und dann dieses Kind. Wie viele Leute, habe ich noch mal gesagt, kommen?«

Moms plötzlicher Themenwechsel irritiert mich nicht weiter. Ich bin daran gewöhnt. Meine Nervosität habe ich von ihr – nicht biologisch geerbt, aber durch das achtzehnjährige Zusammenleben mit ihr. Man übernimmt die Gewohnheiten derjenigen Menschen, von denen man umgeben ist. Ich bin mir sicher, Erziehung toppt Abstammung.

»Dreizehn. Und er heißt Ryder.«

»O mein Gott, lass mich bloß nicht von dem Namen anfangen. Wer nennt seinen Sohn bitte Ryder?« Sie tippt mir aufs Handgelenk. »Mach die Bienen möglichst fett. Jeder mag gerne einen großen Happen Schokolade zur Zitrone.«

Immer noch besser als Hara, denke ich, während ich extra dicke Bienen aussteche und anschließend Mandelflügel an die runden Körper klebe.

Jeder Schuljahresbeginn war das reinste Vergnügen, wenn ich dabei zuhören musste, wie die neuen Lehrer meinen Namen massakrierten. Es heißt Ha-rah, nicht Hair-a. Ich hätte mir ein Schild basteln und es mir auf die Brust kleben sollen. Leider bewahrten mich die vergleichsweise harmlosen Erlebnisse in der Schule nicht vor der großen Peinlichkeit, als ich auf dem College von einer asiatischen Austauschstudentin erfuhr, dass ich meinen Namen mit einer berühmten koreanischen Pornodarstellerin teile. Jedes Mal, wenn ich an einem meiner wenigen asiatischstämmigen Mitstudenten vorbeikam, meinte ich, ein leises Kichern zu hören, deswegen hatte ich nie etwas mit einem von ihnen zu tun. Nicht, dass sie jemals auf mich zugekommen wären. Ausländische Studenten glucken häufig sehr eng zusammen. Sie sprechen alle mindestens zwei Sprachen, wenn nicht mehr, und jedes Mal, wenn sie etwas auf Koreanisch zu mir gesagt haben, bestand meine Antwort aus einem dümmlichen, leeren Starren. Ich gehörte nicht zu dieser Gruppe, und das lag nicht nur an meiner Unfähigkeit, mit ihr zu kommunizieren. Ich verstand ihre Wortspiele nicht. Ich hatte keine Ahnung von dem Essen, über das sie sprachen, oder von den Sehenswürdigkeiten. Lotte World Tower? Myeong-dong? Gwanghwamun-Platz? Jegliche kulturelle Anspielung entging mir. Ich war in ihrer Gegenwart ebenfalls *anders*. Die einzige Gemeinsamkeit, die wir hatten, waren unsere ähnlichen Gesichtszüge. Boyoung ist meine erste asiatischstämmige Freundin.

»Er wird den Namen seine ganze Schullaufbahn für jeden einzelnen Lehrer buchstabieren müssen. Nicht, dass sie in der Lage sein wird, für seine Ausbildung zu bezahlen, dafür reicht die mickrige Versicherungssumme nicht aus. Gut, dass du einen Job hast; sonst wäre das ein weiter Punkt auf der langen Liste der Dinge, mit denen er dich im Stich gelassen hat.«

Ich halte den Mund. Mom will gar nicht, dass ich meine Meinung dazu abgebe.

Und wie erwartet, plappert sie weiter. »Es gibt drei verschiedene Sorten Sandwichs, aber ich bin mir nicht sicher, wie viele ich insgesamt machen soll. Zwei pro Person? Das wären dann ... Wie viele Leute, hab ich gesagt, kommen?« Sie geht zum Kühlschrank und holt Gurken, Frischkäse und Lachsaufstrich heraus.

»Dreizehn.« Ich schnappe mir die Tüte mit der weißen Schokolade und verteile die schmalen Streifen auf den Rücken der Bienen.

»Dreizehn. Stimmt. Das ist keine gute Zahl. Ich hätte eine Person mehr einladen sollen. Aber hab ich überhaupt genug Stühle? Vielleicht sind dreizehn Gäste sogar zu viele. Was ist mit Getränken? Es gibt natürlich Tee, aber sollten wir auch Dessertwein anbieten? Trinkt man um diese Zeit überhaupt Dessertwein?« Sie legt die Gurken und die Aufstriche auf die Küchenanrichte und schnappt sich ihr Handy.

Ich verstaue die Kuchendekoration im Gefrierfach und schaffe Platz für die Pies im Kühlschrank. Nachdem die Desserts damit fertig wären, nehme ich die Sandwichs in Angriff. Zumindest gibt es etwas, bei dem ich helfen kann. Bei der letzten Party wollte sie vier verschiedene Sorten selbst gemachte Nudeln mit Kürbis und Spinat anbieten. Wir standen stundenlang zusammen in der Küche, bevor ich aufgab und zum nächsten Supermarkt fuhr, um Fertigpasta zu kaufen.

»Oh, Sekt natürlich. Wir machen Mimosas. Habe ich Orangensaft da? Du musst bitte noch Sekt besorgen, Hara. Ich hab nur noch eine der billigen Flaschen von Silvester da; den kann ich den ehemaligen Kollegen deines Vaters unmöglich anbieten.«

Ich beschließe, die Sandwichs zu machen und anschließend zu beichten. Nein, nicht zu beichten, weil das klingt, als hätte ich etwas falsch gemacht. Und es kann nicht falsch sein, dass ich mehr über meine Vergangenheit erfahren möchte. Das ist vollkommen normal. Selbst Boyoung, die mir die ganze vergangene Woche immer wieder eingetrichtert hat, ich solle vorsichtig sein, was fremde Menschen im Internet angeht, hat nichts dagegen, dass ich den Kontakt mit meinem leiblichen Elternteil suche. Aber sie ist besorgt, dass mich jemand über den Tisch zieht. Verständlich. Vor ein paar Tagen hat sie mir einen Haufen Schriftzeichen geschickt mit der strengen Anweisung, sie in das Antwortfeld meines E-Mail-Accounts zu kopieren. Was ich nicht getan habe. Die digitale Übersetzung klang nach einer wütenden Zurechtweisung, begleitet von der Aufforderung, mich nie wieder zu kontaktieren.

Mom wird nicht denken, dass es sich um einen Hochstapler handelt, aber sie wird verletzt sein. Sie wird es als Angriff auf ihre Fähigkeiten als Mutter auffassen, auch wenn ich sie durch eine Reise nach Seoul, um Lee Jong-hyung kennenzulernen, natürlich nicht verrate.

»Hör mal, Mom.«

»Wie viel Sekt sollten wir besorgen? Drei Flaschen? Oder vielleicht nur zwei? Karen bringt bestimmt eine Flasche Wein mit, meinst du nicht? Sie gehört zu den Leuten, die überall Wein mit hinbringen. Und Macy vielleicht auch. Sie hat gesagt, dass sie gerne helfen …«

»Mom …«

»Drei ist eine gute Zahl. Irgendwann werde ich wieder Gäste haben. Wenn wir die drei Flaschen also diesmal nicht trinken, hab ich fürs nächste Essen schon eine da.«

Mit reden allein werde ich nicht weiterkommen. Ich lasse die Sandwichs Sandwichs sein und nehme meiner Mutter das Handy aus der Hand.

Sie sieht auf. »Was ist?«

Natürlich, jetzt wo ich ihre Aufmerksamkeit habe, fällt mein Mut in sich zusammen und sammelt sich in einer armseligen Pfütze zu meinen Füßen. »Ich ... Ich ...« Ich breche ab, um mich zu räuspern.

Mom runzelt die Stirn. »Du bist doch nicht krank, oder?« Sie hebt eine Hand, um sie an meine Wange zu legen.

»Nein. Es geht um was anderes. Es ist so ... Ich habe da diese E-Mail bekommen.« Ich greife um sie herum, um meine Handtasche auf der Kücheninsel zu mir heranzuziehen; dabei rutscht der Ausdruck heraus.

Mom wirft einen Blick darauf und sieht dann wieder mich an. »Was ist das?« Sie möchte das Blatt Papier nicht berühren. Als ob sie ahnt, dass ihr der Inhalt nicht gefallen wird.

Ich falte den Ausdruck auseinander und reiche ihn ihr.

Widerwillig nimmt sie ihn entgegen. Das Blatt zittert leicht, als sie es anhebt, um zu lesen. »Geht es um Timesharing? Um eines von diesen Wohnungstauschangeboten?« Sie versucht sich an einem Lachen. »Du weißt doch, dass die einen damit nur über den Tisch ziehen.«

»Nein, kein Wohnungstausch«, sage ich leise. »Das ist eine Mail von meinem Dad.«

»Von Pat?«

»Nein. Von meinem ...« Beinahe hätte ich »von meinem richtigen Dad« gesagt, halte mich jedoch in letzter Sekunde davon ab. »Von meinem leiblichen Vater.«

»Dem Samenspender?«, entfährt es meiner Mutter schockiert. Sie überfliegt die Mail und bleibt an der Handschrift hängen, in der ich nach dem Pizzaessen mit Boyoung die Übersetzung festgehalten habe. »Nein. Nein. Das hier ... Das darfst du nicht.«

»Ich hab mich bei einer dieser DNA-Datenbanken für adoptierte Kinder registrieren lassen – und das hier als Antwort bekommen.«

Ihre Lippen werden schmal. »Liegt es daran, dass dein Vater gestorben ist?« Sie lässt den Ausdruck auf die Anrichte sinken und schiebt ihn in meine Richtung. Dann beginnt sie, die Gurke auf dem Holzbrett in ungleiche Stücke zu schneiden. »Du solltest zu einer Therapeutin gehen. Auf der Beerdigung hast du keine einzige Träne vergossen, dabei ist es manchmal gut zu weinen. Es kann dir«, Mom presst sich eine Faust an die Brust, »Erleichterung verschaffen. Ich hab selbst überlegt, eine Therapie zu machen. Wir könnten auch zusammen hingehen.«

»Es hat nichts mit Dads Tod zu tun.«

Es hat etwas damit zu tun, dass er versucht hat, sich ein neues Leben ohne mich aufzubauen. Es hat etwas mit der E-Mail zu tun, die ich bekommen habe. Es hat etwas damit zu tun, dass ich nie das Gefühl hatte, wirklich hierherzugehören – zwischen all die Menschen mit ihren hellen Haaren, tief liegenden Augen und geschwungenen Nasen –, und mich gleichzeitig genauso wenig den asiatischen Austauschstudenten in meiner Uni zugehörig gefühlt habe. Der Schuh sitzt entweder zu eng oder zu locker, aber ich habe das Gefühl, dass ich irgendwo auf dieser schmalen Halbinsel auf der anderen Seite des Ozeans Antworten finden werde.

»Ich denke nur über Sachen nach«, füge ich schließlich hinzu.

»Was für Sachen? Darüber, warum er dich ausgesetzt hat? Es gibt keinen Anlass für Neugier. Du hast bereits einen Vater.« Mom stampft zur Anrichte rüber und klatscht Gurkenstücke auf die Toastscheiben, die ich dort ausgebreitet habe. »Du brauchst keinen Kontakt zu diesem Fremden. Außerdem weißt du doch, was Nickis Familie passiert ist. Das war schrecklich. Sie hat ein Trauma erlitten, und das vollkommen unnötigerweise.«

Nicki ist ebenfalls adoptiert, sie lebt in Minneapolis. Ich habe sie bei ein paar Kulturveranstaltungen getroffen. Durch das Adoptivnetzwerk, mit dem meine Mutter damals noch in Kontakt stand, war Nickis unglückliche Wiedervereinigungsgeschichte bald in aller Munde gewesen. Sie war im Rahmen einer Reise, die eine Adoptionsagentur organisiert hatte, nach Korea geflogen und hatte dort ihren leiblichen Vater und zwei ältere Geschwister kennengelernt. Die Familie war arm gewesen, was der Grund dafür gewesen war, dass sie Nicki zur Adoption freigegeben hatte. Und sie war noch immer arm, als Nicki – inzwischen Medizinstudentin – in ihr Geburtsland zurückkehrte. Sie forderte Geld von ihr. Es sei ihre Pflicht als Kind, der Familie zu helfen. Sie war in Amerika in einem wohlhabenden Haushalt aufgewachsen, in dem beide Elternteile als Ärzte tätig waren. Es fehlte ihr an nichts, während ihre leibliche Familie sich gerade so durchschlug. Sie unterstützte sie, aber die Nachfragen hörten nicht auf, bis Nicki sich schließlich gezwungen sah, den Kontakt abzubrechen. Sie bereute es, ihre leibliche Familie jemals kennengelernt zu haben, und wollte niemals wieder zurückkehren.

»Er hat nichts davon geschrieben, dass er Geld will.«

Die Antworten, die ich von Lee Jonghyung bekommen habe, waren kurz. *Besuch mich. Ich würde dich gerne kennenlernen.*

»Warum sollte er dich sonst kontaktieren?«

Mom will mich nicht mit Absicht verletzen, aber die Gleichgültigkeit, mit der sie den Satz formuliert – als könne es keinen anderen Grund als einen finanziellen geben, mich kennenlernen zu wollen –, hinterlässt eine Leere in meiner Brust.

Ich tue so, als würde es mir nichts ausmachen. »Vielleicht ist er auch neugierig.«

Mom schnaubt. »Er könnte einer von diesen Leuten sein, die versuchen, deine Identität zu stehlen. Da drüben machen viele so was.«

»Da drüben?« Mir gefällt die Richtung, die das Gespräch nimmt, nicht, und bevor sie etwas sagen kann, dass wir beide bereuen werden, rede ich schnell weiter. »Ich werde ihm keine Informationen über mich schicken. Er möchte, dass ich nach Seoul komme; keine Rede davon, dass ich ein Flugticket für ihn in die USA buchen soll. Ich weiß, es klingt ziemlich verrückt und so, als würde es nirgendwo hinführen, aber wenn ich jetzt nichts unternehme, werde ich es für immer bereuen.«

Mom drückt Toastscheiben auf die nachlässig verteilten Gurkenschnipsel. »Bin ich dir nicht genug? Ja, Pat war ein schlechter Vater, aber er hat dich auf seine eigene Art geliebt, und ich liebe dich über alles. Seit ich das erste Foto von dir gesehen habe. In diesem Land gibt es nichts für dich zu finden. Sie haben dich wie Müll behandelt, den man einfach so vor die Tür schmeißt.«

Ich hole tief Luft und halte den Atem an, überrascht, wie weh ein paar einfache Worte tun können. Sie ist wütend, rede ich mir stumm ein, und verletzt.

»Das stimmt so nicht. Es gibt viele Gründe. Medizinische zum Beispiel. Jedes Mal, wenn ich beim Arzt ein Formular ausfüllen soll, muss ich die Fragen zu meiner Familienhistorie auslassen.«

»Bist du krank? Verheimlichst du mir was? Du hättest etwas sagen soll, bevor ich angefangen habe, diese Party zu planen.« Moms Stimme wird immer höher und dünner.

»Nein, Mom, ich bin nicht krank. Ich bin nur ... Ich bin nur neugierig.« Ich reibe meinen Hals und frage mich, ob sich meine Kehle deswegen wie zusammengeschnürt anfühlt, weil ich eine Sommergrippe ausbrüte oder weil dieses Gespräch genauso schlecht läuft, wie ich es erwartet habe.

»Du kannst hier neugierig sein. Es gibt genug Ressourcen. Das Internet wurde nicht umsonst erfunden.« Sie schlägt mit der flachen Hand auf die Anrichte. »Was passiert denn, wenn du dich wirklich mit ihm triffst? Welche Antworten könnte er dir bitte geben, damit du dich besser fühlst? Ich habe dir erklärt, dass deine Mutter dich weggegeben hat, weil sie sich ein besseres Leben für dich gewünscht hat.«

Das ist die Geschichte, die mir Ellen mein ganzes Leben lang erzählt hat, vor allem abends, wenn ein Streifen Mondlicht durch den schmalen Fensterstreifen fiel, der nicht von der Jalousie verdeckt wurde. Weil nachts die Zweifel aus den Ecken gekrochen kamen, wenn ich wach in meinem Bett lag, an die Decke starrte und mich fragte, warum mich meine Mutter weggegeben hatte. Warum sie mich, wie Ellen es so direkt ausgedrückt hatte, vor die Tür geworfen hatte wie einen Müllsack. Dann drehten sich die schmerzhaften Gedanken in meinem Kopf, ich fühlte mich wie ein Hamster in seinem Rad. Ich war klein, bedeutungslos, wertlos. Das waren die Gründe für die Tränen gewesen, die Dad so gehasst hatte. *Hör auf zu weinen. Was bringt es zu weinen? Dadurch ändert sich nichts.*

»Ich möchte ihn sehen. Ich möchte seine Hand berühren. Ich möchte ...« Es ist schwer zu erklären. Weil ich meine Sehnsucht danach selbst nicht richtig begreife. Ich weiß nur, dass sie existiert und mich in eine bestimmte Richtung drängt. Wie ein Seil, das um mein Herz geschlungen ist und mich ostwärts zieht.

»Es gibt da nichts für dich. Dein Leben ist hier. Dein Job ist hier. Deine Freunde sind hier.«

»Mom. Sie haben gesagt, dass ich nicht wie Dad aussehe. Auf der Beerdigung.«

»Wen interessiert das bitte?« Sie wirft eine Hand in die Luft. »Mir siehst du auch nicht ähnlich. Heißt das, ich bin nicht deine Mutter? Heißt das, ich war nicht jedes Mal für dich da, wenn du hingefallen bist? Jedes Mal, wenn du einen Erfolg zu feiern hattest? Jedes Mal, ob du krank oder glücklich warst, ich war für dich da. Ich bin deine Mutter!« Das letzte Wort klingt mehr nach einem Flehen als nach einer Feststellung.

Ihrem Wutanfall folgen keine Tränen, sondern ein schmallippiger, verkniffener Gesichtsausdruck, was aus irgendeinem Grund noch schlimmer ist.

»Ich liebe dich.« Ich weiß nicht, wie ich mich erklären soll. Wie kann ich ein Gefühl, das tief in meiner Brust steckt, in Worte fassen? »Ich liebe dich, Mom. Ich verlasse dich nicht.« Nicht so, wie Pat es getan hat. »Ich möchte nur ... Ich möchte hinfliegen.«

KAPITEL FÜNF

»Es tut mir leid«, entschuldigt sich Boyoung gefühlt zum zehnten Mal, seit ich gelandet bin. Nachdem ich meinen Körper aus dem unbequemen Flugzeugsitz entfaltet und mein Handy eingeschaltet habe, bin ich von mehreren Nachrichten begrüßt worden, die mir Boyoung geschrieben hat. Sie könne mich nicht vom Bahnhof in Seoul abholen, wie wir es besprochen haben, es täte ihr wirklich sehr leid, sie werde es wiedergutmachen.

»Kein Problem.« Wie lautet noch mal der richtige Ausdruck auf Koreanisch? Ich erinnere mich, ihn in einem Song bei Boyoung gehört zu haben. *Gwechan-ah? Gwenchan-ahyo?* Ich probiere, es laut auszusprechen, wobei ich mir wegen der ungewohnten Buchstabenfolge beinahe einen Knoten in die Zunge mache.

Boyoung versucht, sich ein Kichern zu verkneifen, dennoch entfährt ihr ein leiser Laut. »Man spricht es eher wie ein K aus und nicht wie gw, aber der Ausdruck stimmt. Vielen Dank für dein Verständnis. Mein Bruder ist krank, und ich möchte ihn ungern alleine lassen.«

»Wirklich kein Problem.«

Es gibt einen Zug, der den Flughafen von Incheon – eine kleine Inselstadt nordwestlich der Hauptstadt – mit dem Hauptbahnhof in Seoul verbindet. Von dort muss ich in einen anderen Zug umsteigen und dann einen Bus nehmen, um zu meinem angemieteten Zimmer zu kommen. Boyoung ist der Meinung, dass der Weg eventuell zu kompliziert sein könnte – das U-Bahn-Netz ist auch auf Englisch beschildert, die Buslinien sind es nicht. Außerdem würde ich ein Transitticket brauchen, und sie könne sich nicht erinnern, wo sich die englischen Fahrkartenschalter befinden. Was kein Wunder ist, schließlich benötigt sie sie selbst ja nicht. In meinem Kopf kann ich förmlich hören, wie meine Mutter sich aufregt, das hätte ich nun davon, in ein fremdes Land zu reisen, dessen Sprache ich so gut wie nicht beherrsche. Boyoung soll von meiner Unsicherheit allerdings nichts mitbekommen, sie wirkt schon so gestresst genug.

»Es ist nicht optimal, aber was sollen wir machen?« Sie seufzt. »Nach der Zollkontrolle musst du nach unten und dort durch die Türen gehen. Geradeaus siehst du dann einen Telefonladen, wo du eine SIM-Karte für dein Handy kaufen kannst, damit du Internet hast. Die Verkäufer werden alle Englisch sprechen, da solltest du also keine Probleme haben. Nimm nicht den Zug. Ich habe einen Fahrer gebucht.«

Ich verziehe das Gesicht. Das klingt teuer, und da Mom gegen die Reise ist, bin ich finanziell auf mich allein gestellt. Ich muss aufpassen, was meine Ausgaben angeht. »Ich nehme gerne die U-Bahn. Du hast selbst gesagt, dass es Beschilderungen auf Englisch gibt.«

»Nein. Du hast Gepäck, da ist ein Auto besser. In den Zügen gibt es nur diese kleinen Gepäckfächer, und außerdem müsstest du in Seoul Station umsteigen, und da ist immer wahnsinnig viel los. Ich zeige dir das alles morgen, okay? Der Fahrer trägt einen blauen Anzug und eine rote Krawatte. Er wartet in der Nähe des Telefonladens. Und mach dir keine Sorgen, er spricht auch Englisch. Er hat deine Handynummer und schickt dir eine SMS, falls du ihn nicht finden solltest. Ich hab ihm schon gesagt, wo du hinmusst, aber gib ihm trotzdem vorsichtshalber noch mal die Adresse. Bitte, Hara, sonst mache ich mir zu viele Sorgen um dich.«

Meine Freundin klingt schon jetzt sehr besorgt, und da ich nicht möchte, dass sie sich solche Gedanken macht, knicke ich ein. »Okay. Aber ich gebe dir das Geld für die Taxifahrt zurück, wenn wir uns morgen sehen.«

»Ja, okay.«

Wir verabschieden uns, und ich erlaube mir einen kurzen Moment der Panik, während ich mein Handy in die Tasche zurückstecke. Dann schenke ich dem uniformierten Beamten, dessen Gesichtsmuskeln wie erstarrt scheinen, ein angespanntes Lächeln und passiere die Zollkontrolle.

Ich bin erwachsen. Es ist nicht das erste Mal, dass ich Iowa verlasse. Und auch wenn der Flughafen Incheon eher an eine kleine futuristische Stadt erinnert als an einen Flughafen, bin ich mir sicher, dass ich es bis zu meinem Airbnb schaffen werde. Vor allem wenn es jemanden gibt, der mich bis vor die Haustür fährt. Außerdem hat mir Boyoung eine Liste mit einigen nützlichen Begriffen geschickt – nicht, dass ich auch nur einen von ihnen richtig aussprechen könnte, aber sie hat mir versichert, dass man mir garantiert helfen würde, wenn ich auf meinem Handydisplay auf das entsprechende Wort zeige.

»Die Menschen in Seoul sind freundlich«, hatte Boyoung gesagt, als sie schließlich eingesehen hatte, dass ich diese

Reise unternehmen würde, ganz egal wie viele Leute meinten, sie sei ein Fehler.

Es war seltsam, je mehr mir von der Reise abgeraten wurde, desto stärker verspürte ich den Drang, sie anzutreten. Niemand konnte meine Meinung ändern, nicht einmal meine Vorgesetzte, die sagte, dass mein zweiwöchiger Urlaub zwar genehmigt werde, ich dafür aber den Rest des Jahres keinen freien Tag mehr nehmen könne, nicht mal um Weihnachten. Es war mir egal. Ich ging nach Hause und fing an zu packen.

Als Boyoung merkte, dass ich trotz aller Gegenargumente fliegen würde, bot sie an – oder vielmehr forderte sie –, meine Reiseleiterin zu spielen. Als könnte das etwas sein, zu dem ich jemals Nein sagen würde. Da die Sommerpause am College bereits begonnen hatte, war Boyoung nach Korea geflogen, während ich darauf wartete, dass mein Reisepass mit der Post eintraf.

Der sechzehnstündige Flug war anstrengend gewesen. Die Sitze waren eng, und trotz des Filmangebots an Bord konnte ich mich auf nichts konzentrieren. Ich hatte versucht zu schlafen, aber das seltsame Gefühl der Aufregung, das mich einfach nicht loslassen wollte, hatte mich wach gehalten.

Es ist cool, hier zu sein, in dem Land, in dem ich geboren wurde. Wäre Boyoung mit mir zusammen hergeflogen, hätte ich vielleicht das Gefühl gehabt, so tun zu müssen, als wäre ich vollkommen ungerührt. Stattdessen kann ich jetzt so viel erstaunt starren, wie ich will, ohne mir dabei blöd vorzukommen. Wo ich auch hinsehe, erstreckt sich ein Meer aus blauschwarzen Haaren. Aus oval geschnittenen Augen. Aus runden Wangen, glatten Stirnen und kleinen

Nasen. Dies sind Gesichter, die dem ähneln, was ich sehe, wenn ich in den Spiegel blicke. Dem Gesicht, von dem ich manchmal vergesse, wie es aussieht, bis ich zufällig seine Reflexion in einem Schaufenster sehe. *Oh, ich bin ja koreanisch,* stellt mein Gehirn in diesen Momenten dümmlich fest. Hier muss ich nicht so tun, als würde ich dazugehören. Ich sehe aus, als würde ich es tun. Es sind andere Reisende, die aus den Menschenmengen herausstechen: eine Frau mit roten Locken, ein großer Geschäftsmann mit blonden Haaren, eine fünfköpfige Familie mit unterschiedlichen Frisuren in diversen Braunschattierungen. Andere sehen diese Leute an, nicht mich. Niemand würde mich hier fragen, wo ich herkomme. Niemand würde infrage stellen, welche Sprache ich spreche. Niemand ...

»Reisepass, bitte.« Die Stimme des Beamten unterbricht meine kleine Fantasie.

Mit einem Seufzen reiche ich ihm das blaue Heftchen. Okay, vielleicht wird es Menschen geben, dir mir Fragen stellen, aber es werden keine dummen Fragen sein wie die, ob ich noch etwas sehen kann, wenn ich lächele, oder ob mein Geschlecht so schräg steht wie meine Augen, oder warum ich wie Constance Wu aussehe, obwohl sie Chinesin ist und ich aus Korea stamme. Es wird keine dieser dummen Fragen geben, an die ich mich noch immer erinnere, als wären sie mir gestern gestellt worden, obwohl die meisten dieser Situationen schon Jahre zurückliegen. Ich denke, man erinnert sich vor allem an die Dinge, die einem das Gefühl geben, im eigenen Land fremd zu sein.

»Was ist der Anlass für Ihre Reise? Sind Sie geschäftlich hier? Machen Sie Urlaub?« Der Beamte starrt mich durch die Plexiglasscheibe an. »Besuchen Sie Familie?«

Ich wiederhole die Optionen in meinem Kopf, hake eine nach der anderen als nicht zutreffend ab, bevor ich mich schließlich festlege. »Ja, ein Familienbesuch.«

Der Beamte drückt einen Stempel in meinen Pass und gibt ihn mir mit einem kurzen Nicken zurück.

Seht ihr? Keine dummen Fragen. Ein übermütiges Lächeln zupft an meinen Mundwinkeln. Ich habe bisher noch nicht mal den Flughafen verlassen und fühle mich schon zu Hause.

Als ich durch die automatischen Türen hinter den Gepäckbändern trete, entdecke ich sofort meinen Fahrer – groß, in einem perfekt sitzenden blauen Anzug, den dunkelhaarigen Kopf über sein Handy gebeugt. Ich lasse ihn nicht aus den Augen, während ich mir eine SIM-Karte besorge.

Mir fällt auf, dass hier alle Männer sehr gut aussehen. Nicht, dass ich auf einen Urlaubsflirt aus wäre, aber jeder Mann, der mir bisher über den Weg gelaufen ist, wirkte gepflegt, war gut angezogen und im Allgemeinen sehr nett anzusehen. Diese Tatsache hat mir Boyoung bisher vorenthalten – wie unhöflich von ihr.

Der Verkäufer spricht Englisch, wie Boyoung es mir versprochen hat. Nach ein paar Minuten ist alles geregelt, und ich gehe zu dem Mann im blauen Anzug.

»Hallo«, sage ich. »Ich bin Hara. Hara Wilson.«

Als er von seinem Handy aufsieht, stolpere ich beinahe über meine eigenen Füße. Ich bin nicht gerade eine Plaudertasche, aber es kommt nur selten vor, dass mir die Worte fehlen. Normalerweise fällt mir immer etwas ein, das ich sagen könnte. In diesem Fall nicht. Es fühlt sich an, als würde meine Zunge am Gaumen festkleben.

Er ist schön. Kein Adjektiv, das ich normalerweise verwende, um einen Mann zu beschreiben, aber für ihn fällt mir kein besseres ein. Er ist Zeitschriften-Cover-schön. Photoshop-schön. So schön, dass wenn ich ein Bild von ihm in meinem Instagram-Account hochladen würde, der Post viral ginge. Vermutlich bilde ich ihn mir nur ein, so wie eine durstige Frau in der Wüste die Fata Morgana einer Oase herbeifantasiert, während sie in Wirklichkeit an einer Sanddüne leckt. Ich bin seit vierundzwanzig Stunden wach. Es ist schwer, im Flugzeug zu schlafen, wenn man etwa fünf Zentimeter Beinfreiheit hat und zwischen einem Geschäftsmann, der offensichtlich in seinem Rasierwasser gebadet hat, und einer Frau, die alle fünf Minuten ein Selfie von sich macht, bevor sie an deiner Schulter einschläft, eingequetscht ist. Wahrscheinlich hat sich ein Film auf meine Augen gelegt, der wie eine Art Fotofilter funktioniert.

Ich blinzele zweimal, aber als ich den Blick wieder fokussiere, ist er immer noch da – nur dass inzwischen er mich anstarrt, als sei ich ziemlich seltsam.

»Ich bin Ha-Hara«, stammele ich, aber seine Miene spiegelt nicht das geringste Wiedererkennen. Dann fällt mir ein, dass er eventuell nur Boyoungs Namen kennt, da sie die Fahrt organisiert hat. »Boyoung Kim. Ich meine, Kim Boyoung«, korrigiere ich mich schnell. »Kim Boyoung hat die Fahrt für mich zu meinem Apartment organisiert.«

Der Mann sieht zwischen meinem Gesicht und meiner Hand hin und her.

Das Gefühl, zu Hause zu sein, verabschiedet sich und wird durch das mir nur allzu vertraute Anderssein ersetzt. Eine Sekunde später stehen meine Wangen in Flammen. Auf einmal wird mir klar, dass Boyoungs Hinweis darauf, dass sich die Menschen in Seoul sehr gut kleiden, nicht als Anekdote gemeint war, sondern als subtiler Hinweis darauf, dass meine Vorliebe für Jogginganzüge dazu führen würde, dass ich zwischen den Menschen hier hervorstechen würde wie ein roter Filzstift zwischen lauter weißen. Die Message ist mir entgangen, und nun stehe ich hier in einer Jogginghose, einem alten Puma-T-Shirt und Sneakers.

Die Hitze breitet sich von meinen Wangen bis über meine Ohren aus.

Ich will mich gerade abwenden, als er meine Hand ergreift. Er hat lange Finger wie ein Klavierspieler, und sein Griff ist fest und trocken. Der Hautkontakt sendet einen elektrischen Impuls durch meine Handfläche bis in meinen Nacken und an Orte weiter südlich.

»Choi Yujun«, sagt er und fügt in perfektem Englisch, das kaum einen Akzent erkennen lässt, hinzu: »Sie sind Amerikanerin.« Keine Frage, sondern eine Feststellung.

Was von meiner »Ich bin hier zu Hause«-Blase noch übrig war, löst sich endgültig in Luft auf, und das elektrisierende Gefühl, das von unserer Berührung ausgegangen ist, verabschiedet sich ebenfalls.

Ich ziehe meine Hand zurück und umklammere damit stattdessen den Riemen meiner Handtasche. »Woher wissen Sie das?«

»Ihr Akzent. Oder besser gesagt die Tatsache, dass Sie keinen haben.« Sein rechter Mundwinkel biegt sich ganz leicht nach oben.

»Sie haben auch kaum einen Akzent«, stelle ich fest. Der Fahrer spricht Englisch wie mein Kollege Jeff, mit einem ganz leichten Akzent, den ich nicht richtig zuordnen kann.

Boyoung spricht ebenfalls mit Akzent, was ihr nicht gefällt. Ich verstehe sie. Es gibt immer irgendeinen Idioten, der bereit ist, sich deswegen über dich lustig zu machen.

»Ich habe in den Staaten studiert.«

»Ach, echt?« Ich will ihn gerade fragen, welche Uni er besucht hat, als mir auffällt, dass unsere Unterhaltung ein wenig merkwürdig ist für einen Fahrer und seinen Fahrgast. Wahrscheinlich hat er wenig Lust darauf, von irgendeiner dahergelaufenen Amerikanerin, die er zu ihrer Ferienwohnung fahren soll, gelöchert zu werden. »Kim Boyoung hat mir gesagt, dass Sie mich zu meiner Mietwohnung bringen. Haben Sie die Adresse?«

Er schüttelt den Kopf. »Nein, aber wenn Sie sie mir geben, dann bringe ich Sie gerne hin.«

Ich bin überrascht. Boyoung ist die Art Mensch, die vorab im Restaurant anruft, um sicherzugehen, dass die Ananas, die auf die Pizza kommt, auch wirklich frisch ist. Aber vielleicht läuft das hier in Korea ja so.

Ich möchte mir keine Blöße geben, also rufe ich die Adresse auf meiner Notiz-App auf.

Der Mann neigt den Kopf in meine Richtung, und ich rieche einen Hauch Wärme gemischt mit Zitrone. Wenn ich jetzt an seinem Hals schnüffele, ruft er dann einen Beamten, um mich zurück nach Amerika schicken zu lassen? Besser, ich gehe kein Risiko ein.

»Wissen Sie, wo das ist?«

»Ich kenne die Gegend«, räumt er ein.

»Großartig. Super.« Ich benehme mich absolut merkwürdig. »Äh, das ist alles, was ich dabeihabe.« Ich deute auf den großen roten und den kleinen Handgepäckskoffer neben mir.

Er schnappt sich den großen Koffer und setzt sich damit in Bewegung, bevor ich reagieren kann.

»Warten Sie.« Ich haste ihm hinterher. Merkt er nicht, dass seine Beine doppelt so lang sind wie meine? »Ich kann mein Gepäck selbst ziehen.«

»Da bin ich mir sicher«, erwidert er, ohne Anstalten zu machen, mir den Koffer zurückzugeben. »Zu meinem Wagen geht es in diese Richtung.«

Solange ich nicht bereit bin, mich körperlich mit ihm anzulegen, werde ich mein Gepäck anscheinend nicht zurückerobern.

»Ich habe als Kind ein paar Jahre in Amerika gelebt«, sagt er, als ich ihn eingeholt habe. »In Kalifornien, um genau zu sein. Wo kommen Sie her?«

»Aus dem Mittleren Westen. Iowa.« Sein Gesichtsausdruck überrascht mich nicht. Nicht umsonst wird Iowa oft als »Flyover State« – als »Durchfahrtsstaat« – bezeichnet. »In der Nähe von Chicago.«

Chicago scheint er zu kennen. »Ich bin einmal dort gewesen. Der See ist sehr schön.« Dieses Mal fällt sein Lächeln breiter aus, und ich mache eine verheerende Entdeckung: Er hat Grübchen. Wenn er richtig lächelt, sind sie garantiert zentimetertief.

»Ja, sehr schön«, wiederhole ich.

O nein, mir fällt ein Lied über Grübchen ein, das mir Boyoung vorgespielt hat; darin kommt die Frage vor, ob sie aus dem Kuss eines Engels entstehen. Das ist der endgültige Beweis dafür, dass Gott eindeutig seine Lieblinge hat. Kein Mann hat das Recht, so schön zu sein und auch noch ein Grübchen-Lächeln zu haben.

»Ihre Familie hat nichts dagegen, dass Sie in einem Ferienapartment wohnen?«, fragt er mit einer Geste seiner feingliedrigen Hand in Richtung meines Handys.

»Ich, äh, ich habe keine Familie hier. Zumindest nicht, soweit ich weiß. Ich wurde adoptiert«, platze ich heraus, bevor ich mir auf die Zunge beiße. Warum erzähle ich ihm das? Wie dumm von ...

»Das ist interessant«, sagt er. »Meine Mutter ...«

»Sir. Sir!«

Mr. Grübchen bleibt stehen, und wir beide drehen uns um. Ein Mann, ebenfalls in einem blauen Anzug, kommt auf uns zugerannt. Er sagt etwas auf Koreanisch, worauf mein Fahrer mit einem kurzen Blick auf mich etwas erwidert. Die beiden Männer kennen sich.

»Eine Sekunde.« Mein Fahrer tritt auf den Mann zu, der seinen Ärmel hochschiebt und auf seine Armbanduhr tippt. Er ist kleiner und kräftiger gebaut als mein Fahrer. Mr. Grübchen reagiert mit einem Kopfschütteln und dreht sich wieder zu mir um. Der andere Mann folgt uns, wobei er weiterredet.

Ein wenig beklommen frage ich mich, was das soll. Welcher Fahrservice verfügt bitte über zwei Fahrer? Bin ich gerade dabei, in eine Betrugsfalle zu tappen, und gleich mein Gepäck los? Das würde erklären, warum er mein Fahrtziel nicht kannte. Und warum er so attraktiv ist. Ein Lockvogel. Wer würde sich nicht dafür entscheiden, mit ihm zu fahren, selbst wenn man ahnt, dass man gekidnappt und bestohlen wird? Ja, er sieht tatsächlich *so* gut aus.

Wie schade. Andererseits, so läuft es vermutlich im Leben. Attraktivität plus annehmbarer Charakter wäre wohl doch ein bisschen zu viel des Guten. Die Existenz von Grübchen, die dermaßen tief und süß sind, erfordert ein Opfer.

»Ich werde mir selbst ein Taxi suchen.« Ich greife nach meinem Koffer und ziehe daran, doch er lässt ihn nicht los.

»Einen Moment. Bitte.« Er hebt eine Hand, als wolle er mich davon abhalten weiterzugehen, und – Überraschung – es funktioniert. Ich bin neugierig, obwohl ich es besser wissen sollte.

Der andere Mann sagt erneut etwas, und ich höre wieder die Stimme meiner Mutter. In ein Land zu reisen, dessen Sprache man nicht spricht, erscheint mit jeder Minute, die verstreicht, dämlicher.

»Ja, ich weiß, dass der Wagen am Eingang steht«, sagt der potenzielle Kidnapper, und diesmal verstehe ich ihn, weil er Englisch spricht. »Aber Hara-nim braucht einen Fahrer.«

»Das Abendessen ist in einer Stunde, und der Verkehr ist ziemlich dicht«, sagt der andere Mann, ebenfalls auf Englisch, aber mit einem deutlichen Akzent.

»Meine neue Freundin hier braucht einen Fahrer«, wiederholt Mr. Grübchen, und dieses Mal in einem Ton, der signalisiert, dass er nicht bereit ist, weiter über die Angelegenheit zu diskutieren.

Was keine Rolle für mich spielt, denn auch wenn der Typ eben noch eine tragende Rolle in meiner Fantasie gespielt hat, werde ich nicht als Zahl in einer Verbrechensstatistik enden. »Ich nehme den Zug.«

»Damit?« Die beiden starren skeptisch auf meine beiden Koffer.

Ja, mein Gepäck ist nicht gerade handlich, aber ich werde es schon schaffen.

Ich greife nach dem großen Koffer, doch bevor ich ihn zu fassen kriege, hat sich Mr. Grübchen schon wieder in Bewegung gesetzt.

»Hey, warten Sie. Geben Sie mir meinen Koffer zurück.«

»Ich bin Ihr Fahrer, schon vergessen?«

»Nein. Nein, Sie sind ein komplett Fremder für mich.«

Er bleibt so abrupt stehen, dass ich beinahe in ihn hineinrenne. »Ich habe mich vorgestellt, oder etwa nicht? Damit sind wir zumindest so was wie Bekannte.«

Ha, sehr geschickt. Er ist also kriminell *und* charmant.

Reiß dich zusammen, Hara, bevor dich jemand in deinen Koffer stopft, um dich in Einzelteile zerlegt zu verkaufen.

»Sie könnten genauso gut ein Organhändler sein.«

»Choi Yujun ist kein Verbrecher«, mischt sich der zweite Mann mit einer solchen Empörung ein, dass ich beinahe ein schlechtes Gewissen bekomme.

Die Grübchen kehren zurück.

Hinter mir höre ich ein leises Keuchen, gefolgt von einem dumpfen Aufprall, als wären zwei Leute zusammengestoßen. Ich muss mich nicht umsehen, um zu wissen, was passiert ist. Offensichtlich hat eine weitere Frau sein Lächeln gesehen und auf der Stelle den Verstand verloren. Absolut nachvollziehbar, wenn man bedenkt, dass ich ziemlich bereit bin, einfach so zu ihm ins Auto zu steigen.

»Ich bin kein Verbrecher«, sagt er. »Aber, um ehrlich zu sein, auch kein Fahrer, wie Sie angenommen haben. Ich bin ein stinknormaler Einwohner von Seoul, der gerade aus einem Flugzeug von Hongkong gestiegen ist und auf seinen Wagen gewartet hat.«

Meine Brauen zucken nach oben. »Warum haben Sie das Missverständnis dann nicht aufgeklärt?«

Seine Grübchen vertiefen sich. »Weil Sie umwerfend sind und offensichtlich eine Mitfahrgelegenheit brauchen.«

Umwerfend. Er hat mich als umwerfend bezeichnet!

Der Typ ist tödlich. Vorsichtshalber trete ich einen Schritt zurück.

»Und was ist mit dem Fahrer, den Boyoung für mich bestellt hat?« Ich sehe mich nach einem weiteren Mann im blauen Anzug um – und entdecke nicht nur einen, sondern mehrere. Die meisten von ihnen halten Schilder in den Händen. Tatsächlich ... Ich verenge die Augen. Ich glaube, ich erkenne meinen Namen auf einem iPad, das ein Mann in die Höhe hält.

»O nein.« Meine Handtasche plumpst neben mir auf den Boden, als mir klar wird, wie dumm ich mich angestellt habe.

»Schon okay. Das hätte jedem passieren können.«

Eine Lüge, aber eine nett gemeinte. Mit brennenden Wangen beuge ich mich herunter, um meine Handtasche aufzuheben und zu verbergen, wie peinlich mir die ganze Sache ist. Innerlich verpasse ich mir eine schallende Ohrfeige. Es ist dringend an der Zeit, dass ich anfange, mich wie jemand mit Manieren und Verstand zu verhalten anstatt wie eine Idiotin.

Ich richte mich auf und versuche, meine Fassung wiederzuerlangen. »Es tut mir leid. Ich bin müde und habe Sie mit dem Fahrer verwechselt, den meine Freundin für mich beauftragt hat. Der steht da drüben.«

Nachdem ich Choi Yujun in der Menge von Menschen entdeckt hatte, war ich vollkommen irrationalerweise automatisch davon ausgegangen, dass er mein Fahrer ist, ohne mir die Mühe zu machen, nach jemandem Ausschau zu halten, der ein Schild mit meinem Namen in die Höhe hält. Meine lustgesteuerte Kurzsichtigkeit hatte für mich entschieden, dass es auf keinen Fall jemand anders als er sein konnte.

»Ziemlich langer Flug von den Staaten hier rüber«, bemerkt er mitfühlend. »Ich fliege selbst nicht besonders gern, und in einem Land, das einem vollkommen fremd ist, verwechselt man schnell mal was. Ich finde die USA zum Beispiel ziemlich herausfordernd. Bitte, lassen Sie mich Ihnen helfen.« Er umschließt meine Hand mit seinen beiden und wirkt dabei unglaublich aufrichtig und freundlich. In seiner Stimme schwingt nicht das geringste Anzeichen dafür mit, dass er sich nur über mich lustig machen könnte. »Als stolzer Einwohner der Republik Korea ist es meine Pflicht sicherzustellen, dass Ihr Abenteuer hier einen guten Anfang nimmt. Erlauben Sie mir, Sie bis zu Ihrer Wohnung zu bringen, wie ich bereits versprochen habe, damit ich meiner Mutter gegenübertreten und sagen kann, dass sie mich richtig erzogen hat.«

»Natürlich«, höre ich mich sagen, und ich glaube, das tue ich, weil er meine Hand hält, was sich so schön anfühlt, dass ich in diesem Augenblick vermutlich zu so ziemlich jedem Vorschlag Ja und Amen gesagt hätte. Abgesehen davon kann ich auf keinen Fall zulassen, dass seine Mutter etwas Schlechtes über ihren wundervollen Sohn denkt.

»Hervorragend.« Er zeigt mir seine Grübchen, und meine Knie werden weich. »Dann kümmern wir uns jetzt um Ihren Fahrer.« Mit diesen Worten geht er auf den Mann zu, der das iPad in den Händen hält, auf dem mein Name zu lesen ist. Er spricht in rasend schnellem Koreanisch mit ihm, und noch bevor ich irgendetwas sagen kann, zückt er sein Portemonnaie und überreicht dem Fahrer einige Scheine.

Der Mann lächelt und verneigt sich vor ihm; offensichtlich bedankt er sich überschwänglich.

Mit einem kurzen Grinsen in meine Richtung wendet

sich Choi Yujun wieder dem Ausgang zu. »Die Planung machen wir im Auto.«

Das alles geschieht so schnell, dass ich seine letzten Worte beinahe überhöre. »Was meinen Sie mit ›Planung‹?«

KAPITEL SECHS

Ich bin ein Meme. Genauer gesagt das *record scratch* *freeze frame*, bei dem ich in die Kamera schaue und sage: Du fragst dich wahrscheinlich gerade, wie ich in diese Situation geraten bin.

»Die Situation« umfasst mich auf der Rückbank eines teuren schwarzen Wagens in Begleitung eines reizenden, mir unbekannten Mannes in einer fremden Stadt. Das Problem ist, dass ich die Entscheidungsfindung, die mich in diese Situation gebracht hat, nicht mehr wirklich rekonstruieren kann. Alles ist irgendwie vernebelt. Im einen Moment habe ich noch versucht, mit dem langbeinigen Yujun Schritt zu halten, und im nächsten verschwand mein Gepäck im Kofferraum eines schwarzen Sedans, der so blank poliert ist, dass ich mein Spiegelbild in der Lackierung sehen kann. Ich erinnere mich dunkel, kurz gezögert zu haben, aber die beiden Männer, die wartend neben der geöffneten Autotür standen und ein Strom neugieriger Beobachter verfrachteten mich quasi ohne mein Zutun auf die Rückbank. Yujun zeigte mir noch einmal seine Grübchen, und schon setzte sich der Wagen in Bewegung.

Die Fahrt vom Flughafen in die Stadt dauert länger als eine Stunde. Dennoch komme ich nicht dazu, Boyoung eine Nachricht zu schicken, da mir Choi Yujun – der darauf besteht, dass ich ihn Yujun nenne – alle möglichen Fragen stellt: Was ich in Iowa mache? Lektorin bei einem Haus- und-Garten-Magazin und -Webportal. Ist das meine erste Reise nach Korea? Ja. Ob ich schon genauere Pläne für meinen Aufenthalt habe? Ja, aber keine, die ich ihm auf die Nase binden würde. Ich habe vor lauter Panik sowieso schon viel zu viele Details hinausposaunt.

Zwischen den ganzen Fragen offenbart er mir, dass er eigentlich auf dem Weg zu einem Abendessen war, allerdings mit seiner Mutter, und die würde Verständnis für seine Verspätung haben. Angesichts der verärgerten Blicke, die mir der Fahrer alle paar Minuten im Rückspiegel zuwirft, bezweifle ich das allerdings.

Entweder ignoriert Yujun seinen Fahrer – Park Minho, wie er sich mir steif vorgestellt hat –, oder er bemerkt seine Verärgerung nicht. Yujun ist damit beschäftigt, mich auf die Sehenswürdigkeiten hinzuweisen, an denen wir vorbeifahren – die nadelförmige Spitze, die sich im Süden in den Himmel reckt, ist Lotte World Tower, das höchste Gebäude Südkoreas. Im Norden ist der Namsan zu sehen, einer der fünf Berge – oder Wächter, wie Yujun sie nennt. Beides seien Sehenswürdigkeiten, die man als Tourist auf keinen Fall verpassen dürfe.

Ich mache mir in Gedanken eine Notiz.

Natürlich möchte ich während meines Besuchs auch etwas sehen. Museen, historische Stätten, die Märkte. Vielleicht unternehme ich einige dieser Ausflüge mit meinem Dad. *Lee Jonghyung*. Ich frage mich, wo er wohnt. Im Süden in der Nähe des Lotte World Towers oder im Norden bei den Bergen? In einem Apartment in einem der Tausenden halb hohen Wohnblocks aus Beton oder in einem der Häuser mit einem Dach aus Lehmziegeln? Wird er zu Tränen gerührt sein, wenn er mich sieht? Werde *ich* weinen?

Die Autobahn geht in ein Gewirr aus breiten innerstädtischen Straßen über, bis wir uns schließlich in einem Viertel befinden, in dem auf den schmalen Fahrspuren nicht mal zwei Autos nebeneinanderpassen. Ich halte die Luft an, als Park zwischen entgegenkommenden Fahrzeugen, Passanten und den Außenauslagen einer Reihe kleiner Läden hindurchmanövriert. Schließlich hält er am Fuß einer sehr, sehr, *sehr* steilen Treppe.

Ungläubig reiße ich den Mund auf. Wenn ich gewusst hätte, dass ich sozusagen einen Berg besteigen muss, um in mein Airbnb zu gelangen, hätte ich weniger eingepackt. Und alles in einen einzigen Rucksack gestopft. Stattdessen habe ich einen riesigen Koffer mit Kleidung für mindestens einen Monat dabei, da ich mich nicht entscheiden konnte, was ich beim Treffen mit meinem Vater anziehe. Sind Jeans in Ordnung? Vielleicht sollte ich besser ein Kleid tragen? Vielleicht sogar einen Hosenanzug?

Ich habe alles eingepackt, und nun bereue ich es.

Die Instruktionen von Airbnb sind irreführend. *Bei der Bushaltestelle #3786 weiter geradeaus bis zur ersten Ampel, dann rechts abbiegen,* hatte es in der E-Mail geheißen. *Anschließend drei Blocks weiter geradeaus bis zu Ahjussi's Chicken. Von dort aus ist es nur noch ein kurzer Fußmarsch einen Hügel hinauf, bis Sie das Haus mit der genannten Nummer erreichen.*

Von wegen kurzer Fußmarsch.

»Welche Hausnummer war es noch mal?«

Ich werfe einen Blick auf mein Handy. »Fünfzehn, glaube ich.«

»Hm.« Er wirft einen Blick über meine Schulter, und sein warmer Zitrusduft steigt mir in die Nase.

Ich versuche, nicht zu schnüffeln wie ein Hund, aber es fällt mir schwer.

»Das ist ungefähr auf der Hälfte. Halb so schlimm. Na los.« Er steigt aus.

Park Minho steht neben meinem Gepäck, das er bereits aus dem Kofferraum geholt hat, und bevor ich die Chance habe, nach einem der Koffer zu greifen, hat Yujun bereits die Hände um beide Griffe gelegt.

»Du gibst mir vermutlich keinen ab, oder?« Ich seufze. Nun bereue ich es noch mehr, so viel eingepackt zu haben. Als ich die ganzen Sachen in meine Koffer geschmissen habe, bin ich noch davon ausgegangen, dass ich sie ganz einfach in meine Wohnung hineinrollen würde. Dass nun auch noch jemand anders die Last für mich schultern muss, macht mir ein schlechtes Gewissen.

»Nein.« Er lächelt, und ein flaches rechtes Grübchen und der Schatten des linken erscheinen – was ihrer Wirkung keinen Abbruch tut.

Ich ziehe die Nase kraus und zwinge mich, woanders hinzusehen. Den Bruchteil einer Sekunde taucht ein Bild in meinem Kopf auf, wie ich ihm das Gepäck entreiße und triumphierend, beide Koffer hoch über den Kopf gestemmt, die Treppe hinaufsprinte. In Wirklichkeit würde ich mit den schweren Dingern der Länge nach auf dem Asphalt landen, und dann müsste er mich ins Krankenhaus bringen, während er mir immer wieder höflich mitteilen würde, dass das Ganze seine Schuld sei.

Um mir dieses beschämende Ereignis zu ersparen, entscheide ich mich gegen die Aktion.

»Darf ich wenigstens den kleinen Koffer tragen?«

»Nein.« Er setzt sich in Bewegung.

Park Minho gibt einen empörten Laut von sich. Ich habe keine Ahnung, ob er wütender auf mich oder auf Yujun ist. Wahrscheinlich auf mich.

»Es ist nicht meine Schuld«, sage ich leise, aber ich bin mir nicht sicher, ob Park mich versteht.

»Kommst du?«, ruft Yujun über die Schulter.

»Yep. Ich wollte mich nur kurz von deinem Freund verabschieden.«

Ein Satz, den Park mit einem verärgerten Knurren quittiert.

Ich hebe kurz die Hand zum Abschied, bevor ich Yujun hinterherlaufe.

»Ich schulde dir mindestens ein riesiges Steak«, sage ich, als wir den zweiten Treppenabsatz erreichen. Ich bin vollkommen außer Atem, ihm steht noch nicht mal eine einzige Schweißperle auf der Stirn.

Er wirkt nicht besonders muskulös unter seinem Anzug – seine Statur erinnert mich an die eines Schwimmers, schlank und trainiert –, aber anscheinend steckt mehr in ihm, als sein Äußeres vermuten lässt. Im Gegensatz zu den Informationen über die verschiedenen Sehenswürdigkeiten, ist dies etwas, das ich nicht in meiner persönlichen Gehirndatenbank benötige. Vermutlich hat er ein Sixpack und definierte Bizepse. Ich könnte an ihm hochklettern wie an einem Baum, und er würde nicht mal wackeln. Hat er Schwielen an den Händen vom Gewichteheben? Ich presse die Lippen zusammen und versuche, mich zu erinnern. Sein Händedruck war fest gewesen und warm und ...

»Das nehme ich gerne an.«

»Was?« Ich war so abgelenkt von den Überlegungen, wie sein Körper wohl unter all der Kleidung aussieht, dass ich ihn nicht richtig verstanden habe.

»Ich nehme deine Einladung auf ein großes Steak an.«

»Oh ... Okay.«

Das ist eindeutig einer von diesen höflichen Sätzen, den Menschen sagen, um ihrem Gegenüber ein gutes Gefühl zu geben, aber mein verrücktes Gehirn beginnt sofort über ein Date zu fantasieren; was vielleicht gar nicht so schlecht ist, da mich das von der langen, steilen Treppe ablenkt. Ich merke erst, wie sehr meine Oberschenkel brennen, als wir vor einem Tor stehen bleiben. Im fahlen Licht der Lampe, die über uns an einem Pfosten befestigt ist, glitzern seine Augenbrauen. Was ihn selbstverständlich noch attraktiver macht. Es wird dringend Zeit, dass ich von ihm wegkomme, sonst verbringe ich meine zwei Wochen in Seoul damit, diesem Typ hinterherzujagen, anstatt meinen Vater kennenzulernen.

»Gib mir dein Handy.«

»Warum?« Trotz meiner Rückfrage reiche ich ihm widerstandslos mein Telefon, da mein Gehirn offensichtlich keine Kontrolle mehr über meine Handlungen hat.

Er macht ein Foto von seinem eigenen Handydisplay und reicht mir mein Handy anschließend zurück. »Jetzt hast du meine Nummer. Du kannst sie unter Yujun aus Seoul abspeichern.«

»Du bist der einzige Yujun, den ich kenne.«

»Du bist die einzige Hara, die ich kenne.«

Wir sehen uns unter diesem orange leuchtenden Licht viel zu lange in die Augen.

Es ist okay, verzaubert zu sein, rede ich mir ein. Es ist

in Ordnung, dass dein Herz ein bisschen schneller schlägt als sonst. Dass du dich leichter fühlst, und der Schwarm Schmetterlinge in deinem Bauch auch. Du verfällst nicht von jetzt auf gleich einem Grübchen, Stärke und ein paar Komplimenten. Es liegt an den Umständen. Du bist hier, in Seoul, in deinem Geburtsland. Du stehst kurz davor, zum ersten Mal deinem leiblichen Vater gegenüberzutreten. Das hier – er – bedeutet gar nichts.

»Ruf mich an, wenn du dich eingerichtet hast, damit wir das Steak essen gehen können, das du mir schuldest.« Er drückt meine Hand, dann beginnt er die Treppe hinunterzusteigen. Seine Lederschuhe verursachen ein tappendes Geräusch auf den Stufen. Ich höre ein schwaches, unmelodisches Pfeifen.

Nichts. Es bedeutet nichts.

Entschlossen drehe ich mich zum Tor um und drücke den Summer. »Hara Wilson«, sage ich in die Gegensprechanlage. »Ich habe ein Zimmer bei Ihnen gemietet.«

KAPITEL SIEBEN

»Wow«, sagt die zierliche Frau mit den blonden Haaren, die nach unten kommt, um mir das Tor zu öffnen. »War das dein Freund? Ich will ja nicht unverschämt sein, aber warum wohnst du dann bei uns? Er sollte dich bei sich wohnen lassen. Ach ja, ich bin übrigens Anna. Hatte ich mich schon vorgestellt? Den nehme ich. Moment mal, bist du Koreanerin? *Annyeonghaseyo, jeoneun Anna-ibnida.*«

Das »Hallo« und »Anna« verstehe ich, beim Rest bin ich mir unsicher. »Ich spreche kein Koreanisch. Und ich nehme die Koffer. Der große wiegt ungefähr so viel wie du. Ich habe viel zu viel eingepackt.«

Anna greift hinter mich, bevor ich protestieren kann. »Ich bin diejenige, die dir das Zimmer untervermietet, auch wenn wir das eigentlich nicht dürfen, aber da wir ein leeres Bett haben, denke ich mir, warum nicht? Ich gehe mal davon aus, dass du keine wilden Partys mit deinem *chaebol boyfriend* schmeißen wirst, oder?«

»Wer hat einen *chaebol boyfriend?*«, höre ich eine Stimme von drinnen.

»Unsere neue Mitbewohnerin.« Anna deutet auf mich, während ich meinen Koffer über die Türschwelle wuchte. Ein halbes Dutzend Schuhe – vor allem Sneaker mit runtergetretenen Fersen – liegen im schmalen Vorraum verteilt.

»Ein *chaebol?*« Die Frau, die größer ist als Anna, lehnt sich gegen die Wand und mustert mich, während ich mir die Schuhe ausziehe. »Welcher? Ich bin übrigens Jules.«

»Keine Ahnung. Welcher?«, fragt Anna an mich gewandt.

Da ich keinen Schimmer habe, wovon die beiden reden – *chaebol* ist keins der Worte, die mir Boyoung beigebracht hat –, zucke ich mit den Schultern. »Er hat mir angeboten, mich herzufahren.« Was nicht ganz der Wahrheit entspricht, aber zuzugeben, dass ich in einem fremden Land einfach so bei jemandem ins Auto gestiegen bin, den ich nicht kenne, würde mir ein Image verpassen, auf das ich nicht besonders scharf bin. Je weiter sich Yujun von mir entfernt, desto verrückter erscheint mir mein Verhalten. »Ich weiß nicht mal, was ein *chaebol* ist.«

»Oh, du sprichst Englisch.«

»Ja«, sagt Anna. »Amerikanerin, oder? Sie ist Amerikanerin wie wir«, stellt sie fest, ohne eine Bestätigung meinerseits abzuwarten.

Vermutlich sieht man es mir an. Oder riecht es. Unauffällig schnüffele ich an meiner Schulter.

»Habt ihr zwei euch bei seinem Austauschjahr kennengelernt? Alle reichen Kids gehen zum Studieren nach Amerika. Wo sie Gras rauchen und Orgien feiern.«

»Manchmal auch nach England«, wirft Jules ein.

»Ja. Oxford, Cambridge, Imperial College London. Alles, was westlich klingt, ist beeindruckend.«

Es fühlt sich an, als bekäme ich gerade einen Crashkurs in Hinblick auf einen bestimmten kulturellen Kontext verpasst, aber ich komme irgendwie nicht mit.

»Eigentlich bezeichnet *chaebol* eine Firma, ein großes Familienunternehmen, keine Person; aber so nennt man auch all die Leute, die nicht unter *hell joseon* leiden und keine armen Viertel kennen«, erklärt Jules.

Ich nicke, obwohl ich nicht weiß, was *hell joseon* heißt. Vermutlich hat es was mit der Hölle des Treppensteigens zu tun, durch die ich gerade gegangen bin.

»Du machst ihr Angst«, tadelt Anna sie. »Seoul ist genau wie jede andere Großstadt. Es gibt gute und schlechte Gegenden. Wenn du reich bist, siehst du weniger von den schlechten.«

»In den schönen Vierteln gibt es Fahrstühle anstelle von Treppen.« Jules deutet nach oben.

Chaebol oder nicht, Yujun hat mir einen großen Gefallen damit getan, meine Koffer die Stufen hochzuschleppen. Ich zerre den Fünfzig-Kilo-Giganten an den Schuhen vorbei und über die schmale Stufe, über die man ins Erdgeschoss gelangt. Hoffentlich muss ich nur eine Treppe rauf, mehr werde ich unter Umständen nicht in der Lage sein zu bewältigen.

»Jules übertreibt. Sie hat einmal eine schlechte Erfahrung mit einem Typ gemacht, seitdem hasst sie sie alle.« Anna stellt meinen kleinen Koffer auf dem Holzboden ab und streicht sich die blonden Haare aus der Stirn.

»Das stimmt nicht.« Jules kommt uns hinterher. »Aber was du unbedingt als Erstes über koreanische Männer wissen solltest, ist, dass sie sich zwar an den ganzen Kleinscheiß wie erste Dates erinnern und dass ihr gerade hundert Tage zusammen seid und dass sie dir hübsche Geschenke machen, aber abgesehen davon genauso schrecklich sind wie amerikanische Kerle. Das ist eine universelle Wahrheit. Jane Austen hat darüber geschrieben.«

»Ich dachte, sie hätte geschrieben, dass die universelle

Wahrheit ist, dass sich ein Junggeselle mit Geld eine Ehefrau wünscht«, wende ich ein.

»Exakt. Sie wollen eine Ehefrau, keine Liebe. Und außerdem spielt das gar keine Rolle, weil die guten Typen sowieso keine Ausländerinnen heiraten, auch wenn das mit dir vielleicht was anderes ist, weil du koreanisch bist.« Jules mustert mich aus leicht zusammengekniffenen Augen.

»Er hat mich nur mitgenommen«, protestiere ich.

»Hör auf, sie in die Zange zu nehmen.« Anna schüttelt den Kopf. »Sie ist gerade erst angekommen.«

»Ich versuche nur, sie vorzubereiten.«

»Das kannst du später machen.« Anna nimmt mit dem kleinen Koffer die Treppe in Angriff und winkt mir mit der freien Hand zu, ihr zu folgen. »Na los. Ich zeige dir dein Zimmer. Es ist im zweiten Stock. Vielleicht packst du besser hier unten aus und trägst deine Sachen dann in kleinen Häufchen nach oben.«

Mit dem Enthusiasmus einer Person, die unbedingt einer unangenehmen Situation entfliehen will, packe ich den Griff meines Koffers. »Ach, schon gut. Das schaffe ich auch so.« Im ersten Stock fühlt sich mein rechter Arm an wie eine weich gekochte Nudel, und ich beginne, diverse Dinge zu bereuen – zum Beispiel nicht auf Anna gehört zu haben, die hier wohnt und schon das ein oder andere Mal diese Treppe raufgestiegen ist. Ich sollte mir vornehmen, weniger stur zu sein.

»Alles klar?«, erkundigt sich Anna auf der Hälfte des Aufstiegs in die zweite Etage.

»Yep. Alles klar. Ich weiß, dass ich mich gerade vermutlich wie eine sterbende Kuh anhöre, aber ich schaffe es.« Ich wuchte den Koffer zwei Zentimeter vom Boden hoch.

Anna unterdrückt ein Grinsen, wendet sich aber wieder ab und steigt weiter die Stufen hinauf. »Tut mir leid wegen Jules. Sie hasst nicht alle Männer und schon gar nicht alle koreanischen. Sie war eine Zeit lang mit einem Lehrer zusammen, aber irgendwie hat es nirgendwo hingeführt. Ihre Gefühle sind verletzt.«

»Verstehe.«

Meine eigene Dating-Historie lässt sich auch nicht gerade als Erfolgsgeschichte bezeichnen. Es ist nicht so, dass ich Männern komplett abgeschworen habe, aber ich bin zu dem Schluss gekommen, dass ich auch nicht zwingend einen brauche. Was unter anderem der Grund für mein seltsames Verhalten Yujun gegenüber ist. Vielleicht wollte ich ihn nur deshalb beim ersten Aufblitzen seiner Grübchen bespringen, weil ich so lange nicht mehr gedatet habe. Oder es lag daran, dass ich mich noch nie in so unmittelbarer Nähe männlicher Perfektion wiedergefunden habe. Oder weil ich, gerade in einem fremden Land angekommen, ein wenig ängstlich bin und er das erste freundliche Gesicht war, das ich gesehen habe. Ich nehme an, es spielt keine Rolle, was der Grund war, denn es wird nichts dabei herauskommen. In ein paar Jahren wird meine Ankunft in Südkorea eine Geschichte sein, die ich betrunken Kelly und Jeff erzähle.

»Hier ist dein Zimmer.« Anna öffnet die Tür zu einem kleinen Raum mit einem schmalen Doppelbett, einer Kommode, einem Stuhl und einem Nachttisch. Auf den Fotos sah das Zimmer größer aus, aber es verfügt über alles, was ich brauche. »Das Bad ist im ersten Stock, gleich neben dem Treppenabsatz. Hast du Duschschlappen?«

»Ja.« In den Instruktionen, die vermutlich Anna für das

Buchungsportal verfasst hat, stand, dass man sein eigenes Handtuch und ein paar Gummischuhe mitbringen soll, die im Bad getragen werden müssen.

»Super. Vergiss nicht, sie anzuziehen, wenn du ins Bad gehst.« Sie zieht die Nase kraus. »Jules hat da eine gewisse Obsession. Das WLAN-Passwort lautet Seou!tast1c. Mit einem Ausrufezeichen anstelle des L und einer Eins fürs I.«

Ich setze den Koffer ab und hole mein Handy heraus. Während ich das Passwort eingebe, steht Anna abwartend im Türrahmen.

»Hey, ich weiß, wir haben uns gerade erst kennengelernt, aber da wir die nächsten zwei Wochen Mitbewohnerinnen sind ... Mein Rat ist vermutlich vollkommen unnötig, aber einige von diesen reichen koreanischen Typen denken, dass Frauen aus dem Ausland ... leicht zu haben sind. Ich hoffe, du denkst nicht, dass ich eine Grenze damit überschreite, dass ich dich darauf hinweise.«

Ich spüre, wie meine Wangen heiß werden. »Nein. Verstanden.«

»Gut.« Sie klopft mir auf die Schulter. »Wir grillen heute Abend. Wenn du mitessen möchtest, kostet das zehntausend Won. Wir sind auf der hinteren Terrasse, die geht von der Küche ab. Komm einfach zu uns, sobald du fertig bist.«

Anna poltert die Stufen hinunter, während ich einen sehnsüchtigen Blick aufs Bett werfe. Ich könnte mich kurz hinlegen, nur eine Viertelstunde, um wieder ein bisschen wacher zu werden.

Augenblicklich knurrt protestierend mein Magen.

»Okay, erst essen, dann schlafen.«

Ich habe meinen Flug mit Absicht so getimt. Eine koreanische Schönheitsexpertin hat in einem Online-Artikel behauptet, dass man den Jetlag am besten bekämpft, indem man gegen 18 Uhr landet, anschließend koreanisches frittiertes Hühnchen isst und dazu Soju trinkt. Nach dem Abendessen und dem Alkohol falle sie sofort in einen tiefen Schlaf, aus dem sie jedes Mal absolut erholt erwache.

Ich widerstehe dem Drang, mich hinzusetzen, weil ich vermute, dass sonst aus dem Hühnchen-Schnaps-Plan nichts wird. Stattdessen ziehe ich den großen Koffer ans andere Ende des Betts und öffne ihn. In eine Ecke habe ich mein Handtuch und die neuen Gummislipper gestopft, die noch mit einer dieser Plastikschlaufen verbunden sind, die einem das Blut abschnüren, wenn man versucht, sie mit den Fingern durchzureißen. Ich fische zwischen meinen Anziehsachen nach meinem Maniküre-Set und benutze die Nagelschere, um das Plastikband durchzuschneiden.

Auf Strümpfen tapse ich eine Etage tiefer. Der Übergang zum Bad ist durch eine hohe Leiste begrenzt; direkt dahinter befindet sich eine Matte, auf der drei Paar Gummischuhe stehen. Anna hat keinen Witz gemacht. Jeder hier besitzt seine eigenen Duschschuhe. Ich lasse meine neben die anderen auf die Matte fallen und trete dann über die Schwelle. Unbeholfen schlüpfe ich in die Schlappen, wobei ich mich fast hinlege. Das Prozedere verlangt eindeutig noch etwas Übung.

Das Badezimmer ist nicht besonders aufgeräumt. Auf dem Boden liegen Handtücher, über dem Rand des Waschbeckens hängen zwei Waschlappen. Wäre ich weniger müde oder das Zimmer teurer, würde mich das Chaos vielleicht mehr stören, aber das Wasser ist klar und heiß, und nachdem ich es über mein Gesicht habe laufen lassen, fühle ich mich wieder ein wenig mehr wie ein Mensch beziehungsweise weniger wie ein zusammengeknülltes Blatt Papier.

Beim Rausgehen vergesse ich beinahe, die Schuhe auszuziehen. Übung, erinnere ich mich. Mit der Zeit werde ich mich daran gewöhnen.

Zurück in meinem Zimmer tausche ich die Jogginghose gegen eine Jeans und ein blassrosa Strickshirt, das ich bei H&M gekauft habe. Da es draußen ein wenig kühl war, ziehe ich meinen übergroßen Lieblingscardigan darüber.

Als ich fertig angezogen bin, schnappe ich mir mein Handy und lasse mich damit aufs Bett fallen, um Mom zu schreiben.

ICH: Ich bin in der Wohnung angekommen.
Sie ist nett. Sieht genau so aus wie auf den Fotos.

Weil ich weiß, dass sie einen Beweis will, dass ich tatsächlich ich bin – also noch lebe –, mache ich ein Selfie und schicke außerdem ein paar Bilder von meinem Zimmer hinterher.

Moms Antwort kommt so schnell, dass ich ein schlechtes Gewissen habe, mich nicht schon früher gemeldet zu haben.

MOM: Gott sei Dank. Wie ist das Viertel?
Ist es eine sichere Gegend?

ICH: Um zum Haus zu kommen, muss man
ungefähr tausend Stufen raufsteigen. Als
Verbrecher würde ich mir ein Opfer suchen,
an das ich leichter rankomme.

MOM: ?? Willst du damit sagen, dass es da gefährlich aussieht? Soll ich dir ein Hotelzimmer buchen?

ICH: War nur ein Witz. Ein schlechter Witz.
Eine lange Treppe. Keine Kriminellen in Sicht.

MOM: Mach keine Witze über so was.
Du bist Tausende Meilen entfernt. Ich mache mir Sorgen um dich!

ICH: Ich weiß. Tut mir leid.

Wenn ich zu Hause die Geschichte von meiner Mitfahrgelegenheit erzähle, darf Mom nie davon erfahren. Sie würde mich in meinem Kinderzimmer einsperren und den Schlüssel wegwerfen.

MOM: Sind alle nett?

Sofort muss ich an Yujun denken.

ICH: Sehr nett.

MOM: Das freut mich. Du musst wahnsinnig müde sein. Besorg dir etwas zu essen und geh ins Bett. Ruf mich morgen an! Ich hab dich lieb.

ICH: Ich dich auch.

Ich erlaube mir, eine weitere Minute liegen zu bleiben, bevor ich mich aufraffe. Zuerst essen, dann schlafen.

Ich gehe in die Küche, von der eine kleine Terrasse abgeht, auf der Anna, Jules und die dritte Mitbewohnerin um einen kleinen Tisch sitzen, der sich nur etwa dreißig Zentimeter über der Erde befindet. In der Mitte des Tischs ist ein Grill eingelassen. Der Duft nach karamellisiertem Fleisch steigt mir in die Nase und von dort in Lichtgeschwindigkeit in den Magen. Als Antwort beginnt er laut zu knurren.

»Setz dich hierher.« Anna klopft auf das gelbe Kissen neben sich. »Du bist genau richtig für *samgyeopsal* gekommen.«

»Ich habe keine Ahnung, was das ist, aber es riecht superlecker.« Ich lasse mich im Schneidersitz neben Anna sinken und rutsche näher an den Tisch heran.

»Schweinebauch. Den wirst du lieben. Mel hat heute Abend gekocht. Mel, Hara Wilson aus ...«

»Iowa«, springe ich ein.

Anna schnippt mit den Fingern. »Ich wusste, dass es einer von diesen Staaten mit den vielen Vokalen ist. Sie wohnt die nächsten zwei Wochen in Saras Zimmer.«

Mel winkt mir mit ihrer Grillzange zu. »Hey. Bist du zum Arbeiten hier oder zum Vergnügen?«

»Vergnügen«, antworte ich, weil ich keine Lust auf eine lange Erklärung für den wahren Grund habe, aus dem ich hergekommen bin. »Ich habe Freunde in Seoul«, füge ich hinzu. Was nur eine halbe Lüge ist. Boyoung ist eine Freundin. Und Yujun war sehr nett zu mir, also zählt er auch – zumindest um meine Argumentation zu stützen.

»Cool.« Mel legt mir ein Stück Fleisch auf den Teller.

»Mel und ich unterrichten an einem *hagwon*. Das ist so

eine Art Privatschule für Englisch«, erklärt Anna. Mel ist zierlich, ihre langen braunen Haare reichen ihr bis zum Hintern, und sie ist so blass, dass sie im Mondlicht fast schon zu leuchten scheint. »Und Jules hast du eben schon kennengelernt. Sie arbeitet für Hallywu Air.«

»Das ist eine private Fluggesellschaft; falls du drei Millionen Won übrig haben solltest, kann ich dir einen netten Privatjet vermitteln.«

»Ich werd's mir merken, danke.«

Anna schenkt mir etwas zu trinken ein. »Auf unsere neue Mitbewohnerin!«

Ich stürze die klare Flüssigkeit hinunter.

Zuerst schmecke ich gar nichts – bis zum plötzlichen Kick am Schluss. Noch bevor ich mein Glas wieder richtig abgestellt habe, wird es schon wieder aufgefüllt.

Mel schneidet das Fleisch mit einer Schere in dünne Streifen, die sie auf unsere Teller verteilt. Jules tupft ein wenig rote Soße in die Mitte eines Salatblatts, platziert ein Fleischstück darauf und schiebt sich das kleine Paket in den Mund. Ich mache es ihr nach und stöhne beinahe vor Wonne auf, als mir das Schweinefleisch quasi auf der Zunge zergeht. Ich packe mir ein weiteres Salatpäckchen, während sie die übrigen Hausregeln aufzählt.

»Wir ändern das WLAN-Passwort einmal pro Woche und schreiben das jeweils aktuelle auf die Tafel in der Küche. Jeder kauft sein eigenes Essen. Auf die Sachen, die nur für dich bestimmt sind, schreibst du einfach deinen Namen. Lebensmittel kannst du dir entweder liefern lassen, oder du gehst in den Supermarkt. Im Haus bitte nichts kochen, was stark riecht, also zum Beispiel Rindfleisch oder Fisch.«

»Oder frittiertes Hühnchen«, wirft Mel ein. Sie schenkt mir nach und bedeutet mir zu trinken.

»Genau, und kein Hühnchen frittieren. *Gimbap* nicht länger als ein paar Tage aufbewahren, sonst stinkt der Fisch den ganzen Kühlschrank voll. Korea ist superstreng, was Recycling angeht. Falls du also eine Tüte mit Müll im Gefrierfach finden solltest, keinen Alarm schlagen – die Essensabfälle sammeln wir dort. An der Badezimmertür hängt ein Whiteboard, auf dem du dich für die Benutzung der Dusche eintragen kannst. Trag dich jeweils am Abend vorher ein.« Sie sieht die anderen beiden an. »Was noch?«

»Sonntags wird geputzt«, fügt Jules hinzu.

»Ach ja, stimmt.« Anna schnippt mit den Fingern. »Sonntags machen wir sauber. Da du gerade erst angekommen bist, erwarten wir nicht, dass du beim ersten Mal viel tust. Aber ab nächster Woche müsstest du deinen Teil beitragen.«

»Kein Problem.« In der Zwischenzeit habe ich zwei weitere Salat-Fleisch-Wraps vertilgt und fühle mich ziemlich müde. Trotzdem mache ich mir noch einen und beschließe, dass Essen grundsätzlich mit ein wenig roter Soße in ein Salatblatt eingewickelt werden sollte, ich kann mir keine perfektere Kombination vorstellen.

Meine Mitbewohnerinnen haben sich anderen Themen zugewandt – sie sprechen darüber, was sie in den nächsten Semesterferien machen wollen. Jules schlägt Hongkong vor, da sie einen nur halb besetzten Flug dorthin auf der Liste hat und die anderen als Flugpersonal mit an Board schmuggeln könnte.

Nach dem vierten Wrap und mehr Drinks, als ich zählen kann, wird mir langsam ein wenig schwummerig. Am liebsten würde ich in mein Zimmer gehen und mich hinlegen, aber ich möchte nicht gleich am ersten Abend als schlechte Mitbewohnerin abgestempelt werden. »Soll ich schon mal mit dem Abwasch anfangen?«

»Du siehst aus, als würdest du jeden Moment im Sitzen einschlafen. Geh ins Bett. Heute Abend kümmern wir uns ums Aufräumen.« Anna wedelt mit der Hand, um mich reinzuscheuchen.

Die anderen beiden nicken zustimmend.

Ich bin zu müde, um etwas dagegen einzuwenden. Stattdessen wünsche ich den dreien eine gute Nacht, nehme meinen Teller mit und verschwinde nach drinnen. Meine Energie reicht gerade noch aus, um mein eigenes Geschirr abzuwaschen; zum Trocknen stelle ich es auf das Gestell neben der Spüle.

Die zwei Treppenabsätze scheinen kein Ende zu nehmen, und als ich endlich auf der zweiten Etage ankomme, kann ich kaum noch die Augen offen halten. Mein Handy signalisiert den Eingang einer neuen Nachricht, aber ich kann mich nicht dazu aufraffen, es in die Hand zu nehmen. Das kann bis morgen warten.

Ich schlafe, noch bevor mein Körper die Matratze berührt.

KAPITEL ACHT

Ich wache mit einem dumpfen Kopfschmerz auf. Ich kann mich nicht erinnern, so viel Soju getrunken zu haben, aber gemessen an dem Pochen, das von meinen Schläfen Besitz ergriffen hat, leide ich unter einem heftigen Kater.

Ich schließe die Augen, um mich dazu zu zwingen, wieder einzuschlafen. Schlaf heilt jedes Leiden. Ich liege ganz ruhig da, atme durch die Nase, zähle rückwärts, doch alles, was ich wahrnehme, ist das Dröhnen meines Schädels. Essen also. Gegen einen Kater hilft Essen.

Ich schiebe die Decke zurück und setze mich auf.

»Hara? Hara? Sie heißt doch Hara, oder? Oder Haru?«

»Hara«, murmele ich und stelle im selben Moment fest, dass das dumpfe Dröhnen von Jules' Faust an meiner Tür herrührt.

»Eine Sekunde«, rufe ich. Ich springe aus dem Bett – und lege mich der Länge nach hin. »Mist«, murmele ich mit dem Mund auf dem Parkett. Ich hatte vergessen, dass ich den Koffer vom Fußende des Bettes an die Seite geräumt habe.

»Hara?«

»Gib mir eine Sekunde.« Ich rappele mich auf und hüpfe auf einem Bein zur Tür, während ich die Zehen des angestoßenen Fußes an der Wade reibe.

Vor der Tür steht eine nüchterne Boyoung neben Jules.

»Na endlich. Du hast Besuch«, spricht Jules das Offensichtliche aus.

Ich bin nicht vorbereitet auf Besuch. Meine Glieder schmerzen, als wäre ich von einem Lastwagen überfahren worden. Meine Augen brennen. Ein ekliger Film liegt auf meinen Zähnen. Und meine Zunge fühlt sich geschwollen an.

»Hey, Boyoung«, murmele ich hinter vorgehaltener Hand. Mein Atem ist zu diesem Zeitpunkt vermutlich tödlich.

Meine Freundin mustert mich besorgt, nur um keine Sekunde später mit für sie ungewöhnlicher Rücksichtslosigkeit Jules beiseitezuschieben und mein Zimmer zu betreten. Dort lässt sie eine Tüte auf den Boden plumpsen, die mir erst in diesem Moment auffällt.

»Ich hab dir gestern Abend und heute Morgen geschrieben.« Ihr Tonfall hat etwas leicht Tadelndes.

»Ich bin in Tiefschlaf gefallen, bevor ich dir antworten konnte«, verteidige ich mich mit einem entschuldigenden Seufzen und humpele zu meiner Handtasche, um mein Handy herauszuholen. »Der Akku ist leer. Ich habe es gestern Abend vergessen einzustecken. Tut mir leid, es muss über Nacht ausgegangen sein.« Ich schnappe mir mein Ladekabel und sehe mich nach einer Steckdose um.

Boyoung drückt mir einen Ersatzakku in die Hand. »Hier, benutz den.«

Boyoungs merkwürdiger Tonfall lässt mich aufhorchen. »Was ist los?«

Sie klaubt die Tüte vom Boden auf und hält sie mir hin. »Ich muss dich wo hinbringen, und ich hab dir das hier mitgebracht, weil ich nicht wusste, ob du was in der Art dabeihast.«

Ich lege das Handy beiseite und werfe einen Blick in die Tüte. Darin liegt ein schwarzes Kleid. Ich möchte ja nicht gleich vom Schlimmsten ausgehen, aber das letzte Mal, als ich ein schwarzes Kleid getragen habe, war ... Ich beschließe, den Gedanken nicht zu Ende zu denken, und lasse den weichen seidigen Stoff durch meine Finger gleiten. Doch da Boyoung keine weitere Erklärung hinzufügt, fühle ich mich gezwungen zu fragen, auch wenn ich es lieber nicht tun würde.

»Ist das Kleid ...« Meine Worte klingen heiser. »Das Kleid sieht aus, als wäre es für eine Beerdigung.« Ich hebe die Brauen in der Erwartung, dass sie mir widerspricht; doch als sie den Blick senkt, weiß ich, dass ich mich nicht getäuscht habe. Ich habe zwei Väter verloren.

Ich stolpere rückwärts, bis meine Kniekehlen gegen den Bettrahmen stoßen. Das schwarze Kleid gleitet mir aus den Händen und fällt auf den Boden, wo es zwischen mir und Boyoung liegen bleibt wie ein großer dunkler Fleck.

»Es tut mir leid, Hara. Es tut mir so leid«, sagt Boyoung, als ob es ihre Schuld sei.

Mein erster Impuls ist zu erwidern, dass es keine große Sache sei, dass es schon okay ist, aber ich fühle mich nicht okay. Meine Brust schnürt sich zusammen, als wenn sich auf einmal ein Tausend-Pfund-Gewicht auf meinen Oberkörper legen würde. Ich schlucke, versuche etwas zu sagen, aber es kommt kein Ton heraus.

»Ich warte unten«, sagt Boyoung. Wahrscheinlich denkt sie, dass ich mich nicht vor ihr umziehen möchte, doch als sie die Tür hinter sich schließt und ich mit dem schwarzen Kleid zu meinen Füßen allein bin, kann ich mich nicht bewegen.

Pat war ein begeisterter Sportfan. Sein Kalender war nicht in Monate, sondern in Sportveranstaltungen eingeteilt. Football im Herbst, bis es im Winter von Basketball abgelöst wurde. Die Saison ging bis Juni, wenn in der Baseball-Liga bereits einige Spiele absolviert worden waren. Er hat immer versucht, mich ebenfalls für Sport zu begeistern, aber ich habe Angst vor Bällen; jedes Mal, wenn er einen in meine Richtung geworfen hat, habe ich mich weggeduckt. Meine Beine waren ziemlich kurz, deswegen kam Leichtathletik auch nicht infrage. In dem verzweifelten Versuch, meinem Vater zu beweisen, dass wir gemeinsame Interessen haben, gab ich schließlich vor, mich fürs Jagen zu begeistern. In Wahrheit machen mir Gewehre mindestens genauso viel Angst wie Bälle, und allein die Vorstellung, etwas Niedliches wie ein Reh umzubringen, bringt mich beinahe dazu, mich zu übergeben. Doch die Liebe zu meinem Vater und mein Bedürfnis nach seiner Anerkennung ließen mich über all das hinwegsehen.

Ich belegte einen sechswöchigen Kurs für den sicheren Umgang mit Waffen. Nachdem ich mein Zertifikat in der Tasche hatte, trainierte ich drei Wochenenden hintereinander mit einer Schrotflinte auf einem Schießplatz; und das, obwohl meine rechte Schulter durch die Rückstöße so blau war, dass ich meinen Schulrucksack in der Hand herumtragen musste. Abgesehen von alledem war es das erste Mal, dass ich mich auf den Winter freute. Wir hatten einen Wochenendtrip zusammen geplant. Als der erste Schnee fiel, weckte mich Pat um vier Uhr morgens, und wir fuhren zu einem Feld. In einer orangen Jägerjacke, die mir zwei Nummern zu groß war, stapfte ich, das Gewehr an mich gedrückt, hinter meinem Dad an der Waldgrenze entlang. Es war so still, dass ich die gefrorenen Grashalme unter meinen Stiefeln knirschen hörte.

Als wir einen Graben fanden, wies mich Pat an, dort zu warten. »Schieß auf nichts ohne Geweih.«

Ich nickte und versuchte, das Gefühl der Übelkeit zu ignorieren.

Pat stupste mich am Kinn und sagte: »Braves Mädchen. Wir sehen uns zur Mittagspause.«

Was kein Witz war. Die folgenden sechs Stunden hörte und sah ich nichts von ihm. Irgendwann nickte ich trotz der Kälte, die durch die diversen Lagen Kleidung kroch, die ich trug, ein. Ein dröhnender, widerhallender Knall riss mich aus dem Schlaf. Etwas Braunes und Schnelles sprintete über die Lichtung und den nächsten Hügel hinauf. Ich drückte die Schrotflinte an meine Brust, der Geruch nach Waffenöl und -pulver kitzelte meine Nase. Ein weiterer Schuss ertönte, gefolgt von einem dumpfen Schlag.

Ich sah das Reh nicht einmal fallen. Ich hörte nur den Aufprall seines toten Körpers auf dem Boden. Als Pat kam, war der Kadaver bereits weggeschleppt worden und hatte dabei rostig-braune Streifen im Schnee hinterlassen. Ich fing an zu weinen und konnte nicht wieder aufhören. Ich hatte so viel Lärm gemacht, dass sich der Jäger, der das Reh getötet hatte, darüber beschwerte, dass ich die Tiere verscheuche. Ich war elf. Pat war wütend gewesen – sowohl über den Verlust des Hirsches, den er im Auge gehabt hatte, als auch darüber, dass er den Jagdausflug abbrechen musste. Wegen eines toten Rehs zu weinen sei dumm, warf er mir vor. Ein Tier zu töten, sei der ganze Sinn einer Jagd. In der folgenden Nacht träumte ich, Pat würde mich durch den Wald jagen und anschreien, ich solle aufhören zu weinen.

Es war das letzte Mal gewesen, dass ich mit ihm einen Ausflug gemacht hatte. Und das letzte Mal, dass ich geweint hatte.

Ich reibe mir die Augen. Sie sind trocken. Warum sollte ich Tränen wegen eines Mannes vergießen, den ich nie kennengelernt habe? Es wäre seltsamer, *wenn* ich weinen würde. Ich weiß nichts über Lee Jonghyung außer seinem Namen. Ich weiß nicht mal, wie er aussieht.

Mein Blick fängt mein Spiegelbild über der Kommode ein. Ob er meine Augen oder mein Kinn hat? Oder besser gesagt, ob ich seine Augen oder sein Kinn habe? Das Pochen setzt wieder ein, doch diesmal tatsächlich in meinem Kopf. Mein Hals fühlt sich wund an und mein Gesicht schwer – als ob die Neuigkeiten meine Mundwinkel Richtung Boden ziehen würden.

Ich drücke die Knöchel meiner Daumen in die Augenwinkel und zwinge mich dazu, mich zu bewegen. Jammern wird mich nicht weiterbringen. Selbst wenn ich in Selbstmitleid ertrinke, wird das nichts an meiner Situation ändern.

Ich schnappe mir mein Handtuch und den Waschbeutel und gehe damit ins Bad. Dankenswerterweise hat sich niemand für eine Dusche eingetragen.

Ich ziehe mich aus und putze mir die Zähne. Aus dem Spiegel starrt mir eine hohläugige Hülle entgegen.

»Kein Grund, traurig zu sein«, befehle ich meinem Spiegelbild. »Du hast den Mann nie kennengelernt. Er hat dich verlassen, verdammt noch mal. Deine Mutter musste dich abgeben, weil dieser Arsch nicht bereit war, seinen Verpflichtungen nachzukommen, als Vater für dich da zu sein.« Ich verpasse mir eine leichte Ohrfeige. »Du bist müde.

Du bist emotional, weil du müde bist; und außerdem ist die Teilnahme an zwei Beerdigungen innerhalb eines Jahres, wenn man noch keine fünfundzwanzig ist, ein Affront gegen die Jugend.«

Nach einer schnellen heißen Dusche fühle ich mich minimal besser. Da ich weiß, dass Boyoung auf mich wartet, beeile ich mich, in mein Zimmer zurückzukommen und das Kleid anzuziehen. Es schmiegt sich an meinen Körper, als wäre es für mich gemacht. Es hat einen einfachen Rundhalsausschnitt, aber vorne ist es in Falten gelegt. Kleine polierte schwarze Knöpfe ziehen sich über die gesamte Länge des Oberteils. Der Rock ist eine perfekt geschnittene A-Linie, die beim Gehen um meine Beine schwingt. Kurz frage ich mich, wo Boyoung das Kleid her hat. Es ist zu groß, um ihr zu gehören, und noch scheint es mir zu früh zu sein, als dass bereits Geschäfte geöffnet haben. Außerdem scheint es mir ziemlich teuer gewesen zu sein; zumindest muss es mehr gekostet haben, als ich bereit wäre, für ein Kleid auszugeben, das ich vorhabe, nur einmal zu tragen.

Andererseits, was spielt es für eine Rolle?

Ich schließe die Augen und atme ein und aus, bis sich mein Herzschlag beruhigt. Wie es aussieht, werde ich heute herausfinden, wie eine koreanische Beerdigung abläuft. Es ist auf schreckliche Art ironisch. Wie in einem dieser Fälle von Was-wenn-du-deinen-Seelenverwandten-triffst-nur-um-herauszufinden-dass-er-bereits-in-jemand-anderen-verliebt-ist.

KAPITEL NEUN

»Hier, die habe ich dir besorgt.« Boyoung überreicht mir eine kleine Plastikkarte, als wir die steile Treppe hinuntersteigen. »Das ist eine T-Money-Card für den Bus und die U-Bahn. Und in manchen Kiosken kann man auch damit bezahlen.«

»Okay.« Ich schiebe die Karte in die schwarze Handtasche, die ebenfalls in der Einkaufstüte war, die Boyoung mir mitgebracht hat. Boyoung hat an alles gedacht – schwarzes Kleid, schwarze Handtasche, schwarze Strumpfhose, flache schwarze Schuhe.

»War die Fahrt okay? Ich meine gestern, vom Flughafen hierher«, fügt Boyoung hinzu, als ich nicht sofort antworte.

»Ja.« Ich sage nichts über das Missverständnis, weil sich all das anfühlt, als wäre es in einem anderen Leben passiert. Und vielleicht sogar einer anderen Person. Einer Person, deren zwei Väter nicht innerhalb weniger Wochen verstorben waren. »Woher weißt du von seinem Tod?«

»Als ich nach Seoul zurückgekommen bin, bin ich zu der Adresse deines Vaters gefahren. Er war nicht zu Hause, also habe ich seiner Vermieterin meine Nummer gegeben. Sie hat mich angerufen, nachdem er verstorben war.«

»Verstehe.« Auch wenn ich das nicht wirklich tue. Ich nehme an, dass Boyoung zu ihm gefahren ist, um herauszufinden, ob er nur ein Abzocker ist, was mich für einen kurzen Moment wütend macht. Sie hätte es mir erzählen sollen, besser noch fragen sollen, ob es in Ordnung für mich ist, dass sie zu ihm fährt; aber sich zu diesem Zeitpunkt darüber zu beschweren, scheint mir albern. Wäre sie nicht zu ihm gefahren, wüsste ich jetzt nicht, dass er tot ist.

Sie greift nach meiner Hand und zieht mich hinter sich her in die U-Bahn-Station. Nach zwanzigminütiger Fahrt steigen wir in einen überfüllten Bus um. Niemand spricht. Ich möchte fragen, wohin wir fahren, aber es ist beinahe unheimlich still. Niemand redet. Erst jetzt fällt mir auf, dass es in der U-Bahn bis auf das Geräusch des fahrenden Zuges ähnlich leise war. Jedermanns Kopf ist über ein Handy gebeugt. Nur meiner und Boyoungs nicht. Boyoung sieht besorgt aus und als wäre sie in Gedanken weit weg.

Die Aussicht ist uninteressant; im Gegensatz zu gestern, als ich den Blick nicht vom Fenster lösen konnte, sehe ich heute nur ein verschwommenes Gebäude nach dem anderen. Nichts bleibt hängen. Ich registriere Dinge, aber es sind nur Formen, nichts Konkretes. Mein Gehirn hat aufgehört zu arbeiten.

Der Bus ist halb leer, als Boyoung nach oben greift und dem Fahrer per Knopfdruck signalisiert anzuhalten. Die Universalität von Bussen und U-Bahnen hat etwas Beruhigendes. Beim Einsteigen Karte durchziehen. Den Knopf drücken, um auszusteigen. Zumindest werde ich in der Lage sein, mich in der Stadt hin und her zu bewegen.

Wir gehen eine gepflasterte Straße mit hohen Gebäuden auf beiden Seiten entlang. Der Bürgersteig ist schmal und bietet kaum Platz für zwei Personen nebeneinander. Mehrmals muss ich ihn verlassen, um jemandem, der uns entgegenkommt, Platz zu machen. Die Menschen bewegen sich nicht zur Seite für uns. Boyoung murmelt etwas vor sich hin; ich nehme an, sie ist verärgert. Mir ist es im Grunde egal. Es ist nicht so, dass ich es eilig habe, mein Ziel zu erreichen. Doch so langsam ich auch gehe, irgendwann bleiben wir unweigerlich vor einem eingezäunten Eingang stehen. Hinter dem Eisenzaun erhebt sich eine schlichte, mittelhohe Glas-Beton-Konstruktion, hinter der wiederum ein viel größeres Gebäude aufragt, auf dem ein grünes Plus-Symbol neben ein paar *hangul*-Zeichen in Schwarz prangt. Irgendetwas an dem Symbol kommt mir bekannt vor, aber ich kann die Verbindung nicht herstellen. Während ich noch überlege, was das Symbol bedeuten könnte, werden wir beinahe von einem Kamerateam über den Haufen gerannt. Es folgt eine Flut von Verbeugungen und Entschuldigungen, bevor die Crew im Gebäude verschwindet.

»Was war das denn?«, frage ich.

»Keine Ahnung. Vielleicht die Beerdigung irgendeiner Celebrity. Das ist die Trauerhalle.« Boyoung deutet auf das niedrigere Haus. »Das dahinter ist das Krankenhaus. Es finden mehrere Trauerfeiern parallel in verschiedenen Räumen statt. Das ist anders als in Amerika, wo es nur einen Raum gibt.«

Boyoung kauft zwei weiße Blumen von einem Stand, der sich direkt neben dem Eingang befindet. Eine davon reicht sie mir, zusammen mit einem rechteckigen weißen Umschlag. Er sieht genauso aus wie der, den sie mir bei der Beerdigung meines Vaters überreicht hat. Bei der Beerdigung meines anderen Vaters. Ein Umschlag mit Geld.

Ich hole mehrere Scheine aus meinem Portemonnaie und

stecke sie in den Umschlag, dann stelle ich mein Handy auf lautlos.

Boyoung führt mich durch den Eingang in die Trauerhalle. Der Vorraum platzt vor schwarz gekleideten Menschen beinahe aus allen Nähten. Es war offensichtlich Boyoungs voller Ernst, dass mehrere Trauerfeiern gleichzeitig stattfinden. Manche der Trauergäste tragen Binden um die Anzugärmel. Andere halten Blumen ähnlich denen, die Boyoung eben für uns gekauft hat, in den Händen. Eine Fülle von Kränzen mit langen Seidenbannern, die sich über den Boden schlängeln, säumt die Flure.

»Ach, die sind das«, sagt Boyoung und bleibt vor einem der Räume stehen. Drinnen sehe ich das Kamerateam sein Equipment aufbauen.

»Wer?«

Boyoung zieht mich ein Stück beiseite, bevor sie mir leise erklärt: »Das stand heute in allen Medien. Ein Paar aus dem gleichen Clan, das sich ineinander verliebt hat. Was gegen kein Gesetz verstößt, aber ihre Familien sind anscheinend sehr traditionell. Die meisten Koreaner würden nicht innerhalb ihres Clans heiraten. Es ist ... unangemessen. Die beiden sind zusammen von der Mapo-Brücke in den Han-Fluss gesprungen. Sie waren zweiundzwanzig.«

Ich kann ein Keuchen nicht unterdrücken. »Sie waren so jung.«

»*Ne.*« Boyoung greift nach meiner Hand. Ihr scheint nicht aufzufallen, dass sie gerade Koreanisch mit mir gesprochen hat. Sie hat mir mal erzählt, dass *ne* auf Koreanisch nicht nur »Ja« bedeutet, sondern ein Wort der Erwiderung ist, dessen Bedeutung sich verändert, je nachdem, wie man es betont, welche Art von Gefühl man hineinlegt. Und heute verstehe ich: *Ja*, das Paar war jung. *Ja*, das ist tragisch. *Ja*, das ist schrecklich. *Ja*, ich weiß, du trauerst, und davon zu hören, ist sehr schwer für dich. *Ja*, ich bin hier, bei dir.

Es ist ein gutes Wort. *Ne*.

Ich klammere mich fest an ihre Hand, während wir den langen Flur entlanggehen; der Duft, der mir von den vielen Blumen in die Nase steigt, führt dazu, dass sich mein Magen zusammenkrampft. Die hübschen Dekorationen wirken eher makaber als beruhigend.

Am Ende der Halle werden die Kränze spärlicher, und es sind weniger Trauernde zu sehen. Es beginnt sich mehr nach Krankenhaus anzufühlen als nach einer Abschiedsfeier.

Eine Frau in einem knielangen schwarzen Schlauchkleid mit einem breitkrempigen schwarzen Hut fegt vorbei. Boyoung bleibt so abrupt stehen, dass ich fast in sie hineinlaufe. Der Blick meiner Freundin verweilt einen seltsam langen Moment auf der eleganten Gestalt der Frau. Mir scheint sie nichts besonders Bemerkenswertes an sich zu haben, außer dass sie eher in einen der Räume am Anfang des Flurs zu gehören scheint und nicht in die sterile Verlängerung hier. Das Outfit steht ihr sehr gut. Ich bewundere den Hut – ein schönes Accessoire.

»Kennst du sie?«, erkundige ich mich.

Boyoung antwortet nicht, aber meine Stimme scheint sie aus ihrer Trance zu reißen. Sie schüttelt sich kurz und senkt dann den Kopf in Richtung eines kleinen Zimmers am Ende des Flurs. »Dein Vater ist dort drüben.«

»Dort drüben« ist ein winziges Rechteck von einem Raum mit einem schlichten Tisch an einem Ende. Auf dem Tisch steht ein Bild von einem Mann; um die oberen Ecken des Rahmens ist ein Band geschlungen. Vor dem Bild befinden sich eine kleine Obstschale, ein Kranz aus weißen Blumen und ein Topf mit drei Räucherstäbchen. Der Rauch steigt kräuselnd von den Enden auf und tanzt in der stillen Luft. Es ist die einzige Bewegung im Raum; die beiden Frauen, die mit gesenktem Kopf an der Seite knien, rühren sich nicht.

Boyoung bedeutet mir, meine Schuhe auszuziehen, und schiebt mich anschließend in den Raum.

Ich wehre mich. Meine Füße wollen umdrehen und fliehen, der Dame in Schwarz hinterherlaufen und den großen schwarzen Hut als Schild benutzen, bis ich am Flughafen ankomme. Es war ein Fehler. Zur Beerdigung zu kommen. Nach Korea zu kommen und zu glauben, ich könnte bei einem mir vollkommen Fremden etwas finden. Hier gibt es keine Antworten, und das Zugehörigkeitsgefühl, das ich am Flughafen gespürt habe, ist in meiner Magengrube zu einem Stein erstarrt. Ich sollte nach Hause fliegen, wo ich verstehe, was die Menschen um mich herum sagen und ich nur den Verlust eines einzigen Familienmitglieds zu beklagen habe. Ich bin fünfundzwanzig. Ich sollte eine Trennung betrauern, nicht den Tod meines zweiten Vaters. Oder meines ersten. Ich weiß es selbst nicht mehr.

Ich drehe mich von der Tür weg, als sich eine der knienden Frauen erhebt. Ihr traditionelles koreanisches Kleid in Schwarz glänzt wie die Blüte einer dunklen Blume. Die ältere Frau schlurft auf uns zu, in ihren Zügen spiegelt sich Verwirrung. Ich muss die Sprache nicht beherrschen, um zu erraten, dass sie sich fragt, wer zum Teufel wir sind.

Boyoung beginnt zu erklären, und mit jedem koreanischen Wort, das aus ihrem Mund kommt, schließt sich mein Zeitfenster.

Boyoung übersetzt leise. »Du kannst dich verbeugen, wenn du willst, und dann die Familie begrüßen.«

»Familie?« Warum habe ich die Verbindung nicht gleich hergestellt? Das hier war mein leiblicher Vater. Natürlich gehören die Trauernden zu meiner Verwandtschaft.

Der Stein in meinem Bauch fühlt sich auf einmal etwas leichter an, und etwas Ähnliches wie Aufregung beginnt in mir zu brodeln. Ich beuge mich etwas vor, inspiziere das Gesicht der älteren Frau, suche nach Anzeichen von Vertrautheit. Meine Mutter Ellen sieht ihrer Mutter sehr ähnlich. Sie haben die gleichen Augen, Nase und Mund. In der Frau mit den runden Wangen und den gesenkten Augen erkenne ich nichts von mir. Die Haut um ihre Wangen ist schlaff mit langen, tiefen Linien, und ihre Augen wirken müde.

Mein Blick wandert zu der jüngeren Frau, die uns neugierig beobachtet. Ist das – mir stockt der Atem – meine Mutter?

»Ach, nein, entschuldige. Keine Familie. Sie sind ... Die ältere Frau ist Yung Hyejin. Sie ist ... ich meine, *war* die Vermieterin deines Vaters.«

Mein Herz zieht sich vor Enttäuschung zusammen.

»Und die andere?«

»Die ... Eine Freundin deines Vaters. Kwang Miok.«

In Boyoungs Stimme schwingt ein missbilligender Unterton mit, allerdings bin ich nicht sicher, ob es daran liegt, dass die Freundin zur Beerdigung gekommen ist oder dass mein Vater in seinem Alter eine Freundin hatte. Mir fällt auf, dass ich nicht einmal weiß, wie alt er war. Ich schätze ungefähr fünfundvierzig, basierend auf seiner E-Mail, in der er geschrieben hat, er sei zwanzig gewesen, als er von der Schwangerschaft meiner leiblichen Mutter erfahren hat.

»Du kannst ein Räucherstäbchen anzünden und deine Blume neben die Früchte auf den Tisch legen.« Boyoung schnalzt mit der Zunge. »Es sollte Teller dafür geben, aber ich sehe keine. Verneige dich zweimal vor der Familie.«

Ich tue, was sie mir sagt, und gehe anschließend auf den kleinen Tisch zu, der als Altar dient. Davor sinke ich nieder. Meine Finger zittern ein wenig, als ich ein Streichholz anreiße und das Räucherstäbchen anzünde. Rauch steigt auf und schlängelt sich zur Decke hinauf, um sich wie eine winzige Todeswolke mit den anderen Rauchkringeln zu verbinden. Jemand sollte Tränen vergießen, aber alle hier haben trockene Augen. Vielleicht ist Weinen bei koreanischen Beerdigungen nicht angebracht.

Mein Blick fällt auf das Porträt von Lee Jonghyung. Das Foto ist nicht groß – etwas größer als eines meiner Schulporträts, die bei Mom an der Wand im Flur hängen. Sie hat jedes Jahr die fünfzig mal achtzig Zentimeter große Version gekauft und rahmen lassen. Der Flur dient als eine Art Storyboard, das meine Fortschritte im Laufe der Jahre zeigt. Im Alter von fünf Jahren hatte ich drei fehlende Zähne, und meine Haare waren zu zwei Zöpfen geflochten. Ich trug Kleider, die mir meine Mutter ausgesucht hatte. Je älter ich wurde, desto weniger lächele ich auf den Fotos, mein Haar ist glatter und meine Kleidung lässiger. Von acht bis zehn trage ich eine Sportuniform auf den Bildern. Das war, bevor Pat mich in dieser Hinsicht aufgegeben hatte. In meinen Teenagerjahren war Lächeln auf Fotos für Verlierer reserviert. Ich trug damals zu viel Rouge, und meine Fähigkeit, mit einem Eyeliner umzugehen, ließ auf tragische Weise zu wünschen übrig. Die Fotos in der Oberstufe wurden in einem Park aufgenommen, denn im Gegensatz zu anderen

Kindern pflegte ich Hobbys, die sich nicht besonders gut fotografisch abbilden ließen. Irgendwann sind sämtliche Posen, die man mit Büchern einnehmen kann, erschöpft.

Auch Lee Jonghyung lächelt auf seinem Foto nicht. Das Bild allein erzählt nicht viel über ihn. Der Hintergrund ist schlicht. Er trägt ein Hemd mit Kragen, dessen oberster Knopf geöffnet ist. Das Porträt hat eine körnige Textur, wahrscheinlich ist es vergrößert worden. Vielleicht kommt er mir deshalb nicht bekannt vor. Er hat ein schmales Gesicht und noch schmalere Lippen. Ich berühre meine eigene dicke Unterlippe. *Ich frage mich, von wem du die hast. Jedenfalls nicht von deinem Vater.* Seine Augenbrauen müssten zurechtgezupft werden. Sie sind dunkel und widerspenstig, was ihm einen leicht düsteren Ausdruck verleiht. Sein Haar ist dunkel, seine Augen braun – die einzigen Merkmale, die ich an mir wiedererkenne. Stimmt unsere DNA wirklich zu 98,2 Prozent überein? Sollte ich in diesem Bild nicht etwas von mir sehen? Sollte es nicht wie ein verdammter Spiegel sein? Ich möchte es in die Hand nehmen und damit zur Toilette rennen, damit ich einen Vergleich anstellen kann. Ich möchte mich an die Leute im Raum wenden und sie bitten, die Gemeinsamkeiten aufzuzählen.

Ich starre das Bild lange an und registriere ein Muttermal an der rechten Seite seines Halses und eine Narbe in der Nähe des linken Ohrläppchens. Ich drücke meine Hände gegen die Wangenknochen, straffe die Haut, streiche mit einer Hand über mein Kinn, um eine Verbindung zu spüren, aber da ist nichts. Kein Aufblitzen von Erkennen. Kein unmittelbares Zugehörigkeitsgefühl.

Ich reibe mir die Augen und sehe noch einmal hin.

Immer noch nichts.

Ich spüre, wie sich vor Enttäuschung ein Kloß in meinem Hals bildet. Langsam stehe ich auf, verneige mich zweimal, habe keine Ahnung, was ich als Nächstes tun soll. Ich verschränke die Finger und verneige mich noch einmal. Vielleicht werde ich niemals damit aufhören, doch dann kommt Boyoung, nimmt meine Hand und führt mich aus dem Raum in einen großen Gemeinschaftsbereich, in dem schwarz gekleidete Trauernde um kleine, kniehohe Holztische sitzen. Boyoung findet einen freien Tisch in einer Ecke und sinkt im Schneidersitz auf die Matte davor. Schweigend tue ich es ihr nach.

Eine Kellnerin in einem *hanbok*-Gewand bringt eine kleine Auswahl an Gerichten. Suppe, einige Beilagen, Reis. Auf Boyoungs Nachfrage hin serviert sie uns außerdem eine grüne Flasche.

»Soju«, erklärt Boyoung. »Damit übersteht man das hier.« Sie nimmt den Schraubverschluss ab und gießt etwas von der klaren Flüssigkeit in das kleine Glas, das vor mir steht.

»Es tut mir leid«, sage ich. Auf der Liste an Dingen, die ich erwartet hatte, in Korea zu erleben, fehlt die Beerdigung meines Vaters.

Boyoung sieht mich fragend an. »Was tut dir leid?«

»Das hier ist für dich sicherlich kein Vergnügen.«

»Vergnügen? Nein. Aber für dich auch nicht.«

»Definitiv nicht.«

»Trink. Danach fühlst du dich besser.« Boyoung schenkt sich selbst ein.

»Was genau ist das alles hier?«

»Alle Beerdigungen werden an Orten wie diesem abgehalten, außer man ist sehr, sehr wohlhabend; in dem Fall findet die Trauerfeier an einem privaten Ort statt. Für alle anderen«, sie zuckt mit den Schultern, »ist das hier alles. Die Vermieterin deines Vaters und seine Freundin haben sich bereits um alles, was mit der Bestattung zusammenhängt, gekümmert. Morgen wird dein Vater ins Krematorium gebracht. Es sei denn, du möchtest andere Vorkehrungen treffen.«

»Nein. Das ist in Ordnung.« Das Glas auf halbem Weg zum Mund halte ich inne. »Wer bezahlt das alles?« Ich weiß nicht, wie viel Beerdigungen kosten, aber es scheint nicht richtig zu sein, dass eine Vermieterin und die aktuelle Freundin meines Vaters für die Kosten aufkommen. Andererseits, ist es richtig, wenn ich es tue? Die Beerdigung des Mannes bezahle, der mich verlassen hat? Mom wäre definitiv alles andere als begeistert.

»Das ist alles geklärt, mach dir keine Gedanken.« Boyoung hebt die Soju-Flasche. »Trink aus, dann schenke ich dir nach.«

Und so geht es die folgende Stunde lang weiter. Zwischen den Soju-Shots klärt mich Boyoung über die Bestattungsetikette auf. Nach einer Weile fühlen sich sowohl mein Hintern als auch mein Hirn taub an. Offensichtlich hilft tatsächlich nur zu viel Soju, um Ereignisse dieser Art durchzustehen.

»Sah er aus wie ich?«, platze ich heraus, nachdem wir zu zweit drei Flaschen geleert haben.

»Dein Vater?«

Ich nicke heftig. Zu heftig. Ich muss mich am Tischrand festhalten, um nicht vornüber zu kippen. »Ich finde nämlich nicht. Bist du dir sicher, dass wir hier richtig sind? Hast du nicht mal gesagt, dass es in Korea nur wenige unterschiedliche Nachnamen gibt? Dass viele Leute denselben Namen haben?«

»Ja, aber …« Boyoung beißt sich auf die Lippe. »Er ist dein Vater.«

»Nein. Das können wir nicht mit Sicherheit wissen. Er sieht mir kein bisschen ähnlich«, beharre ich. Langsam erwärme ich mich für die Idee, dass dies alles ein großes Missverständnis ist. In einer riesigen Stadt wie Seoul, in der so viele Menschen leben, wäre es leicht für Boyoung gewesen, meinen Vater mit diesem Mann zu verwechseln. Ich spüre Erleichterung. Sie wärmt mich auf eine Art und Weise, wie es der Soju niemals könnte. »Ja, so muss es sein: Er ist gar nicht mein Vater.«

Boyoung bedenkt mich mit einem mitleidigen Blick. »Er ist der Mann, der dir die E-Mail geschrieben hat, Hara. Ich habe das überprüft. Ich würde dich niemals anlügen.«

»Oh.« Ich falle in mich zusammen wie ein geplatzter Ballon.

»Du siehst ihm ähnlich. Du hast seine Augen. Sie haben die Form von Drachenaugen, lang und dunkel, mit einer starken Neigung wie ein Angelhaken. Sehr schön. Du hast sehr schöne Augen. Meine sind zu klein.« Boyoung bedeckt schüchtern eines ihrer schönen und, meiner Ansicht nach, großen Augen. »Und weil deine Augen so lang sind, hast du ein hübsches Augenlächeln.«

»Ein Augenlächeln?« Ich habe keine Ahnung, was das sein soll. Als ich klein war, haben sich die anderen Kids über meine Augen lustig gemacht. Sie nannten sie »Reisaugen«, weil sie angeblich wie ein Reiskorn geformt sind, und manchmal auch »Mandelaugen«. Irgendwann hab ich mal ein Reiskorn und eine Mandel neben meine Augen gehalten. Keins von beiden hat die gleiche Form wie meine Augen.

Boyoung schließt ihre Augen und lächelt. Ihre schwarzen Wimpern bilden zwei kleine Kurven auf ihrem Gesicht. »Augenlächeln«, wiederholt sie und schlägt dann die Lider auf. Sie lässt das einen Moment auf mich wirken, als ob sie ahnt, dass ich gerade eine Erkenntnis durchmache.

Heilige Scheiße. Ein Augenlächeln. Es gibt einen Begriff dafür, und es wird als attraktiv betrachtet. Ich habe das Gefühl, dass sich meine ganze Weltsicht mit einem Mal um die eigene Achse dreht. Dann probiere ich das Augenlächeln aus. Hinter meinen geschlossenen Lidern, in der Dunkelheit, stelle ich mir vor, wie ich aussehe. Ein schönes Gefühl.

»Sollen wir gehen?«, fragt Boyoung.

Meine Lider fliegen auf. Wie lange hat Boyoung dagesessen, während ich die Augen zugekniffen habe?

»Ja, lass uns gehen«, sage ich schnell, bevor ich auf die Idee kommen kann, alle möglichen Grimassen zu schneiden und sie zu fragen, ob die auch alle einen Namen haben.

Boyoung geht mir voraus. Als wir an dem Trauerraum vorbeikommen, sehe ich, dass die alte Frau und die Freundin meines Vaters noch immer darin knien. Allein.

»Wie lange bleiben sie hier?«

»Bis morgen.«

»Bis morgen?« Ich bin schockiert. »Gibt es eine Möglichkeit, hier zu schlafen?« Ich sehe mich um, aber außer Blumenkränzen, schwarz gekleideten Trauergästen und geschlossenen Türen kann ich nichts entdecken, was auf eine Übernachtungsmöglichkeit hindeutet.

»Sie wechseln sich ab. Aber ja, die Totenwache dauert drei Tage. Am dritten Tag wird der Tote für, ähm, für seine letzte Reise vorbereitet.«

Boyoung hat vorhin das Wort Krematorium erwähnt.

Ich spähe den Flur hinunter Richtung Ausgang und lasse den Blick dann noch einmal über die zwei schmalen Gestalten, den schmucklosen Altar und die Räucherstäbchen gleiten, die beinahe ganz heruntergebrannt sind. Vielleicht liegt es am Soju, vielleicht auch an etwas anderem, aber ich möchte nicht gehen.

»Ich bleibe noch.«

»Aber du sprichst kein Koreanisch«, wendet Boyoung ein.

»Ich weiß.« Es ist mir egal. Es fühlt sich falsch an, diesen Ort – mein eigenes Fleisch und Blut – zu verlassen, während zwei Fremde dort drin sitzen, um das Ritual zu wahren. »Ich bleibe trotzdem.«

Ich lasse Boyoung im Flur stehen und gehe zu dem Raum zurück. Die beiden Frauen sehen überrascht auf, sagen jedoch nichts, als ich eintrete und mich neben der jüngeren der beiden auf den Boden sinken lasse. Sie riecht nach Reiswein und Räucherstäbchen – ich bin mir sicher, dass ich diesen Geruch für alle Zeiten mit Kummer in Verbindung bringen werde.

Ich senke das Kinn und schicke ein paar stumme Gebete ans Universum.

Ich kannte diesen Mann nicht. Er hat mich verlassen, aber er ist alleine gestorben. Das Mindeste, was ich tun kann, ist zu bleiben.

Bleiben bedeutet wörtlich, im Zimmer sitzend zu schlafen, wie ich später feststelle. Als ich im Bad an der Reihe bin, frage ich mich, ob ich meine Entscheidung zu voreilig getroffen habe. Es ist nicht so, dass jemand in der Nähe wäre, um meine Fähigkeiten als Tochter zu beurteilen. Ich verdiene mir mit dieser Aktion keine Punkte, es sei denn, ich sehe sie als eine Art Einlage in die Karma-Bank. Aber interessiert es mich noch, ob Leute kommen und sich in dem Raum niederknien, in dem mein Körper liegt, wenn ich tot bin?

Ich schaue wieder in den Spiegel und versuche zu erkennen, ob mir mein Augenlächeln gefällt. Nicht wirklich, entscheide ich. Es lässt mein Gesicht zu rund aussehen. Boyoung steht es besser. Ich spritze mir Wasser ins Gesicht und lege nach kurzem Zögern die Hände unter dem Wasserstrahl zusammen, um etwas zu trinken. Ich habe keinen Schimmer, wie die Leitungswassersituation in Seoul ist, aber ein kleiner Schluck aus dem Hahn wird mich nicht gleich umbringen. Es ist besser als ein trockener Mund. Danach fahre ich mit den feuchten Händen über den Rock meines Kleides. Es ist nicht dreckig geworden. Der einzige Vorteil daran, die Schuhe auszuziehen, bevor man ein Gebäude betritt, ist, dass die Böden ziemlich sauber sind. Aber es ist zerknittert. Seide ist nicht für stundenlanges Knien gemacht. Die Damen mit den voluminösen Röcken der *hanbok* machen es richtig. Unter dem ganzen Stoff könnte man viel verstecken – einen Obstkorb, einen Thanksgiving-Truthahn, ein paar Oompa Loompas aus Willy Wonkas Schokoladenfabrik.

Ein Kichern steigt in meiner Kehle auf. Schnell würge ich es hinunter. Es ist einer dieser hysterischen Lacher, die sich immer zu den unpassendsten Zeiten Bahn brechen wollen. Wie jetzt, in diesem Beerdigungs... Ich suche nach dem richtigen Wort. In diesem Beerdigungshotel mit einem Haufen Fremder, die eine andere Sprache sprechen als ich und andere Sitten haben.

Jetzt ist nicht der richtige Zeitpunkt, die Kontrolle zu verlieren, Hara, weise ich mich selbst zurecht.

Ich umklammere die Kante des steinernen Waschtisches und erinnere mich daran zu atmen. Erinnere mich daran, dass ein Atemzug aus einmal Ein- und einmal Ausatmen besteht, und konzentriere mich darauf, jeden einzelnen zu zählen, bis der plötzliche Anfall von Hysterie langsam abebbt.

Nachdem ich meine Fassung wiedergewonnen habe, kehre ich in den Trauerraum zurück und setze mich neben die Vermieterin, die mir die Hand streichelt. Ich versuche, die Geste zu erwidern, was dazu führt, dass wir die Finger verschränken, und so verbringe ich den Rest der Nacht mit meiner Hand in der dieser fremden Frau. Das Einzige, was wir teilen, ist die Trauer um diesen Mann.

Irgendwann am nächsten Morgen kommen zwei Männer in schwarzen Anzügen mit weißen Binden um die Oberarme, um den Toten mitzunehmen.

Die Frauen erheben sich aus ihrer knienden Position und ziehen mich mit sich. Ich humpele in den Flur hinaus und fühle mich dabei ungefähr so beweglich wie die Vermieterin. Meine Knie schmerzen, und mein Rücken fühlt sich an, als könnte er in der Mitte durchbrechen, wenn ich mich falsch bewege. Das Seidenkleid ist inzwischen vollkommen zerknittert. Die beiden Frauen haben entweder Übung darin oder sind weitaus gelenkiger als ich. Vielleicht beides.

Das Sonnenlicht auf meinem Gesicht fühlt sich seltsam an, und während ich meine Augen mit einer Hand beschirme, denke ich an die elegant gekleidete Dame mit dem schwarzen Hut. Sie schien irgendwohin zu wollen.

Die ältere Frau an meiner Seite sagt etwas, das ich natürlich nicht verstehe, aber meine beiden Begleiterinnen wissen das inzwischen. Seit gestern Abend tauschen wir uns mit Gesten aus. Eine ziemlich rudimentäre Art der Verständigung, die bisher aber erstaunlich gut funktioniert hat. Die Vermieterin greift wieder nach meiner Hand. Ich protestiere nicht. Ich gehöre jetzt zu diesen Frauen. Sie führen mich zu einer Bushaltestelle und versuchen, mich mit Gesten zu fragen, ob ich ein Ticket habe. Ich zeige ihnen die Karte, die Boyoung mir gestern gegeben hat, und sie nicken zustimmend.

Verbale Kommunikation wird eindeutig überbewertet, obwohl ich zugeben muss, dass ich neugierig bin, worüber die beiden sprechen. Wahrscheinlich tauschen sie gerade alle möglichen Geheimnisse über Lee Jonghyung aus.

Ich möchte etwas über ihn wissen. Je länger ich in diesem Raum gekniet habe, desto mehr habe ich mich über den Mann auf dem Bild gewundert. Mir fielen lauter kleine Dinge ein. Wie zum Beispiel, wie groß er gewesen war oder was er gerne gegessen hatte. Und große Dinge. Etwa, wo seine Familie war. Und wirklich große Dinge: Wer meine Mutter ist. Ich schätze, all diese Fragen sind der Grund dafür, warum ich den beiden Frauen in diesem Moment folge wie ein Entenküken. Sie haben Antworten. Leider nur auf Koreanisch.

Wir fahren mit drei verschiedenen Bussen in ein Viertel, in dem kleine Gebäude aus Beton übereinandergestapelt stehen. Der Asphalt ist rissig, und der lose Schotter lässt mich mehr nach unten auf meine Füße als nach vorne schauen. Die einzige Vegetation besteht aus getrockneten Ranken, die sich über die Fassaden der Häuser ziehen und in die spinnenartigen Spalten im Beton hinein- und aus ihnen herausklettern. Meine Begleiterinnen gehen vor mir und ignorieren den Mann am Straßenrand, der damit beschäftigt ist, sich zu erleichtern. Dies ist nicht das Seoul, das ich von meiner Internetrecherche kenne.

In einer Gasse bleiben die beiden Frauen vor einem dreistöckigen Gebäude stehen. Im Gegensatz zu den anderen ist es frei von den wuchernden Ranken und sieht relativ sauber aus. Die ältere Frau deutet auf die Treppe links und verschwindet dann durch die erste Tür.

Die jüngere Frau beginnt die Stufen hinaufzusteigen. Am Ende der Treppe drückt sie eine dunkle Wohnungstür auf.

Ein schmaler Lichtstreifen fällt durch das Fenster, das sich zu hoch oben befindet, um es öffnen zu können. Die Wohnung ist spärlich eingerichtet und nicht sehr groß. Ich schaffe es, mit weniger als zehn Schritten den Raum zu durchqueren. Ein paar dicke Decken liegen aufgerollt in einer Ecke. In der Nähe der Tür ist eine Spüle zwischen einer Reihe von Schränken eingelassen, daneben steht ein sehr kleiner Kühlschrank. Wahrscheinlich war sogar der in meinem Studentenwohnheimzimmer größer. Auf einem kleinen Tischchen steht ein Gaskocher. Nicht einmal ein Badezimmer scheint es zu geben; vermutlich hat er sich eins mit den Nachbarn geteilt.

Das Zimmer ist aufgeräumt und sauber, aber es ist so wahnsinnig spartanisch und klein. Dies ist nicht das Zuhause eines Mannes, der in der Lage war, eine Familie zu gründen. Ein winziger Pfeil bohrt sich in den Sack aus Wut, von dem ich bisher nicht mal wusste, dass ich ihn mit mir herumschleppe.

Das Geräusch der sich öffnenden Tür erregt meine Aufmerksamkeit. Als ich mich umdrehe, steht die jüngere Frau da und hält ein mit blauem Blumenstoff überzogenes Paket in der Hand. Sie überreicht es mir und macht anschließend eine Kopfbewegung Richtung Tür. Es ist Zeit für mich zu gehen.

Die Fragen, die ich habe, werden unbeantwortet bleiben. Ich vermute, dass sie die Antworten darauf nicht kennt, und es für mich hier nichts mehr gibt. Nicht in diesem fast leeren Raum. Vielleicht nicht mal in diesem Land.

KAPITEL ZEHN

Mein Handyakku ist beinahe leer, der Ersatzakku taugt wohl nicht besonders viel. Ich kann aber noch Beyoung Bescheid geben, dass alles in Ordnung ist und sie fragen, wie ich am besten nach Hause komme.

Ich sehe, dass ich mehrere Nachrichten und verpasste Anrufe habe, aber da antwortet mir bereits Boyoung.

Sie schickt mir Instruktionen, welche Busse ich nehmen und wo ich umsteigen soll, aber mein Gehirn hat sich abgeschaltet, und ich fürchte, ich werde es vermasseln, also gehe ich zu Fuß, bis ich ein Taxi finde. Es gibt einige Verwirrung, als ich auf den Rücksitz rutsche, da ich kein Koreanisch spreche und der Fahrer kein Englisch, aber als ich ihm einen Screenshot meiner Adresse auf dem Handy zeige, scheint alles klar zu sein. Gerade noch rechtzeitig, denn dann erlischt der Bildschirm meines Handys endgültig.

Als der Fahrer mich am Fuß der Treppe zum Haus hinauf absetzt, registriere ich kaum, wie viel mich die Fahrt kostet. Das Geld, das ich für meine Reise beiseitegelegt habe, ist zu einem großen Teil schon durch die unerwartete Beerdigung aufgefressen worden. Ich habe ein ganzes Bündel Scheine in den Umschlag gesteckt. Was machen da weitere dreißig Dollar aus?

Auf dem Weg die Treppe hinauf klebt das schwarze

Kleid an meinem verschwitzten Rücken. Das Paket, das mir Kwang Miok gegeben hat, ist ziemlich schwer. Im Taxi habe ich festgestellt, dass es aus drei Plastikboxen mit Essen besteht. Um nicht zu riskieren, die Taxisitze zu versauen, habe ich den Stoff wieder darum gewickelt und das ganze Paket zwischen meine Füße auf den Boden gestellt. Auf halbem Weg überlege ich, das Essen einfach wegzuwerfen, aber ich habe Angst wegen Umweltverschmutzung verhaftet zu werden. Also klemme ich mir das Paket zur Abwechslung unter den linken Arm und steige weiter die Treppe rauf.

Der trockene Staub des Asphalts vermischt sich mit der abgestandenen Luft des Bestattungszimmers aus meiner Erinnerung und füllt meine Lunge mit einem scharfen, bitteren Geschmack. Meine Füße fühlen sich an, als würden Betonblöcke daran hängen. Die Schuhe sind, genau wie das Kleid, staubig und bereits leicht abgelaufen. Oben angekommen, zupfe ich an meinem schweißgetränkten Oberteil – ich bin bereit für eine Dusche und ein Nickerchen.

Drinnen sitzt Anna am Küchentisch und lackiert sich die Nägel.

»Wo soll ich das hier am besten hinstellen?«, frage ich und halte die in Stoff gewickelten Dosen hoch.

»Ist da was zu essen drin?«

»Ja. Ich glaube, Kimchi und noch andere Sachen.«

»Oh, selbst gemachter Kimchi, ich kann's kaum erwarten.« Anna dreht das Fläschchen mit Nagellack zu und springt auf, um mir das Essen abzunehmen. Sie trägt die Boxen zum Tisch und löst den Stoff. »In Korea wird alles nett verpackt. Ich schwöre, selbst einen Hundehaufen würden sie in eine spezielle Aufbewahrungsbox packen und die in ein Tuch einwickeln. Wie war die Beerdigung?«

»Woher weißt du, dass ich auf einer Beerdigung war?«

»Deine Freundin ist hier mit einer Einkaufstasche voller schwarzem Zeug reingeschneit, und danach bist du für zwei Tage verschwunden. Wo solltest du sonst gewesen sein?« Anna hebt den Deckel von der Box mit dem fermentierten Kohl und schnuppert. »Der riecht supergut.« Sie grinst. »Supermarkt-Kimchi ist auch in Ordnung, aber nichts im Vergleich mit dem Geschmack des hausgemachten. Also, was haben wir hier noch? Marinierte Sojabohnensprossen? Fischfrikadellen? Lecker. Wer ist gestorben?«

»Oh, mein Vater.«

Sie lässt beinahe die Plastikbox fallen, die sie gerade in der Hand hält. »Dein Dad? O mein Gott. Es tut mir so leid. Und ich rede die ganze Zeit von Ess…«

»Ich kannte ihn nicht«, unterbreche ich sie, bevor sie mir ihr Beileid aussprechen kann. Die einzige Sache, die ich im Moment bedauere, ist, dass ich ausgerechnet ein Zimmer in einem Haus auf dem steilsten Hügel Seouls mieten musste. »Ich gehe duschen.«

Vielleicht hilft mir das heiße Wasser, eine Entscheidung zu treffen, ob ich bleiben oder abreisen soll. Ich weiß, was Mom sagen würde. *Komm sofort nach Hause. Der Tod ist ein Zeichen.* Boyoung würde vermutlich ebenfalls für meine Abreise stimmen. Meinen Mitbewohnerinnen wird es egal sein, solange ich die Miete für den gesamten Buchungszeitraum zahle.

»Okay. Hey, warte mal kurz. Sind die von dir?«

Mit einer Hand auf dem Geländer drehe ich mich zu Anna um, kneife die Augen zusammen. Sie hält ein Foto hoch.

Moment mal. Nein. Es sind fünf Fotos. Ich falle mehr die Stufen hinunter, als dass ich laufe.

Auf jedem der Bilder hat mein Vater den Arm um eine andere hübsche junge Frau gelegt. Auf manchen um ihre Schultern, auf anderen um ihre Taille. Die Frauen sehen sich ein wenig ähnlich, als ob mein Vater einen bestimmten Typ gehabt hätte – Augen, die außen einen Schwung zur Nase hin machen, kleine Nase, rundes Kinn. Ich berühre mein eigenes geschwungenes Kinn, das ich nie mochte, weil Ellens so ausgeprägt und kantig ist.

»Auf der Rückseite steht was«, sagt Anna.

Ich drehe das erste Bild um. Eine Reihe schwarzer Schriftzeichen in kleiner, ordentlicher Handschrift. Mein Herzschlag beschleunigt sich. Die Schriftzeichen sind in jeweils drei Silben gruppiert; mithilfe meines limitierten Wissens über die koreanische Sprache meine ich mich zu erinnern, dass Namen auf diese Art geschrieben werden. Namen. Fotos. Gesichter. Dies ist das wahre Geschenk, das mir die beiden Frauen gemacht haben – nicht das Essen, über das sich Anna so freut, sondern die fünf Fotografien.

»Wer ist das?« Anna schiebt die Bilder mit einer Hand fächerförmig auseinander.

»Meine Mutter?«

»Im Ernst? Ich meine, alle? War dein Dad in einer Kommune oder so?«

»Gibt's so was hier?«, frage ich überrascht. Ich wäre nie auf die Idee gekommen.

Sie zuckt mit den Schultern. »Klar, warum nicht? Ich meine, vielleicht nicht hier in Korea, aber die Bilder könnten ja woanders aufgenommen worden sein. Sieht aus, als wären das auf der Rückseite Namen. Siehst du?«

Ich habe also richtig geraten. »Was steht da genau?«

Anna wirft mir einen Blick von der Seite zu. »Kannst du *hangukeo* nicht lesen?«

»*Hanguk*... Meinst du *hangul?*«

»Nein. *Hangul* ist das Alphabet. *Hangukeo* oder einfach *Gukeo* ist die Sprache selbst.«

Ich ziehe eine Grimasse. Ich habe nicht mal eine Ahnung, von was ich keine Ahnung habe. »Anscheinend bin ich ziemlich ignorant.«

»Das lernst du schon noch. Wie lange bleibst du noch mal?«

Ich starre auf die Fotos. Vor nicht mal fünf Minuten hatte ich noch überlegt, den nächsten Flug nach Hause zu buchen. Jetzt scheinen sich meine Pläne zu ändern. »Ich weiß noch nicht.«

»Ich will ja kein Arsch sein, aber stornieren ist nicht möglich. Wenn du abreist, können wir dir kein Geld zurückzahlen.«

»Ja, schon klar, kein Problem.« Der Betrag für die Miete ist längst bezahlt; um Geld, das ich bereits los bin, werde ich mir keine Gedanken machen. »Diese Namen ... kann ich die googeln?« Wie schwer kann es sein, diese fünf Frauen zu finden?

»Ja, klar kannst du das, aber das würde dir nichts bringen. Google benutzt hier niemand. Wir verwenden als Suchmaschine alle Naver; was dir genauso wenig weiterhelfen wird, solange du kein *hangul* lesen kannst.« Anna zieht ihr Handy aus der Hosentasche und tippt einen der Namen ein.

Mein Herz rast. Ich hatte nicht mal im Entferntesten darüber nachgedacht, dass ich jetzt, da Lee Jonghyung tot war, meine Mutter finden könnte; aber die Fotos und die Namen lassen mich hoffen. Hoffnung, die sich in meiner Kehle zusammenballt und mir das Atmen erschwert.

Eine Reihe Suchergebnisse erscheint auf dem Display.

»Viele Leute haben denselben Namen und«, Anna verengt die Augen, »keine von denen sieht aus wie die Frau auf dem Bild. Wirst du einen Privatdetektiv engagieren?«

Ich kaue auf meiner Unterlippe herum. »Den könnte ich mir nicht leisten.«

Anna verzieht das Gesicht. »Dann wird es ziemlich unmöglich sein, sie zu finden. Südkorea ist klein, trotzdem leben hier Millionen Menschen.«

Ich lasse den Blick über die Suchergebnisse wandern, aber es fühlt sich an, als würde ich versuchen, einen Code zu entziffern, ohne über den Schlüssel dazu zu verfügen. Koreanisch ist angeblich die einfachste Sprache, die man lernen kann – zumindest stand es so im Internet –, aber ich habe es bisher nicht mal geschafft, mir das Alphabet einzuprägen. Die Suchergebnisse sind für mich nicht mehr als eine Ansammlung nicht zu entziffernder Zeichen.

Ich umfasse meinen Hals und beruhige mich – es ist eine Hürde, aber keine unüberwindbare. Ich habe Boyoung, sie wird mir helfen.

»Ich bitte meine Freundin, mir zu helfen.« Ich nehme Anna die Fotos aus der Hand und renne damit rauf in mein Zimmer. Ich muss unbedingt mein Handy aufladen.

»Kann ich was von dem Essen haben?«

»Bedien dich!« Meinetwegen kann sie alles aufessen. Das einzig Wichtige sind für mich die Fotos.

In meinem Zimmer schließe ich mein Handy an; dann ziehe ich das Kleid aus und sprinte runter ins Bad. Nach der schnellsten Dusche, die überhaupt möglich ist, renne ich zu meinem Handy zurück, das inzwischen zu zehn Prozent geladen ist und eine Reihe von Nachrichten anzeigt, inklusive einer von meiner Mom.

Beim Anblick von Ellens Namen auf dem Display schwindet meine Euphorie für einen Moment. Ich sollte mich nicht ganz so darüber freuen, meine leibliche Mutter zu finden.

Während ich mit dem Daumen über die Haut zwischen meinen Brauen reibe, frage ich mich, wie viel meine Mutter erfahren muss. Definitiv, dass mein Vater tot ist, aber die Leibliche-Mutter-Neuigkeiten scheinen überflüssig. Die Fotos sind eine Spur, das ist alles. Es gibt keine Bestätigung, dass eine der Frauen auf den Bildern meine leibliche Mutter ist oder dass ich überhaupt eine der Frauen ausfindig machen kann. In Seoul leben beinahe zehn Millionen Menschen. Außerdem kann es sein, dass die Bilder gar nicht hier aufgenommen wurden. Lee Jonghyung könnte genauso gut aus einer ganz anderen Ecke des Landes stammen und erst vor Kurzem nach Seoul gezogen sein. Es gibt so viele Wenns und Möglichkeiten, dass es keinen Sinn ergibt, meine Mutter deswegen verrückt zu machen. Falls ich meine leibliche Mutter finden sollte, kann ich es Ellen immer noch erzählen, andernfalls stürze ich sie ganz ohne Grund ins Gefühlschaos.

Ich entsperre mein Handy und beginne meine Nachrichten zu lesen.

MOM: Vermisse dich. Hoffe, es läuft gut.
Ich habe was über die Spionagekameras
gelesen. Du musst aufpassen.

MOM: Geht es dir gut? Funktioniert dein Handy?
Brauchst du irgendetwas?

MOM: Schatz, ich habe seit fast einem Tag nichts von dir gehört. Muss ich anfangen, die Krankenhäuser abzutelefonieren?

O nein. Ich checke meine Mailbox. Vier Nachrichten – alle von Ellen. Ich schaue schnell den Zeitunterschied nach. Hier ist es zehn Uhr morgens, was bedeutet, dass es zu Hause acht Uhr abends ist. Nicht zu spät, um anzurufen, aber ich will nicht. Es ist leichter, Moms Nachfragen aus dem Weg zu gehen, wenn wir uns schreiben.

ICH: Mein Akku war leer. Ich war mit Boyoung unterwegs. Entschuldige. Es geht mir gut.
Alles in Ordnung.

Ihre Antwort folgt so prompt, dass ich den Verdacht habe, Ellen hat ihr Handy die ganze Zeit über in der Hand gehalten.

MOM: Ich habe mir Sorgen gemacht.
Hast du keinen Ersatzakku? Ist dein Reisepass an einem sicheren Ort? Gibt es Überwachungskameras in deinem Zimmer?

ICH: Ich glaube nicht. Ich lebe mit einem Haufen Frauen zusammen.

MOM: Glauben reicht nicht!!!!!

ICH: Ich schaue nach. Versprochen.

MOM: Sieh nach und sag mir Bescheid.

ICH: Mach ich.

Ich habe keine Ahnung, wie ich nach Kameras suchen soll, also lasse ich Zeit verstreichen, indem ich meine Mails checke und die Naver-App herunterlade, die Anna erwähnt hat. Anschließend rufe ich die Website auf, die verspricht, mir in fünfzehn Minuten das Alphabet beizubringen, und mir dabei hilft, die *hangul*-Zeichen zu üben. Es ist nicht leicht. Nach fünfzehn Minuten kann ich das Alphabet noch immer nicht flüssig herunterbeten, habe aber immerhin genug Zeit herumbekommen, dass meine Mutter mir abnimmt, dass ich getan habe, worum sie mich gebeten hat.

ICH: Nichts gefunden.

MOM: Gott sei Dank. Nimm immer deinen
Ersatzakku mit, wenn du unterwegs bist.
Ich hab dich lieb.

ICH: Ich hab dich auch lieb.

Erst als ich auf Senden drücke, fällt mir auf, dass ich vergessen habe, Lee Jonghyungs Beerdigung zu erwähnen. Andererseits hat Mom auch nicht nach ihm gefragt. Vielleicht will sie gar nichts über ihn hören. Vielleicht redet sie sich selbst ein, dass ich mich auf einer Art Kulturtrip befinde, der nichts mit der Suche nach meinen leiblichen Eltern zu tun hat.

Ich lasse mich rücklings aufs Bett fallen und starre an die Decke. Wenn das Moms Art ist, mit meiner Reise umzugehen, dann war es definitiv die richtige Entscheidung, die fünf Frauen von den Fotos nicht zu erwähnen. Es ist ja auch nicht so, als ob mir Ellen, Tausende Meilen entfernt in Iowa, bei der Suche nach ihnen helfen könnte.

Aber es gibt eine Person, die es kann.

Ich rufe Boyoung an.

»Fotos?«, quietscht Boyoung.

»Um genau zu sein, fünf Fotos. Er – mein Dad – und fünf Frauen.«

»Fünf?«

Die fassungslose Stille am anderen Ende der Leitung dämpft meine Aufregung und zwingt mich, mir einzugestehen, dass Lee Jonghyung wahrscheinlich ein Vollidiot war. Er hatte, offensichtlich mehr oder weniger zeitgleich, etwas mit fünf Frauen; und jede von ihnen könnte diejenige sein, die mich zur Welt gebracht hat. Es ist, als hätte ich zweimal in der Bad-Dad-Lotterie gewonnen.

»Ich weiß, das sind ziemlich viele.«

»So habe ich das nicht gemeint«, entschuldigt sich Boyoung, was absolut unnötig ist.

»Ich möchte sie alle ausfindig machen, aber dafür brauche ich deine Hilfe.«

»Natürlich«, kommt Boyoungs Antwort, ohne dass sie auch nur eine Sekunde zögert. »Wollen wir uns treffen?«

»Ja.« Ich setze mich auf – die Euphorie ist zurück – und sehe mich nach etwas zum Anziehen um. Mit Boyoungs Hilfe scheint die Aufgabe nicht halb so aussichtslos, wie Anna befürchtet.

»Heute habe ich keine Zeit, aber morgen. Lass uns zusammen mittagessen gehen. Ich komme zu dir, dann können wir uns bei dir in der Nähe ein Restaurant suchen.«

»Klingt gut«, flunkere ich. Ich habe ganz vergessen, dass Boyoung Familie in Korea hat. Natürlich kann sie nicht jedes Mal Gewehr bei Fuß stehen, wenn ich sie brauche. »Bis dahin nutze ich die Zeit, um mich mit meinen Mitbewohnerinnen anzufreunden.«

»Ach, Hara, warte kurz«, ruft Boyoung, als ich gerade das Handy vom Ohr nehmen will, um aufzulegen.

»Was ist?«

»Ich würde die Fotos niemand anderem gegenüber erwähnen. Und den Grund, aus dem du hier bist, auch nicht. Es könnte sein, dass dich die Leute in einem anderen Licht sehen, wenn sie erfahren, dass du adoptiert wurdest. Daran ist natürlich überhaupt nichts verkehrt, aber manche Menschen sind ziemlich altmodisch«, versucht sie zu erklären.

»Alles klar. Ich erinnere mich.«

Wir haben diese Unterhaltung schon einmal geführt, zu Hause in den USA. Boyoung hat mir erzählt, dass man in Korea daran arbeitet, die gesellschaftliche Akzeptanz von Adoptionen zu fördern, aber durch den Fokus auf Blutlinien rangieren Adoptierte auf der sozialen Skala nur knapp oberhalb von Drogendealern und Sexsüchtigen. Okay, das ist vielleicht ein wenig übertrieben. Fakt ist jedoch, dass die Leute davon ausgehen, mit adoptierten Kindern stimme etwas nicht. Warum sonst hätte man sie schließlich weggeben sollen? Und selbst wenn das Kind keinen Fehler hat, muss mit den Eltern was verkehrt sein, denn aufrichtige, anständige Menschen würden niemals ihr Kind zur Adoption freigeben, ganz ungeachtet ihrer Lebensumstände.

Bei uns denken die Leute allerdings nicht viel anders.

Ich habe mal gehört, wie eine von Ellens Freundinnen zu ihr gesagt hat, wie mutig Ellen gewesen sei, mich zu adoptieren; schließlich hätte sie nicht wissen können, was sie bekommt. Ich habe sogar Geschichten über adoptierte Kinder gelesen, die von ihren Adoptiveltern wieder abgegeben wurden. Wie Haustiere, deren Pflege den Leuten zu mühsam geworden ist. Das Ganze wird als *rehoming* bezeichnet, eine widerwärtige, schreckliche Praxis, die illegal sein sollte, es anscheinend aber nicht ist. Ist es in Südkorea also wirklich so anders?

Es werde sich diesbezüglich vieles verändern, behauptet Boyoung. Es gebe wichtige, mächtige, Leute, die versuchen, dies zu erreichen. Es wurden bereits entsprechende Gesetze erlassen, aber die Regierung kann wenig an der Einstellung der Menschen ändern.

Rein objektiv verstehe ich das, trotzdem versetzt es mir einen Stich. Allerdings nur einen kleinen Nadelstich. Die Freundin meiner Mom, die laut ihre Meinung zu meiner Adoption kundgetan hat, wurde von einer Freundin zu einer Bekannten und schließlich einer Fremden im Leben meiner Mutter. Und etwas Ähnliches gilt für meinen Aufenthalt in Korea. Ich werde gar nicht lange genug hier sein, um mitzubekommen, was für eine Meinung irgendwelche Leute über meinen Adoptivstatus haben. Ich werde meine leibliche Mutter finden und anschließend nach Hause fliegen.

»Ich erzähl niemandem davon«, verspreche ich Boyoung und verschweige, dass ich gerade erst vor ein paar Minuten Anna gegenüber mit allen intimen Details herausgeplatzt bin.

Nachdem wir aufgelegt haben, übermannt mich von jetzt auf gleich die Anstrengung der vergangenen Tage. Ich lasse mich rücklings aufs Bett fallen und starre die Fotos an. Ich möchte mich sofort mit Boyoung treffen. Ich möchte sofort herausfinden, wer die fünf Frauen sind. Ich möchte die Frau, die meine Mutter ist, sofort kennenlernen. Ich frage mich, ob sie weiß, dass Lee Jonghyung gestorben ist. Vielleicht ist sie die Frau mit dem großen schwarzen Hut. Ist sie mit der neuen Freundin aneinandergeraten und deswegen nicht bei der Trauerzeremonie geblieben? Ist sie ...

Ich setze mich auf. Ich muss mich bewegen. Ich muss aus diesem Zimmer raus, weg von diesen Fotos, um mir nicht wie als kleines Kind den Rest des Tages irgendwelche albernen Geschichten über meine leibliche Mutter zusammenzuspinnen. Ich brauche Ablenkung.

Als ich in die Küche komme, ist sie verwaist. Die Behälter mit dem Essen sind im Kühlschrank, und auf dem Abtropfgitter neben der Spüle steht Geschirr, aber Anna ist verschwunden. Das kleine Haus ist plötzlich beides auf einmal – erstickend eng und zu groß. Ich beschließe, die Gegend zu erkunden, anstatt weiter Däumchen zu drehen. Ich suche einfach schon mal das perfekte Lokal für mein Mittagessen mit Boyoung morgen und übe Koreanisch.

Mit meinem Handy und einem schmalen Notizheft bewaffnet, in das ich die *hangul*-Schriftzeichen geschrieben habe, mache ich mich auf den Weg, diesmal weiter treppauf.

Weiter oben stehen noch mehr Apartmenthäuser, dafür dauert es länger, bis ich Läden und Restaurants finde, aber zumindest verlaufen die Straßen einigermaßen eben. Meine Wadenmuskeln danken es mir.

Meine kleine Expedition besteht zu einem Drittel aus Erfolg und zu zwei Dritteln aus Scheitern. Als erfolgreich verbuche ich, dass ich zahlreiche Lokale finde. An jeder Ecke gibt es ein kleines Café und einen Imbiss, bei dem man frittiertes Hühnchen bekommt. An einer schmalen Straße entdecke ich eine Bäckerei, die sich auf Nachtische mit Äpfeln spezialisiert hat. Ich brauche ewig, um die Schriftzeichen in die Naver-App einzugeben, aber schließlich schaffe ich es und flüstere so lange das Wort *sagwa* vor mich hin, bis ich das Gefühl habe, dass ich es mir merken kann. Dabei lerne ich auch, dass der Begriff nicht nur für Apfel steht, sondern auch »entschuldigen« bedeutet, und dass Koreaner zusammen mit einer Entschuldigung häufig einen Apfel verschenken, was wirklich süß ist.

Der Teil mit dem Scheitern bezieht sich auf die Müdigkeit, die einsetzt, als die Sonne beginnt, mir auf mein schwarzes Haar zu brennen. Es gibt viele kleine Geschäfte, die Elektronikartikel, Schuhe und Kosmetik verkaufen. Jedes Gesicht, das auf den Werbebannern an den Seiten der vorbeifahrenden Busse und in den Schaufenstern zu sehen ist, scheint von porenfreier Haut aus Glas überzogen zu sein.

Ich reibe mit der Seite meines Daumens über meine weniger perfekte Wange. Ich sehe aus wie eine Koreanerin und bin trotzdem keine. Nichts von alldem hier fühlt sich vertraut an. Es liegt nicht nur an den Schildern über den Geschäften und der Reklame in den Schaufenstern voller *hangul*-Schriftzeichen, die ich nicht lesen kann, sondern auch an den eng zusammenstehenden Gebäuden, dem Verkehrslärm, dem Geruch nach etwas Würzigem und Trockenem. Das alles ist mir fremd.

Ich bleibe vor einem Lebensmittelladen stehen, vor dem draußen in der Auslage Obst angeboten wird. Der Mann, dem der Laden gehört, sagt etwas zu mir. Als ich ihm zu vermitteln versuche, dass ich ihn nicht verstehe, sieht er mich misstrauisch an, als würde ich mich über ihn lustig machen. Das tue ich nicht, aber mein Koreanisch reicht nicht einmal aus, um ihm zu sagen, dass ich seine Sprache nicht spreche. Und ich glaube nicht, dass es unter den gegebenen Umständen besonders hilfreich wäre, das Wort *sagwa* zu verwenden.

Zeit, dass ich umkehre.

Als ich zurückkomme, ist niemand zu Hause. Ich schleppe mich die Stufen hoch und lege mich hin. Mein ganzer Körper ist müde, doch obwohl meine Füße wehtun und ich Kopfschmerzen habe, kann ich nicht schlafen. Der Hamster in meinem Gehirn ist wieder ins Laufrad gestiegen. Eine dieser Frauen ist meine Mutter, was bedeutet, dass es irgendwo in dieser Stadt, in diesem Land, jemanden gibt, der mich zur Welt gebracht hat.

Oder sie ist tot, merkt mein Gehirn nicht besonders hilfreich an.

Ja, oder sie lebt. Ellen hatte immer die Theorie, dass meine leibliche Mutter arm war, ein Schluss, zu dem auch ich irgendwann gekommen bin. Es würde zur Wohnung meines Vaters passen – klein und schmucklos. Es ist die Erklärung, die das Abgegeben-worden-Sein am wenigsten schmerzhaft macht. Sie war arm und konnte es sich nicht leisten, ein Kind aufzuziehen. Abtreibungen sind illegal. Sie waren es damals und sind es noch heute.

Ein Schmerz nistet sich in meiner Brust ein, und als ich meine Hand auf die Stelle presse, wo mein Herz sitzt, verschwindet er nicht. Ich habe keine Ahnung, ob er von Trauer oder Hoffnung herrührt. Manchmal fühlt sich beides gleich an.

Schließlich drifte ich doch in einen unruhigen Schlaf ab – bis ich von leisem Gelächter und aufgeregtem Geplapper aus meiner Bewusstlosigkeit gerissen werde.

Ich krieche aus dem Bett und die Treppe hinunter, um meine Mitbewohnerinnen in verschiedenen Ankleidestadien vorzufinden. Der Geruch nach Haarspray, ein Lockenstab und diverse Parfümflakons verraten mir, was hier gerade los ist. Die drei gehen aus.

Auf dem Weg in ihr Schlafzimmer sieht mich Anna auf der Treppe stehen. Sie drückt sich eine ganze Palette an Haarstylingprodukten an die Brust. »Du tauchst genau zum richtigen Zeitpunkt auf. Wir gehen heute Abend in den Club Dance. Das ist dieser schicke Laden in Incheon. Normalerweise würde ich nicht bis zum Flughafen fahren, aber da sollen heute Rapper einer berühmten Band auftreten, was sie sonst nie alleine tun. Ich weiß, du hattest gerade dieses Ding«, sie wedelt mit der Hand, als wollte sie den unangenehmen Gedanken an den Tod meines Vaters verscheuchen, »aber wenn du eine Ablenkung brauchst, dann ist das *die* Gelegenheit. Ich möchte nicht, dass deine Zeit in Korea nur enttäuschend ist.«

Zu Hause bleiben und trauern oder rausgehen und mich ablenken?

Ich brauche ungefähr den Bruchteil einer Sekunde, um mich zu entscheiden.

»Was soll ich anziehen?«

Anna strahlt. »Was, das sexy ist, natürlich!«

»Nicht zu sexy«, ruft Jules aus ihrem Zimmer.

Ich erinnere mich an Annas Bemerkung, dass manche Koreaner denken, ausländische Frauen seien leicht zu haben.

Ich gehe in mein Zimmer zurück und wühle in meinem

Koffer. Obwohl ich den Inhalt meines halben Kleiderschranks mitgenommen habe, finde ich nichts Passendes zum Ausgehen. Weil ich nichts davon bei einem Treffen mit meinem Vater getragen hätte. Ich habe Leggings dabei, Jogginghosen, Skinny-Jeans und einen Jeansrock, der mir fast bis über die Knie reicht. Und ein Kleid. Mit seinen dünnen weißen Streifen auf schwarzem Stoff, dem Gummizug in der Taille und den kleinen Schleifen an den Seiten sieht es wie etwas aus, das man zu einem Sonntagsbrunch oder einer Verabredung mit seinem Dad tragen würde. Nichts, mit dem man den Dancefloor in einem hippen Club rockt.

Ich entscheide mich schließlich für eine Jeans und ein Seiden-T-Shirt mit U-Boot-Ausschnitt. Dazu binde ich mir ein Samtband um den Hals. Die Schuhe, die mir Boyoung für die Beerdigung gegeben hat, passen perfekt zum Outfit.

Ich muss ihr unbedingt das Geld für die Sachen geben. Ich vergesse es die ganze Zeit, und sie hat bisher kein Wort darüber verloren. Das erledige ich morgen.

Es erscheint mir auf merkwürdige Weise passend, meine Beerdigungsschuhe zum Ausgehen anzuziehen. Sie stehen für den seltsamen Zusammenprall an Erfahrungen, die ich in den ersten drei Tagen in Korea gemacht habe. Auch wenn ich nicht so genau weiß, warum ich hier bin, das Erlebnis ist immerhin unvergesslich.

KAPITEL ELF

Club Dance besteht aus vier Stockwerke hohen LED-Bildschirmen, auf die riesige Animationen projiziert werden. Die Außenfassade des Clubs ist so schick, so hightech, so voller Lichter und Bildschirme und bewegter Bilder, dass ich mich frage, ob ich mich ins Innere einer Spielkonsole verirrt habe. Es würde mich nicht wundern, wenn gleich ein fliegendes Auto zwischen den startenden und landenden Flugzeugen am Himmel vorbeiflitzt. Der Flughafen ist nur einen Steinwurf entfernt.

Die Schlange am Eingang ist lang, was zu erwarten war, wenn selbst ich, deren Kenntnisse der koreanischen Kultur überschaubar sind, die Künstler kenne. Aber es macht mir nichts aus, da es viel zu bestaunen gibt, und damit meine ich nicht die Architektur. Zum ersten Mal seit der Fahrt vom Flughafen in die Stadt nehme ich die Leute um mich herum richtig wahr. Bis auf einen gelegentlich wild gefärbten Haarschopf haben die meisten pechschwarze Haare. Ich fahre mit der Hand durch meine eigenen glatten Haare. In dieser Schlange falle ich nicht auf. Die Leute vor mir starren, aber nicht auf mich, sondern auf meine Mitbewohnerinnen. Ich gehöre dazu. Ich gehöre so sehr dazu, dass der Türsteher verwundert guckt, als ich ihm meinen Reisepass zeige. Er starrt das Dokument lange an, bevor er mein

Gesicht mit der Taschenlampe inspiziert. Dieses Mal platze ich nicht damit heraus, dass ich adoptiert bin, aber um die Wahrheit zu sagen, es liegt mir auf der Zunge. *Sorry, dass du wegen mir so verwirrt bist. Ich bin adoptiert. Ich bin nicht von hier. Oder doch, ursprünglich stamme ich von hier, aber dann wurde ich nach Amerika geschickt, wo ich inmitten von Maisfeldern und Kühen aufgewachsen bin. Und Versicherungen. Iowa ist eine einzige große Versicherung. Es ist die zweitgrößte Versicherungshaupt…*

Er brummt und winkt mich durch.

Man betritt den Club über eine Wendeltreppe, die von Messingstangen umgeben ist und in einen riesigen, zwei Etagen hohen Raum führt, in dem mehr Stroboskoplichter angebracht sind als auf einem Stadionkonzert. Die Schlange zur Bar scheint länger zu sein als die vor dem Eingang, und als wir den Tresen erreichen, bellt der Bartender etwas auf Koreanisch. Natürlich habe ich keine Ahnung, was er sagt. Bier sollte ein universelles Wort sein. Egal wo du bist, solltest du immer sagen können »Ich Bier« und jeder weiß genau, was du willst. Das und »Toilette«. »Wo ist die Toilette« und »Ich Bier« werden die ersten Spracherlasse sein, die ich vornehme, wenn ich die Weltherrschaft übernehme.

Anna schiebt mich sanft zur Seite und bestellt für uns. Der leicht verwirrte Blick, mit dem mich der Bartender mustert, entgeht mir nicht, und ich fühle mich schmerzhaft an das Treffen des Koreanischen Clubs an der Uni zurückerinnert. Da ich niemals oberste Herrscherin des Universums sein werde, hätte ich Koreanisch anstatt Spanisch lernen sollen. *Hola* funktioniert hier nicht. Ich hoffe, dass der Typ nicht denkt, dass ich ein Pornostar bin. Alle hier werden schmerzlich enttäuscht sein. Mein einziges sehr typisch asiatisches Merkmal sind meine kleinen Brüste.

Das Bier wird an unseren Tisch gebracht, und ich bekomme eine schnelle Lektion in Trinketikette erteilt. Das Alter spielt eine Rolle. Niemand schenkt sich selbst ein. Und die Jüngeren sollten sich abwenden und ihren Drink bedecken. Bisher hat das niemand erwähnt. »Wir wollten dich nicht mit Informationen überschwemmen«, erklärt Anna.

Mir fällt ein, dass ich im Bestattungsinstitut Leute gesehen habe, die sich zur Seite gedreht und die Hand gehoben haben, bevor sie ihren Schnaps hinunterkippten. Ich bin, abgesehen von Jules, jünger als alle anderen und daher dafür verantwortlich einzuschenken. Was gut ist, so habe ich etwas zu tun.

Der zweistöckige Club ist riesig. Stroboskoplichter blitzen rot, blau und weiß synchron mit dem schweren Bass eines sehr bekannten Westernsongs. Wenigstens vier Discokugeln drehen sich an der Decke und versprühen ein Kaleidoskop an Farbtupfern. In diesem Zirkus lassen sich keine Haarfarben, geschweige denn andere Merkmale ausmachen. Ich könnte in irgendeinem Club in einer beliebigen Stadt sein.

»Hast du Spaß?«, schreit Anna über den Lärm hinweg.

Ich nicke, weil das hier lustiger sein sollte, als im Bett zu liegen und zu versuchen, die Übersetzungs-App zu bearbeiten und durch Hunderttausende Suchergebnisse in einer fremden Sprache zu scrollen, um fünf Frauen ausfindig zu machen.

Das Dröhnen in meinem Kopf ist zurück. Ich habe noch nicht mal das erste Bier ausgetrunken und denke schon sehnsüchtig an die Ruhe in meinem Zimmer. Mit hochgezogenen Mundwinkeln in der Hoffnung, dass ich ein einigermaßen überzeugendes Lächeln hinbekomme, drehe ich mich zur Seite und kippe mein Bier hinunter. Es läuft mit Leichtigkeit meine Kehle entlang, aber als es meinen Magen erreicht, fühlt sich das gar nicht gut an. Ich kann mich nicht daran erinnern, heute irgendetwas gegessen zu haben, und ich habe immer noch den ganzen Soju von der Beerdigung in meinem Körper. Vermutlich bestehe ich gerade zu achtzig Prozent aus fermentiertem Reiswasser.

Ich nehme einen tiefen Atemzug durch die Nase, und als das nicht hilft, entschließe ich mich, dass es besser ist, mich zu bewegen.

»Ich gehe raus, um frische Luft zu schnappen«, schreie ich. Ich denke, dass Anna mich gehört hat, bei den anderen bin ich mir nicht sicher. Egal.

Ein stetiger Strom von Partygängern betritt den Club, aber sie sind alle zu wild darauf reinzukommen, als dass sie einer einzelnen Frau, die die Treppe ein bisschen zu schnell nimmt, viel Beachtung schenken. Die Nachtluft schlägt mir entgegen und fühlt sich trotz der Hitze gut an. Ich hebe mein Gesicht und laufe zu dem röhrenförmigen Stahlgeländer, das Betrunkene davon abhalten soll, in die Hecken darunter zu fallen. Ich lehne mich gegen das Metall und nehme erneut einen tiefen, beruhigenden Atemzug.

Meine Gefühle spielen verrückt. In einem Moment bin ich aufgeregt und könnte die ganze Nacht durchtanzen und im nächsten Moment schnürt es mir die Kehle zu. Ich weiß nicht, was mit mir los ist. Ich räuspere mich, fahre mir durch die Haare und ziehe am Bund meiner Jeans. Wünsche mir, ich hätte ein Glas Wasser anstelle des Soju getrunken.

So orientierungslos habe ich mich nicht mehr seit meinem Freshman-Jahr während der Drake Relays – eines der größten Leichtathletik-Events der USA – gefühlt, als ich vier Tage lang durchgetrunken habe und am fünften aufgewacht bin und dachte, dass ich blind sei. In Wirklichkeit waren meine Augen von dem ganzen Alkohol verklebt, den ich in mich reingekippt hatte. Es war die erste und letzte richtige Sauftour, die ich jemals unternommen habe.

Als ich meinen Kopf gegen das Geländer lehne, erinnere ich mich daran, dass ich keine achtzehn mehr bin und zum ersten Mal so weit entfernt von meiner Mutter. Aber auch daran, dass ich tatsächlich erwachsen bin und deshalb Alkohol nicht mehr runterkippen muss, als ob ich nie wieder die Gelegenheit dazu hätte. Ich schließe meine Augen, zähle meine Atemzüge. Einatmen, eins. Ausatmen, zwei. Einatmen, eins. Ausatmen, zwei. Das leise Dröhnen eines abhebenden Flugzeugs erfüllt die Nachtluft, aber es wird dennoch ruhiger. Meine Brust fühlt sich nicht länger an, als würde sie zusammengedrückt.

Incheon wirkt wie die Kulisse eines Marvel-Films. Die Gebäudefassaden sind glatt und glänzend, hohe, beeindruckende Bauten. Dutzende von Kränen, schweren Baumaschinen und Gerüsten bestimmen die Silhouette. Es ist ein durch und durch künstlich geschaffener Ort, und alles wirkt irgendwie surreal. Vielleicht würde es reichen, meine Hand auszustrecken, um das computergenerierte Bild zu durchdringen, und ich würde mich mit einem Mal in meinem Zimmer zu Hause wiederfinden.

»Dich kenn ich doch.« Eine Stimme zerreißt die Stille.

Ein Stromstoß fährt durch meinen Körper. Ich kenne

diese Stimme. Es ist mehr oder weniger die einzige, die ich außer Boyoungs in Korea kenne. Deshalb sollte es mich nicht überraschen, als ich mich umdrehe und Choi Yujun auf dem ersten Absatz der Treppe stehen sehe, die hinauf zum Eingang des Clubs führt. Trotzdem tut es das, und meine Begrüßung bleibt mir im Hals stecken.

»Wir haben uns am Flughafen getroffen«, sagt er, als ob ich das jemals vergessen könnte.

Mit seinen langen Beinen nimmt er zwei Stufen gleichzeitig, und bevor ich blinzeln kann, steht er vor mir, so nah, dass ich seine Grübchen berühren könnte. Er trägt eine schwarze Hose und ein weißes Hemd, dessen oberste Knöpfe geöffnet sind. Ein Teil seines Schlüsselbeins ist zu sehen. Ich beiße mir auf die Unterlippe und frage mich, seit wann Schlüsselbeine sexy sind.

»Ich erinnere mich«, antworte ich etwas zu atemlos. *Denk daran, Hara, du bist keine achtzehn.* »Choi Yujun. Du hast mich nach Hause gefahren.«

»Du sollst mich Yujun nennen, weißt du noch?« Er grinst, und sein linkes Grübchen zwinkert mir zu. Ich bin froh, dass ich mich immer noch am Geländer festhalte. »Und mich auf ein riesiges Steak einladen.«

Das hatte ich vergessen. Die Nachricht vom Tod meines Vaters, gefolgt von der Beerdigung und der Entdeckung der fünf Fotos, hat alles andere aus meinem Gehirn verdrängt. Ich hatte meine Mutter, Boyoung und diesen Mann vergessen. Doch im Nachhinein betrachtet, hätte ich ihn sowieso nie angerufen, denn Yujun aus Seoul war genauso eine Fata Morgana wie die Bilder, die an der Fassade des Club Dance aufblitzen – eine Illusion. Perfekt, aber nicht real.

Aber er ist real. Und er steht direkt vor mir. Und er sieht

so absolut umwerfend aus, dass meine Hände feucht werden, und ich trotz der milden Temperaturen eine Gänsehaut bekomme. Ein leichtes, kribbelndes Gefühl ersetzt den Stein in meinem Magen, und meine Mundwinkel krümmen sich von selbst nach oben.

»Ich war mit Auspacken beschäftigt«, platze ich heraus, als ich zu spät bemerke, dass ich an der Reihe bin, etwas zu sagen. Keine Ahnung, was dieser Typ an sich hat, das mich so dumm macht. Sein Aussehen, vermutlich? Und sein Charme, den er wie ein Kleidungsstück trägt, das exklusiv für ihn angefertigt wurde. Und das Lächeln und seine Größe und die Art, auf die seine Augen Funken sprühen, wenn er mich ansieht, als ob *ich* interessant und reizvoll wäre. »Ich habe zu viel Zeug eingepackt«, beende ich meine Argumentation ziemlich schwach. Das ist keine gute Ausrede. Heute Nacht, Stunden später, wenn ich diesen demütigenden Austausch tausendmal in meinem Kopf wiederhole, wird mir eine gute einfallen.

Er ist ein Engel. Anstatt mich wegen des Schwachsinns, den ich vor mich hinrede, auflaufen zu lassen, fragt er: »Gefällt dir die Show?«

»Die Show?«, wiederhole ich, weil meine Gehirnzellen langsam ihren Dienst quittieren. *Okay, Hara, reiß dich zusammen.* Höre auf, so zu tun, als könntest du sein perfektes Englisch nicht verstehen, und antworte in vollständigen, überzeugenden Sätzen. »Richtig. Die Show. Die ist gut.« Was für eine Lüge. Ich kann mich an kein einziges Lied erinnern, das gespielt wurde.

Er legt den Kopf schief. »Du klingst nicht wirklich überzeugt.«

»Nein. Nein. Es ist gut. Wirklich gut.« Alle rocken drinnen. Es ist nicht so, als wäre die Musik nicht gut. Ich bin nur nicht in Stimmung.

»Falls du nach Hause willst, mein Chauffeurservice wäre verfügbar. Ich fahre heute selbst. Taxis sind nachts nicht immer zu bekommen.«

»Ich bleibe noch«, sage ich schnell. »Ich wollte nur frische Luft schnappen. Dieser Club ist unglaublich.«

Yujun lässt mir die Halbwahrheit nicht durchgehen. Eine Seite seines Mundes zuckt nach oben. »Gefallen dir die Kräne oder die Flugzeuge besser?«

»Die Kräne«, sage ich scherzhaft. »Ich habe ein Faible für Bauarbeiten und schwere Maschinen.«

Wir lachen über meine Albernheit. Yujuns Grübchen treten leicht hervor, wie winzige halbmondförmige Schatten. Ich lehne mich etwas nach vorne und spüre, wie die Schwere der letzten drei Tage etwas nachlässt. Stille macht sich zwischen uns breit, was unangenehm sein sollte, aber stattdessen ist es leichter für mich, hier zu stehen, an einem Ort, von dem ich dachte, dass er sich nach Heimat anfühlen sollte, aber so gar nicht vertraut ist. Der Ausdruck auf seinem Gesicht ist zugetan und bewundernd, als würde er mir sagen wollen, dass er mich versteht. Oder wenigstens, dass es ihn freut, diesen Moment zu teilen. Wir sind nicht die einzigen zwei Personen hier in Incheon, aber ich sehe nur ihn. Mein komplettes Augenmerk ist auf seine langen Beine und breiten Schultern gerichtet, sein glänzendes schwarzes Haar mit dem Seitenscheitel, seine dunklen Augenbrauen, die gerade Nase und die vollen Lippen. Ich hebe meine Hand und bin kurz davor, etwas Dummes zu tun, wie meinen Zeigefinger in die Vertiefung seiner Wange zu stupsen, als jemand Neues auftaucht und mich davor bewahrt.

»Hey, ich geh dann mal wieder rein«, verkündet der blonde Mann, der sich neben Yujun stellt und ihm einen Arm um die Schultern legt. Er mustert mich aufmerksam. »Wer ist das?«

Ich starre zurück und bin überrascht, wie gut das strohblonde Haar an dem koreanischen Mann aussieht. Es steht ihm besser als manch einem Skandinavier. Natürlich schadet es nicht, dass dieser spezielle Mann so gut aussieht, als wäre er ein Superheld aus einem Comic, der zum Leben erweckt wurde. Die anspruchsvollsten Computerprogramme der Welt hätten keine bessere Kombination aus scharf geschnittenem Kiefer, hohen Wangenknochen, kühnen Brauen und hohem Nasenrücken entwerfen können.

Die zwei zusammen sind furchtbar, und ich muss daran denken, dass es wirklich unfair ist, dass gut aussehende Menschen grundsätzlich zusammen abhängen. Es sollte ein Gesetz dagegen geben. Nur eine attraktive Person alle zwei Quadratmeter, zum Wohle der Bevölkerung. Eine soziale Distanzregel, um Pandemien von tödlicher Anziehungskraft zu verhindern.

Yujuns Lächeln wird breiter, die Vertiefungen in seinen Wangen treten noch deutlicher hervor. Ich habe das Gefühl, dass das Yujuns normaler Gemütszustand ist – glücklich und lächelnd. Noch mehr als sein gutes Aussehen ist es das, was mir bei ihm ins Auge fällt. Was in mir den Wunsch auslöst, mich in seinem Glanz und seiner Wärme sonnen zu wollen.

»Das ist Hara. Hara, das ist ...«

»Ich bin Ahn Sangki.« Der Mann löst den Arm von Yujuns Schultern und schüttelt kurz meine Hand. »Woher kennt ihr euch?«

»Vom Flughafen«, erklärt Yujun. »Haras Fahrer war verschwunden.« Meine Augenbrauen zucken ob der schamlosen Lüge nach oben, aber meine Lippen bleiben versiegelt. Auf gar keinen Fall werde ich ihn mit der peinlichen Wahrheit korrigieren.

Sangki schüttelt den Kopf. Dabei fällt sein Pony nach vorn und verdeckt beinahe ganz seine Augen. »Was für eine Unverschämtheit. Wir sind ein sicheres Land, wegen all der Kameras.« Er zeigt nach oben. »Die schauen immer zu. Ich weiß, dass Amerikaner keine Fans davon sind, aber wir haben uns daran gewöhnt.«

Ich lege den Kopf in den Nacken und sehe die Kamera, die an einer Lampe befestigt ist. Ich hatte sie zuvor nicht bemerkt. »Woher weißt du, dass ich Amerikanerin bin?«

»Der Akzent. Oder besser, der fehlende Akzent. Ich habe dich reden hören, als ich dazukam.«

»Ihr zwei sprecht auch sehr gut Englisch.«

»Nein«, widerspricht Sangki. »Du sprichst diese perfekte In-Amerika-geborene-zweite-Generation-Sprache.«

Yujun stößt seinen Freund an und schüttelt den Kopf, nur ein wenig, aber bestimmt. Offensichtlich will er Sangki wortlos zu verstehen geben, dass er seine Beobachtungen für sich behalten soll. Dann wendet er sich entschuldigend an mich. »Was redet der da bloß? Man kann nicht mit ihm raus.«

»Man kann ihn nirgendshin mitnehmen«, korrigiere ich ihn. Dabei bin ich eher amüsiert als beleidigt.

»Genau. Ich kann dich nirgendshin mitnehmen«, sagt Yujun. An der Art, wie er dem anderen Mann erlaubt, seinen Arm um seine Schultern zu legen, kann ich ablesen, dass die beiden schon sehr lange befreundet sind.

»Hast du Familie hier in Seoul?«, fragt Sangki.

Boyoungs Warnung, meinen Status als Adoptivkind für mich zu behalten, fällt mir wieder ein. Ich habe es Yujun erzählt, aber da er eben wegen der Sache mit dem Transport vom Flughafen geflunkert hat, anstatt zu sagen, dass ich ihn für den gebuchten Fahrer gehalten habe, ist es unwahrscheinlich, dass er diese Information mit Sangki teilen wird. Aber wäre das so ein großes Ding? Und selbst wenn, warum sollte es mir etwas ausmachen, wenn diese sehr hübschen Männer anders über mich denken würden. Adoptiert zu sein ist ein Teil meiner Geschichte, genauso wie schwarze Haare und Augenbrauen zu haben. Mein ganzes Leben lang schon muss ich erklären, warum ich nicht so aussehe wie meine Mutter. Ich schäme mich nicht dafür. Schließlich bin nicht ich diejenige, die mich weggegeben hat.

»Ich bin adoptiert. Ich dachte, es ist an der Zeit, den Ort zu besuchen, an dem ich geboren wurde.«

Das Eingeständnis löst keine Reaktion bei Sangki aus. Es ist nicht mal ansatzweise wie Hester-Prynne-trägt-einen-scharlachroten-Buchstaben-auf-ihrem-Kleid, wie Boyoung es dargestellt hat.

»Wir sollten reingehen. Die Hauptband tritt bald auf«, schlägt Sangki vor.

»Oder wir bleiben hier draußen. Ich bin noch nicht mit dem Kräne-Zählen fertig«, sagt Yujun und macht damit ein Angebot, mit mir draußen zu bleiben, aber ich habe genug frische Luft geschnappt.

»Nein«, sage ich und schüttle den Kopf. »Ich will sie mir anhören.«

Sangki hüpft von einem Bein aufs andere wie ein aufgeregter Junge. Seine Vorfreude ist ansteckend, und ich bin versucht, ihm den Kopf zu tätscheln, aber ich gebe mich damit zufrieden, ein Grinsen mit Yujun zu tauschen, als wären wir alte Freunde. Es fühlt sich vertraut an. In diesem fremden Land bilden Yujun und jetzt auch Sangki eine vertraute Insel. Ich möchte mich gerne an sie hängen, vor allem an Yujun, mich in seiner Tasche verstecken oder ihn in meiner, um ihn rauszuholen, sobald ich nervös werde oder Bestätigung brauche.

Sangki springt vor uns die Treppen rauf, er ist das reinste Energiebündel. Oben angekommen, geht er jedoch am Haupteingang vorbei und nähert sich stattdessen der Seite des gigantischen Clubs. Einer der LED-Bildschirme gleitet beiseite, als ob jemand auf Sangki gewartet hätte. Ich nehme an, dass er keine gewöhnliche Person ist.

»Ich will keine Belastung sein«, erklärt er. »Wenn ich durch den Haupteingang gehe, dann mache ich damit allen nur mehr Arbeit.«

»Sangki ist hier berühmt«, fügt Yujun hinzu und bestätigt damit meinen Verdacht. Es ist mir unangenehm, dass ich ihn nicht erkannt habe.

»Überall berühmt«, wirft Sangki lachend ein, als er sich unter dem ausgestreckten Arm eines ziemlich großen Sicherheitsmannes hinwegduckt.

»Zumindest in seinem Kopf«, witzelt Yujun.

Es ist mir so peinlich, dass ich noch nie von Ahn Sangki gehört habe, dass ich den Mund halte, lächle und nicke, als ob ich den Scherz kapieren würde. Bei der ersten Gelegenheit, die sich ergibt, werde ich ihn googeln. Oder »navert« man in Korea? Moment mal, ich weiß nicht mal, wie man seinen Namen buchstabiert, weder auf Englisch noch auf *hangul*. Ich schätze, ich bleibe unwissend, bis ich zu Hause bin oder Boyoung sehe. *Da wir gerade auf der Suche nach meiner Mutter sind, könntest du mir noch schnell erklären, wer Ahn Sangki ist und wie man seinen Namen buchstabiert?*

»Du bist mit jemandem hier, oder?«, fragt Sangki, als wir die dunkle Halle betreten.

»Ja. Ich sollte zu den anderen zurückgehen.« Vielleicht wissen Anna und Co. die Antwort auf meine Frage.

»Lade sie ein, hierhin zu kommen! Ein Nein wird nicht akzeptiert.«

»Hierhin« ist ein privater Raum mit Blick auf die Tanzfläche. Zwei uniformierte Bedienungen bewachen den Eingang, als wir ihn betreten. Eine von ihnen wird losgeschickt, um Anna und die anderen zu finden. Sangki erklärt in entschuldigendem und ernstem Tonfall, dass es problematisch sein könnte, runter zur Tanzfläche zu gehen.

»Er ist tatsächlich sehr berühmt«, gibt Yujun zu. »Er möchte seinen Freunden nicht die Show stehlen.«

Mit Freunden sind die anderen berühmten Leute auf der Bühne gemeint. Ich beginne zu realisieren, dass Sangki hier im gleichen Maße berühmt ist wie Justin Bieber in den USA. Er muss eine Art Musiker sein ... Ein bekannter Rapper? Ein Popstar? Ein Schauspieler? Mein Verdacht bestätigt sich teilweise, als meine Mitbewohnerinnen in das Privatzimmer geführt werden und abwechselnd schockiert aufkeuchen und Freudenschreie ausstoßen.

»Er gibt sich locker, aber in Wirklichkeit ist er schüchtern«, murmelt Yujun neben mir. »Beobachte seine Ohren. Die sind gleich rot wie die Bäume des Mount Chiak.«

Angesichts des sehr lauten und wenig zurückhaltenden Begeisterungssturms verneigt sich Sangki kurz und lächelt;

aber Yujun hat recht, die Spitzen seiner Ohren nehmen dabei einen bezaubernden Rosaton an. Anschließend dreht er sich zu Yujun um, und jeder stellt sich vor.

Während Yujun mit den Bedienungen spricht und mehr Drinks bestellt, setzt sich Jules auf den leeren Platz neben mich. »Wieso hast du mir nicht erzählt, dass du DJ Song kennst?«, zischt sie in mein Ohr.

»Wer ist DJ Song?«, frage ich. »Oh, du meinst Sangki?«

Die Brauen meiner Mitbewohnerin kollidieren über ihrer Nasenwurzel, und sie deutet mit dem Daumen über ihre Schulter. »Du nennst ihn Sangki?«, fragt sie schockiert.

»So hat er sich mir vorgestellt.«

Meine Mitbewohnerin stöhnt. »Du weißt nichts über dieses Land, oder? Hier herrscht eine strikte Altershierarchie. Du musst darauf achten, wie du die Leute ansprichst, sonst beleidigst du sie. Wenn du ausländisch aussehen würdest, wäre es was anderes, aber du siehst nun mal aus wie eine Koreanerin, und deshalb werden Leute wie die Bedienung Koreanisch mit dir sprechen. Du solltest auch etwas *hangul* lernen, nicht überall gibt es englische Beschriftungen. Außerdem wirst du dann besser behandelt.«

Du siehst aus wie eine Koreanerin. Jules denkt sich nichts dabei, aber die Worte tun dennoch weh, größtenteils weil Jules recht hat. Ich weiß nicht viel über Korea und habe nicht viel Zeit und Mühe investiert, etwas über das Land zu erfahren. Korea war nicht mal unter den Top fünf der Liste mit Orten, an die ich irgendwann einmal reisen wollte, trotz der Sachen, mit denen ich nach der Beerdigung bei Denny's rausgeplatzt bin. Ich bin auf gut Glück hierhergekommen, und diese Dummheit beginnt Dividenden auszuspielen, die mir nicht sonderlich gefallen.

»Wie soll ich ihn nennen?«, frage ich in dem Versuch, etwas zu lernen.

»Du hast gesagt, dass du fünfundzwanzig bist, richtig?«

»Ja. Ist das wie bei dem Ding mit dem Alkohol, wo ich die Drinks einschenken und mich zur Seite drehen muss?«

Jules nickt. »Ja, in Korea basiert alles auf dem Alter. Das heißt, wenn du im gleichen Alter wie DJ Song-nim bist, dann kommst du damit davon, ihn Ahn Sangki-nim zu nennen oder DJ-nim. Benutze nicht *oppa*. Es ist peinlich, besonders bei Ausländern.«

Ich weiß nicht mal, was *oppa* bedeutet, aber speichere es dennoch ab.

»Den vollen Namen?« Wie umständlich.

»Den vollen Namen, es sei denn ihr seid gleichaltrige Freunde und ihr entscheidet zusammen, dass ihr diese Formalitäten nicht braucht; dann kannst du ihn Sangki-ahn nennen und er dich Hara-ya.«

»Das klingt merkwürdig.«

»Na ja, dein Name ist nicht superkoreanisch, deshalb.«

Mit diesem letzten Messerstich wendet sich Jules ab.

Ich reibe mir über die Brust. Offensichtlich bin ich unverletzt, dabei fühlt es sich an, als ob ich irgendwo bluten müsste.

»Ist es dir zu laut hier?«

Ich drehe mich zu dem Platz um, auf dem zuvor Jules saß. Inzwischen sitzt Yujun dort ... Nein, falsch, Choi Yujun-nim.

»Nein, es ist super.« Die Musik ist gut, und ich lasse mir von ein paar Wahrheiten, die man mir um die Ohren haut, nicht die Stimmung verderben. Ich bin froh, dass Jules mich belehrt hat. Sicherlich war sie etwas harsch, aber das ist immer noch besser, als dass ich mich kontinuierlich blamiere oder, schlimmer, jemanden beleidige.

Choi Yujun mustert mich einen Augenblick und legt dann eine Hand auf seinen Bauch. »Mein Magen tut plötzlich weh. O nein.«

Ich durchschaue ihn. Ein widerstrebendes Lächeln zerrt an meinen Lippen. »Hör auf.«

»Es tut so weh.« Er krümmt sich.

Plötzlich taucht Ahn Sangki wie aus dem Nichts auf. »Was ist denn hier los?«

Immer noch vorgebeugt lugt Choi Yujun zu mir und wartet auf ein Zeichen. Wenn ich gehen will, liefert er mir eine Ausrede.

Ich schüttle leicht den Kopf, was heißen soll: *Alles in Ordnung*.

Er richtet sich auf und strahlt seinen Freund an. »Ein Krampf.«

Ahn Sangki-nim wirft uns einen argwöhnischen Blick zu, bevor er eine grüne Flasche und drei Shotgläser hochhält. »Ich habe Soju«, sagt er, als ob er uns gerade seinen Weihnachtstruthahn präsentiert. »Was würdest du in Amerika trinken?«

»Wässriges Bier«, antworte ich und behalte die Soju-Flasche wie ein Falke im Auge, um sie im richtigen Moment an mich zu nehmen. Ich habe nicht vor, das Einschenkprotokoll zu vermasseln. Wenn es etwas gibt, das eine Mittzwanzigerin kennen sollte, dann die Trinketikette. Neben einer Erläuterung zur Steuererklärung und Wäschepflege sollte die in den ersten zwei Kapiteln dieser kleinen Handbücher abgehandelt werden, die sie an der Kasse von Buchhandlungen verkaufen.

»Das hier ist das Gegenteil von verwässertem Bier.« Er dreht sich zu Choi Yujun um. »Was hast du getrunken, als du auf der Uni warst?«

»Bier. Wodka. Wein aus Kartons.«

»Aus Kartons?« Ahn Sangki schaut mich halb irritiert, halb interessiert an.

»Schmeckt nicht.«

Ich frage mich, wo Choi Yujun zur Uni gegangen ist.

»Aber er ist billig und amerikanisch«, fügt er hinzu, als ob das Erklärung genug sei, was es irgendwie auch ist. Wir sind eine To-go-Gesellschaft. In Seoul habe ich bis jetzt noch niemanden auf der Straße essen oder trinken sehen. Wohingegen man zu Hause nicht mal einen Block schafft, ohne dass man jemandem mit einem Starbucks-Becher in der Hand begegnet.

»Amerikanisch ist gut. Billig ist gut«, fügt Ahn Sangki erklärend hinzu und gießt den Soju in kleine Becher, bevor ich nach der Flasche greifen kann. Er reicht uns jeweils einen und stößt dann mit uns an. »*Gun bae!*«

»*Gun bae!*«, echot Choi Yujun.

Ich wiederhole die Worte im Kopf und kippe den Shot hinunter. Mit leicht gerunzelter Stirn, weil ich nicht die Möglichkeit bekommen habe, ihn einzuschenken. Dann ärgere ich mich, dass ich zu spät daran gedacht habe, den Kopf wegzudrehen. Alle anderen außer den zwei Männern wenden sich ab. Hätte hier gerade ein Test bezüglich Sozialkompetenz stattgefunden, wäre ich durchgefallen.

Jules stellt Ahn Sangki eine Frage auf Koreanisch, und aufgrund der Art, wie sie ihr Haar anfasst, vermute ich, dass es darum geht, wie fantastisch sein Haar gefärbt ist.

Es ist tatsächlich erstaunlich, wie gut ihm das verwaschene Strohblond steht, und ich frage mich, wie ich damit aussehen würde. Ich fahre mir mit der Hand durch mein schlichtes schwarzes Haar und denke an all die Male, die ich mir gewünscht habe, blond zu sein, als ich noch jünger war. Ich hätte es sein können, aber mir hat die Vorstellungskraft gefehlt. Verdammt.

Choi Yujun lehnt sich neben mir gegen die Kissen und sieht mich unter seinen dunklen Wimpern hinweg an. Sein voller Name ist zu lang. Ich möchte ihn abkürzen, damit er sich vertrauter anfühlt. Er hat mir klar und deutlich gesagt, dass ich ihn Yujun nennen soll, nicht Choi Yujun oder Yujun-nim oder sogar ... Wie war noch mal der Begriff, von dem Jules gesagt hat, er sei so peinlich? *Oppa*?

»Da ist eine Frage in deinen Augen.«

»Das kommt von den Lichtern.«

Seine Augen funkeln, als er die Mundwinkel hebt. Er dreht sein leeres Glas ein paarmal zwischen den Fingern und sagt dann: »Ich kann sehr gut zuhören. Mein *eomma* sagt, dass das meine beste Eigenschaft ist.«

»Was? Nicht deine Grübchen?«, witzele ich.

Er grinst, und ich tue so, als ob mich das völlig kalt lässt.

»Die belegen einen sehr knappen zweiten Platz«, sagt er und hält seinen Daumen und Zeigefinger nur Millimeter auseinander. »Aber ich habe im Eignungstest gute Ergebnisse bei meinen Hörfähigkeiten erzielt. Stell mich auf die Probe und finde heraus, ob ich die Wahrheit sage.«

Okay, er will es nicht anders. »Das Alter spielt hier eine ziemlich große Rolle.«

Er nickt.

»Okay, ich werde dich fragen, obwohl es komisch ist. Wie alt bist du?«

»Ah. Wir fragen hier eigentlich eher nach dem Jahr, in dem wir geboren sind. Ich wurde zweiundneunzig geboren, genau wie Sangki, deshalb ist er mein gleichaltriger Freund. Ein *chingu.* Und du?

»Fünfundzwanzig.«

»Jahrgang fünfundneunzig. Das macht mich zu deinem *oppa,* da ich älter bin.« Sein Tonfall hat etwas Freches, als ob er mich dazu ermuntern will, ihm einen Beinamen zu geben, der etwas Unanständiges hat.

Ich sehe ihn misstrauisch an. »Möchte ich wissen, was *oppa* heißt?«

»Älterer Bruder«, antwortet er bereitwillig.

Jetzt begreife ich, wieso es peinlich ist, einen Mann »älterer Bruder« zu nennen, mit dem man nicht verwandt ist. Ich bin froh, dass Jules mich gewarnt hat. Natürlich bedeutet das auch, dass all seine Wärme, die ich für Flirterei gehalten habe, in Wirklichkeit eine Geste der Freundschaft war. Es ist enttäuschend, aber ich werde damit leben können. Vielleicht werde ich später in mein Kissen heulen und all die Herzen ausradieren, in die ich in meinem Kopf unsere Namen geschrieben habe, aber ich werde es überleben. »Meine Mitbewohnerin hat gesagt, dass ich *oppa* nicht benutzen soll, und jetzt erzählst du mir, dass ich jeden so nennen soll?«

»Nein.« Er schüttelt den Kopf. »Nur mich.«

Das Funkeln in seinen Augen ist zurück, und diesmal denke ich nicht, dass es von den Stroboskoplichtern kommt. Es ist eine Weile her, dass ich auf diese Weise – auf die bedeutungsvolle Weise – mit dem anderen Geschlecht interagiert habe, aber mir scheint es fast so, als würde er flirten. Vielleicht hat »älterer Bruder« hier in Korea noch eine andere Bedeutung. Doch obwohl Yujun bereit ist, mir eine Menge Dinge zu erklären, spüre ich, dass er diese Information nicht preisgeben wird. Ich muss später Jules fragen oder vielleicht Anna, sie ist nicht so bissig.

»Und was ist mit Sangki ... Ich meine, Ahn Sangki. Wie soll ich ihn ansprechen?«

Yujun schaut zu seinem Freund, der zwischen zwei meiner Mitbewohnerinnen eingeklemmt ist. Sie schauen sich zu dritt die Show an.

»Du musst ihn gar nicht ansprechen. Du hast meine Nummer, erinnerst du dich? Yujun aus Seoul.« Er tippt auf die Rückseite meines Handys. Und da ist er wieder, dieser Hauch eines Flirts.

»Wie würdest du mich nennen, wenn ich Koreanerin wäre?«, frage ich ihn.

Seine Augen weiten sich. »Aber du bist Koreanerin.«

»Nein. Ich sehe koreanisch aus«, korrigiere ich ihn. Ich will ihm sagen, dass ich mich hier ausländisch und fremd fühle, aber wir sind in einem Club, und solche Themen sind nicht für Clubs gemacht. In Clubs geht es um flirten, um Spaß, rumalbern und ... vögeln. Mein Blick zuckt runter auf Yujuns Schoß. Als es mir bewusst wird, richte ich ihn hastig auf eine Discokugel, die über seiner linken Schulter hängt. Auf der Liste, der Dinge, die ich definitiv nicht tun sollte, steht das Spekulieren über Yujuns *Ausstattung* ziemlich weit oben ... irgendwo zwischen verhaftet werden und Jules auf die Nerven gehen. Nichtsdestotrotz, über Yujuns Körper zu fantasieren ist immer noch besser, als meine Unwissenheit zu beklagen.

Als ich am Flughafen das Meer aus schwarzem Haar und den vielen Gesichtern gesehen habe, die meinem ähneln, dachte ich, das bedeute Heimat. Aber jetzt bin ich mir da nicht mehr so sicher, und das nicht, weil ich weder die Sprache noch die Gepflogenheiten kenne. Ich habe keine Ahnung, was die goldenen Zeichen an der Wand bedeuten, obwohl ich vermute, dass da »Ausgang« und »Toilette« steht, aber sie könnten auch »Geheimversteck« bedeuten. Wer weiß. Und genauso gut könnte eins der Worte »Organtransplantation« heißen. Ich bin hergekommen, ohne vorher meine Hausaufgaben zu machen. Ich weiß nichts.

Yujun stimmt mir nicht zu. Er schüttelt nachdrücklich den Kopf. »Du bist Koreanerin. Du weißt noch nicht alles über deinen Background. Das lässt sich leicht ändern. Zufällig gibt es da einen charmanten Englisch sprechenden Koreaner, der für Führungen und Sprachunterricht zur Verfügung steht.«

Mir wird ganz warm. »Vielleicht kann ich mir diesen Tourguide nicht leisten.«

»Er ist sehr beliebt«, gibt Yujun zu, »aber eventuell könnte er sich dazu überreden lassen, seine Preise zu senken.«

»Was würde es kosten?«

»Ich denke einige Essen. Definitiv mehrere pro Tag. Mittagessen und Abendessen.«

Ich bin zwar langsam, aber nicht so langsam. Ein berauschender Sturm an Endorphinen fegt durch mein System, und es fällt mir schwer, ein Lächeln zurückzuhalten. »Du bist sehr gut darin ... Ich meine darin, es so aussehen zu lassen, als ob ich dir einen Gefallen tue.«

»Ich bin sehr gut darin, weil es Schicksal ist. Wir sollten niemals gegen unser Schicksal ankämpfen. Und jetzt zurück zu deiner Frage, wie ich dich nennen würde. Ich schätze, dass du meine charmante *dongsaeng* wärst, meine junge Freundin, auf die ich versprochen habe aufzupassen.«

Seine Antwort ist vage und ausweichend, aber auf charmante Art und Weise.

Ich lege meinen Kopf schief. »*Oppa* bedeutet nicht älterer Bruder, oder?«

»O doch, tut es.« Seine Grübchen sind wieder da. »Aber deine Freundin hat recht. Du darfst die Bezeichnung für niemanden sonst verwenden.«

KAPITEL ZWÖLF

Ich schlafe schlecht. Mitten in der Nacht habe ich diesen schönen Traum von Yujun. Wir gehen Händchen haltend eine Straße entlang, die von Bäumen gesäumt ist. Er bringt mir Koreanisch bei, erklärt mir die Wörter für »Baum« und »Straße« und »Blume«. Dann halten wir an. Ich schaue auf und sehe das Bestattungsinstitut vor mir. Boyoung winkt mich hinein. Yujun gibt weiter Erklärungen ab. Bestattung heißt *sangrye*. Das Geld, das in weißen Umschlägen überreicht wird, *bujo*. Ich halte mir die Ohren zu und bitte ihn aufzuhören, aber ich nenne ihn *oppa*. Boyoung verwandelt sich in Jules, die mir mit dem Finger droht und mich daran erinnert, dass ich dieses Wort nicht benutzen soll. Da ich eine Regel verletzt habe, ziehen die Vermieterin und die Freundin meines Vaters mich weg ... eine auf jeder Seite ... bis wir im Trauerzimmer ankommen. Sie alle drücken mich auf den Boden, kleiden mich in weiße Klamotten und beginnen, Räucherstäbchen um meinen Körper herum anzuzünden. Ich sage ihnen, dass ich nicht tot bin, aber niemand scheint mich zu hören. Ich versuche, nach ihnen zu treten. Ich versuche, um Hilfe zu schreien. Nichts hilft. Ich stöhne und kämpfe. Als ich endlich aufwache, bin ich verschwitzt und keuche.

Sieht so ein schlechtes Gewissen aus? Ich habe zwei

Väter innerhalb von zwei Monaten begraben; trotzdem mache ich bei der erstbesten Gelegenheit einem Fremden schöne Augen und versuche, die Größe seines Schwanzes zu erraten. Ich schätze mal, dass es schon so lange her ist, seit mir ein heißer Typ Aufmerksamkeit geschenkt hat, dass es mich wirklich erwischt hat. Und außerdem ist es viel angenehmer, an Yujun zu denken als an meine zwei Väter.

Ich war noch nie gut darin, Anschluss zu finden. Auf der Schule und selbst in den frühen Unijahren war ich zu übereifrig und habe mich immer gleich an die erstbeste Person gehängt, die auch nur das geringste Interesse an mir gezeigt hat. Wenn mir ein Mädchen ein Kompliment zu meinem Lippenstift gemacht hat, dann ging ich davon aus, dass wir als Nächstes einen dieser ineinandergreifenden BFF-Herzanhänger austauschen würden. Nur um anschließend am Boden zerstört zu sein, wenn ich beim nächsten Mädelstrip zum Nagelstudio oder zur After-Prom-Party bei den Embassy Suites unten am Fluss übergangen wurde. In der Uni war es ähnlich. Ich habe die oberflächlichsten Ouvertüren zu lebenslangen Freundschaften aufgeblasen, noch bevor wir überhaupt einmal zusammen essen waren. Am Ende war ich immer die Verletzte, habe es aber nie zugegeben. Nach meinem zweiten Studienjahr hatte ich gelernt, mich nicht mehr zu bemühen.

Die letzte wirkliche Beziehung, wenn man es überhaupt so nennen kann, hatte ich mit Travis Bloom. Er war professioneller Sportler, sofern man einen Universitätsstudenten ohne Stipendium als solchen bezeichnen kann. Er war fit, sah gut in Jeans aus und behauptete immer, dass er sich reinhängt, aber nicht zu konform sein will. Später hat mir jemand erzählt, dass er niemals eine Einladung erhalten hat, einer Studentenverbindung beizutreten. Das klang nach ihm. Er hat oft mit Kleinigkeiten rumgeprahlt, die nie bestätigt werden konnten ... *war der beste Spieler im Fußballteam meiner Schule, aber ich werde damit nicht angeben ...* Trotzdem dachte ich, dass er cool sei, wie nur unerfahrene Mädchen, die in der Highschool nie einen Freund hatten, denken können, dass Männer an der Uni cool sind.

Er war schlecht im Bett, obwohl ich auch nicht besser war, also habe ich mich nicht beschwert. Unsere Zwei-Semester-Romanze hat den Sommer zwischen meinem zweiten und dritten Studienjahr nicht überstanden. Er ging nach St. Louis und hat dort was mit seiner Schulfreundin, einer ehemaligen Cheerleaderin, angefangen, wenn ich mich richtig erinnere. Und ich lernte zusammen mit meiner Mutter in einem neuen Küchenladen, der im East Village aufgemacht hatte, wie man Schokoladen-Himbeermousse zubereitet.

Danach gab es ein paar flüchtige Geschichten, aber nichts Ernsthaftes. Ich habe ein Semester lang mit meinem Laborpartner geschlafen, aber eigentlich nur, weil wir beide gelangweilt waren und es einfach war. Ich hatte was mit einem Baseballspieler, der in einer unteren Liga spielte und den ich in dem Sommer, als ich die Uni abschloss, in einer Bar kennenlernte. All diese Erfahrungen waren ziemlich leidenschaftslos und unbefriedigend. Darum beschloss ich, als ich anfing zu arbeiten, dass ich meine Zeit besser als Single verbringen sollte. Männer bedeuteten einfach zu viel Aufwand. Und Freunde? Nun ja, ich hatte meine Kolleginnen und Kollegen, wenn mir danach war, mit jemandem abzuhängen, und es gab außerdem andere Dinge im Leben, die mich erfüllten. Bücher. Zehn Jahre alte Serien anschauen. Ich fing an, mit meiner Mutter zu stricken.

Wir haben uns zusammen an einer Decke versucht, aus der schließlich ein sehr großer, sehr hässlicher Schal wurde. Ich frage mich, wo sich das Monstrum wohl gerade befindet. In den drei Jahren seit dem Uniabschluss habe ich mich sozusagen in meine Wohnung zurückgezogen, gehe meinen Hobbys nach und schaue fern.

Meine Mutter hat mich immer dazu gedrängt, mehr auszugehen, etwas geselliger zu sein, aber das war eben nicht mein Ding. Die letzte Nacht war vor diesem Hintergrund also ziemlich ungewöhnlich. Meine Interaktion mit Choi Yujun hat sich definitiv außerhalb meiner Norm bewegt. Damit will ich sagen, dass ich höchstwahrscheinlich Yujuns Handlungen missverstehe und mein Traum, in dem ich bei lebendigem Leib für tot erklärt werde, symbolisch dafür steht, wie peinlich es mir sein wird, wenn ich seine Freundlichkeit irrtümlich für mehr halte. Bei Tageslicht betrachtet und nachdem Schlaf und Zeit den Soju aus meinem Blut vertrieben haben, ist klar, dass er einfach nur nett war und nicht versucht hat, mir an die Skinny-Jeans zu gehen.

Ich schwöre mir, dass ich beim nächsten Mal, wenn ich ihn sehe, cool bleibe und mich nicht so bekloppt aufführe. Falls ich ihn überhaupt noch einmal sehe, was unwahrscheinlich ist. Zudem habe ich wichtigere Dinge zu tun. Allerdings kann ich all diese Dinge erst um die Mittagszeit in Angriff nehmen, wenn ich Boyoung treffe.

Ich schleppe meinen steifen Körper aus dem Bett und gehe nach unten. Das Haus ist leer. Meine Mitbewohnerinnen sind offensichtlich harte Arbeiterinnen.

Ich beschließe, spazieren zu gehen. Dieses Mal brauche ich mein Notizbuch nicht, um das Zeichen für Hähnchen zu erkennen: 치킨. Sollte ich mich jemals verlaufen und hungrig werden, weiß ich wenigstens, wo ich etwas zu essen finde. Dank der Schriftzüge an den Fenstern bin ich in der Lage, einige weitere Wörter herauszufinden. Über dem Waschsalon sehe ich eins, das mich an *ppalli ppalli* erinnert, den ersten Begriff, den ich auf Koreanisch gelernt habe. Als ich die Übersetzungs-App auf meinem Handy checke, finde ich heraus, dass ich nahe dran bin, *ppallaebang*. Am liebsten würde ich mir ein Fleißsternchen auf die Stirn kleben. Fließendes Koreanisch, ich komme. Ich bin versucht, Yujun aus Seoul eine Nachricht zu schicken, kann den dummen Impuls, etwas mit Yujun teilen zu wollen, aber gerade noch unterdrücken. Ein Impuls, den ich vor dem Mittagessen drei weitere Male verspüre.

Ich schaffe es, mich zusammenzureißen, bis es Zeit ist, Boyoung im Café Ttalgi zu treffen, das sie vorgeschlagen hat. Zwei Türen weiter stehen einige ältere Leute vor einem vierstöckigen Gebäude, das so aussieht, als würde es renoviert. Alle halten Schilder mit roter und schwarzer Beschriftung hoch. Mein beschränktes Koreanisch hilft mir nicht weiter, und ich füge es der langen gedanklichen Liste an Dingen hinzu, die mir Boyoung erklären muss, aber zuerst sind die Fotos dran.

Das Innere des Cafés Ttalgi ist bezaubernd. Buchstäblich alles auf der Karte hat einen Bezug zu einer ganz bestimmten Frucht: Erdbeermilch, Erdbeerbrot, Erdbeermuffin, Erdbeereis. Sogar die Stühle sind mit einem roten Stoff mit Beerenmuster bezogen. Ich liebe dieses Café. Am liebsten würde ich es mit nach Hause nehmen.

Boyoung sitzt an der hinteren Wand, den Kopf über ihr Handy gebeugt. Sie ist wie immer fünfzehn Minuten zu früh dran.

Ich haste zu ihr rüber, und gemeinsam gehen wir zur Theke vor. Ich erlaube ihr, für mich zu bestellen, schiebe sie jedoch sanft beiseite, damit ich zahlen kann.

Boyoung hilft mir durch das Check-out-Prozedere. Nachdem die Transaktion erfolgreich abgeschlossen ist, nimmt sie eine kleine elektronische Scheibe von der Bedienung entgegen, die uns vermutlich wissen lässt, wenn unsere Bestellung so weit ist.

Wir finden einen kleinen Tisch am Fenster; von meinem Platz aus kann ich eine Gruppe Demonstranten sehen. »Was geht da draußen vor?«

Meine Freundin lehnt sich zurück, um einen besseren Blick auf die Menschentraube, vornehmlich ältere Leute, werfen zu können.

»Die protestieren für den Erhalt des Gebäudes. Der Besitzer will es abreißen und etwas Größeres bauen. Die jetzigen Mieter wehren sich dagegen, weil es schlecht fürs Geschäft ist und sich die Mieten erhöhen würden. Demonstrieren ist in Korea ein Hobby. Wir protestieren gegen alles: wenn die Produktion unseres Lieblings-Joghurt-Drinks eingestellt wird genauso wie für die Absetzung eines korrupten Präsidenten.« Sie zuckt mit den Schultern. »Es funktioniert, darum machen wir immer weiter.«

»Keine schlechte Sache.« Wenn man genauer darüber nachdenkt, ist es eigentlich ganz cool. Ein richtiges Stimme-des-Volkes-Ding.

»Ja, keine schlechte Sache«, stimmt sie mir zu.

Am liebsten möchte ich gleich die Fotos rausholen und sie bitten, sofort mit der Suche zu starten, aber das wäre unhöflich. Zu Hause hatten wir immer etwas, worüber wir reden konnten. Ich war erpicht darauf, mehr über Korea zu lernen, und Boyoung ging nie der Enthusiasmus aus, darüber zu reden. Sie liebe und hasse ihre Heimat, sagte sie. Sie hasse das Klassendenken, das einen nach der Schule beurteile, die man besucht hat. Sie liebe die Kultur und das Essen. Sie hasse die Frauenfeindlichkeit und dass Sexualverbrechen gegen Frauen praktisch ignoriert würden und dass Frauen nur einen Bruchteil des Einkommens von Männern erhielten – sogar noch weniger als in den Staaten. Sie liebe ihre Familie, und die Firma, für die sie gearbeitet habe, sei die beste überhaupt. Aber jetzt, da wir hier sind, in Korea, scheint sie mir distanziert. Als würde sie sich nicht wohl in ihrer Haut fühlen. Vielleicht weil ihr hier in Seoul die gesellschaftlichen Umgangsformen, über die ich bisher kaum etwas wusste, wichtig sind.

»In welchem Jahr wurdest du geboren?«, frage ich.

»Vierundneunzig.« Sie stellt die kleine elektronische Scheibe auf eine gemalte Erdbeere. »Aber das spielt keine Rolle. Du bist keine Koreanerin.«

Ich versuche, nicht zusammenzuzucken. *Aber du bist eine Koreanerin,* hat Yujun gesagt. Ich denke jedoch, dass Boyoung recht hat. Müsste ich als Koreanerin nicht in der Lage sein, Koreanisch zu sprechen, die Gepflogenheiten kennen und tatsächlich hier gelebt haben?

»Stimmt, aber jetzt bin ich ja in Korea, und obwohl ich die Sprache nicht spreche, kann ich zumindest etwas über die Sitten lernen. Also bist du meine *unnie*?« Es fällt mir schwer, mich an das richtige Wort für »älteres Mädchen« zu erinnern.

Boyoung nickt und sieht halbwegs beeindruckt aus. »Wo hast du das gelernt?«

»Ich war letzte Nacht mit meinen Mitbewohnerinnen

im Club Dance in Incheon. Da habe ich ein paar Sachen aufgeschnappt.«

Boyoungs Augen weiten sich. »Club Dance?«

»Ich bin es leid, eine Trauerweide zu sein.«

»Eine Trauerweide?«

Boyoungs Englisch reicht für die seltsamen Redewendungen in meinem Wortschatz manchmal nicht aus. »Ich wollte die anderen um mich herum nicht runterziehen. Außerdem wollte ich mich etwas ablenken.«

»Ah, die Fotos. Hast du sie mitgebracht?«

Ja! Ich recke meine Faust nicht in die Luft, aber mein Herz lacht vor Freude.

Ich nehme die Fotos aus meiner Tasche und breite sie fächerförmig auf dem Tisch aus. »Es stehen Namen auf der Rückseite. Ich habe sie gegoogelt, aber nichts gefunden.« Obwohl, das stimmt nicht ganz. Es gab viele Treffer, aber keine, mit denen ich etwas hätte anfangen können. »Zumindest nichts, was mir weitergeholfen hat. Ich konnte die Schriftzeichen nicht entziffern.«

»Du solltest Naver verwenden«, sagt Boyoung geistesabwesend, als sie das erste Foto in die Hand nimmt. »Und Facebook. Viele Koreaner sind auf Facebook, selbst wenn sie es nicht mehr aktiv nutzen.«

Sie blättert durch die Fotos und hält inne, als sie beim dritten Foto ankommt.

Aufregung kommt bei mir auf. Ich beuge mich vor. »Erkennst du sie?«

Sie schüttelt den Kopf. »Das wird schwierig werden. Hast du irgendwelche Papiere? Irgendetwas?«

»Meine Mom hatte Zeugs von der Adoptionsagentur, und darin stand so etwas wie, dass ich eine gute Esserin war.

Dass ich gelächelt habe, wenn ich von Leuten umgeben war. Ich habe altersgerecht gespielt.« Die Aufzeichnungen des Waisenhauses sind nicht besonders umfangreich. Mom hat mir erklärt, dass das daran liegt, dass es eine private Adoption war; deswegen waren nur wenige Unterlagen erforderlich. Meine Akte ist also ziemlich dünn – ein halbes Dutzend Blätter und einige Fotos. Auf einem der Bilder sehe ich aus wie eine Gefängnisinsassin – wenn man Babys einsperren würde.

Boyoung schneidet eine Grimasse. »Du warst so jung.«

Ich zucke mit den Schultern. »Ist schon in Ordnung. Ich meine ... Es ist, was es ist. Ich denke nicht, dass es viel ändert, ob man im Alter von zwei Monaten oder zwei Jahren weggegeben wird. Es macht keinen Unterschied.« Ich habe schon vor langer Zeit meinen Frieden damit geschlossen. Ich wurde von einer Frau verlassen und von einer anderen ausgewählt. Man kann auf den beschissenen Seiten des Lebens herumreiten oder auf den guten. Ich entscheide mich für Letzteres. Andererseits ... Bedeutet es tatsächlich, dass ich nach vorne schaue, wenn ich über diesen Fotos brüte, und nicht zurück? Nein. Das hier ist eher vergleichbar mit Stammbaumforschung. Eine Data-Mining-Operation. Reine Faktenermittlung. Kalte, unpersönliche Fakten.

Die Scheibe auf dem Tisch summt.

Boyoung springt auf. »Ich hole die Getränke.«

Während Boyoung zur Theke geht, schaue ich noch mal über die Fotos und wünschte, sie wären von Näherem aufgenommen worden, sodass ich die Gesichtszüge besser ausmachen könnte. Wieso erkenne ich nicht mal eine einzige der Personen auf den Bildern? Ich halte das dritte Foto hoch, das Foto, bei dem Boyoung innegehalten hat, und warte, dass sich etwas in mir regt. Hat die Frau meine Nase? Ist das meine Stirn? Was ist mit dem Hals oder den Fingern? Wir haben eine ähnliche Figur, ziemlich gerade und nicht viel Brust, obwohl die Frau auf dem Bild schlanker ist.

»Wie willst du diese Frauen finden?«

Ich schrecke auf, die Fotos fallen mir aus der Hand auf den Tisch. Ich hatte nicht bemerkt, dass Boyoung zurück ist.

»Mit Onlinerecherche, denke ich mal.« Ich nehme meinen geeisten Americano entgegen und genehmige mir eine ordentliche Portion kaltes Koffein. »Ich habe gestern der DNA-Firma geschrieben, dass ich es verdiene zu erfahren, ob es Übereinstimmungen mit weiteren Personen wie zum Beispiel Brüdern, Schwestern, Cousinen gibt.«

»Was ist mit diesen anderen Leuten? Was, wenn sie nicht wissen, dass du weggegeben wurdest?«

Das lässt mich innehalten. Ich hatte nicht an die anderen Leute gedacht, nur an mich. Es trifft mich, wie egoistisch ich offensichtlich bin. »Ich will es wissen«, sage ich langsam. »Ich will weder ihr Leben stören noch ihnen irgendetwas wegnehmen. Es ist nur ... sollten sie irgendwo da draußen sein, dann möchte ich es wissen. Würdest du es nicht wissen wollen? Würdest du nicht deine Geschichte kennen wollen? Würdest du nicht erfahren wollen, ob du Schwestern und Brüder hast oder Cousinen, Tanten und Onkel?«

»Familie bedeutet nicht immer nur etwas Gutes. Mein Onkel ist ein Alkoholiker, der seine Frau schlägt«, sagt Boyoung unverblümt. »Es hat meiner Mutter das Herz gebrochen, ihre Schwester so zu sehen. Das einzig Positive an ihrem Tod war, dass sie das nicht mehr durchmachen muss.«

Meine Freundin legt den Kopf schief, um mich zu mustern. »Was ändert sich, wenn du es weißt?«

Ich habe keine Ahnung, was ich darauf antworten soll. Ich nehme einen Eiswürfel in meinen Mund und kaue – auf dem Eis, auf Boyoungs Worten, auf dem Konzept von »Wissen«. Von Anfang an hat sich Boyoung gefragt, wonach ich suche. Aber was macht das schon aus? Muss ich unbedingt eine Antwort parat haben? Sucht man nicht, um ein Ergebnis zu finden?

»Ich weiß es nicht. Und ich denke auch nicht, dass ich es rausfinden werde, bevor wir uns treffen. Es könnte Oprah-gut oder Maury-schlecht werden.«

Boyoung hat keine Ahnung, wovon ich rede, also erkläre ich ihr, dass Oprah und Maury Talkshow-Hosts sind, die Leute zum Heulen bringen. Nur dass Oprah Leute zusammenbringt und Maury Leute dazu bringt, sich zu streiten.

»Ich habe mir diese Shows in den Staaten nicht angeschaut.« Boyoung klingt enttäuscht. »Aber wir haben *Hello Counselor.* Da treten berühmte Leute auf, um normale Bürger zu beraten.«

»Berühmte Leute wie Musiker?« Ich muss an Ahn Sangki denken, der aus Angst, einen mittelschweren Aufruhr zu verursachen, im Club Dance nicht runter auf die Tanzfläche wollte.

»Ja. Zum Beispiel Sänger, Rapper, Schauspielerinnen, DJs. Solche Leute.«

»Hat DJ Song auch schon mal mitgemacht?«

Boyoungs Augen weiten sich. »DJ Song? Du kennst ihn? Mir war nicht bewusst, dass er im Ausland auch berühmt ist. Ich meine, du weißt ja nichts über Korea ...« Sie hält verlegen inne.

Ich zucke mit den Schultern. »Nein. Du hast recht. Ich habe ihn letzte Nacht im Club getroffen.«

»DJ Song war dort?« Boyoung spricht seinen Namen aus, als würde sie über eine Gottheit sprechen.

»Er war im Club, Freunde von ihm hatten dort einen Auftritt.«

»Und dann hast du DJ Song getroffen?« Sie wiederholt ständig seinen Namen. »Es überrascht mich, dass er nicht belagert wurde.«

»Ich bin irgendwann nach draußen gegangen, um frische Luft zu schnappen und ... Wow, also, das ist eine ziemlich verworrene Geschichte. Also, von vorn. Als ich am Flughafen angekommen bin, habe ich jemanden mit dem Fahrer, den du geschickt hast, verwechselt, und, na ja, dann hat mich dieser sehr nette Typ zu meinem Airbnb gefahren. Ich weiß, es war ziemlich bescheuert, zu einem Fremden ins Auto zu steigen«, füge ich schnell hinzu, als Boyoungs Miene von ehrfürchtiger Überraschung zu schockiert wechselt. »Aber er ist ein aufrichtiger Typ, reich, schätze ich, zumindest wenn ich von seinem Auto ausgehe. Das Auto war echt schick. Wie auch immer, ich bin aus dem Club raus, um frische Luft zu schnappen, weil mich die Beerdigung«, ich wedele mit der Hand neben meinem Kopf herum, »wohl etwas durcheinandergebracht hat und ich nicht wirklich in der Stimmung für eine Clubnacht war. Draußen stand dann da plötzlich dieser Typ, Choi Yujun, scheinbar hat er auf Ahn Sangki gewartet. Die zwei sind Freunde.«

»Ahn Sangki und Choi Yujun ...« Boyoung verstummt, ihre helle Haut wird noch blasser. Dann hebt sie den Arm.

Die folgende Szene entfaltet sich, als wäre Zeit ein elastisches Gummiband. Ich kann nicht schnell genug reagieren, um die Katastrophe zu verhindern, die sich anbahnt. Boyoungs Arm fährt in die Höhe. Ihr Ellenbogen stößt gegen das Glas mit dem geeisten Americano, das inzwischen lang genug herumstand, dass der Großteil der Eiswürfel geschmolzen ist und sich ein Wasserabdruck auf dem Tisch gebildet hat. Das halb volle Glas kippt. Ich greife danach, als Boyoung es auch bemerkt. Unsere Hände kollidieren, und das Glas schwankt. Wir keuchen gleichzeitig auf und sehen entsetzt zu, wie es umfällt und der Inhalt sich über die Fotos ergießt.

In der Sekunde, in der die Flüssigkeit den Tisch berührt, reiße ich die Fotos an mich. Boyoung wirft Servietten auf die Pfütze aus kaltem Kaffee. Eine Kellnerin kommt mit einem Lappen herübergerannt, aber es ist zu spät. Die Fotos sind durchweicht. Ich schüttle sie aus und verspritze dabei kleine Kaffeetröpfchen in alle Richtungen. Boyoung entschuldigt sich währenddessen unaufhörlich, wobei ihr Englisch langsam ins Koreanische übergeht.

Ein Zustand tief empfundener Panik ergreift von mir Besitz, und mir dreht sich der Magen um. Ich beiße mir auf die Lippe. *Alles wird gut*, rede ich mir ein. *Die Fotos trocknen, sie werden schon keinen allzu großen Schaden genommen haben.*

Nachdem die Pfütze weggewischt ist und die Gläser entfernt wurden, sackt Boyoung mit schmerzverzerrter Miene auf ihrem Stuhl zusammen. Ist das eine Spiegelung meines Gesichtsausdrucks? Ich bin wie erstarrt. Will ich mir die Fotos überhaupt ansehen?

Wir beugen uns vor und breiten die Fotos auf dem nun trockenen Tisch aus. »Es wird schon nicht so schlimm sein«, sage ich.

»Es tut mir leid, Hara. Ich bin *jinjja, jinja, sorry.*« Ihre Hand zittert, als sie über die Bilder streicht.

Ich will sie wegziehen, Boyoung wegschubsen, aber es war ein Unfall.

»Es ist okay. Alles gut«, versichere ich uns beiden.

Ihr Handy klingelt, verstummt, klingelt wieder. Sie muss gehen. »Lass mich die Bilder mitnehmen. Ich finde einen Laden, der sie wiederherstellen kann.«

»Nein.« Das klang etwas zu harsch. »Nein danke. Sie müssen nur trocknen.« Ich halte schützend meine Hand über die Bilder.

»Schreib mir eine Nachricht, wenn du irgendetwas brauchst«, bittet mich Boyoung, als sie geht. »Ich helfe dir, so gut ich kann.«

Ich kann mich nicht dazu bringen, den Schaden in Augenschein zu nehmen, nicht im Café Ttalgi, das so hübsch eingerichtet ist. Ich warte, bis die Bilder trocken sind, stopfe sie dann zurück in meine Tasche und renne nach Hause. Panik schnürt mir mein Herz zusammen.

Zurück im leeren Haus schütte ich den Inhalt meiner Tasche auf das Bett. Während ich die Bilder ausbreite, wiederhole ich das Mantra, dass alles gut wird. Doch egal, wie oft ich die Worte sage, das Ergebnis bleibt das Gleiche. Die Fotos sind ruiniert. Auf zwei sind die Farben ineinander verlaufen und die Gesichter der Frauen nicht mehr erkennbar. Die Namen sind auch verschmiert. Bei den anderen drei Fotos wellen sich die Ecken, aber die Gesichter sind unbeschädigt, und einige der Schriftzeichen auf der Rückseite zumindest noch teilweise lesbar. Vielleicht erinnert sich Anna noch, was genau dort stand.

Ich bin verärgert und aufgebracht. Am liebsten würde ich

Boyoung anrufen und sie anschreien, aber es ist nicht ihre Schuld. Es war ein Versehen. Drei der Fotos sind immer noch in gutem Zustand, also beginne ich mit ihnen. Ich nehme mein Handy und fotografiere die Vorder- und Rückseite ab, was ich schon hätte tun sollen, bevor ich die Wohnung verlassen habe. Dann transkribiere ich sorgfältig die Namen.

Kim Eunshil
Kwon Hyeun
Kim Jihye
Lee Mi–
Na Y–

Die letzten zwei sind wahrscheinlich falsch, weil die Tinte verschmiert ist, aber das ist alles, was ich erkennen kann. Das letzte *hangul-Zeichen* scheint ein Vokal zu sein, aber es könnte auch ein *ya* oder *ae* oder *eo* oder *yeo* sein. Verdammt, ich weiß es nicht. Ich öffne die Naver-App und gebe die Namen ein in der Hoffnung, dass eines der Fotos einer der Frauen auf den Bildern ähnelt.

Boyoung hat behauptet, dass ein bisschen Lee Jonghyung in mir stecke, aber ich habe es weder auf der Beerdigung gesehen noch sehe ich es jetzt. Ich mag es nicht zugeben, aber ein Teil von mir dachte, dass ich meine leiblichen Eltern sofort erkennen würde, wenn ich sie sehe. Dass ein Teil von mir einen Teil von ihnen erkennt. Als ich mir die Treffer anschaue, sehe ich nur Wörter, die ich nicht verstehe, und Leute, die mir fremd sind.

Frustration und Selbsthass machen sich in mir breit. Wieso bin ich nur so bescheuert? Wieso habe ich die Fotos nicht abfotografiert, bevor ich sie mit ins Café genommen habe? Wieso habe ich nie Koreanisch gelernt? Warum kümmere ich mich überhaupt darum, was andere Leute denken, besonders mein toter Vater? Irgendeiner meiner leiblichen Elternteile? Wen interessiert's? Wen interessiert's? Wen *interessiert's*? Ich lasse das Handy fallen und kneife mir mit zwei Fingern in den Nasenrücken.

Mein Herz rast, kalter Schweiß bricht an meinem Haaransatz aus. Die übliche Hülle, die ich um meine Gefühle trage, bekommt Risse. Ich schließe meine Augen und atme ein und aus. Und dann noch einmal.

Reiß dich zusammen, Hara, befehle ich mir. *Du hast eine Übersetzungs-App. Du hast Leute, die dir helfen. Hör auf, die Dinge so zu dramatisieren.*

Ich atme noch einmal ein und greife dann zum Handy. Zunächst einmal muss ich das Alter der Frauen, nach denen ich suche, eingrenzen. Meine leibliche Mutter war höchstwahrscheinlich jung und unverheiratet, als sie mich zur Welt gebracht hat. Also muss ich nach Leuten im Alter zwischen dreiundvierzig und vielleicht siebenundvierzig suchen? Das engt es etwas ein, und außerdem habe ich Namen. Zugegeben, zwei von ihnen kann ich nicht entziffern, aber damit bleiben immer noch drei Namen und ein ungefähres Geburtsjahr. Das ist eine Menge.

Ich ziehe mein Notizbuch hervor und zeichne fünf Spalten auf eine leere Seite. Es wird eine Herausforderung, aber unmöglich ist es nicht.

Während ich zeichne, bekomme ich eine SMS.

YUJUN: Laut meiner Zählung sind vierzehn Stunden vergangen, seitdem wir uns das

letzte Mal gesehen haben, und das ist zu
lang.

Er sendet mir eine Adresse.

YUJUN: Du musst koreanisches Rindfleisch
probieren. Das ist das beste der Welt.
Ich lade dich ein. Wann passt es dir?

Es ist mehr ein Befehl als eine Einladung. So wie es geschrieben ist, kann ich schlecht Nein sagen. Es ist, als hätte Yujun mein Hamsterrad ausgebremst, das gerade kurz davor stand, mit verhängnisvollen fünfhundert Stundenkilometern aus der Halterung zu reißen, um ins Verderben zu stürzen. Ich kann beinahe spüren, wie sich seine langen Finger auf meine Schultern legen und zudrücken. Es ist wohltuend, Yujun in diesem Moment in meinem Leben zu haben, wo es sich so unsicher anfühlt. Also, ja, ich brauche koreanisches Rindfleisch, vor allem, wenn es das beste der Welt ist, gepaart mit allen anderen Freuden, die das Zusammensein mit Yujun mit sich bringt.

KAPITEL DREIZEHN

Bevor ich mich mit Yujun treffe, mache ich eine Onlinerecherche, um rauszufinden, welches die größten Fehler sind, die man in Korea machen kann. Etwas, das ich hätte tun sollen, bevor ich mich in den Flieger hieher gesetzt habe.

Alter spielt eine große Rolle. Ich sollte anbieten, für die zweite Runde zu zahlen, egal was getrunken wird. Die meisten Restaurants verlangen nicht, dass man die Schuhe auszieht, aber es schadet nicht, für alle Fälle Socken zu tragen. Dass man in U-Bahn oder Bus nicht redet, habe ich schon herausgefunden, als ich mit Boyoung zum Bestattungsinstitut gefahren bin. Und man zeigt nicht mit dem Finger. Essstäbchen nicht in den Reis stecken, da man das auf Beerdigungen tut. Auf der Beerdigung meines Vaters ist mir das nicht aufgefallen, aber es hatte auch keine besondere Zeremonie gegeben. Koreaner lieben es, Geschenke zu machen. Das muss ich mir merken. Ich finde auch einige einfache koreanische Floskeln für »Hallo«, »Wie viel« und »Wo ist die Toilette«. Ich versuche mich an den Sätzen in dem Wissen, dass ich sie vollkommen falsch ausspreche. Ich speichere den Link, dann mache ich mich fertig. Während ich mir das Gesicht wasche, mir die Zähne putze und mein Kleid anziehe, wiederhole ich die gelernten Worte.

Annyeonghaseyo, eolmayeyo, hwajangshireun eodiseyo? »Hallo, wie viel, wo ist die Toilette?« *Annyeonghaseyo, eolmayeyo, hwajangshireun eodiseyo?*

Meine Dating-Outfit-Optionen sind überschaubar. Ein sexy Look ist auf jeden Fall nicht dabei. Um ganz ehrlich zu sein waren meine früheren Versuche, sexy aufzutreten, aber ohnehin nie wirklich von Erfolg gekrönt. Mir fehlt der Körper dafür. Oben rum bin ich schmal, unten lang. Es ist nicht mal übertrieben, wenn ich sage, dass ein Brett mehr Kurven hat als ich. Da ich Skinny-Jeans bereits im Club getragen habe, versuche ich, eine Alternative zu finden. Ich wünschte, ich hätte mehr Röcke. Hier gibt es so viele Mädchen und Frauen in hübschen Kleidern, das ist mir sogar in der U-Bahn aufgefallen.

Das hübscheste Teil in meinem Koffer ist das schwarze Seidenkleid, das ich zur Beerdigung getragen habe und Boyoung noch zurückgeben muss. Vorher möchte ich es aber reinigen lassen. Ich setze das auf meine To-do-Liste für den nächsten Tag. Das andere Kleid, das ich habe, schreit eher Sonntagsschule als Samstagabend. Also trage ich letztlich eine normale Jeans, ein weißes Hängerchen-Top und ein etwas zu großes rosa-weiß kariertes Hemd, nicht zugeknöpft und an der Taille geknotet. Mit einem Paar blassrosa Ballerinas und goldenen Hoops sieht es ganz in Ordnung aus. Einen Auffahrunfall werde ich vermutlich nicht verursachen, aber ich sehe *okay* aus. Das hoffe ich zumindest.

Als ich gehe, sind meine Mitbewohnerinnen immer noch nicht zu Hause. Ich lade mir eine App herunter, die eine Reiseseite empfohlen hat, und tippe die Adresse, die mir Yujun geschickt hat, ein. Die App verrät mir, wie ich zur U-Bahn komme, wo ich umsteigen muss und wie lange die

Fahrt insgesamt dauert, und das alles auf Englisch. Als ich am Restaurant ankomme, fühle ich mich kompetent genug, um ein kleines Land zu erobern oder zumindest bereit, eine große Portion koreanisches Rindfleisch zu vernichten.

Das Lokal ist klein. Ungefähr ein halbes Dutzend leere Separees reihen sich an der Wand entlang. Gitterartige Unterteilungen verleihen jedem Tisch etwas Privatsphäre. Es ist niemand am Empfang. Ich erstarre und frage mich, was ich tun soll.

Im nächsten Moment tritt Choi Yujuns schlanke Gestalt aus einer der Nischen hervor. Er bedeutet mir, zu ihm zu kommen, auf die koreanische Art, mit zwei Fingern, die auf den Boden zeigen. Ein freudiges Lächeln will sich Bahn brechen, was mich definitiv ziemlich uncool aussehen lassen würde. Schnell presse ich die Lippen aufeinander, um mir meine überbordende Begeisterung nicht anmerken zu lassen, als ich auf ihn zugehe.

»Du siehst hübsch aus«, sagt er und zieht einen Stuhl für mich zurück.

Ob er lügt oder es tatsächlich so meint? Es ist mir egal! Es fühlt sich gut an, den Satz von diesem gut aussehenden Mann zu hören.

»Danke«, sage ich strahlend, nicht länger in der Lage, meine Freude zu verbergen. Als ich mich setze, fällt mein Blick auf ein hübsch verpacktes Geschenk, und mein Lächeln verblasst.

Ein Geschenk. Ich habe vergessen, ein Geschenk mitzubringen. Das stand auf der Liste an Gepflogenheiten und Gebräuchen, die ich mir im Vorfeld durchgelesen hatte. In der Eile, mich fertig zu machen und pünktlich zum Restaurant zu kommen, habe ich es vergessen. Kann ich womöglich kurz unter dem Vorwand, auf die Toilette zu müssen, rausrennen und schnell etwas kaufen? Natürlich funktioniert das nur, wenn mir die Phrase für »Wo ist die Toilette« wieder einfällt. Ich erinnere mich an *annyeonghaseyo*, aber wie war das noch mal mit der Toilette? *Hwagon edeyeo? Hwagahaseyo?*

»Stimmt etwas mit dem Stuhl nicht?«, fragt Yujun.

Ich realisiere, dass ich mit dem Hintern noch immer knapp über dem Sitz in der Luft hänge, während Yujun verwirrt guckt.

»Nope.« Ich lasse mich maximal unelegant auf den Stuhl plumpsen und versuche mich an einem weiteren Lächeln, aber es will mir nicht richtig gelingen. Wo ist all das Selbstvertrauen hin, das ich durch meine selbstständige U-Bahn-Anfahrt gesammelt hatte? In meinen Schuhen, schätze ich.

Yujun geht auf die andere Seite des Tisches und drückt einen Knopf. »Ist es in Ordnung, wenn ich für uns bestelle? Ich weiß, dass ich etwas ...« Er hält inne, als wüsste er nicht, welches Wort er benutzen soll.

»Es ist in Ordnung. Es ist großartig. Wirklich. Ich begebe mich ganz in deine Hände.«

In deine perfekten, großen, hübsch geäderten Hände.

»Wunderbar.«

Eine Bedienung kommt herbeigeeilt, und Yujun gibt die Bestellung auf.

Ich höre aufmerksam zu und versuche, einzelne Wörter herauszuhören. Ich glaube, dass ich *bulgogi* und *kalbi* verstanden habe. Wenn ich mich richtig erinnere, könnten das mariniertes Rindfleisch und Rippchen sein, aber bei *ddeokbokki* bin ich mir nicht sicher. Auch *soondubu jjigae* kenne ich nicht.

Als ich Yujun frage, erklärt er mir, dass *deokbokki* ein scharfer Reiskuchen ist und *soondubu jjigae* ein Eintopf aus weichem Tofu. »Scharf und sehr gut.«

Er greift nach dem Wasser, aber ich springe beinahe auf den Tisch, um ihm zuvorzukommen, und bekomme es tatsächlich zu fassen. »Ich muss einschenken«, erinnere ich ihn.

Er sieht mich einen Moment lang an, als würde er einen Kampf mit sich selbst ausfechten, lehnt sich dann aber zurück und bedeutet mir mit einer Geste fortzufahren. »Das stimmt. Hast du recherchiert?«

»Ein bisschen«, gebe ich zu. »Aber ich vergesse mehr als ich behalte.« Ich betrachte erneut sein Geschenk. Bisher hat er keine Anstalten gemacht, es mir zu geben. Vielleicht habe ich überreagiert, und es ist in Wirklichkeit für seine Mutter.

»Hattest du Schwierigkeiten, das Restaurant zu finden? Ich hätte dich abholen können. Dafür habe ich immer Zeit.«

»Deine Wegbeschreibung war perfekt, und mir hat die Fahrt mit der U-Bahn Spaß gemacht. Ich bin jetzt quasi eine Einheimische.«

»Hast du dir schon viel angesehen, seitdem du angekommen bist?«

Es liegt mir auf der Zunge, Nein zu sagen. Ich habe zwei Tage in einem Bestattungsunternehmen verbracht. Ein Teil von mir will ihm die ganze Geschichte erzählen, dass ich hergekommen bin, nur um herauszufinden, dass mein leiblicher Vater verstorben ist. Dass meine Erbschaft aus fünf Fotos von fünf verschiedenen Frauen besteht, und dass meine Freundin Boyoung meinen Kaffee über die Bilder verschüttet hat. Und dass ich nicht die leiseste Ahnung habe, wie ich diese Frauen finden soll. Aber als ich ihn so ansehe, wie er mir gegenübersitzt, die braunen Augen glänzend vor Interesse und mit einem kleinen Lächeln auf den Lippen, entscheide ich mich, es nicht zu tun. Ich will mir die Zeit, die ich mit Yujun verbringe, nicht verderben. Er ist wie ein Licht in der schwarzen Nacht. Ich möchte, dass die Erinnerung an diese Reise positiv ist. Ich weiß, dass diese kurzen Flirts, diese gemeinsamen Essen, das charmante Lächeln in meiner Erinnerung hängen bleiben werden. Was auch immer passiert, ich kann diese Momente wieder und wieder aus meinem Gedankenspeicher hervorholen. Das ist es, was ich mit nach Hause nehmen möchte. Nicht den Geruch von Räucherstäbchen und Porträts von meinem Vater auf einem nackten Altar oder verpasste Gelegenheiten und einen Haufen Was-wäre-Wenns. Ich will nicht, dass mein Heimatland zu einem Ort wird, den ich mit Schmerz assoziiere.

»Ich war in einem Erdbeercafé, Café Ttalgi. Das war niedlich. Alles hatte ein Erdbeermotiv, sogar das Essen.«

»Oh, ich mag Erdbeeren.« Sein rechtes Grübchen blitzt mich an.

»Mochtest du es?«

»Ich habe keine Ahnung, ob es tatsächlich gut ist. Ich habe mein Getränk verschüttet und bin gegangen, nachdem ich es aufgewischt hatte.«

»Dann probieren wir es zusammen aus.« Er strahlt.

Ich verschlucke beinahe meine Zunge. »Auf jeden Fall.« Jeder Augenblick, den ich mich in seinem Sonnenschein aalen kann, klingt verlockend.

»Hast du noch andere Orte als das Café Ttalgi besucht?«

Ich liebe den Klang seiner Stimme, wenn er Koreanisch spricht, mehr, als wenn er etwas auf Englisch sagt. Ich wünschte, ich könnte mehr verstehen, um ihn häufiger in seiner Muttersprache mit den weichen Ls und langen Vokalen sprechen hören zu können.

»Ich bin durch den Stadtteil gelaufen, in dem ich wohne. Es gibt dort fünf Lokale, die frittiertes Hühnchen verkaufen, das Erdbeercafé, einen Waschsalon«, ich zähle die Geschäfte an meinen Fingern ab, »und einige andere Läden. Ich bin mir aber nicht sicher, was das für welche sind. Die Beschriftung konnte ich nicht lesen, und ich wollte auch nicht durch die Scheibe starren. Nicht, dass noch jemand denkt, ich will den Laden auschecken.«

»Den Laden auschecken?« Yujun Augenbrauen heben sich fragend.

»Es bedeutet, ein Geschäft auszuspionieren, um rauszufinden, ob es sich lohnt, es auszurauben.«

»Ah, interessant. Den Laden auschecken«, wiederholt er. Er lässt die Wörter über seine Zunge rollen, damit er den Ausdruck später benutzen kann. So wie ich koreanische Floskeln abspeichere, merkt er sich englische. Wir gleichen uns auf unterschiedliche Weise.

»Ich habe gelesen, dass man *hangul* in einem Tag lernen kann. Also entweder bin ich dumm, oder die Leute zur Zeit König Sejongs waren wahnsinnig schlau.«

Er lacht und bedeckt schnell mit der Hand eine Reihe perfekt weißer Zähne. »Ich denke nicht, dass du dumm bist, aber es ist möglich, dass die Leute zur Zeit König Sejongs brillant waren. Hast du dir schon seine Statue angesehen?«

»Nein. In den Teil Seouls habe ich es noch nicht geschafft.«

»Dann werde ich die Statue von König Sejong auf deine Tourliste setzen. Irgendwelche anderen Wünsche?«

»Das überlasse ich dir.« Ich habe vor, so viel Zeit wie möglich mit Yujun aus Seoul zu verbringen, während ich nach den fünf Frauen auf den Fotos suche.

Ihm scheint das zu gefallen. »Namsan, dann die Stadtmauer von Seoul, weil man von dort die beste Aussicht auf die Stadt hat. Seoul Forest, weil es dort ruhig und schattig ist.«

Das rechte Grübchen, das tiefe, blitzt auf, als der Kellner zu uns kommt und den Grill anmacht. Kurz darauf werden kleine Schalen gebracht, die mit etwas gefüllt sind, das Yujun *banchan* nennt.

»Kimchi, marinierte Sojabohnen, Fischkuchen, Süßkartoffeln und Frühlingszwiebelsalat. Die Fischkuchen sind sehr salzig und schmecken nicht nach Fisch«, erklärt er. »Jedes Restaurant hat sein eigenes *banchan*, so ähnlich wie in Italien, wo jedes Restaurant seinen eigenen Limoncello serviert.«

»Das wusste ich nicht. Weder das mit dem *banchan* noch das mit dem Limoncello«, gebe ich zu.

Yujun zuckt mit den Schultern. »Noch ein Punkt für deine To-do-Liste. Scheint so, als müsste ich dich für eine Weile hierbehalten.«

Es ist nur ein Scherz. Ich bin für gerade mal zwei Wochen in Korea, aber an der Geschichte, die Yujun spinnt, gibt es nichts auszusetzen, solange ich mich nicht in dem Hirngespinst verstricke und mich an Abendessen wie dieses gewöhne.

Er nimmt ein Stück Kimchi mit seinen Stäbchen und reicht es, die andere Hand stützend unter seinem Ellbogen, über den Tisch, um es auf einen kleinen Teller vor mir zu legen. Ich frage mich, ob ich das Gleiche für ihn machen sollte. Boyoung hat mir nichts über Dating-Rituale erzählt.

Der Kellner rettet mich davor, unangenehme Fragen stellen zu müssen, als er mit einem riesigen Teller geschnittenem Fleisch an unseren Tisch kommt. Er sagt etwas auf Koreanisch, worauf Yujun antwortet.

»Der Kellner spricht kein Englisch, sonst hätte ich auf Englisch geantwortet. Ich habe ihm gesagt, dass wir unser Fleisch selbst braten.« Er nimmt die Zange und beginnt, die Fleischstreifen auf dem heißen Grill zu verteilen.

Mir läuft das Wasser im Mund zusammen, als das *kalbi* und *bulgogi* anfangen zu brutzeln.

»Ich habe früher in Amerika gewohnt«, sagt er, nachdem er die Zange wieder beiseitegelegt hat. »Meine Mutter ist gestorben, als ich vier Jahre alt war, und mein Vater dachte, dass ich weiblichen Einfluss bräuchte, also hat er mich zu Tante Sue geschickt. Ihr vollständiger Name ist Choi Soomin, aber sie hat einen amerikanischen Namen angenommen. So sei es einfacher, als zehnmal ihren Namen sagen zu müssen, bevor ihn jemand verstehe, hat sie mir erklärt. Sie hatte dieses wunderbare Cottage in der Nähe von Malibu Beach. Ich wurde braun wie eine Eichel, während ich am Strand entlangrannte. Die Sprache habe ich schnell gelernt. Kinder sind gut darin«, sagt er und versucht damit, seine angeborene Brillanz zu erklären.

»Hört sich an, als ob du Spaß gehabt hättest.«

»Es war so lustig, wie es für einen asiatischen Jungen in einer fast ausschließlich weißen Gesellschaft sein kann. Es gibt viele Ecken in Los Angeles, die voller Asiaten sind. Malibu gehört nicht dazu.«

Ah.

Wir teilen einen Blick des gegenseitigen Verständnisses. Er weiß, was es bedeutet, asiatisch in Amerika zu sein. Dass es okay ist und gleichzeitig nicht okay. Niemand verfolgt dich durch einen Laden. Niemand denkt, dass du Ärger suchst. Aber für Yujun bedeutete es, dass er nicht männlich genug war, und für mich, dass ich hübsch für eine Asiatin war. Vor einigen Jahren, während der Elternwoche an der Uni, hat der Vater eines anderen Studenten gute zehn Minuten damit verbracht, mich dazu zu bringen, zu versuchen, die Matratze in seinem Hotelzimmer auszuprobieren. Ich habe ihn daran erinnert, dass er, nun ja, alt ist und einen Ehering trägt. Worauf er geantwortet hat, dass wenn man in seinem Alter ein neues Auto kauft, man ein exotisches, ausländisches Modell will. Mit einundzwanzig hatte ich nicht die Eier, ihm eine runterzuhauen. Wenn ich noch einmal die Gelegenheit dazu hätte, würde ich ihm wenigstens ein Bier ins Gesicht schütten. Man geht davon aus, dass asiatische Mädchen unterwürfig und exotisch sind. Ich denke, dass viele Typen tatsächlich geglaubt haben, ich würde irgendein wildes Sexmanöver aus dem Ärmel schütteln, wenn das Einzige, was ich tatsächlich wusste, war, wie man die Hüften schwingt.

»Ein großer Spaß also«, stelle ich fest.

»Ich habe ein heftiges Stottern entwickelt«, gibt er zu.

»Nein.« Ich kann es kaum glauben, denn es braucht schon viele schreckliche Kommentare, um ein Kind zum Stottern zu bringen. Das hört sich tatsächlich nach einem Verbrechen an.

»Es ist wahr«, sagt er fröhlich. Offensichtlich hat er sein Kindheitstrauma überwunden.

Er dreht das Fleisch um. Das Fett zischt, und der Rauch wird von der Dunstabzugshaube, die nur dreißig Zentimeter über unserem Grill angebracht ist, aufgesaugt. »Mein *appa* hat mich besucht, und ich habe so schlimm gestottert, dass wir uns kaum unterhalten konnten. Das war das Ende meines Amerikaaufenthaltes, er brachte mich zurück nach Korea. Später bin ich auf eine Uni in den Staaten gegangen, das hat mir mit meinem Englisch geholfen. Ansonsten habe ich das Land nicht mehr verlassen.«

»Du sprichst besser Englisch als ich. War es beim zweiten Mal besser?«

»Viel besser. Ich habe nicht mehr gestottert und sogar darüber nachgedacht, dort zu arbeiten. Aber mein *appa*«, er hält inne. Es scheint, als würde er sich dagegen entscheiden, etwas auszusprechen, das ihm bereits auf der Zunge lag. »... und meine *eomma* brauchten Hilfe. *Eomma* bedeutet ›Mutter‹ auf Koreanisch. Technisch gesehen ist sie meine Stiefmutter, aber wir stehen uns sehr nahe. Sie hat mir über mein Stottern hinweggeholfen.« Er lacht liebevoll. »Und als sie unsere Firma übernommen hat, hat sie einige Veränderungen vorgenommen. Einige davon waren ziemlich unpopulär, aber sie hat damit vielen Leuten geholfen, insbesondere denen mit Behinderungen.« Er spricht mit Stolz und großer Zuneigung über seine Stiefmutter. »Ach, genug davon. Warst du mal in L.A.?« Er möchte das Thema wechseln.

»Nein. In der siebten haben wir einen Klassenausflug nach D.C. gemacht, und mit meiner Mom war ich ein paarmal in Chicago. Das ist nicht besonders weit weg, also relativ gesehen.«

»Du meinst für amerikanische Verhältnisse.«

»Wir haben ein anderes Verständnis von Distanzen«, gestehe ich. Korea ist ungefähr so groß wie Indiana, hat aber achtmal mehr Einwohner. Darum kann man das Land in ungefähr sechs Stunden mit dem Auto durchqueren, während man es in Amerika in der gleichen Zeit gerade mal zur Grenze des Bundesstaats schafft.

»Wie auch immer, ich bin nicht besonders kultiviert. Ich gebe es zu.«

Es fühlt sich nicht toll an. Ich weiß selbst nicht, wieso ich nicht mehr gereist bin. Im zweiten Highschooljahr gab es die Gelegenheit, mit meinem Spanischkurs nach Spanien zu fliegen. Schlussendlich bin ich zu Hause geblieben, nachdem ich mich mit meiner damaligen besten Freundin, Sophie, zerstritten hatte. Eines Tages beim Mittagessen hatte sie allen Leuten an unserem Tisch mitgeteilt, dass mein Kühlschrank nach dreckigen Socken riecht. Meine Mom hatte versucht, Kimchi zu machen, aber etwas war schiefgelaufen. Ja, das Haus hatte schlimm gerochen, aber der Kommentar hat mich an die Zeit in der Grundschule erinnert, als andere Kinder dumme, aber erschreckend grausame Bemerkungen über stinkende Asiaten gemacht hatten. Sophie entschuldigte sich damit, dass es nur ein Scherz gewesen sei, aber anschließend war mir nicht mehr danach, zehn Tage am Stück mit ihr zu verbringen. Ich verbrachte die Frühlingsferien stattdessen mit Apfelkuchenbacken, und Mom hörte auf, koreanische Gerichte zu kochen.

»Amerika hat unterschiedliche Maßeinheiten für alles. Wer misst schon Dinge in *feet?*« Yujun serviert mir das gegrillte Fleisch, und ich fülle den Grill auf. Wir haben uns in einen guten Rhythmus aus Grillen und Servieren eingefunden.

Das Fleisch ist so zart, dass es quasi im Mund schmilzt. *Hanwoo*, erklärt Yujun, ist ein spezielles koreanisches Fleisch, das nicht für den Export freigegeben ist, weil die Regierung das Beste für ihre Bürger behalten möchte.

»Wie lange bleibst du in Seoul?«

»Zwei Wochen. Beziehungsweise jetzt nur noch anderthalb.« Vier Tage sind bereits vergangen. Es fühlt sich länger an. Die Zeit, die ich auf der Beerdigung verbracht habe, kommt mir in manchen Momenten endlos vor.

»Wir müssen einen ganzen Fisch ausstopfen, während du hier bist.«

Ich muss nicht im Netz recherchieren, um herauszufinden, was diese koreanische Redewendung bedeutet. Wir werden versuchen, so viel wie möglich in der knappen Zeit zu unternehmen.

»Das wäre schön.«

Auch dieser Abend ist schön. Das Restaurant ist toll, scheinbar gibt es nur diesen einen Kellner, aber er hetzt herum und bringt *banchan* an die Tische der Neuankömmlinge, gefolgt von Tellern voll mit Fleisch zum Grillen und manchmal auch Gemüse. Ich esse viel zu viel, aber ich will nicht, dass der Abend zu Ende geht. Ein warmes Gefühl breitet sich in mir aus, während wir reden, essen und trinken. Das ganze Abendessen kommt mir so vor, als würde ich in der Sonne sitzen, und die Strahlen würden mich von innen heraus wärmen. Er ist lebendig, wenn er spricht, seine Augen funkeln, seine Hände gestikulieren, seine Grübchen blitzen auf und verschwinden wieder. Manchmal höre ich auf zu essen, stütze mein Kinn auf die Hand und genieße einfach nur den Augenblick. Darin war ich noch nie gut. Bis jetzt war alles immer ein Wettlauf, um ein Ziel nach dem nächsten zu erreichen, ob es der Buchstabierwettbewerb war, die Wissenschaftsausstellung, Glanznoten in den SATs oder der Bachelorabschluss.

»Ich rede zu viel«, sagt er.

»Nein.« Als ob das jemals passieren könnte. Nicht in einer Million Jahre kann ich mir vorstellen, nicht seine Stimme hören zu wollen. Zugegeben, das ist unser erstes Date, aber manchmal weiß man, dass Dinge wahr sind. Genauso wie ich weiß, dass der Himmel blau ist, wenn ich hochschaue, oder dass das Gras zu meinen Füßen grün ist. Diese Tatsachen sind unveränderlich, selbst wenn das Gras nicht mehr so hoch wächst, weil es sich auf den ersten Frost vorbereitet, oder der Himmel sich sturmgrau verfärbt.

»Ich will alles wissen.«

Das Geschenk war eine kleine Schachtel Pralinen. Yujun hatte gesagt, dass es mein Nachtisch sei. Ich fühlte mich erleichtert, dass es kein extravagantes Geschenk war. Wenn wir uns wiedersehen, dann bin ich vorbereitet und bringe ihm auch Schokolade mit. Nein, etwas, das länger anhält. Nicht, dass ich erwarten würde, dass er ein Geschenk von mir auf seinen Schreibtisch stellt, aber etwas das länger hält als einen Tag, länger als nur einen Moment. Wenn ich weg bin, möchte ich, dass es etwas gibt, auf das er nach sechs Monaten oder zwei Jahren stößt und das ihn zum Lächeln bringt, aus Zuneigung oder sogar mehr. Ich weiß nicht genau, was das Mehr sein sollte.

Am nächsten Tag nehme ich die Metro und fahre zu einem Buchladen, den Jules mir empfohlen hat, und kaufe dort ein paar koreanische Lehrbücher. Den Rest des Nachmittages verbringe ich damit, *hangul*-Zeichen zu lernen.

Als es Zeit für das Abendessen ist, habe ich das Gefühl, dass ich es verstanden habe. Mithilfe von Arbeitsbüchern und YouTube-Tutorials kann ich Schriftzeichen erkennen und die Grundlaute aussprechen. Das Problem besteht darin, beides zu kombinieren und tatsächliche Wörter zu bilden. Aber ich verfüge jetzt über die Werkzeuge dafür. Ich habe eine koreanische Tastatur auf mein Handy und meinen Laptop runtergeladen, ich habe die Apps, das Lehrbuch und Zugang zu Videos. Wenn ich mich bemühe, dann kann ich es lernen. Natürlich hätte ich das längst tun können, aber ich tue es jetzt, und das ist das Wichtigste.

Ich weiß genug, um meine Suche beginnen zu können, und ich fange ganz oben an: Kim Eunshil. Kein ungewöhnlicher Name. Es gibt Hunderte von Treffern, und betrachtet man die Fotos, dann ist sie eine Ärztin oder vielleicht eine Wissenschaftlerin, da sie einen weißen Laborkittel trägt. Eine andere Frau trägt einen Hosenanzug, mehrere Bilder von Teenagern in Schuluniformen sind dabei. Die Sache ist, dass keines der Bilder einen Wiedererkennungseffekt hat. Ich scrolle durch viele Fotos und Seiten, bis alles eins wird wie in einem Gemälde von Mark Rothko mit seinen riesigen Farbfeldern, die ineinander übergehen.

Meine Mitbewohnerinnen kommen eine nach der anderen von der Arbeit nach Hause. Sie sehen müde aus. Jules trägt zwei weiße Plastiktüten, aus denen ein verlockender Duft steigt.

»Koreanisches frittiertes Hühnchen«, sagt sie und wirft die Tüten auf den Tisch.

»Zehntausend Won?« Das war der Einkaufspreis fürs Essen in der ersten Nacht.

»Yep.«

Ich fische den richtigen Schein aus meinem Portemonnaie und schiebe ihn Jules über den Tisch. Doch nicht sie, sondern Anna steckt ihn ein.

»Ich habe bezahlt.« Sie setzt sich neben mich. »Was machst du?«

»Diese Namen suchen.« Ich zeige auf meine Liste.

»Was für Namen?«, ruft Jules aus der Küche.

»Sie versucht, ihre leibliche Mutter zu finden«, antwortet Anna an meiner Stelle.

»Erinnerst du dich? Ich habe dir erzählt, dass sie vor ein paar Tagen auf dieser Beerdigung war.«

»Wow. Du bist gerade angekommen und musstest schon zu einer Beerdigung gehen? Das ist hart.« Mel trägt einen Stapel Plastikbecher und eine Karaffe Wasser herüber. Jules folgt ihr mit Tellern, Servietten und Plastikhandschuhen für die frittierten Hühnerteile.

»Das ist deine Mutter?« Jules zieht sich einen Handschuh an und hebt die Fotos mit der anderen Hand auf. »Was ist mit denen passiert?«

»Kaffeeunfall.«

»Scheiße. Sieht so aus, als wären die Namen von den zweien weg. Was hast du sonst noch gefunden?«

»Nicht viel.«

»Gib mir eins.« Mel wackelt mit einem Finger.

»Ja, ich kann auch eins nehmen«, bietet Anna an. Sie knallt ein Bild vor Jules. »Du auch.«

Jules verzieht das Gesicht.

»Schon in Ordnung«, sage ich schnell und greife nach den Bildern. »Ich habe das im Griff.«

Jules nimmt mir eins der Fotos wieder aus der Hand. »Ich

mach es, aber du isst das Hähnchen besser mit Stäbchen, sonst verteilst du auch noch Fett auf deinen Fotos.«

Wir alle nehmen Stäbchen und verzichten auf die Plastikhandschuhe, um die Fotos nicht zu gefährden. Es ist eine aufmerksame Geste von Jules, die sonst häufig etwas kühl rüberkommt.

»Danke«, sage ich.

Sie zuckt mit den Schultern und stopft sich ein Stück Fleisch in den Mund. Da die Fotos nun verteilt sind, packen auch die anderen ihre Handys und Laptops aus. Während wir knuspriges Hühnchen essen – es ist kein Wunder, dass es an jeder Ecke einen Imbiss gibt, so lecker wie das Zeug schmeckt –, suchen meine Mitbewohnerinnen und ich die Namen heraus.

»Meine Güte, wer hätte gedacht, dass es so viele Kim Eunshils gibt. Diese hier ist zwölf.« Anna hält ihr Handy hoch, sodass wir alle einen Blick auf das Display werfen können. »Sie hat den Preis für herausragende Kenntnisse der Linguistik gewonnen; das heißt, dass sie gut Englisch spricht.«

»Und Japanisch«, wirft Mel ein. »Jeder hier lernt zwei Sprachen. Manchmal drei. Kommt darauf an, wie viel Geld man hat. Wie viele Sprachen spricht dein *chaebol?*«

»Yujun spricht Englisch.« Er war gerade von einer Geschäftsreise aus Hongkong zurückgekommen, als wir uns auf dem Flughafen kennengelernt haben. »Vielleicht Chinesisch?«

»Oh, wahrscheinlich. Und auch Japanisch.« Mel nickt bestätigend. »Das ist ziemlich normal für höhere Führungskräfte. Je mehr Sprachen man spricht, desto besser.«

»Was ist mit dieser Kim Jihye? Hat sie Ähnlichkeit mit der Frau auf dem Bild?«, wirft Jules ein.

Anna dreht den Bildschirm von Jules' Handy herum und hält das Foto von Kim Jihye daneben. Auf meinem Foto trägt Jihye einen hellen Rock mit einer hohen Taille und dazu ein rotes T-Shirt. Eine lange Kette hängt um ihren Hals. Ihr Haar ist kurz geschnitten, und sie trägt eine kleine Sonnenbrille. Das Bild auf Jules' Bildschirm ist nur ein Porträtfoto. Das Haar der Frau ist etwas länger, die Frisur ähnelt Mels kinnlangem Bob. Ihre roten Lippen bilden eine gerade, ernste Linie.

»Schwer zu sagen, wegen der Sonnenbrille.« Jules blinzelt den Bildschirm an. »Wie alt ist deine Mutter?«

»Meine Adoptivmutter ist fünfundfünfzig.«

»Ich denke, dass deine leibliche Mutter jünger ist«, sinniert Jules. »Die meisten Frauen, die Babys abgeben, sind jung, oder?«

Ich kenne keine Statistiken, gehe aber ebenfalls davon aus. »Ich weiß nicht genau, aber wahrscheinlich schon.«

»Diese Kim Jihye ist vierundvierzig. Somit wäre sie neunzehn Jahre alt gewesen, als sie mit dir schwanger war.«

»Tatsächlich erst achtzehn«, wirft Jules ein und streicht sich die langen Haare über die Schulter.

»In Korea ist man bereits ein Jahr alt, wenn man geboren wird, und an Neujahr wird man ein Jahr älter. Hier bist du also eigentlich nicht fünfundzwanzig, sondern schon sechsundzwanzig. Beziehungsweise vielleicht sogar siebenundzwanzig, abhängig von deinem Geburtsdatum.«

»Wenn sie siebenundzwanzig wäre, müsstest du sie *unnie* nennen«, zieht Anna sie auf.

»So nennen jüngere Frauen ältere. Jules ist sechsundzwanzig. Wenn du älter wärst, könntest du sie herumkommandieren.«

Jules wirft ihr einen finsteren Blick zu und sieht dann mich an. »In welchem Jahr bist du noch mal geboren?«

»Fünfundneunzig. Wie du.« Sie hat wohl unsere Diskussion über das Alter im Club vergessen.

»Stimmt ja! Ihr seid gleichaltrige Freundinnen. Fünfundneunziger«, jubelt Anna.

»*Chingu* ist das Wort ... «

»Für Freund«, beende ich den Satz, als würde ich fließend Koreanisch sprechen, nur weil ich einmal ein Wort kenne.

Jules runzelt wieder die Stirn. Aus irgendeinem Grund gefällt ihr der Gedanke, dass wir gleichaltrige Freundinnen sind, nicht.

»Mel und ich sind deine *unnies*. Also praktisch ›ältere Schwestern‹. Wärst du ein Mann, dann würdest du uns *noona* nennen.«

»Aber sie ist kein Mann, und wir sind keine Koreanerinnen, also nenne mich nicht *chingu*. Ich denke, das ist sie.« Jules hält mir ihren Bildschirm unter die Nase. »Sie hat das richtige Alter, und würde man ihr eine Sonnenbrille aufsetzen, dann ist ihre Gesichtsform die gleiche, oval mit einer schmalen Stirn. Du hast eine schmale Stirn.« Jules hebt meine Hand an und drückt sie an meinen Kopf. »Siehst du? Drei Finger breit, vielleicht vier, wenn du sie zusammenpresst. Diese Frau hat auch eine schmale Stirn. Du erkennst sie nicht?«

Ich schüttle den Kopf. »Nein, aber ich seh sie mir mal genauer an.«

»Was, wenn sie kein Englisch spricht?«, fragt Anna. »Möchtest du, dass eine von uns mitkommt?«

»Ich kann nicht«, verkündet Jules und rückt vom Tisch

ab. »Ich fliege morgen nach Shanghai und bin bis Freitag weg.«

»Ich habe morgen auch einen vollen Terminkalender«, sagt Mel bedauernd. »Du auch, Anna. Unsere Abschlussprüfungen stehen an.«

»Schon gut. Ich frage Boyoung, ob sie mitkommt, oder ich benutze die Übersetzungs-App.«

»Lasst uns ein paar Redewendungen für sie zusammenschreiben«, schlägt Anna vor.

Jules setzt sich wieder hin, und zusammen beugen sie sich über das Handy.

Meine Hände beginnen zu zittern, allerdings weiß ich nicht, ob es an meinen Nerven liegt oder an meiner positiven Aufregung. Morgen treffe ich vielleicht zum ersten Mal meine Mutter. Es ist überwältigend. Energiegeladen springe ich auf. Ich könnte gerade zehnmal die Treppe zum Haus rauflaufen und würde nicht müde werden.

»Gibt es noch eine Eisdiele oder einen Dessertladen, der geöffnet hat?«, frage ich. Ich brauche eine Beschäftigung.

»Ich denke, dass das Café Ttalgi bis zehn geöffnet ist. Wieso?«

»Weil ihr alle eine Belohnung verdient habt, dafür dass ihr mir so sehr geholfen habt. Und wenn ich morgen tatsächlich diese Frau aufsuche, dann muss ich ein Geschenk mitbringen, richtig?« Es ist eine Ausrede, aber eine gute.

»Ooh, gute Idee. Ich nehme einen Milchkuchen. Der ist so lecker.« Mel reibt sich den Bauch.

»Ich auch«, sagt Jules.

»Ich begleite dich«, meldet sich Anna freiwillig. »Ich hole nur schnell meine Tasche.«

Während meine Mitbewohnerin davonhuscht, studiere

ich das Bild von Kim Jihye und warte, dass sich etwas in mir regt. Es könnte genauso gut ein Agenturbild sein. Ich habe schon stärkere emotionale Reaktionen auf Profilbilder von Leuten auf Twitter gezeigt, die ich nicht kenne, als auf das Bild von Kim Jihye. Aber da es mich auch kalt gelassen hat, meinen leiblichen Vater zu sehen, weigere ich mich, das als schlechtes Zeichen zu betrachten. Ich wurde als kleines Kind auf der Straße ausgesetzt. Es sollte nicht von mir verlangt werden, dass ich meine biologischen Eltern anhand eines Fotos erkenne. Und Jules hat recht. Kim Jihyes Stirn hat die gleiche Größe wie meine.

»Ich denke, dass sie es sein könnte«, sagt Anna von der Tür aus. »Was meinst du?«

»Ich weiß es nicht. Ich will mir keine Hoffnungen machen.« Aber ich schwitze jetzt schon.

»Du könntest ihr schreiben. In ihrem Profil steht die Arbeits-E-Mail-Adresse.«

Mein kompletter Körper verkrampft sich. Ihr eine E-Mail schicken, die dann im Online-Orbit rumschwirrt, während ich auf eine Antwort warte? Ich würde vor lauter Anspannung nicht schlafen können.

»Nein. Ich sollte persönlich mit ihr sprechen.« Vielleicht ist das idiotisch, aber ich klammere mich an der Hoffnung fest, dass sich etwas ändert, wenn ich Kim Jihye Angesicht zu Angesicht gegenüberstehe. Mein Innerstes zeigt keine Reaktion, wenn ich ihr Foto ansehe, aber in natura könnte ich mir vorstellen, dass der Teil von mir, der von ihr kam, aktiv wird. Als wären wir zwei Magnete, die einander anziehen, sobald sie aufeinandertreffen. In der Tat ist diese elementare Anziehung wohl der Grund dafür, dass ich überhaupt in Seoul bin.

»Das verstehe ich. Es ist wirklich scheiße, dass das Erste, was du gemacht hast, als du ankamst, war, zu einer Beerdigung zu gehen. Ich weiß, dass wir uns kaum kennen, aber wenn du reden möchtest, ich habe eine ziemlich starke Schulter.«

Mit meinen ein Meter achtundsechzig bin ich keine Riesin, aber ich bin mindestens zwölf Zentimeter größer als Anna.

»Was? Ich bin vielleicht klein, aber kräftig.« Sie beugt ihren Arm. Falls es dort einen Muskel geben sollte, dann ist er mit dem bloßen Auge nicht zu erkennen.

»Mir geht's gut«, versichere ich ihr.

»Alles klar. Mal abgesehen von der Beerdigung, gefällt es dir hier?«

Meine Gedanken wandern zu dem Abendessen mit Yujun gestern. Es war eines der schönsten, das ich je hatte. »Ja. Ich denke, morgen unternehme ich etwas Touristisches. Ich habe gehört, dass es irgendwo eine Statue von König Sejong gibt.«

»O ja, in der Stadtmitte am Gwanghwamun Plaza zusammen mit Admiral Yi Sunsin. Leicht erreichbar mit der U-Bahn. Da gibt's jede Menge Sachen anzugucken. Unter anderem ein Museum und einen Palast. Der Eintritt ist nicht besonders teuer. Auf jeden Fall eine nette Art, den Tag zu verbringen«, plaudert Anna drauflos und fügt Details über alle möglichen Dinge hinzu, die ich unternehmen kann, einschließlich eines Mittagessens auf dem Dach des Rathauses, ein paar Museen und Läden, die *hanbok*, die koreanische Tracht, verleihen. Wenn ich die ausleihe, dann bekomme ich Rabatt auf den Eintritt in den Palast.

Das Erdbeercafé ist beinahe leer, und es dauert nicht lange, bis wir unsere Desserts gekauft haben. Milchkuchen für Mel und Jules und einen weißen Kuchen, der mit Erdbeercreme gefüllt ist, für Anna. Auf Annas Vorschlag hin kaufe ich gezuckerte Erdbeersüßigkeiten für Kim Jihye anstelle von etwas, das verderben kann, weil »einen Kuchen in der U-Bahn herumzutragen kein Spaß ist«, wie Anna feststellt.

Die Bedienung packt alles zusammen in einen eleganten weißen Karton, den sie mit einer grünen Schleife und einem Papierschild dekoriert, auf dem eine lachende Erdbeere zu sehen ist. Seoul besteht nicht nur aus Bestattungsunternehmen und toten Vätern. Es besteht auch aus entzückenden Verpackungen, freundlichen Bedienungen und netten Mitbewohnerinnen.

»Wie lange lebst du schon hier?«, frage ich Anna.

»Nicht ganz zwei Jahre. Ich gehe bald zurück. Oregon«, fügt sie hinzu, bevor ich fragen kann. »Ich würde liebend gerne länger bleiben, aber obwohl das Gehalt ordentlich ist und die Schule für die Miete aufkommt, kann ich das nicht langfristig machen, wegen all der Zusatzleistungen und so. Außerdem vermisse ich meine Familie. Aber ich weiß, dass ich das hier auch vermissen werde, sobald ich weg bin. Es ist traurig, egal wie man es dreht und wendet.«

»Was hat dich dazu gebracht, hierher zu kommen?«

Sie hebt einen Mundwinkel. »Ein Typ, aber nicht im gewöhnlichen Sinn. Ich war ziemlich krass in einen koreanischen Austauschstudenten an meiner Schule verliebt. Ich habe angefangen, Koreanisch zu lernen, damit ich mich mit ihm unterhalten konnte. Je mehr ich die Sprache, die Geschichte und die Menschen studiert habe, desto mehr wollte ich herkommen und mir alles selbst ansehen.«

»Was ist mit dem Typ?«

»Er hatte eine Freundin zu Hause, und um keine Abfuhren erteilen zu müssen, hat er so getan, als würde er nichts verstehen.«

»Das ist irgendwie ziemlich lustig.«

»Schon, oder?« Anna lacht. »Wie auch immer, ich bin froh, dass ich hergekommen bin. Korea ist wunderschön. Tolles Essen, supersauber, und die Leute könnten nicht freundlicher sein. Klar, es läuft auch vieles falsch, aber tut es das nicht überall auf der Welt? Es ist so schade, dass du nicht länger bleiben kannst. Es ist schwer, in so kurzer Zeit ein Gefühl für einen Ort zu entwickeln.«

»Ich habe das Ganze nicht gut geplant«, gebe ich mit einem halben Lächeln zu. »Ich mache so etwas eigentlich kaum. Ich mag Reiserouten und Zeitpläne und funktioniere am besten, wenn ich beides habe. Hier mache ich alles spontan, was sich seltsam anfühlt.«

»Seltsam gut oder seltsam schlecht?«

»Weder noch. Einfach seltsam.«

»Unternimm etwas, das Spaß macht, damit deine Erinnerungen nicht voller Enttäuschungen sind. Ich wünsche mir, dass du nach Hause kommst und Seoul genauso liebst, wie ich es tue. Allerdings – und ich will echt kein Spielverderber sein –, sich mit einem koreanischen Typen zu treffen, den man am Flughafen kennengelernt hat, ist vielleicht nicht die sicherste Sache. Reiche Typen hier sind genau wie reiche Typen überall. Sie haben ein leichtes Leben und erwarten viel.«

»So ist er nicht«, beginne ich, halte dann aber den Mund, weil mir der Gesichtsausdruck meiner Mitbewohnerin verrät, dass sie mir ohnehin nicht glaubt. Um fair zu sein, ich hätte Boyoung in den USA genauso gewarnt. Man sollte auf der Hut sein vor Hunden, die einen mit einem süßen Gesicht locken – ihre Zähne sind genauso spitz wie die von denen, die knurren.

KAPITEL VIERZEHN

Die Nachricht von Yujun kommt, kurz bevor ich ins Bett gehen will.

Noch vor einiger Zeit hätte ich das als Booty Call aufgefasst. Jede Nachricht nach, sagen wir, acht Uhr abends, hat nur ein Ziel. Was mit all den Warnungen übereinstimmen würde, die ich zu hören bekommen habe. Wäre ich klug, würde ich mein Handy also gar nicht erst entsperren, um die Nachricht zu lesen, aber über eine derartige Willensstärke verfüge ich leider nicht. Hatte Anna nicht gesagt, dass ich etwas unternehmen soll, das Spaß macht, um nicht mit lauter schlechten Erinnerungen nach Hause zu fliegen?

Ich wische mit dem Daumen über das Display.

YUJUN: Abendessen morgen?

Natürlich ist es kein Booty Call. Dieser Typ hat meine Koffer tausend Stufen hochgeschleppt. Zumindest hat es sich wie tausend Stufen angefühlt. Abgesehen davon gibt es für jemanden von seinem Kaliber genug willige Frauen, die ihm mit größter Freude sein Bett wärmen würden. Warum er an mir interessiert ist, bleibt ein Mysterium – das ich nicht weiter hinterfragen werde. Warum sollte ich meinem Selbstwertgefühl das antun?

ICH: J

Ich halte inne, bevor ich den zweiten Buchstaben tippe. Was mache ich hier eigentlich? Nur weil Yujun anständig, attraktiv und freundlich ist und Grübchen hat, die tief genug sind, um sich darin zu verlieren, heißt das noch lange nicht, dass ich es tun sollte. Meine Freunde und meine Mitbewohnerinnen haben ihre Warnungen nicht ausgesprochen, weil sie mir mein Glück nicht gönnen, sondern weil sie nicht möchten, dass ich verletzt werde. Yujun ist eine Ablenkung, eine süße, wunderbare Ablenkung, aber das Ziel dieser Reise war und ist, meine biologische Familie zu finden. Deswegen bin ich hergekommen. Nicht, um mich mit einem reichen Jungen rumzutreiben, dem es Spaß macht, meinen Reiseleiter zu spielen. Egal wie wunderbar er ist.

Verdammt.

Ich drücke wütend auf *löschen* und beginne noch einmal neu.

ICH: Sorry, ich habe schon was vor. Danke.
Für alles.

YUJUN: Falls aus deinen Plänen nichts
werden sollte, die Aussicht vom Namsan
Tower ist großartig. *Daebak,* wie wir Koreaner
sagen würden.

Ich habe diesen Turm mit der Nadelspitze auf beinahe jeder Reiseseite im Internet gesehen, als ich meine Flugtickets gekauft und mich auf die Reise vorbereitet habe. Er ist sogar in einem K-Drama zu sehen gewesen, das ich mit Boyoung geguckt habe. Umso trauriger ist es, dass ich Yujuns Angebot ablehnen muss.

ICH: Danke.

Eine so knappe Nachricht, dass ich keine Antwort mehr darauf erhalte; nicht mal den Versuch einer Antwort, wo man die drei Pünktchen sieht und vor Spannung den Atem anhält.

Ich hänge mein Handy ans Ladegerät, lege mich ins Bett und versuche, mich nicht zu ärgern, dass Yujun meine Absage hingenommen hat. Wie unverfroren von ihm, meine Wünsche zu akzeptieren!

Ich kann nicht schlafen. Ich ärgere mich, dass ich Yujun abgesagt habe. Ich ärgere mich, dass ich nicht mehr *hangul* kann. Ich ärgere mich, dass mein Dad gestorben ist, bevor ich ankam. Ich hatte nicht mal die Gelegenheit, ihn dafür zu verfluchen, dass er mich verlassen hat. Ich konnte mir seine Ausreden nicht anhören, zu arm und unvorbereitet gewesen zu sein, um Vater zu werden. Ich konnte ihm nicht sagen, dass es keine Rolle spielt, dass er mich weggegeben hat, weil ich ein gutes Leben hatte. Ein gutes Leben *habe*. All das wurde mir genommen, und es kotzt mich an.

In der Morgendämmerung rolle ich mich mit brennenden Augen und kratzigem Hals aus dem Bett. Der Badezimmerspiegel teilt mir mit, dass ich zurück ins Bett gehöre und zwar wenigstens für die nächsten fünf Tage. Aber mir ist klar, wenn ich mich wieder hinlege, dann werde ich Yujun schreiben, Kim Jihye zuspamen und ganz generell all die Dinge tun, die mir nicht guttun. Ich muss aus dem Haus raus.

Ich ziehe mein Sonntagskleid an und werfe mir einen Cardigan um die Schultern. Ich bin schon halb die Straße runter, als mir auffällt, dass ich die Erdbeersüßigkeiten vergessen habe. Also gehe ich noch mal zurück und stopfe den Karton in meine Tasche.

Ich gehe eine Gasse entlang, dann eine zweite. Ich halte mich an die schmalen Wege, meide die sechsspurigen Straßen, was mich leicht vergessen lässt, dass ich mich in einer Millionenstadt befinde. Am Morgen ist Seoul ruhig. Es sind noch nicht viele Autos unterwegs. Es fühlt sich an, als würde die Stadt noch schlafen. Die Metallgitter vor den Schaufenstern sind runtergelassen. Die Cafés und Coffeeshops sind noch finster. Einige Leute gehen in die vereinzelten Vierundzwanzig-Stunden-Läden hinein und kommen mit kleinen Plastiktüten mit Einkäufen wieder heraus. Einige trinken Kaffee aus To-go-Bechern. Ich würde mir auch gerne einen Kaffee holen, aber ich glaube nicht, dass ich kapieren würde, wie der Automat funktioniert oder einem Verkäufer verständlich machen könnte, was ich haben möchte. Also gehe ich weiter.

Ich habe der Stadt seit meiner Ankunft noch nicht viel Beachtung geschenkt, abgesehen von der Gegend, in der ich wohne. Dort herrscht ein Gemisch aus mittelhohen Gebäuden voller Restaurants, Schönheitssalons und anderen kleinen Geschäften vor. Die Leute dort scheinen immer zielstrebig zu sein. In den U-Bahn-Tunneln existiert eine zweite Stadt, bestehend aus Läden, die heißes Essen, Regenschirme, Socken und Schuhe verkaufen. Musik schallt aus den Geschäften. Es ist, als würde man an einer Reihe Radiosender vorbeilaufen – aus jedem Geschäft ertönt ein anderes Lied.

Die andere Sache, die mir an der Stadt auffällt, ist ihre Sauberkeit. Nirgendwo verunreinigen leere Becher, Servietten oder Zigarettenstummel die Straßen. Die Abfalleimer quellen nicht über. Für eine Stadt dieser Größe fühlt sie sich nicht so riesig an, wie man erwarten würde. Es erinnert mich ein bisschen an zu Hause. Es gibt keine aufragenden Hochhäuser wie in Chicago oder New York. Auf dieser Seite des Flusses ist die Höhe der Gebäude beschränkt. Die Wolkenkratzer stehen im Süden, wohingegen die höheren Gebäude hier nicht mehr als zwanzig oder dreißig Stockwerke haben dürften. Bei einer meiner Internetrecherchen habe ich gelesen, dass der Grund dafür ist, dass in dieser Gegend die alten Paläste stehen und die städtischen Flächennutzungsgesetze bestimmen, wie hoch Gebäude sein dürfen. Jeder verdient es, einen freien Blick auf die Paläste zu haben. Ich will einen besuchen. Man kann von außen nicht viel erkennen, da sie von hohen Mauern umgeben sind, was teilweise der Grund für meine Neugier ist. Ich sehe sie mir an, nachdem ich diese fünf Frauen ausfindig gemacht habe.

Ich weiß nicht, wie lange ich gelaufen bin, aber meine Füße werden langsam wund, meine Waden tun weh, und mein Rücken schmerzt. Aber all das ist gut, weil ich mich erfolgreich für einige Stunden abgelenkt habe. Der Verkehr nimmt zu, und die Stille der Straßen wird durch den Lärm der Autos, Busse und Menschen ausgelöscht. Die Sonne lässt mein Kleid an meinem Rücken kleben.

In der Nähe eines Stadttors entdecke ich die Überbleibsel einer alten Burgmauer. Steinstufen führen hinauf und verschwinden in einer kleinen Baumgruppe. Dank eines kurzen Energieschubs steige ich die Stufen hoch. Eine geflochtene Matte aus Sackleinen bedeckt den Weg und spendet Entlastung für die Gelenke und Halt. Meine Oberschenkel und Waden wissen es zu schätzen. Unter den Bäumen kommt eine Bank in Sicht, und ich lasse mich darauf fallen. Ich bin eindeutig nicht fit genug für die ganze Lauferei. Zu Hause fahre ich überallhin.

Ungefähr fünf Minuten später kommt ein älterer Mann vorbeigeschlendert. Er ist in den Siebzigern und trägt eine Sportjacke und Halbschuhe, die Hände hat er hinter dem Rücken verschränkt. Er schenkt mir so gut wie keine Beachtung. Kurze Zeit später kommen zwei Frauen, die in Sportklamotten gekleidet sind, den Berg hinaufgeschnauft. Die zwei beäugen mich stirnrunzelnd. Wahrscheinlich fragen sie sich, wieso ich nicht auf der Arbeit bin.

Ich hole mein Handy hervor, beuge mich darüber und tue so, als wäre ich beschäftigt, was ein Fehler ist, da die letzte Nachricht die ist, die ich Yujun geschickt habe. Ich scanne meine Chats und stelle schockiert fest, dass meine Mutter ziemlich weit nach unten gerutscht ist. Es ist zwei Tage her, dass wir voneinander gehört haben. Ich bin etwas überrascht, dass sie mir nicht geschrieben hat.

Ich tippe auf ihren Namen und halte inne. Vielleicht ist es besser, wenn ich sie nicht kontaktiere. Sie könnte Fragen stellen, die zu beantworten mir unangenehm wäre, und ich möchte sie nicht anlügen. Außerdem, wenn sie mich nicht kontaktiert, bedeutet das, dass sie beschäftigt ist, was gut ist. Es ist besser, keine schlafenden Hunde zu wecken.

Was Yujun und selbst Kim Jihye betrifft, weiß ich nicht, was ich mit den beiden machen soll. Die eine ruft Angstzustände bei mir hervor, der andere macht mich glücklich. Es vermischt sich alles in meinem Kopf und meinem Herzen, bis die Feuchtigkeit auf meiner Haut nicht mehr von der Hitze kommt, sondern von etwas, das in meinem Inneren schwelt.

Ich schalte mein Handy aus und stehe auf. Es ist besser, aktiv zu sein, als hier rumzusitzen und sich im Schatten in eine geröstete Kartoffel zu verwandeln. Ich folge dem gewundenen Pfad den Berg hoch und richte mein Augenmerk auf die Skyline von Seoul unter mir. Es ist eine Furcht einflößende Aussicht. Ich muss ein wenig darüber lachen, dass mir Seoul eben noch überschaubar vorkam. Hier oben fühlt es sich so an, als ob selbst die Berge von der riesigen Anzahl an zusammengedrängten Gebäuden in den Schatten gestellt würden. Habe ich überhaupt eine Chance, in dieser tollen großen Stadt mit ihren zehn Millionen Einwohnern meine Familie zu finden?

Ein Kloß formt sich in meinem Hals, so ein kleiner spitzer, der kratzt, wenn ich versuche, ihn hinunterzuschlucken. Ich reibe mir mit der Hand über die Stirn. Was genau versuche ich hier zu beweisen? Versuche ich, meine Mutter zu finden oder etwas anderes? Ich hasse Ungewissheit. Ich hasse es, all diese Gefühle zu haben. Es ist chaotisch, beunruhigend. Für einen kurzen Moment wünsche ich mir, zurück in Iowa zu sein, wo es nur flaches Land, Maisfelder und Gelassenheit gibt.

»Ha!« Ein bellendes Lachen rutscht mir heraus. Als ob. Wenn mein Iowa-Ich wirklich so glücklich gewesen wäre, wäre ich dann hergekommen?

Der Gedanke dreht sich in meinem Kopf im Kreis, während ich mal hier abbiege, mal dort abzweige. Die Sonne brennt mir auf den Schädel, meine Beine werden müde, und mein Gehirn leert sich. Ich komme an einer Driving Range vorbei und an einem großen Parkplatz, auf dem mehr Luxusautos geparkt sind als im Country Club zu Hause, an großen Felsen, die in einen Garten aus Sand eingebettet sind. Der Pfad führt mich nach unten, immer weiter hinunter, bis ich an einer achtspurigen Kreuzung ankomme.

Ich sehe zu den Ampeln hinauf, die über der Mitte des Asphaltkreuzes hängen, dann zu einem großen Banner, das über den Eingang zu einem weiteren steilen Aufstieg gespannt ist.

Namsan Park.

Ich zupfe mein Kleid von meinem verschwitzten Oberkörper, lese die Buchstaben noch mal und schüttele den Kopf.

Falls aus deinen Plänen nichts werden sollte, die Aussicht vom Namsan Tower ist großartig.

Würde ich an Zeichen glauben, wäre dies ein ziemlich eindeutiges.

Ich erinnere mich, dass ich *Jagd auf Roter Oktober* mit meinem Vater angeschaut habe. Pat liebte Spionagefilme. Die Bond-Reihe, Jason Bourne, John-le-Carré-Adaptionen. Für mich haben all diese Filme die gleiche Handlung. Männer mit Pistolen jagen andere Männer mit Pistolen. Manchmal sind Flugzeuge mit im Spiel. Meistens gibt es Explosionen. Ich weiß nicht mehr genau, um was es in *Jagd auf Roter Oktober* geht, aber ich erinnere mich genau an einen bärtigen Schauspieler mit einer tiefen Stimme, der den ganzen Film lang nach jemandem in einem U-Boot gesucht hat. Darum geht es in all diesen Spionagefilmen, die Suche nach jemandem.

In diesem Moment, in dem meine Beine müde werden und meine Augen beginnen, von dem ständigen Starren auf die Glastür des Bürogebäudes vor mir zu tränen, fühle ich mich ein wenig wie ein Schiffskapitän, der endlos nach jemandem sucht, aber mit leeren Händen zurückkehrt.

Das Papier in meiner Hand ist zerknittert. Okay, also vielleicht nicht wortwörtlich mit leeren Händen. In den drei Stunden, die ich inzwischen vor dem Gebäude stehe, wurden mir ungefähr fünfzehn Flyer in die Hand gedrückt. Leute strömen rein und raus; es ist schwer, jemanden auszumachen. Alles, was ich habe, ist ein kleines Bild aus dem Internet von Kim Jihyes Gesicht, und ich bin mir nicht mal sicher, ob ich Ellens Gesicht in der Menschenmenge ausfindig machen könnte.

Vielleicht sollte ich reingehen. Ich könnte sagen, dass ich Blumen ausliefere oder dass ich mit einem Geschäftsangebot aus Amerika hergekommen bin. Natürlich müsste dafür jemand da drinnen Englisch sprechen können, weil ich keine Ahnung habe, wie man das auf Koreanisch sagt. Das ist keiner der Sätze, die mir meine Mitbewohnerinnen vorbereitet haben. Ich hätte Boyoung mitnehmen sollen, aber heute Morgen hatte ich diese wilde Idee, dass ich das alleine schaffe. Ich habe den Namsan Tower alleine gefunden. Ich konnte die *hangul*-Zeichen lesen! Ich spreche sozusagen fließend Koreanisch! Nicht wirklich. Noch vor ein paar Stunden war ich von meinen eigenen Fähigkeiten überzeugt. Jetzt nicht mehr.

Ich straffe die Schultern und beschließe, mich dem Gebäude zu stellen.

Sofort wird mir klar, dass ich nicht richtig angezogen bin. Jeder, der das Hochhaus betritt oder verlässt, ist elegant gekleidet. Alle tragen adrette Schuhe, dunkle Hosen und weiße Hemden und Schlüsselbänder um den Hals.

Ich dagegen stecke in einem schwarzen Baumwollkleid mit weißen Streifen, einem schwarzen Cardigan und Sandalen, die perfekt sind, um sich Sehenswürdigkeiten anzugucken, aber nicht gerade »seriöse Geschäftsfrau« schreien.

Niemand schenkt mir auch nur einen Funken Aufmerksamkeit, als ich das Gebäude betrete. Ich gehe schnurstracks zum Empfang, der mit zwei Männern in dunklen Anzügen besetzt ist. Keiner von den beiden lächelt, als ich näher komme, aber einer senkt den Kopf und sagt etwas auf Koreanisch, das ich wie üblich nicht verstehe.

»Entschuldigung. Ich spreche kein Koreanisch, aber ich suche nach einer Frau.«

Ich halte einem der Männer mein Handy hin. »Können Sie mir helfen?«

Im Gesicht des Mannes spiegelt sich Überraschung, und er tauscht einen Blick mit seinem Kollegen. Beide sehen sich das Foto an.

»Vierter Stock. Die *Daehoon Gruppe* ist auf der vierten Etage«, er deutet nach oben.

Ich lasse beinahe mein Handy fallen. Diese Antwort habe ich nicht erwartet. »Vierter Stock?«

Ich weiß nicht, wieso ich überrascht bin. Ich stehe in der Lobby eines Bürogebäudes, weil mir das Internet verraten hat, dass Kim Jihye hier arbeitet. Aber plötzlich schlägt mein Herz schneller, und mein Magen macht Saltos. Ich befinde mich im selben Gebäude wie meine Mutter. Wir atmen die gleiche Luft ein. Sie ist auf der vierten Etage.

Ich presse meine zitternden Hände an mein Gesicht. Das

Handy fühlt sich sehr warm an meiner Wange an. Ich verbeuge mich und gehe zum Aufzug.

Einer der Männer ruft mir in scharfem Tonfall etwas hinterher. Als ich mich umdrehe, sehe ich, wie er auf meine Brust deutet.

»ID«, sagt er.

ID? Für einen Moment habe ich einen Aussetzer und fummle in meiner Tasche nach meinem Reisepass. »Hier.« Ich hetze zurück und zeige ihm meinen Pass.

Er überprüft ihn genau und nimmt dann den Hörer von einem Telefon ab.

Er ruft Kim Jihye an. Das ist nicht gut. Die Frau weiß nicht, wer ich bin. Sie werden mich nicht reinlassen.

Mein Kopf leert sich. Panikartig greife ich nach meinem Reisepass und renne in Richtung Fahrstühle. Jemand hinter mir schreit etwas, aber ich höre nicht zu. Ich bin zu nah dran, als dass ich mich von dem Sicherheitsprotokoll irgendeines Beamten aufhalten lasse. Ich spurte um die Ecke, ignoriere die überraschten Büroangestellten, die stehen bleiben und mich anstarren, während ich zu den Aufzügen eile. Davor angekommen drücke ich ohne Pause den Knopf nach oben.

Hinter mir höre ich Schritte.

»Komm schon. Komm schon«, murmele ich und beobachte, wie die Lichter über den Aufzugtüren runterzählen, bis sie in der Lobby angekommen sind.

Die Türen gleiten auf, aber ehe ich die Kabine betreten kann, ergießt sich ein Schwarm Menschen aus ihr. Unter irritierten Blicken werde ich zurückgestoßen – direkt in die Arme des Sicherheitsmannes. Er starrt mich an und deutet auf den Ausgang.

Nein. Nicht heute.

Ich springe in den Aufzug, rempele eine Frau an, die aufschreit und rückwärts stolpert. Ich ergreife ihren Arm und ziehe sie in eine aufrechte Position.

»*Jamsimanyo*«, sagt die Frau.

Moment mal. Ich öffne den Mund, um zu antworten, aber es kommt nichts heraus. Ich starre in das Gesicht von Kim Jihye, der Frau mit der drei Finger breiten Stirn und dem ovalen Gesicht.

»Sie sind es!«, platze ich heraus.

Kim Jihye blinzelt mich an und sagt noch etwas.

Ich kann nicht antworten, und zum x-ten Mal ohrfeige ich mich innerlich, weil ich meine Muttersprache nicht gelernt habe.

»Es tut mir leid. Ich spreche kein Koreanisch. Ich bin aus Amerika. Ich ... Ich bin adoptiert.« Die Worte sprudeln mir über die Lippen, halb entschuldigend, halb anklagend.

Kim Jihye antwortet mit einem Nicken. »Ah, mein Englisch ist nicht gut. Sorry, brauchen Sie Hilfe?«

Ja. Jede Menge.

Ich ziehe mein Telefon hervor und versuche, einen der Sätze, die mir Anna und die anderen aufgeschrieben haben, auszusprechen, aber nach drei holprigen Versuchen gebe ich auf und wechsle wieder ins Englische. »Ich muss mit Ihnen reden. Darf ich Sie auf einen Kaffee einladen?«

Kim Jihye legt ihren Kopf schief.

»Bitte«, flehe ich. »*Ko-pi- ga-ju-se-yo*«, stottere ich in gebrochenem, kaum verständlichem Koreanisch.

Die Frau macht keine Anstalten, zur Tür zu gehen. Ich spiele mit dem Gedanken, ihre Hand zu nehmen und sie aus dem Aufzug zu ziehen, aber ich kann die grimmigen Blicke der Sicherheitsmänner förmlich im Rücken spüren.

»Hara! Hara!«

Ich drehe mich um – und sehe Boyoung auf die Aufzüge zurennen. Ihre Jacke bauscht sich hinter ihr wie der Umhang eines Superhelden. Ich habe mich noch nie in meinem ganzen Leben so darüber gefreut, jemanden zu sehen. Für einen Moment glaube ich, vor Erleichterung zusammenzubrechen.

»Boyoung! Was machst du hier?«

»Ich habe bei dir zu Hause angerufen, und deine Mitbewohnerinnen haben mir gesagt, dass du wahrscheinlich hier bist.« Boyoung streicht sich eine Haarsträhne hinters Ohr und späht an mir vorbei. »Ist das eine von ihnen?«

Ich sehe mich zu Kim Jihye um, die aus dem Aufzug gekommen ist und sich Richtung Ausgang wendet, und ergreife Boyoungs Hand. »Bitte hilf mir. Ich will mit ihr reden. Sie fragen ... Du weißt schon. Kannst du mir helfen?«

Boyoung drückt meine Hand. »Ja, warte hier.«

Sie tritt auf die Frau zu. Die beiden unterhalten sich kurz. Ich weiß nicht, was genau Boyoung sagt, aber es scheint zu fruchten. Sie signalisiert mir, näher zu kommen.

»Sie wird einen Kaffee mit dir trinken und sich anhören, was du zu sagen hast.«

Ich breche vor Erleichterung beinahe auf dem Boden zusammen. »Danke. Wunderbar.« Ich wende mich an Kim Jihye, die mich vorsichtig mustert, und verbeuge mich. »*Gamshamnida.*«

Als wir im Café sind, bestellt Boyoung, und ich zahle.

»Hast du das Foto?«, fragt Boyoung, nachdem wir uns an einen Tisch gesetzt haben.

»Ja.« Ich ziehe das Original hervor.

Es fällt mir schwer, sie nicht die ganze Zeit anzustarren. Sie trägt einen Bob, der ihr bis zum Kinn reicht, und eine Art Angestelltenuniform, bestehend aus einer dunklen Hose und einem weißen Hemd. Eine kleine Blumenbrosche steckt über ihrer linken Brust. Sie sieht alt aus. Entweder Kim Jihye hat ein Faible für Vintageschmuck, oder sie hat ihrer Großmutter gehört. Mir brennen eine ganze Reihe Fragen unter den Nägeln. Ist Kim Jihye verheiratet? Habe ich Geschwister? Leben meine Großeltern noch? Kann ich sie besuchen und mir all ihre Fotos ansehen, sehen, wo sie schläft … Okay, das vielleicht nicht, aber alles andere schon. Ja. Ich will Antworten auf alles.

Boyoung sagt etwas zu Kim Jihye, die daraufhin das Foto in die Hand nimmt. Sie starrt es einen Moment lang an, schüttelt den Kopf und legt es wieder hin.

Der Ausdruck, der auf ihrem Gesicht erscheint, gefällt mir nicht. Sie leugnet es. Ich will, dass sie es sich noch einmal anguckt. Ich will, dass sie mir erzählt, wo sie Lee Jonghyung kennengelernt hat. In der Schule? In einem Verein? Waren die beiden Nachbarn? Wie lange standen sie in Kontakt? Was ist in ihrer Beziehung passierte? Warum hat mich Kim Jihye weggegeben?

»Sie sagt, dass sie sich nicht an Lee Jonghyung-nim erinnern kann«, sagt Boyoung.

»Nein.« So sollte das Ganze nicht laufen. »Bitte sie, es noch mal anzuschauen.«

Boyoung zeigt auf das Bild, aber Kim Jihye schüttelt den Kopf. Sie sagt etwas auf Koreanisch, und dieses Mal muss ich die Sprache nicht verstehen, um zu wissen, was.

Ich beuge mich vor. »Bitte, versuchen Sie sich zu erinnern«, flehe ich.

Boyoung bedenkt mich mit einem mitfühlenden Blick.

»Sie sagt, dass sie sich nicht an ihn erinnern kann und dass sie keine Kinder hat. Es tut ihr sehr leid.«

Das kann es nicht gewesen sein. Ich weigere mich, diese Antwort zu akzeptieren.

»Ich weiß, dass es schon sehr lange her ist.« Ich ziehe eine Kopie von Lee Jonghyungs erster E-Mail hervor.

»Vielleicht hilft da…«

»Es tut mir leid«, unterbricht mich Kim Jihye auf Englisch mit einem starken Akzent.

Ich sehe ihr in die Augen. So sehr ich mir wünsche, dass es anders ist, die Aufrichtigkeit in ihren Augen sagt mir, dass ich die Antworten, die ich suche, nicht bei ihr finden werde. Kim Jihye ist nicht meine Mutter.

Mit einem Kloß im Hals falte ich die E-Mail zu einem winzigen Päckchen zusammen und stecke es in meine Tasche.

Kim Jihye sagt etwas zu Boyoung, beugt leicht den Kopf und steht auf.

Ich will nach ihrem Arm greifen und sie zwingen, sich wieder hinzusetzen. Ich will, dass das Ergebnis dieses Gesprächs ein anderes ist und sie zu meiner Mutter machen, damit ich aufhören kann, nach ihr zu suchen.

»Bitte«, flüstere ich, aber sie hört mich nicht oder will mich nicht hören. Sie nickt uns beiden zu und geht.

Ich beiße die Zähne zusammen. Fest zusammen.

»Sie wünscht dir das Allerbeste und hofft, dass du findest, wonach du suchst«, sagt Boyoung, während wir der Frau hinterhersehen, als sie das Café verlässt.

Der Kloß in meinem Hals droht mich zu ersticken. »Ich habe Süßigkeiten gekauft.«

»Was?«

Ich drehe mich zu Boyoung. »Ich habe ihr gezuckerte Erdbeeren aus dem Café Ttalgi mitgebracht und vergessen, sie ihr zu geben.«

Ich drücke meine Handballen gegen die Schläfen und wünschte, ich könnte noch mal von vorne anfangen. Wenn ich zurück in das Bürogebäude gehen und Jihye noch einmal treffen würde, dann würde vielleicht alles anders ausgehen.

»Zeig mir noch einmal deine Liste.« Boyoung streckt die Hand aus.

Ich schiebe mein Handy mit dem Ellbogen in ihre Richtung.

»Streng genommen wird jeder Koreaner bei der Geburt in einem Familienregister angemeldet. Diese Register werden von der Kommunalverwaltung verwaltet. Wenn deine Mutter in Seoul geboren wurde, sollte eine örtliche Kommune Aufzeichnungen darüber haben.«

Ich lasse meine Hände sinken, als sich ein kleiner Funken Hoffnung in mir regt. »Gibt es Leute, die sich nicht registrieren lassen?«

»Ja, das ist möglich. Aber um Leistungen von der Regierung zu erhalten wie Krankenversicherung oder Rente, muss man sich registrieren. Wir sollten optimistisch denken.« Boyoung lächelt breit. »Die Kommunalverwaltung öffnet um zehn. Ich gehe morgen früh als Erstes hin.«

»Ich komme mit.«

Boyoung schüttelt den Kopf. »Es geht schneller, wenn ich das alleine mache. Vertrau mir, okay? Du solltest etwas Schönes unternehmen. Geh in ein *jjimjilbang* – ein Spa –, oder leihe dir ein Fahrrad aus und fahr am Han-Fluss entlang.«

Ich verbringe die nächsten fünf Minuten damit, mit meiner Freundin zu diskutieren, aber sie ist unnachgiebig und sagt, dass es in der Kommunalverwaltung nichts für mich zu tun gibt, da sie die Register durchgehen muss und die seien auf Koreanisch. Dass ich sie quasi ausbremsen würde.

Die Sprachbarriere ist zu groß. Und ich weiß nicht mal, was eine Kommunalverwaltung ist, geschweige denn, wo sie zu finden ist. Ich wäre niemals in der Lage, mich ohne Boyoung zurechtzufinden. Wenn meine Freundin also allein dorthin will, dann respektiere ich das.

»Danke. Ich weiß es zu schätzen.«

Boyoung presst die Lippen zusammen. »Ich will außerdem nicht, dass du enttäuscht bist. Es kann sein, dass ich nichts finde.«

Es tut weh, es mir einzugestehen, aber ich weiß, dass sie recht hat. Was ich brauche, ist Ablenkung. Die Beschilderung des Namsan Tower blitzt vor meinem inneren Auge auf. Und auf einmal weiß ich genau, wie ich mich von Boyoungs Suche ablenken kann.

»Ich weiß, und ich werde damit klarkommen. Aber ich möchte nicht abreisen, ohne es wenigstens versucht zu haben.« Ich kann sehen, dass Boyoung mir nicht glaubt. Ich glaube mir ja nicht mal selbst. Es ist eine erstrebenswerte Einstellung. Es ist die Art Denkweise, die ich verinnerlichen möchte.

»Mir geht es gut. Und weil die Aktion hier ein Reinfall war, ziehe ich jetzt los und unternehme etwas, das mir Spaß macht.«

»Ja?« Die Rückfrage klingt vorsichtig, beinahe alarmiert. »Der Choi-Typ?«

»Ja. Der Choi-Typ.« Falls er inzwischen nichts anderes vorhat. Ich könnte mir gut vorstellen, dass er jemand anderen zum Namsan Tower führt. Aber jetzt, da ich mich entschieden habe, will ich sofort auf diesen Berg rauf.

Ich drücke Boyoungs Hand und schlüpfe aus dem Café, bevor sie noch einmal ihre Besorgnis zum Ausdruck bringen kann. Es würde nichts nützen. Ich habe mich entschieden. Ich habe mich schon vor Stunden entschieden. Wer bin ich, mich den Forderungen des Universums entgegenzustellen?

Draußen schicke ich eine hoffnungsvolle Textnachricht ab.

ICH: Ich habe Namsan gefunden, aber die wollten mich nicht ohne einen einheimischen Tourguide hoch lassen.

Ich muss nicht lange auf eine Antwort warten.

YUJUN: Das ist ja schrecklich. Wo bist du? Ich hole dich ab.

ICH: Lass uns dort treffen. Wenn ich die U-Bahn nehme, fühle ich mich, als hätte ich was erreicht.

YUJUN: Verlauf dich nicht.

ICH: Und wenn, dann holst du mich ab.

YUJUN: Ich habe mich umentschieden. Verlaufe dich bitte.

Ich lache, und das Gewicht, das seit gestern auf meine Brust drückt, scheint sich aufzulösen.

ICH: Ich gebe mein Bestes und treffe dich am Namsan. Komm nicht zu spät, sonst suche ich mir einen anderen einheimischen Tourguide.

YUJUN: Unmöglich. Ich bin der Einzige in Seoul, der sich mit Namsan auskennt. Es ist ein Geheimtipp.

ICH: Er steht als Sehenswürdigkeit in jedem Reiseführer.

YUJUN: Klingt für mich nach einer Lüge. Bis gleich.

KAPITEL FÜNFZEHN

»Du hast dich nicht verlaufen«, sagt Yujun mit gespielter Enttäuschung, als ich die Treppe von der U-Bahn hinaufsteige.

Bei seinem Anblick bin ich froh, dass ich heute mein einziges Kleid angezogen habe. Er trägt eine maßgeschneiderte dunkle Hose, die exakt auf Knöchelhöhe gesäumt ist, kombiniert mit einem weißen Hemd, das er in den Bund gesteckt hat. Wahrscheinlich ist das normale Bürogarderobe für ihn, aber es kommt ziemlich elegant rüber, als hätte er das Outfit mit Bedacht ausgewählt. Ich sehe komisch neben ihm aus, als würde ich eine Jogginghose tragen.

»Die Schilder zum Namsan Tower kann man schwer übersehen.« Ich sage ihm nicht, dass ich über eine Stunde im Untergrund herumgelungert habe und von einem Café ins nächste getigert bin.

»Ich bin froh, dass du es dir anders überlegt hast.« Er schenkt mir ein warmes Lächeln, das nicht das geringste Anzeichen von Groll in sich trägt, dass ich ihm zunächst einen Korb gegeben hatte. Er ist wirklich anders als andere Typen, und keiner kann mir das Gegenteil einreden.

»Ich auch.« Und weil er anders ist, entscheide ich mich, ehrlich zu sein, was ich mit anderen Männern, mit denen ich ausgegangen bin, nicht immer war. Ihnen habe ich oft etwas vorgemacht, so getan, als ob alles okay sei, selbst wenn dem nicht so war. Mit ihm ist das nicht so. Vielleicht liegt es daran, dass er immer so offen mit mir war, dass es sich richtig anfühlt, ihm mit der gleichen Verletzlichkeit zu begegnen. »Ich fliege in einer Woche zurück. Und dann, na ja, dann bist du hier, und ich bin in Amerika.«

Sein Mund bekommt einen weichen Zug, Verständnis blitzt in seinen Augen auf. »Ja, ich weiß. Eine ziemlich große Distanz, die zwischen uns liegen wird.« Er kommt einen Schritt näher, streckt die Hand aus und streicht mir eine Haarsträhne von der Schulter. Ein kleiner Laut steckt in meiner Kehle fest. »Aber bis dahin können wir doch die Zeit zusammen genießen, oder?« Es ist mehr eine sanfte Feststellung als eine Frage.

Seine Hand schwebt über meiner Schulter, nah genug, dass er sie an meine Wange legen könnte, würde ich meinen Kopf ein wenig nach rechts bewegen. Ich spüre, wie ich mich in seine Richtung lehne, und stoppe mich gerade noch rechtzeitig, bevor ich seine Hand berühre.

»Ja. Ja, das können wir.« An diesem Punkt hätte ich zu allem Ja gesagt. Möchtest du ein Glas Gift mit mir trinken? Das ist lecker. *Klar, schenk mir bis zum Rand ein.*

Yujun nimmt seine Hand herunter, aber ich bin nicht traurig darüber, weil dafür seine Grübchen aufblitzen. »Es gibt drei Wege hoch zum Tower: mit der Seilbahn, dem Bus oder zu Fuß. Wir könnten uns auch ein Taxi nehmen.«

Ich starre auf die dünnen Drahtseile der Seilbahn und dann runter auf meine Sandalen. »Ich würde lieber zu Fuß gehen.« Es wird schon nicht so schlimm sein. Yujun trägt schicke Schuhe.

»Es gibt ein paar steile Stellen«, warnt er mich.

»Laufen. Definitiv laufen. Ich bin mal mit so einer Seilbahn auf einer Messe gefahren und habe mich die ganze Zeit mit schwitzigen Händen an der Sicherheitsstange festgeklammert und mich gefragt, ob ich es wohl überleben würde, wenn das Seil reißt.«

Ein Lächeln tanzt in den Winkeln von Yujuns Mund. »Und deine Schlussfolgerung?«

»An manchen Stellen schon, allerdings mit gebrochenen Knochen. Bei der Seilbahn hier scheint es mir keinen einzigen sicheren Ort zu geben.« Die Drahtseile, welche die Kabinen von der Spitze des Berges herunter zur Straße tragen, sind kaum sichtbar.

»Da ist eine Menge Platz zwischen der Seilbahn und dem Boden«, gibt Yujun zu, »aber bis jetzt hat sie noch nie versagt.«

»Bist du mal damit gefahren?«

»Ja, aber das ist schon einige Jahre her. Ich denke, ich war fünfzehn?« Er überlegt. »Ja. Zweite Klasse. Das ist hier das zweite Jahr der Oberschule«, klärt er mich auf. »Ich bin mit meinem *hyung* und einem Freund von uns hier gewesen. Unser Freund war gerade von Busan hergezogen und wollte die Stadt sehen.«

»*Hyung?*«

»Hast du deine Unterrichtseinheit schon vergessen?«, neckt er mich. »*Hyung* würde ich einen männlichen Freund nennen, der älter ist als ich. Wäre Sangki nicht mein gleichaltriger Freund, dann würde ich ihn *hyung* nennen.«

Das Gespräch, das wir neulich abends über die korrekten Bezeichnungen für Leute geführt haben, fällt mir langsam wieder ein. »Aber ich würde ihn nicht *hyung* nennen, oder? Sondern ...« Nach dem letzten Gespräch mit Jules bin ich mir nicht mehr sicher, wie ich Sangki korrekt nennen müsste. Was war noch mal die respektvolle Weise, den Namen einer anderen Person auszusprechen? »DJ Song?«

»Bist du immer noch gegen *oppa*?«

»Du hast doch gesagt, ich soll niemanden außer dir so nennen?«

Yujuns Mundwinkel zucken amüsiert. »Das stimmt.«

»Verrätst du mir irgendwann, was genau das Wort bedeutet? Ich habe das Gefühl, es steckt mehr dahinter, als ich bisher erfahren habe.«

Yujun stößt ein leises Seufzen aus, als ob er das Geheimnis nicht wirklich mit mir teilen möchte, sagt dann aber: »Alle älteren Männer werden *oppa* genannt. Wäre Sangkiahn dein Bruder oder würdest du ihm nahestehen, dann würdest du ihn *oppa* nennen. Aber wenn du es zu jemandem sagst, den du magst, dann in einem anderen Tonfall. Man würde das heraushören. Ich schätze mal, dass du mich *sunbae* nennen könntest. Das bedeutet ältere und respektierte Person, die für gewöhnlich den gleichen Beruf hat. Wärst du Anwältin, würdest du jeden, der die Anwaltsprüfung vor dir bestanden hat, *sunbae* nennen. Obwohl, wenn ihr euch nicht nahesteht, dann müsstest du ein *nim* anhängen, also *sunbae-nim*. Ich bin älter als du und sehr respektabel, verstehst du?«

Langsam kapiere ich das Prinzip. »Ja.«

Oppa. Ich probiere es in meinem Kopf aus, aber das Wort fühlt sich nicht richtig an. »Wäre es zu amerikanisch, wenn ich dich einfach Yujun nenne?«

»Nein. Nenn mich, wie du willst.«

Irgendetwas daran ist nicht sehr befriedigend, aber ich

komme nicht darauf, was es ist. Ich will mich nicht damit aufhalten, denn wie ich Yujun gesagt habe, bin ich nur noch acht Tage in der Stadt. Ich konzentriere mich auf den glatten Gehweg unter meinen Füßen und die milde Brise, die in der Luft liegt, während wir zum Turm hinaufgehen. Die hohen Bäume auf beiden Seiten des Weges verleihen ihm etwas Intimes, Privates trotz der Busse, die gelegentlich an uns vorbei den Berg hochfahren. Die Stadt scheint so weit von diesem grünen Baldachin entfernt zu sein.

»Ich kann die Autobahn fast nicht hören«, bemerke ich.

»Es ist angenehm hier«, stimmt mir Yujun zu. »Den Seoul Forest mag ich auch sehr gerne. Das Schöne an Seoul ist, dass es immer Orte gibt, an denen man sich verstecken kann, wenn es nötig ist. Hier oder dort drüben, am Bukhan Mountain. An Plätzen entlang des Flusses Han. Es gibt eine Insel mitten im Fluss, die Seonyudo heißt. Da stand mal eine Wasserkläranlage, aber die wurde in einen Park umgestaltet. Und ... « Er hält inne, als wäre ihm sein Wortschwall unangenehm. »Sorry.« In der Dämmung ist schwer zu sagen, ob er rot wird, aber ich denke, er ist etwas verlegen. Er liebt diese Stadt, und das finde ich wiederum total liebenswert. »Es wirkt vielleicht etwas überwältigend, aber es gibt nicht nur Beton, Glas und Staub«, beendet er den Satz und schiebt seine Hände in die Hosentaschen.

»Ich liebe es. Das wenige, was ich bis jetzt gesehen habe, meine ich. Mir gefällt sogar der Beton, das Glas und der Staub.« Genauso wie die Menschenmassen, die Luftfeuchtigkeit und die Sprache, weil all das zu der Stadt gehört, die sich für mich ab dem Moment wie Heimat angefühlt hat, als ich aus dem Flugzeug gestiegen bin und das Meer an schwarzem Haar gesehen habe.

»Dann ist es ja gut.« Der Hauch von Unsicherheit ist verflogen.

»Erzähl mir von den Bergen. Von dem, auf dem wir gerade sind.« Ich möchte ihn reden hören.

»Dies hier ist der Süd-Berg. *San* bedeutet Berg. Füge *nam* hinzu, und du hast Süd-Berg. Dieser Weg ist Teil des alten Festungspfads, der sich über die Bergkämme der vier Berge Seouls erstreckt. In der Joseon-Dynastie haben wir eine Kette aus Feuer-Signaltürmen – *bongsu* – benutzt, um Nachrichten zu verbreiten. Dieser hier wird *mokmyeok-san* genannt.« Er deutet nach links zu einer Steintreppe. »Man muss da rauf, um ihn zu besichtigen, aber das ist eine kleine Wanderung. Die machen wir ein anderes Mal.«

Ich mag das. Die Art, wie er spricht. Als ob er mich in jede zukünftige Unternehmung mit einschließt. »Alles klar.«

Yujun schenkt mir sein perfektes Zahnpastalächeln. Während wir weitergehen, füttert er mich mit weiteren Infos über den Berg, Seoul und den Wanderweg.

»Wie merkst du dir das alles?« Hätte er in meinem Büro gearbeitet, wäre er auf jeden Fall in der Lage gewesen, die Fragen meiner Kollegen zum Koreanische Krieg zu beantworten.

Er zuckt mit den Schultern, was meinen Blick auf seine Arme lenkt und die Muskeln, die sich sanft unter seinem immer noch blütenreinen Baumwollhemd bewegen. »Ich mag Geschichte und lese viele Bücher darüber.«

Ich habe Dutzende Fragen. Was steht auf deinem Nachttisch? Welches Hauptfach hast du studiert? Welche Farbe hat deine Bettwäsche? Wie hieß deine letzte Freundin, und warum habt ihr Schluss gemacht? Macht es dir etwas aus, dass ich adoptiert bin?

Ich schaffe es, eine angemessene Frage zu stellen. »Hast du Geschichte studiert?«

»Nein, BWL. Vielleicht werde ich in meinem nächsten Leben Professor, aber meine Eltern wollten, dass ich die Firma übernehme, und ich war damit einverstanden.«

»Was für eine Firma?«

»Es ist ein Logistikunternehmen. Wir bewegen Dinge: Schiffsfracht, Luftfracht, Konzertequipment, Tiere, sogar Menschen. Aber es geht nicht so sehr darum, *was* wir tun, sondern *mit wem*. Du kannst den bestbezahlten Job der Welt haben, wenn dir die Zusammenarbeit mit den Leuten keine Freude macht, dann ist es schrecklich.«

»Klingt, als würdest du aus Erfahrung sprechen.«

»Gleich nach der Uni habe ich bei einer Firma angefangen, die sehr groß und prestigeträchtig war, aber ... das war nichts für mich.« Er bewegt seine Schultern, als würde er schlechte Erinnerungen abschütteln wollen. »Was ist mit dir? Hast du Lektorieren an der Uni studiert?«

»Nein, das kann man nicht direkt studieren. Ich hatte Englisch im Hauptfach. Der Job ist in Ordnung. Ich würde mich irgendwann gerne auf eine Senior-Stelle bewerben, aber ich habe das Gefühl, dass das noch etwas dauert. Meine Kollegen sind ziemlich gut.«

»Und deine Familie?«

»Meine Mutter ist Immobilienmaklerin. Mein Vater ist verstorben.«

Yujun bleibt stehen. »Es tut mir leid, das zu hören. Ist es vor Kurzem passiert?«

Woher weiß er das? Lässt es sich von meinem Gesicht ablesen? Ist es etwas in meiner Stimme?

»Vor ein paar Monaten.«

Ich kann förmlich sehen, wie es in seinem Kopf rattert, und ich bin mir nicht sicher, ob mir das gefällt. Er zieht Schlussfolgerungen über den Tod meines Vaters und meine ungeplante Reise nach Südkorea. Das sind Bereiche, in die ich nicht vordringen will. Nicht mit Yujun. Ich möchte ihn in diesem separaten Raum halten, der komplett frei von jeglichem Drama ist, also wechsele ich schnell das Thema.

»Ich habe gelesen, dass der Namsan Tower in vielen berühmten koreanischen Serien vorkommt. Welche sind das?« Ich schaue hinauf zu dem nadelförmigen Aussichtsturm. Er sieht wie andere Aussichtstürme aus, rund, mit Antennen auf der Spitze, die in den Himmel ragen.

»*Boys Over Flowers*. Geum Jandi und Gu Jungoyio stecken in der Seilbahn fest und müssen die Nacht dort verbringen. Sie hat eine Erkältung. Oder vielleicht war er es, der die Erkältung hat.« Yujun verzieht das Gesicht. »Ich kann mich nicht erinnern. Ich habe die Serie in der Schule geguckt.«

»Die habe ich nicht gesehen. Ich habe mir zwei koreanische Serien angesehen, die mir Boyoung empfohlen hat. *Kingdom* und *Signal*.«

»Keine Romanzen? Ich bin enttäuscht von dieser Kim Boyoung-nim. Wir haben die besten Dramen«, sagt er mit einem Grinsen. »Wo habt ihr euch kennengelernt?«

»Sie belegt einen Gender-Studies-Kurs für internationale Studenten im letzten Studienjahr am College in meiner Stadt. Ich habe sie in einem Coffeeshop kennengelernt.«

»Und ist sie aus Seoul?«

»Yep.«

»Wir sollten mal zusammen essen gehen. Du bringst Kim Boyoung-nim mit und ich Sangki-ahn.« Yujun schaut zufrieden.

»Dann bist du also ein Kuppler?«

»Wir sind ein romantisches Volk.«

Er beweist es mir, als wir am Turm ankommen. Die Sonne ist bereits untergegangen, aber es sind noch immer viele Menschen hier oben, die Selfies vor der Skyline machen, in Busse ein- und aussteigen und Münzen in einen Springbrunnen werfen.

Yujun läuft an allen vorbei, runter zu einer Brücke. »Das sind die Liebesschlösser. Paare kaufen Vorhängeschlösser, schreiben ihre Namen drauf und hängen sie an diese Brücke.«

An dem Metallgeländer hängen ziemlich viele von ihnen, aber nicht so viele wie ich bei einer Stadt dieser Größe erwartet hätte. »Sieht so aus, als ob nur einige von euch Romantiker wären.«

»Warte ab.« Er zwinkert mir zu und führt mich eine kurze Treppe hinunter.

Die Anzahl der Schlösser wächst. Als wir um eine Ecke biegen, schnappe ich nach Luft. Auf beiden Seiten des Weges reihen sich Schlösser an einem kinnhohen Geländer entlang. Kunterbunt wie Konfetti. Ich fahre mit der Hand über die metallenen Schlösser und lausche, wie sie leise aneinanderklirren. Die Beschriftungen sind winzig, die dreisilbigen koreanischen Namen passen perfekt auf die Oberfläche, die längeren westlichen Namen gehen über die Seiten hinaus.

»Weiter oben sind noch mehr.« Yujun deutet mit dem Finger in die Richtung, aus der wir gerade gekommen sind.

»Wie viele von denen sind von dir?«

»Keines. Ein Schloss darf man erst dann anbringen, wenn man seine Seelenverwandte gefunden hat.« Er sagt es so lapidar, als ob das eine universelle Wahrheit wäre.

»Ich weiß nicht, ob ich an Seelenverwandtschaft glaube.« Ich spiele mit einem Schloss, auf dem *Christian + Namjun* steht. Jede Wette, dass die beiden nicht mehr zusammen sind.

»Es ist egal, ob du daran glaubst. Seelenverwandte existieren ganz unabhängig davon.«

Ich mustere ihn in dem Versuch herauszufinden, ob er das ernst meint oder nur einen Witz macht. »Du bist wirklich ein Romantiker.«

»Es ist der rote Faden des Schicksals, Hara. Die Götter knoten die Fäden zusammen, und du kannst sie nicht entzweireißen. Komm, lass uns auf den Turm raufgehen.«

Ich wende mich von den Liebesschlössern ab und kommentiere Yujuns Erklärung nicht weiter. Ich habe nicht vor, ihm seine niedlichen Vorstellungen mit meiner zynischen Sichtweise zu versauen. Das wäre, als würde man einem Kind an Weihnachten eröffnen, dass die Geschenke, die es gerade auspackt, nicht vom Weihnachtsmann gebracht wurden.

Ein Aufzug bringt uns auf die Aussichtsplattform, die weniger voll ist, als ich angesichts der Menschenmengen dort unten angenommen habe.

Yujun schweigt, als wir uns einem der Fenster nähern. Ich kann die Skyline erkennen und die große dunkle Schleife des Han-Flusses, der sich durch die Stadt schlängelt. Unten auf der Straße vergisst man leicht, wie groß Seoul ist.

»Ich will dir etwas zeigen«, sagt Yujun leise. Er führt mich zu einer Reihe von LED-Bildschirmen, auf denen Leute auf einer Aussichtsplattform ähnlich der, auf der wir uns gerade befinden, zu sehen sind.

»Was schaue ich mir gerade an?«

»Das Observatorium von Busan. Dort gibt es eine Kamera, die überträgt Bilder vom Inneren der zwei Türme zu unserem hier. Die können uns in Echtzeit sehen.«

Yujun winkt, lächelt und stupst einen Finger in eines seiner Grübchen. Meine Knie werden ganz weich, so niedlich ist das. Er dreht sich zu mir um, macht ein Peace-Zeichen und platziert es über meinem Kinn.

Ein Pärchen auf dem Bildschirm macht es uns nach. Es ist entzückend. Das Mädchen sagt etwas zu dem Jungen. Zunächst schüttelt er den Kopf, aber schließlich, nach weiteren Schmeicheleien, wirft er uns eine komplett übertriebene Kusshand zu. Das Mädchen biegt sich vor Lachen und bedeckt seinen Mund. Ich hebe ebenfalls die Hand, um ein Kichern zu verbergen.

Ich drehe mich um, um zu sehen, ob Yujun auch lacht. Tut er nicht. Stattdessen ziert sein Gesicht ein zärtlicher Ausdruck. Ich halte kurz den Atem an, lasse ihn dann langsam entweichen.

»Zwischen Busan und Seoul liegen dreihundertfünfundzwanzig Kilometer. Das ist nicht so weit auseinander wie Seoul und Iowa, aber trotzdem eine ganz schöne Entfernung. Und dennoch, wenn man sich am richtigen Ort befindet, ist es so, als stünde man nebeneinander.«

Es ergibt Sinn, wenn Yujun solche Dinge sagt. Es gibt keine Entfernung in der heutigen Welt. Nicht mit all den Handys, Flugzeugen und dem Internet. Das möchte er mir sagen. Dass die Kürze meines Aufenthalts keine Barriere bedeuten muss. Nicht, wenn ich es nicht will.

KAPITEL SECHZEHN

Ich dachte, dass ich lange brauchen würde, um einzuschlafen, nachdem mich Yujun von Namsan nach Hause gebracht hat, aber in dem Moment, als mein Kopf das Kissen berührte, war ich sofort weg. Ich habe nicht mal geträumt. Was zu erwarten war, schätze ich. Unsere Albträume durchleben wir erneut, die schönen Momente sind flüchtig.

Nach dem Aufwachen spiele ich unsere letzten gemeinsamen Momente noch einmal im Kopf durch und versuche, sie so in meinem Gedächtnis abzuspeichern. Er hat mich in seinem SUV nach Hause gefahren, weil er nicht wollte, dass meine Seoul-Erfahrung von einem betrunkenen *ahjussi* in der U-Bahn ruiniert wird. Seine Hand lag fast die ganze Fahrt über auf dem Steuerknüppel, und ich habe übermäßig viel Zeit darauf verwendet, auf seine langen Finger zu starren. Wäre ich mutiger, dann hätte ich meine Hand auf seine gelegt; stattdessen habe ich nur davon fantasiert, dass sich unsere Finger miteinander verschränken.

Er ließ den Motor laufen und stieg den kleinen Berg mit mir zusammen hinauf. Am Tor verabschiedeten wir uns. Ich wollte nicht reingehen, und ich glaube, dass er auch nicht wollte, dass ich es tue. Er hob die Hand und strich mir eine Haarsträhne hinter das Ohr. Ich wartete darauf, dass er mich küsste, aber er tat es nicht. Ich denke, er wollte nicht dieser Typ sein. Der Typ, vor dem mich jeder gewarnt hat. Der Typ, der denkt, ausländische Frauen seien leicht zu haben. Und um ehrlich zu sein, hätte er es getan, dann wäre ich nun der lebende Beweis dafür, dass diese Stereotypen tatsächlich existent sind. Ich stand kurz davor, ihn am Hemd zu packen und auf den Asphalt zu werfen, konnte mich aber gerade noch beherrschen und meine Würde wahren. Stattdessen schlüpfte ich schnell durch das Tor. Bevor ich etwas tun konnte, das so demütigend gewesen wäre, dass man es nicht hätte wiedergutmachen können.

Am nächsten Morgen wache ich vom Zwitschern meines Handys neben meinem Ohr auf. Ich will danach greifen, doch stattdessen fege ich es aus Versehen vom Bett. Bei dem Versuch, es aufzuheben, stoße ich mir beinahe den Kopf an der Nachttischkante. Nur um herauszufinden, dass es keine Nachricht von Yujun, sondern eine von Boyoung ist, mit der sie mir ein Update zu ihrer Recherche geschickt hat.

BOYOUNG: Ich habe nichts gefunden, aber ich recherchiere weiter. Die Suche dauert ihre Zeit, und vor morgen werde ich wohl nicht mehr dazu kommen weiterzumachen. Bitte schaue nicht ständig aufs Handy. Ich möchte dich nicht enttäuschen.

Ich kräusele die Nase, während ich auf das Display starre. Ich habe vier weitere ungelesene Nachrichten, alle von meiner Mutter.

MOM: Du bist nicht krank geworden, oder?

MOM: Wie ist das Essen? Was isst du?

MOM: Ich vermisse dich. Schick mir Fotos.

MOM: Vergiss nicht zu antworten.

Ich schicke ihr einige Bilder von den Liebesschlössern auf Namsan und von Seouls Skyline. Auf keinem ist Yujun zu sehen, obwohl meine Fotogalerie voll mit Bildern von ihm ist. Ich kann mich nicht erinnern, so viele Fotos von ihm gemacht zu haben. Manchmal sind es nur Ausschnitte von ihm, seine langen, schlanken Finger, wie sie ein rotes herzförmiges Schloss halten; sein Profil, als er sich über ein Teleskop auf der Plattform des Observatoriums beugt; sein Handballen, den er um seinen Nacken schließt, als wir aus dem vollen Aufzug steigen. Dann sind da die Bilder, auf denen er sich einen Finger in eines seiner Grübchen stupst und das Peace-Zeichen vor meinem Gesicht macht. Auf allen Aufnahmen lacht oder lächelt er.

Ich kann keines dieser Fotos meiner Mutter schicken. Sie würden zu viele Fragen aufwerfen und Ermahnungen nach sich ziehen, die ich schon von anderen gehört habe. Ich weiß, worauf ich mich einlasse. Ich weiß es. Er war derjenige, der sich respektvoll verhalten hat. Ich diejenige, die uns die Kleider vom Leib reißen und interkulturelle Liebe zelebrieren wollte.

Die Wetter-App zeigt an, dass es heute heiß wird. Ich ziehe mir ein weißes Baumwollhemd mit Marinestreifen über und kombiniere es mit einer verwaschenen hellen Jeans. Es ist zu heiß für Jeans, aber ich habe bemerkt, dass man kaum Menschen in kurzen Hosen sieht. Die meisten Frauen tragen lange Hosen oder niedliche Kleider. So viele niedliche Kleider ... Ich werde shoppen gehen, und heute

Abend, na ja, heute Abend werde ich mehr Bilder zu meiner Fotogalerie hinzufügen, weil Yujun mir seinen Lieblingsort zeigen möchte, den Fluss.

»Hast du früher aufgehört?«, frage ich und spreche etwas lauter, damit mich Yujun über den Lärm in der Metrostation hinweg versteht.

Yujun hat entschieden, dass wir uns nicht draußen, sondern an den Drehkreuzen treffen. Ein Kompromiss, nachdem er mich eigentlich wieder hatte abholen wollen und ich mich geweigert habe.

Yujun schaut runter auf seine Jeans, die am Knie gerissen ist, und sagt: »Heute ist Casual Friday.«

»Es ist Freitag?« Die vergangenen Tage laufen in meiner Erinnerung ineinander wie die Farben eines Aquarells im Regen. Ich habe die Übersicht verloren.

»Yep. Die meisten Koreaner haben allerdings keinen Casual Friday. *Eomma* hat ihn vor einigen Jahren eingeführt. Wir haben viele westliche Einflüsse in unserem Büro.« Er bedeutet mir, vor ihm die Rolltreppe zu betreten. Unter einem Arm steckt eine Papiertüte, die ich neugierig beäuge.

»Was zum Beispiel?«

»Die Firma ist nicht sonderlich hierarchisch aufgebaut. Erinnerst du dich an die *sunbae*-Lektion? So ist es in den meisten Firmen. Das Alter und wann man der Firma beigetreten ist, wird strengstens überprüft. Aber bei der IF Group behandeln wir alle gleich.« Es ist ihm anzumerken, dass er sehr stolz darauf ist. »Wir haben einen Briefkasten, in den jeder anonym Ideen für Verbesserungen einwerfen kann. Jeden Freitag findet ein Meeting statt, in dem die Vorschläge diskutiert werden.«

»Da die Box anonym ist, beschweren sich nicht viele Leute über ihre Kollegen?«

Yujuns Augen weiten sich überrascht. »Nein. Hast du viele Arbeitskollegen, die du nicht magst?«

»Ein paar. Ich meine, man kommt eben nicht mit allen gut aus.«

»Das stimmt«, gibt er zu. »Aber wenn man Differenzen hat, sollte man die besprechen, da man so viel Zeit am Arbeitsplatz verbringt. Wenn ich etwas tue, das einen Konflikt zur Folge hat, dann würde ich das wissen wollen, damit ich mein Verhalten ändern kann.«

Ich frage mich, ob es so etwas wie einen Menschen gibt, der zu gut ist. »Im Westen sind wir egoistischer.«

»Unabhängiger«, stellt er klar. »Ihr seid unabhängiger.«

Natürlich deutet er das Ganze in etwas Positives um. »Gab es heute irgendwelche Vorschläge?«

»Jemand hatte die Idee, die Wände in einer anderen Farbe als in Weiß zu streichen.«

»Du?«

Er fängt an zu lachen »Ich? Wieso ich?«

»Du scheinst niemand zu sein, der Weiß mag.«

»Ich liebe Weiß. Meine Wohnung ist weiß.«

»Komplett weiß?« Ich glaube ihm nicht.

»Ein paar gelbe Kissen, aber auch nur, weil *eomma* mich dazu gezwungen hat.«

»Du trägst gerade Gelb.«

»Das ist eher Eierschale«, widerspricht er und zupft an seinem blass zitronengelben Hemd, an dem er die Ärmel aufgerollt hat.

»Vielleicht. Wenn du farbenblind bist«, ziehe ich ihn auf.

Er bleibt vor einer Reihe mit Fahrrädern stehen und

schwenkt seine Brieftasche vor dem Sensor. »Willst du mir erzählen, dass Gelb nicht meine Farbe ist?«

»Ich glaube, dass es im Pantone-Katalog keine Farbe gibt, die dir nicht stehen würde«, antworte ich, als er ein Fahrrad aus dem Ständer rollt.

Er hält mir das Fahrrad hin. Seine Wangen sind leicht gerötet. »Ist das so?«

Ich muss lächeln angesichts der Tatsache, dass ihn das Kompliment verlegen macht. *Ja*, beschließe ich, *Yujun ist tatsächlich zu gut und zu aufrichtig, und ich hoffe, dass er für immer so bleibt, denn die Welt braucht mehr Menschen wie ihn.*

»Erzählst du mir was über den Fluss?«, frage ich ihn, als wir den breiten Boulevard entlangradeln. Es sind jede Menge Jogger und Fußgänger unterwegs, die ihre Hunde Gassi führen, und ganz normale Spaziergänger. Die Sonne geht bald unter, die Luft wird kühler. Es ist ein wunderschöner Abend, und das nicht nur, weil ich mit meiner Lieblingsperson zusammen bin.

»Was möchtest du wissen?«

Alles, weil ich nichts weiß.

»Wo ist die Insel, von der du gesprochen hast?«

»Die liegt in der anderen Richtung. Der Fluss ist ... achtzig Kilometer lang? So etwas in der Art. Nun ja, nicht der Fluss, aber der Radweg. Der Fluss ist natürlich viel länger. Er führt hoch bis nach Nordkorea. Von der Stadt aus fließt er ins Gelbe Meer. Als Korea nach dem Krieg wieder aufgebaut wurde, hat der Westen es als das Wunder vom Han-Fluss bezeichnet. Sie meinten damit, dass sich Korea so schnell entwickelt, dass das Seoul, dass du heute siehst, am nächsten Tag schon wieder ein ganz anderes ist.«

»Wie war es in den Neunzigern?«

Womit war meine Mutter wohl konfrontiert gewesen? Hätte sie nicht dafür kämpfen können, Hilfe von der Regierung zu bekommen, um ihr Baby zu behalten? Gab es Familienunterhalt? War sie eine Waise? Hat ihr Vater sie rausgeschmissen, als er herausgefunden hat, dass sie schwanger war? Ist sie weggerannt? Was war mit Lee Jonghyung? Hat er wirklich nicht geglaubt, dass seine Freundin von ihm schwanger ist? Hätte er meine Mutter geheiratet, wenn er gewusst hätte, dass er der Vater ist? Oder hätte er sie so oder so verlassen? Mein Gehirn produziert die Fragen wie am Fließband, bis sich so viele in meinem Kopf zusammenballen, dass er schmerzt.

Als Yujun nicht sofort antwortet, fühle ich mich wie eine Idiotin. Wieso stelle ich ihm eine Frage über eine Zeit, in der er gerade mal alt genug war, um lesen zu können?

»Ich meine, falls du das weißt.«

Er hält an einem kleinen Park an und steigt vom Rad, bevor er antwortet: »Im Detail kenne ich mich nicht besonders gut aus, aber die Neunziger waren schwierig. Wir haben einen Kredit vom IWF bekommen. Zu der Zeit schien er astronomisch hoch zu sein, und vielen Länder schien es ein zu großes Risiko darzustellen. Aber wir haben den Kredit dann sogar früher zurückgezahlt, als wir es gemusst hätten.« Er bedeutet mir, ihm zu einer Bank zu folgen.

»Wie das?«

»Durch die Gelbe-Schleife-Kampagne.« Er wartet, bis ich sitze, bevor er fortfährt. »Mir ist klar, dass das im Westen ein Zeichen der Erinnerung ist, aber für uns in Korea war es das Symbol für Gold und Selbstlosigkeit. Jeder im Land, unabhängig davon, ob reich oder arm, gab all sein Gold der Regierung, die es eingeschmolzen hat, um unsere Schulden zu tilgen. Es war eine nationale Kampagne. Jeder hat sich beteiligt. Nun ja, ich war zu jung, aber ich erinnere mich, dass meine Großmutter ihren alten Schmuck hergegeben hat, der noch von vor dem Krieg stammte. Die Menschen haben ganze Truhen an Dingen gepackt. Teller, Schmuck, Goldbarren. Lee Jong-beom, ein Baseballspieler, spendete fünf Trophäen und Medaillen. So konnten wir unsere Schulden drei Jahre vor Ablauf des Kredits zurückzahlen.« Er fängt an, die Tüte auszupacken.

»Wow.« Diese kulturelle Identität, meine kulturelle Identität, von der ich keine Ahnung hatte, dass sie existiert, an der mir zuvor das Interesse fehlte, ist faszinierend. Wäre ich weiterhin mit meiner Mutter zu diesen koreanischen Austauschtreffen in der Stadt gegangen, hätte ich dann mehr über diese Dinge erfahren? Wäre ich dann stolzer auf meine Herkunft gewesen? Wenigstens hätte ich dann davon gewusst, nicht wahr?

Ich senke den Blick auf meinen Schoß, als ich mich daran erinnere, wie irritiert ich war, als mein Kollege mich etwas über Korea gefragt hat. Ich war sogar stolz auf meine Unwissenheit gewesen. *Ich bin Amerikanerin wie du.* Hatte ich das nicht voller Inbrunst gesagt?

»Es gibt hier einen Kollektivismus, der in Zeiten der Not gut funktioniert, aber auch Probleme verursachen kann. Es ist schwierig, soziale Veränderungen zu bewirken, wenn unsere Denkweise auf die eine oder andere Weise festgefahren ist. Das ist, als würde man versuchen, die *Titanic* vom Eisberg wegzulenken.« Er reicht mir einen kleinen Pappbehälter. »So wie in jeder Gesellschaft gibt es auch hier Gutes und Schlechtes. Ich denke, dass das Gute überwiegt. Du bist seit einer Woche hier. Was hältst du von Seoul?«

»Es ist groß, hektisch, wunderschön.« Ich denke an die Liebesschlösser. »Und romantisch.«

»Du verpasst die schönsten Seiten. Der Sommer ist am schlimmsten.«

»Und was ist am besten?«

»Hmm ...« Er überlegt einen Moment. »Die Kirschblüte Ende April. Alle Pärchen lieben die Kirschblüte.«

»Also sollte ich im Frühling zurückkommen?«

Er teilt ein paar hölzerne Essstäbchen und legt sie auf den Papiercontainer, den er zwischen uns gestellt hat. »Nicht unbedingt. Der Herbst ist wunderschön. Die Blätter verfärben sich, und die Skyline sieht dadurch aus, als stünde sie in Flammen. Das Laub säumt die Wege auf den Bergen und lässt die Wälder wie ein Flickenteppich wirken. Aber dann ist da der Winter. Man sagt, dass wenn man sich seine Gefühle während des ersten Schnees gesteht, man für immer zusammenbleibt.«

Er zaubert zwei Bierdosen hervor. Yujuns Papiertüte ist das Gegenstück zu Mary Poppins' Reisetasche, und ich bin verzaubert wie die Banks-Kinder. Dann öffnet er den Pappcontainer, und eine in Algen gewickelte Rolle kommt zum Vorschein.

Ist das Sushi?

»Was ist die am wenigsten romantische Jahreszeit in Korea?«

»Das ist *gimbap.* Gewürzter Reis, *bulgogi,* Spinat, Ei und ein kleines Radieschen. Und die am wenigsten romantische Jahreszeit ist wohl jetzt. Sommer. Es ist heiß und stickig. Wer will schon mit irgendwem Hand in Hand gehen, wenn die Luftfeuchtigkeit so hoch ist?« Er steckt sich eine Scheibe *gimbap* in den Mund und streckt seine langen

Beine so weit aus, dass ein kleines Stückchen Haut zwischen dem Saum seiner Jeans und seinen Sneakern zum Vorschein kommt.

Sommer ist die am wenigsten romantische Jahreszeit?, denke ich, während ich auf die entblößte Stelle starre und mich frage, wann ich einen Fetisch für Knöchel entwickelt habe.

»Dann bin ich also im unromantischsten Monat des Jahres nach Korea gekommen? Ich bin verflucht, ein Leben als alte Jungfer zu fristen.«

»Also eine *ahjumma*«, neckt er mich.

»Was ist das?« Das Wort kommt mir irgendwie bekannt vor. Hat er nicht gestern Abend gesagt, dass ich nicht die U-Bahn nehmen soll, um die betrunkenen *ahjussi* zu meiden? Das Radieschen – *banchan* – ist köstlich. Knackig und leicht säuerlich, was durch eine kleine Prise Salz und etwas Süßlichem ausgeglichen wird.

»*Hallyu* ist an dir vorbeigegangen, oder?«

»Hal... Wer?«

»Damit ist die Verbreitung der koreanischen Kultur gemeint. Serien, Vliesmasken, BTS?«

»Doch, von denen hab ich gehört. Sie sollen super sein, aber ... « Ich breche ab. Zögere. Wie soll ich diesem gut aussehenden koreanischen Mann, der so liebevoll über sein Land spricht, erklären, dass ich mein gesamtes Leben lang versucht habe, nicht koreanisch zu sein? Es ist peinlich.

»Aber Amerikaner denken, dass Asiaten komisch sind? Komische Menschen mit lustigem Akzent, seltsam riechendem Essen und mandelförmigen Augen?«, beendet er den Satz für mich.

»Ja.« Ich habe vergessen, dass er in L.A. gelebt hat. »Iowa ist sehr homogen. Ich gehe davon aus, dass meine Mutter mit meiner Adoption die asiatische Bevölkerung im Staat verdoppelt hat.«

Er kichert. »Es leben mehr Asiaten in L.A. als sonst wo in Amerika, und es gibt dort das beste koreanische Essen im ganzen Land, aber Malibu ist speziell. Meine Tante hat ihren Namen in Sue geändert, erinnerst du dich?«

»Ja.« Ich verstehe seine Tante. »Es ist seltsam, wenn man unter Menschen aufwächst, die nicht wie man selbst aussehen. Weil man anfängt, sich einzubilden, dass man anders ist. Wenn man nur Blonde oder Brünette mit hohen Nasenrücken und tief liegenden Augen sieht, dann glaubt man irgendwann, dass man selbst genauso aussieht. Es ist ein großer Schock, wenn man dann sein Spiegelbild sieht.« Ich habe mein Spiegelbild gehasst, genau wie Fotos, weil sie mich ständig daran erinnert haben, dass ich nicht ganz dazugehöre. Ich schätze, der alleinige Vorteil daran, dass ich die einzige Asiatin auf meiner Schule war, bestand darin, dass es nie schwer war, mich auf Gruppenbildern zu finden. »Wie auch immer, es ist dumm. Ich habe das Gefühl, dass ich mich über dumme Dinge beschwere. Es ist nicht so, als hätte ich Angst gehabt, dass man mich ins Visier nimmt. Es ist mir nie jemand im Laden hinterhergelaufen, wie es einem meiner Klassenkameraden passiert ist.«

»Manchmal verursachen kleine Schnitte große Schmerzen.« Er schenkt mir ein halbes Lächeln. Ein weiteres Stück *gimbap* verschwindet in seinem Mund. »Wir müssen dir eine Algensuppe machen. Normalerweise gibt es die an Geburtstagen, aber ich denke, dein erster Koreabesuch ist ein bisschen wie ein Geburtstag.«

Ich lege meine Essstäbchen weg.

Worauf Yujun mit seiner scheinbar niemals schlafenden Intuition fragt: »Was stimmt nicht?«

»Die hat meine Mutter früher für mich gekocht.«

»Ach, wirklich? Aber jetzt nicht mehr?«

»Nein. Ich habe sie gebeten, damit aufzuhören.« Ich schäme mich.

»Was ist passiert?«, hakt er sanft nach.

»Als ich in der vierten Klasse war, kam eine Freundin zu Besuch. Sie hat gefragt, warum es im Haus so stinkt. Ich glaube, es war nicht mal die Suppe, die sie gerochen hat, sondern der *kimchi*, den meine Mutter dazu serviert hat. Sie hat es herumerzählt, und jemand anders meinte dann, dass es mein Haar ist, da es wie Algen aussähe. Danach wollte ich die Suppe nie wieder essen.«

»Das ist schrecklich.«

»Heute fühle ich mich wie eine Betrügerin. Als Kind und Teenager habe ich all das Zeug gehasst. Meine Mutter wollte mit mir zu Veranstaltungen gehen, und sie hat mir immer Artikel über Korea rausgesucht. Sie hat mir sogar mal angeboten, mit mir auf ein koreanisches Konzert zu gehen. Ich habe mich geweigert. Ich wollte nichts damit zu tun haben.«

»Ich verstehe.«

»Tust du das?«

»Ja. Denk an Tante Sue. Sie lebt in einem französischen Landhaus am Strand zwischen all diesen ultramodernen Häusern aus Glas und Beton oder im Art-déco-Stil. Sie trägt ständig Ralph Lauren und riecht nach Rosenwasser. Sie hat nie Koreanisch gesprochen und so getan, als ob sie es gar nicht könnte. Weil ihr Akzent ihr peinlich war. Zu Anfang haben wir uns kaum unterhalten. Ironischerweise ist das der Grund dafür, dass mein Englisch so gut ist. Sollte sie immer noch *kimchi* essen, dann wohl nur draußen oder in der Garage.«

Ich weiß nicht, ob er sich das ausdenkt, damit ich mich besser fühle, aber sollte dem so sein, weiß ich es zu schätzen. Es ist sehr befreiend, mit jemandem darüber zu sprechen, der mich versteht, der die gleichen Erfahrungen gemacht hat. Ich muss nicht erklären, wie es sich anfühlt, anders zu sein. Er weiß, wie es ist, Fragen gestellt zu bekommen, die deinen Freunden niemals gestellt werden. Wo kommst du her? Welche Sprache sprichst du? Sprichst du Ching Chong Chang?

Ich atme tief ein und lasse etwas von der Schuld, die sich um meine Lunge gewunden hat, los.

»Was möchtest du über Korea wissen? Ich erzähle dir so viel, wie ich und mein Handy wissen.«

Ich stelle mehr Fragen über die Zeit, in der meine Mutter schwanger gewesen ist. Während ich esse, weiht mich Yujun in alle möglichen Details ein. Es gab noch keinen KTX-Zug, und der Film *Train to Busan* war noch nicht gedreht worden. Er weiß nicht, wie die Mode zu der Zeit war, aber sein Vater hat in der Uni die großen, schwarz getönten Sonnenbrillen getragen, die jetzt wieder in den Magazinen zu sehen sind.

»Es ist alles ein großer Kreislauf«, stellt Yujun fest. Er stellt den Pappkarton ab und schiebt die Bierdosen beiseite. »Lass uns ein Foto machen. Komm her.« Er hebt sein Handy und sieht mich auffordernd an.

Ich bewege mich nicht. Ich mache selbst gerne Fotos, bin aber nicht gerne auf welchen drauf.

Er senkt den Arm. »Was ist los?«

»Ich hasse Fotos.«

»Wieso?«

»Weil ... « Ich weiß nicht, ob ich es zugeben soll, weil es klingt, als wäre ich unsicher und gleichzeitig auf ein Kompliment aus. Und ja, ich bin in Bezug auf mein Aussehen wenig selbstsicher, aber ich bin nicht auf ein Kompliment aus. Mein Gesicht hat mir auf Fotos noch nie gefallen. Es ist zu rund. Meine Augen sind zu schmal. Meine Nase ist ein Buckel mitten in meinem Gesicht.

»Wir können nicht ohne ein Foto nach Hause gehen. Das ist gegen das Gesetz.« Er macht wieder diese Handbewegung, zwei Finger, die auf den Boden zeigen, und zieht mich mit den unsichtbaren Fäden zu sich, die er um mein Herz geschlungen hat.

»Was, wenn es mir nicht gefällt?«, frage ich und rutsche zögerlich zu ihm rüber.

»Es wird dir gefallen«, sagt er mit dieser überzeugten Zuversicht, die er generell an den Tag legt.

»Aber was, wenn nicht?« Wir sind wie Nord- und Südpol in dieser Hinsicht. Ich hätte gerne ein Quäntchen von seiner Gewissheit ab.

»Wenn nicht, dann kannst du es löschen. Sag *cheeseus*.«

»*Cheeseus*«, wiederhole ich gehorsam.

Er macht das Foto. Einige Fotos. Und dann hält er sein Handy so, dass wir beide das Display sehen können.

»Siehst du, das Bild ist perfekt.« Er stoppt beim zweiten Foto. In diesem Moment taucht die Sonne als rot-orange Kugel in den Han-Fluss und bringt alles zum Glühen. »Deine Augen lächeln wunderschön.«

Er tippt auf das Bild, auf dem ich meine Lider beinahe vollständig geschlossen habe. Kleine Halbmonde aus schwarzen Wimpern senken sich über meine dunkelbraunen Augen.

»Meine Augen sind geschlossen.«

Er legt den Kopf schief. Mein stumpfer Tonfall trifft ihn offensichtlich unvorbereitet. »Meine auch.«

Erschrocken sehe ich mir das Foto noch mal genauer an. Ich war so auf mein Gesicht fokussiert, dass mir gar nicht aufgefallen ist, dass Yujuns Augen die gleiche Abwärtskurve aufweisen wie meine. Tatsächlich ist es bei ihm sogar noch ausgeprägter, weil sein Lächeln breiter ist und die Vertiefungen auf beiden Seiten meerestief sind.

»Augenlachen wird hier als sehr attraktiv empfunden.« Er senkt die Lider, und seine Lippen krümmen sich nach oben. Dann steckt er einen Finger in eines seiner Grübchen und sagt: »Ist das nicht süß?«

Mein Hals schnürt sich zu. Auf den Fotos sehen seine Augen aus wie meine. Sie haben nicht exakt die gleiche Form. Seine krümmen sich nicht so stark an den inneren und äußeren Enden; sie ähneln eher einer Paisley-Kurve, während meine wie Halbmonde aussehen. Wie ein richtiges umgekehrtes Lächeln.

Als ich den Blick vom Bildschirm löse, fängt Yujun ihn mit seinem auf. Er ist so voller zärtlicher Wärme, dass ich schwören könnte, anstelle des Mondes ginge die Sonne auf. Aber es ist nicht die Sonne, sondern ein Mann, der so süß, so nett, so *liebenswert* ist, dass ich mache, was jede andere Person an meiner Stelle in diesem Augenblick auch tun würde. Ich küsse ihn.

Seine Augen weiten sich überrascht, aber er zuckt nicht zurück. Er steckt sein Handy weg und legt eine Hand in meinen Nacken, um meinen Kopf leicht zur Seite zu neigen und den Kuss zu vertiefen.

Mein Herz pocht gegen meinen Brustkorb, meine Fingerspitzen kribbeln. Ich drücke mich dichter an ihn und vergesse das Essen und das Bier, das auf der Bank zwischen uns steht.

Yujun wischt alles auf den Boden und zieht mich zu sich hinüber, so nah, dass ich beinahe auf seinem Schoß sitze.

Das Kribbeln wird stärker. Ich will ihn anfassen. Meine Finger fahren wie von selbst über seine Seite, stolpern über die Knopfleiste seines Hemdes und finden ihren Weg zum Kragen. Ich tauche hinein und kann seinen Adamsapfel an meinen Fingern spüren. Stromstöße fahren durch meinen Blutkreislauf. Ich presse meine Beine zusammen und öffne den Mund noch weiter für ihn.

Ich habe keine Ahnung, wie lange wir uns küssen. Wahrscheinlich hätten wir die ganze Nacht lang weitergemacht, wäre nicht ein älteres Paar vorbeigegangen und hätte etwas in scharfem Tonfall gesagt, was Yujun und mich auseinanderzucken ließ.

Yujun steht auf und verbeugt sich leicht, während ich nervös meine Haare glätte und mir die Feuchtigkeit von den Lippen wische. Er sagt *mianadae*, und ich weiß, dass das »Es tut mir leid« bedeutet. Ich verbeuge mich auch.

Das ältere Paar nickt uns streng zu und sagt noch etwas, dass Yujun erröten lässt.

Als sie weg sind, beugt sich Yujun hinunter und räumt den Müll zusammen. Ich helfe ihm.

»Ist Küssen in der Öffentlichkeit verboten?«, scherze ich unbeholfen. Wir schieben die Reste der *gimbap*-Rolle in die Pappschachtel.

»Vielleicht so ... enthusiastisches«, antwortet er mit einem kleinen Grinsen, klein genug, dass seine Grübchen nur als Schatten erscheinen. Er holt eine kleine Mülltüte hervor und dann einen zweiten Behälter mit *gimbap.* »Ich wusste nicht, wie hungrig wir sein würden.«

Ich setze mich wieder auf die Bank. »Wie hungrig bist du?«

»Ausgehungert.« Aber er schaut dabei mich an, weshalb ich denke, dass er vielleicht nicht vom Essen redet.

Das Kribbeln kehrt zurück und verschwindet für den Rest des Abends nicht mehr.

KAPITEL SIEBZEHN

Am Samstagmorgen schickt Yujun mir eine SMS, um mir mitzuteilen, dass er den ganzen Tag lang arbeiten muss. Bis in den Abend hinein, um genau zu sein, weil sie neue Angestellte haben – oder »Freunde«, wie er sie nennt –, die der Familie beigetreten sind und die die Firma deshalb zum Essen einlädt.

> YUJUN: Wir feiern, dass neue Freunde unserer Familie beigetreten sind, und führen sie zum *hanwoo* und Soju aus. Wir sehen uns morgen. Es gibt da noch einen Wald, den ich dir zeigen muss.

Von Boyoung höre ich nichts, und gegen Mittag sind all die warmen Gefühle von meinem gestrigen Date mit Yujun verflogen. Ich will Boyoung natürlich nicht behelligen, aber ich bin so auf ihre Recherche-Ergebnisse gespannt, dass ich nicht still sitzen kann. Ich atme tief aus, entschließe mich, mein Handy auszuschalten und begrabe es in meinem Koffer, damit ich es nicht noch einmal benutze, wenigstens nicht für die nächste Stunde.

Ich höre, wie die Haustür geöffnet wird. Jemand ist nach Hause gekommen. Wahrscheinlich Jules, aber das ist mir egal, weil eine schlecht gelaunte Jules immer noch besser ist, als mich in Gedanken im Kreis zu drehen.

Ich laufe hinunter, um sie zu begrüßen.

»Alles klar? Was machst du?«, frage ich.

Ohne von dem kleinen Karton, in dem sie herumstochert, hochzuschauen, raunzt Jules: »Ich esse Eis. Wonach sieht's denn aus?«

Jules hat mal wieder grandiose Laune, aber Eis zum Mittagessen hört sich gut an. »Gibt's noch mehr?«

»Einen Karton, aber der gehört mir, und wenn du ihn isst, dann musst du dafür zahlen.«

Ich greife nach dem kleinen beschichteten Papierkarton, auf den ein seltsam herzförmiges Gesicht mit blauem Körper gedruckt ist. Jules kauft immer diese Marke, aber wenigstens ist sie gut.

Ich lehne mich gegen den Kühlschrank und benutze den schmalen Holzlöffel, der am Deckel befestigt ist, um etwas von dem cremigen Erdbeereis zu probieren.

»Wie läuft's im Job?«

»Der Job ist beschissen. Die Bezahlung ist mies. Reiche Leute sind die Schlimmsten. Sie verlangen nach der unverschämtesten Scheiße und behandeln dich wie Dreck, wenn du sie nicht besorgen kannst.« Jules äfft einen ihrer Passagiere nach: »Was soll das heißen, Sie haben keinen Armand de Brignac Ace of Spades? Veuve Clicquot ist was für billige Nutten.«

»Ich habe keine Ahnung, was damit gemeint ist.«

Jules verzieht das Gesicht. »Die Rede ist von Champagner. Sie wollte eine Mimosa. Wieso mixt man eine vierhunderttausend Won teure Flasche Alkohol mit Saft, der nur tausend Won kostet? Das ergibt null Sinn.« Sie steht mit einem Schnaufen auf. Die Beine ihres Stuhls schaben über den gefliesten Boden. Sie stampft zum Recyclingmülleimer. »Wenn ich Geld hätte, dann wäre ich die Lieblingskundin von allen. Ich würde großzügig Trinkgeld geben. Danke sagen. Es würde mich nicht scheren, ob meine Mimosa mit Fünftausend-Won-Sekt oder fünfhunderttausend Won teurem Louis Roederer gemixt wäre, der übrigens hundertmal besser schmeckt als das ganze andere Zeug.«

Ich habe eine Idee. Es ist keine gute, aber besser als den ganzen Tag hier am Kühlschrank rumzustehen. »Wie viel Geld würde es kosten, dich für den heutigen Tag als Übersetzerin anzuheuern?«

Jules dreht sich zu mir um. »Was?«

»Ich brauche eine Dolmetscherin. Wie viel würde es kosten, dich für die nächsten ...«, ich werfe einen Blick auf die Uhr, »vier Stunden zu mieten?«

Jules' Augen werden schmal. »Einhunderttausend Won pro Stunde.«

»Zu viel. Was ist mit zwanzigtausend?«

»Und wir benutzen Taxis, nicht die U-Bahn.«

»Ausgemacht.« Wahrscheinlich komme ich günstiger davon, wenn ich Jules die hundert Dollar pro Stunde zahle, aber draußen hat es zweiunddreißig Grad – zwischen den U-Bahn-Stopps zu laufen, spricht mich auch nicht gerade an. Es ist gut angelegtes Geld. Wenigstens unternehme ich so etwas.

»Okay. Ich hole schnell meinen Ersatzakku. Mein Handy ist fast leer.« Sie stürmt aus der Küche.

»Willst du nicht wissen, was du übersetzen sollst?«, rufe ich ihr hinterher.

»Wen interessiert's? Du bezahlst mich, und ich komme

aus dem Haus. Ich kann also nur gewinnen. Abgesehen davon …«, sie zögert einen Moment, »geht es um die Frauen, nicht wahr? Die von den Fotos?«

Jules ist schlauer, als ich dachte.

Sie erscheint wieder auf der Treppe. »Können wir los?«

Ich werde aktiv. »Können wir.« Ich renne die Treppe rauf, um mein Handy zu holen.

Während der Taxifahrt zum letzten Wohnort meines Vaters stellt mir Jules keine einzige Frage, und ich finde ihr Desinteresse beinahe wohltuend. Ich muss mich nicht erklären. Sie ist nur hier, um Zeit totzuschlagen und etwas Geld dabei zu verdienen.

Ihr Schweigen hält allerdings nicht lange an. Nachdem der Taxifahrer uns abgesetzt hat, platzt sie heraus: »Wurdest du hier geboren? Das erklärt so einiges.«

»Nein, wurde ich nicht. Hier hat mein Vater bis zu seinem Tod gewohnt. Ich dachte, dass ich noch mal herkomme, um den Leuten, die zur Beerdigung gekommen sind, ein paar Fragen zu stellen. Es ist ein Anfang.«

»Okay. Ich wollte nicht unhöflich sein. Es scheint nur zu passen. Das hier ist keine großartige Ecke, und wenn du adoptiert bist, dann wahrscheinlich, weil deine Mutter es sich nicht leisten konnte, dich zu behalten. Oder sie stammt aus einer superreligiösen Familie, wo sie vor Scham wegen der Schwangerschaft gestorben wäre oder so.«

Jules' Bemerkung lässt mich innehalten. Bisher bin ich nicht auf die Idee gekommen, dass das Leben meiner Mutter in Gefahr gewesen sein könnte, als sie schwanger wurde, aber das hätte es sein können, oder nicht?

»Mein Vater hat hier gewohnt. Ob meine Mutter auch hier gelebt hat, weiß ich nicht. Das werden wir jetzt herausfinden.« Jules hat recht. Sollte ich hier geboren worden sein, würde das eine Menge erklären.

Wir gehen den Kiesweg hinauf zu dem schmalen Gebäude.

»Wieso ist es dir so wichtig, etwas über deine leibliche Familie zu erfahren? Was wirst du schon herausfinden? Dass deine Eltern superreich waren und du das Leben einer superreichen Asiatin führen könntest? Oder dass du in Wahrheit adelig bist? In Korea gibt's keine Monarchie. Nicht wie in Japan. Oder Thailand. Und vielleicht in noch ein paar anderen asiatischen Ländern.«

Ich verkneife mir ein Stöhnen. So viel dazu, dass ich mich nicht erklären muss. »Nein. Das habe ich nie gedacht.«

»Dann was?«

Ich reibe den weichen Punkt zwischen meinen Augen und frage mich, ob ich nicht eigentlich diejenige sein sollte, die Geld dafür bekommt, Jules zu ertragen. »Ich weiß es nicht, okay? Ich habe nie wirklich über meine leiblichen Eltern nachgedacht. Weil sie mich auf der Straße ausgesetzt haben. Ich hätte bessere Chancen, im Lotto zu gewinnen, als sie zu finden, aber meine Kollegin hat diesen DNA-Test machen lassen, und ich dachte, warum nicht? Und als ich mich über die Tests informiert habe, gab es dieses eine Unternehmen, das einen speziellen Abgleichservice für Menschen anbietet, die adoptiert sind, und den habe ich dann gemacht. Als erst nichts dabei rauskam, habe ich ihn fast vergessen. Dann gab es dieses Datenleck, und auf einmal hatte ich Lee Jonghyungs Kontakt. Plötzlich hatte ich Erwartungen. Ich musste es einfach wissen.«

Ich verschweige die Hintergrundinfo, dass mein Adoptivvater wieder geheiratet und einen Sohn bekommen hat und dann gestorben ist. Das war nicht der Anstoß für meine Suche. Wirklich nicht.

»Aber was ist es, dass du unbedingt herausfinden musst?«, quetscht mich Jules weiter aus.

Ich stoße einen langen Seufzer aus. »Wenn du in den Spiegel schaust, wen siehst du vor dir?«

»Mich.«

»Wem siehst du ähnlicher, deiner Mutter oder deinem Vater?«

»Meiner Mutter«, antwortet Jules prompt. »Ich habe ihre Augen und ihre Gesichtzüge, im Grunde alles von ihr. Auch das schlaffe Haar.« Sie zieht an einer blonden Strähne. »Meine Haare sind so dünn, dass mir genauso gut Maisfäden auf dem Kopf wachsen könnten. Es nervt. Was ist schon so wichtig daran, seiner Familie ähnlich zu sehen? Ist ja nicht so, als ob meine Eltern Supermodels wären.«

»Eine meiner ersten Erinnerungen ist eine aus dem Supermarkt. Jemand, den meine Mutter länger nicht gesehen hat, kommt zu uns und fragt sie, auf wessen Kind sie aufpasst. Meine Mutter antwortet: ›Meins‹, und die andere Frau lacht, als ob meine Mom einen Scherz gemacht hätte. So viele Male waren die ersten Worte, die aus ihrem Mund kamen, eine Erklärung, dass ich zu ihr gehöre. Dass ich adoptiert wurde.«

Und dann komme ich hierher und muss immer noch erklären, woher ich komme, nur diesmal aus anderen Gründen.

»Und indem du deinen Vater oder deine Mutter findest, wirst du dich anders fühlen? Als würdest du dazugehören?«

»Ich weiß es nicht.« Ich gehe weiter.

Jules beeilt sich, mich einzuholen, und feuert weitere Fragen ab, die ich mich weigere zu beantworten, weil ich die Antworten darauf nicht kenne. Letztlich gehen Jules die Fragen aus, und ich schicke ein stummes Dankeschön ans Universum, weil ich kurz davor war, sie mitten auf der Straße zu erdrosseln. Angesichts der Dichte an Überwachungskameras in der Stadt wäre ich vermutlich gefasst und ins Gefängnis geworfen worden, und dann hätte ich nie die Gelegenheit bekommen, meine leibliche Mutter zu finden oder noch einmal *gimbap* mit Yujun zu essen.

»Du machst ein seltsames Gesicht«, stellt Jules fest.

»Ich habe darüber nachgedacht, ob ich stark genug bin, jemanden zu erwürgen.«

»Nö. Du bist ziemlich mickrig. Da benutzt du besser ein Messer oder Gift. Ich denke, es ist am einfachsten, eine Person zu vergiften. Man kann pflanzliche Mittel in der Apotheke kaufen. Außerdem gibt es einen Haufen nicht ganz legaler Präparate, die aus gefälschten Arzneien aus der traditionellen chinesischen Medizin hergestellt werden.«

»Du scheinst dich da gut auszukennen.«

»Fliegen ist langweilig.«

»Du hattest dieselben drei Mitbewohnerinnen, seitdem du in Seoul angekommen bist, bis ich das Zimmer gemietet habe, oder?«

»Ja, warum?«

Weil du nicht den Anschein machst, als sei es leicht, mit dir zusammenzuleben.

»Nur eine Frage.«

Ich klopfe an die Tür, bevor Jules noch mehr Möglichkeiten aufzählen kann, jemanden zu töten.

Einen Moment später höre ich schlurfende Schritte von drinnen, kurz darauf erscheint ein vertrautes Gesicht im Türspalt.

Ich ziehe die Fotos hervor und halte sie der Vermieterin vor die Nase. »Frag sie, ob sie diese Frauen kennt.«

Jules stellt die Frage auf Koreanisch. Die Vermieterin schüttelt den Kopf.

»Sie sagt …«

»Ich verstehe Körpersprache«, unterbreche ich sie. »Frag sie, ob mein Vater von hier war. Nein! Frag sie, wie lange er hier gewohnt hat.«

Jules wiederholt meine Worte auf Koreanisch, und die Vermieterin antwortet.

»Sie sagt, dass er vor zwei Jahren hergezogen ist. Davor hat er in einem anderen Bezirk gelebt.«

»Weiß sie wo?«

Jules seufzt. »Im Südwesten der Stadt. Ziemlich weit von hier.«

»Zum Glück nehmen wir Taxis.«

Ich bitte Jules, noch einige weitere Fragen zu übersetzen, wie zum Beispiel, ob die Vermieterin weiß, wo Lee Jong-hyung geboren wurde und ob er Freunde oder Kollegen hatte.

»Sie weiß nichts. Wir gehen besser in den anderen Bezirk und zeigen die Fotos dort herum«, sagt Jules schließlich.

Gerade als wir uns zum Gehen wenden wollen, lässt die Vermieterin einen Schwall Koreanisch auf uns niederregnen, dem ich natürlich nicht folgen kann.

Jules antwortet, und während die zwei lange miteinander sprechen, warte ich gebannt ab. Nachdem die Unterhaltung endlich beendet ist, wendet sich die Vermieterin ab und schließt die Tür.

»Worum ging es?«

»Sie hat gesagt, dass es da eine Frau gibt, die in der Sauna die Straße runter arbeitet, die deinen Vater kennt oder kannte, und dass wir mit ihr reden sollen.«

»Was hat sie sonst noch gesagt?« Die Unterhaltung war viel länger, als dass sie nur darüber gesprochen haben können.

Jules seufzt. »Nimm es nicht persönlich, aber dein alter Herr war ziemlich unverantwortlich. Er hatte keinen Job. Die Miete konnte er nur bezahlen, weil er Geld von Frauen bekommen hat. Sie mochte ihn nicht besonders, aber ein Mieter ist ein Mieter. Fünf Frauen im Zeitraum von ein paar Wochen. Das ist ziemlich viel.«

»Ich weiß.« Es ist mir nicht entgangen, dass Lee Jonghyung ein Arschloch war, aber damit werde ich mich nicht aufhalten. Das scheint mir extrem sinnbefreit.

»Aber was, wenn es genau das ist, was wir herausfinden? Dass dein Vater eine zwielichtige Gestalt war und deine Mutter drogenabhängig ist oder so. Wäre es dann nicht besser, es nicht zu wissen?«

»Dafür ist es jetzt zu spät.« Der Schleier der Unkenntnis wurde bereits durchlöchert, und ich werde keine Ruhe finden, bis ich nicht selbst die letzte Spur verfolgt habe.

Wir finden die Frau in der Sauna, die nicht etwa ein hölzerner Kasten ist, der auf vierundfünfzig Grad aufgeheizt wurde, sondern eher wie ein großer Yogaraum aussieht mit Matten auf dem Boden. Die Leute tragen alle die gleichen T-Shirts und Shorts. Viele haben sich ein Handtuch um den Kopf gewickelt, mit Schnecken auf den Ohren, die aussehen wie die von Prinzessin Leia. Ich starre eine der Frauen viel zu lange an, während ich mich frage, wie diese Menschen es anstellen, ein Handtuch in so eine Form zu verdrehen. Jules muss mich quasi zum Empfang zurückzerren, so fasziniert bin ich.

Nachdem wir Begrüßungen ausgetauscht haben, zeigt Jules der Frau die Fotos, was diese dazu veranlasst, über den Tresen nach meinem Kinn zu greifen. Sie dreht mein Gesicht von einer Seite zur anderen.

Ich halte still wie eine Schaufensterpuppe und erlaube ihr, mich zu mustern. Mein Herz rast, und meine Handflächen beginnen zu schwitzen. Ist das meine Großmutter? Sie ist zu alt, um meine Mutter zu sein ... Oder wurde diese Frau von einem jungen Mann geschwängert, der nichts mit mir zu tun haben wollte, worauf sie mich aus Scham zur Adoption freigegeben hat? Ein weiteres Szenario, auf das ich bisher nicht gekommen bin.

»Was sagt sie?«

»Kim Eunshil ist ihre Tochter«, antwortet Jules mit gedämpfter Stimme.

Kim Eunshil? Das war die Frau auf dem dritten Foto, die mit dem blassgelben Rollkragenpullover, den sie in eine gerade geschnittene Jeans gesteckt hatte.

»Ist sie meine Großmutter?«

»Sie weiß es nicht. Sie sagt, dass ihre Tochter niemals schwanger war. Nie geheiratet hat. Sie kennt einen, nun ja, nicht gerade netten Mann, mit dem ihre Tochter ausgegangen ist, aber soweit sie weiß, hat ihre Tochter kein Baby bekommen.«

»Falls sie ihr Zuhause für sechs Monate verlassen hat, könnte es sein, dass sie nichts davon mitbekommen hat.« Ich lasse nicht locker. Das hier ist eine richtige Spur. »Bitte frag sie, ob ich ihre Tochter sehen kann. Bitte.« Ich bin bereit, sie auf Knien anzuflehen.

»Schon gut, ich frag sie ja.« Jules wendet sich wieder an die Frau, die mich endlich loslässt.

Ich reibe meinen Kiefer. Die Finger dieser Frau sind kräftig.

»Ihre Tochter verkauft Geschirr auf dem Markt und kommt erst heute Abend zurück.«

»Lass uns zum Markt gehen.« Ich will nicht warten.

»Okay.«

Ich sehe sie überrascht an.

Jules breitet die Arme aus und zuckt mit den Schultern. »Was denn? Ich gehöre dir, solange du für mich bezahlst.«

»Lass uns gehen.«

Wir winken der koreanischen Großmutter zum Abschied, die uns etwas hinterherruft, worauf Jules murmelt, dass wir hoffen sollten, dass Kim Eunshil nicht meine Mutter ist, weil *ihre* Mutter sie sonst umbringen wird.

Ich werde mir später überlegen, wie ich diesen Mord verhindern kann. In diesem Moment galoppiert mein Herz schneller als jedes Rennpferd beim Derby. Die Fahrt zum Markt dauert nur fünf Minuten, aber die fühlen sich wie eine Ewigkeit an. Ich reiße meine Tür auf, noch bevor der Taxifahrer richtig angehalten hat. Jules schreit mir hinterher, ich solle mein Tempo drosseln, aber ich höre ihr nicht zu.

Die Gasse zum Markt hin ist eng und zu beiden Seiten von kleinen Ständen gesäumt. Die Gespräche der Leute, das Klirren von Töpfen und das Läuten von Glocken dringen an meine Ohren, als ich mich durch die Menge dränge.

Jules holt mich keuchend ein. »Weißt du überhaupt, wohin du willst?«

Ich zeige auf das vier Stockwerke hohe Gebäude vor uns. »Du hast gesagt, dass sie Geschirr verkauft, oder?« Das Schild, das an der Außenfassade auf Höhe des zweiten

Stocks prangt, ist auf Englisch. Darauf steht *Haushaltswaren.*

Jules presst die Lippen zusammen. »Ja.«

Haushaltswaren werden auf der vierten Etage verkauft. Ich renne die Treppen hinauf, während Jules sie etwas langsamer erklimmt und dabei die ganze Zeit über vermutlich vor sich hin grummelt. Der Markt gleicht einem Labyrinth angefüllt mit Regalen voller Keramik, Messingschalen, Essstäbchen in jeder erdenklichen Farbe und mehr Töpfen und Pfannen, als ich jemals zuvor gesehen habe. Es ist, als hätte jemand alle Küchenprodukte aus allen Targets der USA eingesammelt und sie hier abgestellt.

Als ich den gefühlt zehnten Gang entlanglaufe, erblicke ich Kim Eunshil, die gerade *ramyeon* löffelt. Sie sieht genauso aus wie auf dem Foto, das vor fünfundzwanzig Jahren aufgenommen wurde. Ihr Gesicht ist faltenfrei und ihr Haar zum gleichen Bob frisiert wie auf dem Bild.

Ich berühre mein eigenes Gesicht. Ähnelt es ihrem? Haben wir die gleichen Augen? Die runden Augen, die umgedrehte Halbmonde bilden, wenn sie lachen?

Jetzt, wo ich endlich angekommen bin, kleben meine Füße auf dem Boden fest. Ich kann mich nicht bewegen. Wie festgetackert starre ich Kim Eunshil an.

Jules geht an mir vorbei und nimmt ihr Handy raus. Sie verbeugt sich vor der Frau und sagt etwas, zeigt ihr das Foto und deutet dann auf mich.

Dieses Mal ist die Reaktion eine andere als bei den vorherigen Malen, als ich die Fotos jemandem gezeigt habe. Es gibt keine netten Worte, kein trauriges Lächeln, neugieriges Interesse oder bohrende Blicke. Was mir entgegenschlägt, ist Wut.

Kim Eunshil stößt einen Schwall verärgerter Worte aus. Sie reißt ihren Löffel in die Luft und fuchtelt damit drohend in Jules' Richtung, die sich ihr Handy vors Gesicht hält und sich duckt. Dann wendet sich die wütende Frau in meine Richtung und macht eine weitere drohende Geste.

Ich bin zu fassungslos, um mich zu bewegen. Jules rast auf mich zu, packt meinen Ärmel und zieht mich zurück.

Kim Eunshil wirft ihren Löffel nach mir. Als er auf den Boden fällt, ohne mich zu treffen, greift sie nach einem anderen.

Ich setze mich in Bewegung.

»Was hat sie gesagt?«, frage ich, als wir Richtung Treppe rennen.

»Sie leugnet alles.«

Mehr wütende Worte fliegen uns hinterher, zusammen mit zwei weiteren Löffeln. Etwas Nasses und Klebriges trifft mich.

Ich nehme zwei Stufen auf einmal und überhole Jules. Wir stürmen aus dem Markt, raus in den Sonnenschein der Gasse und bleiben schließlich nach Luft ringend stehen.

Jules stützt die Handflächen auf ihre Knie. »Ich gehe davon aus, dass dein Dad kein besonders toller Typ war.«

»Was du nicht sagst.« Ich zupfe mir eine Nudel aus den Haaren und rümpfe die Nase. *Ramyeon* mit Garnelengeschmack? Das schlimmste. Angeekelt lasse ich die Nudel auf den Boden fallen.

»Sie hat gesagt, dass dein Vater ein Schwein war, gefolgt von vielen Schimpfwörtern, die ich nicht übersetzen kann, aber sie hofft, dass die Wurzeln seines Baumes durch Gift verdorren werden. Ich weiß nicht, ob sie damit dich oder seinen Schwanz gemeint hat.«

»Danke.« Ich fische noch mehr Nudeln aus meinen Haaren.

Jules kommt an meine Seite. »Wer ist sonst noch übrig auf deiner Liste?«

»Es gibt noch einen Namen, den ich vollständig lesen kann. Kwon Hyeun.«

Ich ziehe mein Handy hervor und zeige es Jules. »Meine Freundin Boyoung war in einem Regierungsbüro und hat im Register nach ihr gesucht, aber scheinbar nichts gefunden.« Ich schüttle mein Handy und wünsche mir, dass erklärende Worte darauf erscheinen wie auf einer Magic-8-Kugel. Dann stecke ich es weg und fahre mir erneut durch die Haare.

»Stimmt, ein Familienregister wäre hilfreich. Wir könnten selbst recherchieren.«

»Könnten wir?« Ich höre auf, an meinen feuchten Haaren herumzufummeln. Angesichts dieser neuen Information macht es mir nicht mehr so viel aus, dass ich nach Fisch rieche.

»Ich kann dir nichts versprechen, aber eine große Universität hier hat irgendwann damit angefangen, Familienregister zu sammeln und sie zu digitalisieren. Wir könnten versuchen rauszufinden, ob dein Vater im gleichen Stadtbezirk wie Kwon Hyeun gelebt hat.«

»Hat Boyoung das nicht vielleicht schon gemacht?«

»Keine Ahnung. Vielleicht weiß sie nichts davon. Ich hab nur davon erfahren, weil der Präsident der Universität vor ein paar Monaten auf einem meiner Flüge war und einen der *chaebols*, der einen Privatjet besitzt, nach finanziellen Mitteln gefragt hat.«

»Lass uns gehen.«

KAPITEL ACHTZEHN

Die Datenbank der Universität spuckt zwei Ergebnisse aus. *Das ist es*, denke ich. *Eine der zwei Adressen ist die meiner Mutter.*

»Mach dir nicht zu viele Hoffnungen«, warnt Jules, als wir uns auf den Weg zur U-Bahn-Station machen.

»Natürlich nicht.« Wir wissen beide, dass das nicht stimmt. Eine der Adressen muss es sein. Wenn nicht, dann bleiben mir nur zwei verschwommene Fotos und zwei unleserliche Namen auf der Rückseite. Eine dieser Adressen ist Kwon Hyeuns, und sie ist meine Mutter. Ich spüre ein Ziehen in mir, als wäre ein Magnet aktiviert worden.

»Da beide Straßen auf der anderen Flussseite liegen, können wir auch die U-Bahn nehmen. Die Brücken sind immer überfüllt. Mit dem Taxi würde es länger dauern«, schlägt Jules vor.

Ich widerspreche nicht. Mir geht langsam das Geld aus.

Die erste Adresse ist nicht weit von der U-Bahn-Station entfernt.

In der Bahnhofshalle läuft Jules einem Kollegen über den Weg. Die zwei reden kurz. Jules erzählt mir, dass obwohl zehn Millionen Menschen in Seoul leben und die Stadt sehr groß erscheint, sie eigentlich klein ist. Alle seien irgendwie miteinander verbunden.

Jules' plötzliche Gesprächigkeit ist etwas nervig. Wenn selbst meine ansonsten eher unterkühlte Mitbewohnerin anfängt, mich zu trösten, muss es um meine Aussichten, meine Mutter zu finden, schlecht stehen. Und ich weigere mich, so zu denken. Sie ist es. Kwon Hyeun ist es.

Wir verlassen die Untergrundstation und laufen einen kleinen Hügel hinauf. In Seoul geht es ständig bergauf. Obwohl dieser Stadtteil mit einer hohen Betonwand von den Bahnschienen abgetrennt ist, bringt das Grollen der Züge auf den Schienen die Erde zum Beben. Die Straße ist schmal und bietet gerade genug Platz, dass ein Auto durchfahren kann. Kleine Häuser stehen rechts und links, aufeinandergestapelt wie ungleichmäßige Bausteine. Zwischen Straße und Hauseingängen verlaufen Steinmauern, die jedoch nicht hoch genug sind, um den oberen Wohnungen als Sichtschutz zu dienen. Auf den Balkonen weiter oben weht Wäsche wie bunte Flaggen. Ich weiß nicht, ob meine Atemlosigkeit davon kommt, dass wir bergauf gehen, oder von der Aussicht, gleich meiner Mutter gegenüberzustehen.

»Du siehst aus, als würdest du gleich in Ohnmacht fallen«, kommentiert Jules, eine Hand auf dem Tor. »Soll ich warten oder anklopfen?«

Ich atme tief ein und presse eine Hand auf die Stelle, wo mein Herz von innen gegen meinen Brustkorb hämmert. »Klopfen. Auf jeden Fall. Klopfen.«

Als Jules mit der Faust gegen das Tor schlägt, verändert sich plötzlich etwas. Ich bereite mich auf eine Enttäuschung vor. Die letzten zwei Besuche waren ein Reinfall. Die Anhaltspunkte auf zwei der Fotos sind dem Kaffee zum Opfer gefallen. Mein Dad war ein Arschloch, der seinen

Samen vom einem Ende Seouls zum anderen gestreut hat. Jede Frau, die dumm genug war ...

Das Tor schwingt knarrend auf, und eine winzige Frau steckt ihren Kopf hinaus. Ihr Gesicht weist nur ein paar wenige Falten auf, dennoch sieht man, dass sie schon älter ist. Ich schätze in ihren Sechzigern. Zu alt, um meine Mutter zu sein.

Mein Herz zieht sich zusammen. Der Magnet ist nicht aktiv.

Jules und die Frau sprechen kurz miteinander.

»Was sagt sie?«, frage ich, als wüsste ich es nicht längst. Körpersprache ist universell verständlich.

»Dass sie keinen Lee Jonghyung kennt.«

»Natürlich nicht.« Aber da ich verzweifelt bin, ziehe ich meine letzten Won aus dem Portemonnaie und halte sie der Frau hin. Das Tor knarrt wieder und öffnet sich etwas weiter. »Sie soll sich das Foto noch mal ansehen.«

Jules zeigt auf das Foto und dann auf mein Gesicht.

Der Blick der älteren Frau zuckt zwischen dem Bild, meinem Gesicht und dem Geld zwischen meinen Fingern hin und her. Dann macht sie zwei Schritte auf mich zu, schnappt sich das Geld und sagt etwas, bevor sie wieder hinter dem Tor verschwindet. Es fällt quietschend ins Schloss.

Jules schüttelt den Kopf. »Sie hat gesagt, dass du hübsch bist und dass, wenn sie eine Tochter hätte, es schön wäre, wenn du es wärst. Wenn du möchtest, kannst du gerne wiederkommen und deine familiären Pflichten erfüllen, indem du jeden Sonntag Essen und Geld vorbeibringst.«

Ich kann mich nicht mal über den Verlust des Geldes ärgern. Ich habe mir das selbst eingebrockt.

»Möchtest du es gut sein lassen?«, fragt Jules.

»Nein. Wenn ich heute enttäuscht werden soll, dann wenigstens richtig.«

Es ist nach fünf, als wir uns auf den Weg nach Yangcheon-gu südlich des Flusses machen. Es ist heiß, und wir sind müde. In der U-Bahn-Station habe ich mir einen Hut und ein Haargummi gekauft, um meinen nassen *ramyeon*-Look zu kaschieren. Und mehr Geld abgehoben. Mom wird mich umbringen, wenn sie rausfindet, dass ich alle Ausgaben über die Kreditkarte laufen lasse. Obwohl meine Taufe auf dem Markt schon Stunden her ist, kann ich immer noch den schwachen Geruch von Garnelen an mir riechen. Ich denke kurz darüber nach, den dritten Besuch auf einen anderen Tag zu verschieben, aber ich fürchte, dass ich Jules nicht noch einmal dazu überreden kann, mit mir aus dem Haus zu gehen. Und ebenso möglich wäre es, dass ich nie wieder das Haus verlassen werde. Meine Enttäuschung ist so groß, dass sie mich ganz benommen macht. Da ist nichts außer Leere in mir. Würde man mich schütteln, dann würde man nur das Klappern meiner Knochen hören.

»Mir tun die Füße weh«, beschwert sich Jules.

»Mir auch.« Ich fühle mich, als hätten wir die komplette Stadt abgelaufen.

»Du solltest mich tragen.«

Ich mustere Jules lange Gestalt. »Auf keinen Fall.«

»Na gut, aber dann lädst du mich zu Rindfleisch ein, und zwar dem guten Zeug – *hanwoo.* Ich will koreanisches Rindfleisch, das über Kohle gegrillt wird und nicht auf einem elektrischen Grill. Es gibt das dieses Restaurant in Myeong-dong, in das mich mein Ex immer ausgeführt hat. Obwohl, nein, ich nehme das zurück. Du solltest ein Privatzimmer bei Born and Bred reservieren.« Sie schürzt die Lippen. »Da wollte ich immer schon mal essen.«

»Na gut.« Mir rinnt das Geld durch die Finger. Der Magnetstreifen meiner Kreditkarte ist abgenutzt; bei der letzten Abrechnung bin ich zusammengezuckt.

»Echt? Das kostet dreihundert Dollar pro Person.«

»Was?« Ich bleibe stehen und starre Jules an. »Auf keinen Fall lade ich dich zu dreihundert Dollar teurem Rindfleisch ein. Meine Güte, woraus besteht das? Gold?« Hat das Dinner mit Yujun in seinem Lieblings-*hanwoo*-Restaurant etwa auch so viel gekostet? Kein Wunder, dass es so lecker war.

»Niemand isst Gold.« Jules verdreht die Augen. »Wieso sagst du so was überhaupt?«

Ich beiße mir auf die Zunge, um Jules nicht anzuschreien. Als ich mich wieder einigermaßen unter Kontrolle habe, murmele ich: »Das ist eine Metapher.«

»Eine bescheuerte.«

»Gibt es hier Überwachungskameras?«

»Wahrscheinlich. Wieso?«

»Weil ich dich vielleicht umbringen werde. Aber da ich nicht den Rest meines Lebens in einer koreanischen Gefängniszelle verbringen möchte, warte ich, bis wir irgendwo sind, wo es keine Kameras gibt.«

»Kein Grund, gleich ...«, Jules hält inne und bleibt vor einem Tor stehen. »Warte mal ... Ist das die Adresse? Gib mir dein Handy.«

Ich knalle das Gerät in ihre wackelnden Finger, und sie überprüft die Adresse. Derweil versuche ich, etwas Ungewöhnliches an dem Tor festzustellen. Warum ist Jules so überrascht? Hat sie Anzeichen entdeckt, dass es sich um das

Hauptquartier einer Sekte handeln könnte? Ist es das Haus eines Promis? Das Tor ist groß und aus Holz mit einem einfachen Eisenbeschlag in der Mitte. Auf einem Betonpfeiler, der die eine Seite des Tores stützt, ist ein schwarzer Kasten angebracht.

»O. Mein. Gott.« Jules packt meinen Arm. »Was, wenn es das Haus deiner Großeltern ist und deine Mutter dich weggegeben hat, um nicht verstoßen zu werden?«

Ich löse Jules' Finger von meinem Ärmel. »Bist du Flugbegleiterin oder Schriftstellerin?«

»Vielleicht beides? Ich habe dir ja gesagt, dass Fliegen langweilig ist. Manchmal denke ich mir Geschichten aus, zum Beispiel wie ich die Passagiere aus dem Fenster schmeiße.« Sie stellt sich auf die Zehenspitzen, als ob als sie sich weit genug strecken könnte, um über das Tor zu sehen. »Das Haus meines Ex sah so aus.«

»Ich dachte, dass du seine Eltern nie kennengelernt hast.«

»Hab ich auch nicht. Aber ich hab ihre Adresse in seinem Handy gefunden und bin mit dem Taxi hingefahren.«

Ich mustere meine Mitbewohnerin einen Moment lang schweigend.

»Wieso starrst du mich so verurteilend an? Ein bisschen stalken ist doch normal.«

»Normal?«

»Ja. Ich bin schließlich nirgendwo eingebrochen. Und wir waren *zusammen*«, fügt sie betont hinzu und wackelt mit den Augenbrauen. Bevor sie den Kopf senkt, vermutlich weil ihr einfällt, dass sie nicht mehr zusammen sind. »Wie auch immer, als ich vor seinem Haus stand, hat alles mehr Sinn ergeben. Reiche Familien hier in Korea verheiraten ihre Kinder mit anderen reichen Familien. Da geht es nicht um Liebe oder Romantik oder Seelenverwandtschaft. Es geht darum, den Reichtum für alle Ewigkeit zu bewahren, damit man nicht in einer Wohnung neben der U-Bahn endet oder in einem Untergeschoss oder auf einem der höchsten Berge ohne Aufzug.«

Jules' Tonfall ist nüchtern, aber in ihren Worten liegen Schmerz und Verbitterung. Wären wir Freundinnen, wäre sie Kelly oder Boyoung, dann würde ich ihr in diesem Moment die Schulter drücken. Aber sie ist nun mal Jules, und damit ist es wahrscheinlicher, dass sie mir in die Hand beißt, als dass sie meinen Trost zu schätzen weiß. Darum sage ich schlicht: »Das ist echt scheiße.« Und meine es auch so.

»Es ist, wie es ist. Wie auch immer, lass uns rausfinden, ob das das richtige Haus ist.« Jules zuckt mit den Schultern, als ob sie die Tatsache, dass ihr Ex mit ihr Schluss gemacht hat, nicht mehr jucken würde. Allerdings bin ich eine Expertin in Sachen Zurückweisung und weiß nur allzu gut, dass sie die Tendenz hat, so lästig wie Zahnschmerzen zu sein. Bin ich nicht genau aus diesem Grund um die halbe Welt geflogen, um meinen Samenspender und meine leibliche Mutter zu finden? Ich wollte eine Antwort. Als ob die Wahrheit – welche auch immer – aus dem Mund der Menschen, die mich gezeugt haben, irgendwie die Wunde heilen könnte, die noch immer schmerzt. Ich habe diese Wunde, dass ich offenbar nicht gut genug war, um mich zu behalten, überdeckt, aber sie lungert stets in meinem Hinterkopf.

Jules wirft mir einen besorgten Blick zu. »Lass dich nicht verletzen, sollten diese Leute deine Existenz leugnen. Wenn ein Kind einfach so aus dem Nichts vor der Tür steht, dann ist das sehr peinlich für sie. Diesen Leuten geht es nur darum, das Gesicht zu wahren und nach außen gut auszusehen.«

»Ich werde mir die größte Mühe geben, gleichgültig gegenüber dem zu sein, was meine leibliche Familie über mich denkt.«

»Ja. Das sind nur Menschen«, sagt Jules auf ihre sehr spezielle Art und Weise ermutigend.

Ich klopfe an das Tor.

»Nee.« Jules schiebt mich zur Seite. »Das hier ist das reiche Korea. Hier ist alles Hightech.« Sie drückt einen Knopf und schiebt ihr Gesicht vor das schwarze elektronische Pad.

»Beim letzten Haus nicht.«

»Wir sind nicht mehr beim letzten Haus«, erwidert Jules und tauscht ihren irritierten Gesichtsausdruck gegen einen freundlichen aus, als sie den Knopf drückt und sagt: »*Annyeonghaseyo.*«

»*Yeoboseyo?*«, kommt die prompte Antwort.

Jules winkt. »Hallo. Ich bin hier, um Kwon Hyeun zu treffen.« Sie zerrt mich zu sich rüber, sodass sich jetzt mein Gesicht vor der versteckten Sicherheitskamera befindet. »Jemand aus Amerika ist hier, um sie zu sehen.«

Es entsteht eine Pause.

»Denken die, dass wir von den Zeugen Jehovas sind? Gibt es die Zeugen Jehovas hier überhaupt?«, frage ich, während ich von einem Fuß auf den anderen trete.

»Ja, aber ... «

Eine Stimme ertönt durch die Sprechanlage.

»Was hat sie gesagt? Was hat sie gesagt?« Hoffnung füllt die leere Höhle meines Herzens. Ich umklammere Jules' Arm.

»Sie ist zu Hause. Sie bittet uns zu warten«, antwortet Jules atemlos. »Ich denke, dass sie rauskommt.«

»Sie kommt?«, quietsche ich.

Das habe ich nicht erwartet. Ich bin davon ausgegangen, dass dies eine weitere Sackgasse ist. Ich bin völlig unvorbereitet. Ich sehe aus, als hätte mich eine U-Bahn durch einen Tunnel geschleift. Mein Haar ist zerzaust. Ich bin total verschwitzt. Habe ich Zeit, um etwas Make-up aufzutragen?

Ich ziehe Jules von der Sprechanlage weg. »Wie sehe ich aus?«

»Als wärst du fünf Kilometer in der Hitze durch Seoul gelaufen.«

Ich wische mir mit dem Handrücken über die Stirn. »So schlimm?«

Jules nickt. »Ziemlich schlimm. Hast du etwas Make-up? CC-Creme?«

»Getönte Sonnencreme.« Ich wühle in meiner Tasche und drücke etwas von der Creme in meine Hand und verteile sie zusammen mit dem Dreck auf meinem verschwitzten Gesicht.

»Besser verreiben. Du siehst aus, als würdest du dich auf die Rolle für *Casper, das freundliche Gespenst* bewerben.«

»Shit, wie schrecklich.« Ich presse meine Handflächen fester an meine Wangen.

Jules reicht mir einen Lippenstift. »Benutz den auch.«

Das Tor öffnet sich, noch bevor ich die Farbe auftragen kann. Eine Frau tritt heraus und schließt das Tor hinter sich. Sie starrt mich eine lange, schreckliche, wundervolle Minute an. Es ist die Frau auf dem Bild. Die, die den Jeansrock, die Keilabsätze und den kurzärmligen Pullover mit der hübschen Kette trägt.

Laute sammeln sich in meiner Kehle. In meiner Vorstellung breche ich in das größte Jubelgeschrei aus.

Ich mache einen Schritt nach vorn, mein Herz schlägt so

laut, dass es mit Sicherheit jeder hören kann. Ein Summen setzt in meinen Ohren ein. Hinter meinen Augen pulsiert es, und auf einmal fühlt sich mein Hals ganz kratzig und heiser an, obwohl ich heute nicht viel geredet habe.

»M-M-Mom?« Mom? Kam das gerade aus meinem Mund?

Die Frau neigt den Kopf zur Seite. »Dürfte ich bitte das Bild sehen?«

»Sie sprechen Englisch?« Ich scanne das Gesicht der Frau. Werde ich so in zwanzig oder wie viel Jahren auch immer aussehen? Die Frau könnte eher meine Schwester als meine Mutter sein. Apropos Schwester, habe ich Geschwister? Ist dies das Haus meiner Mutter? Ist dies das Haus meiner Großmutter? Wer lebt sonst noch hier?

»Ich ... Ein wenig.« Sie wendet sich von mir ab, um mit Jules zu sprechen.

Ich sauge jede unverständliche Silbe, jeden Laut auf.

Jules zieht das Foto hervor und reicht es Kwon Hyeun, die es mehrere lange, stille, quälende Sekunden studiert. Dann schüttelt sie den Kopf und sagt etwas zu Jules.

Ich will, dass Kwon Hyeun wieder Englisch spricht. Ich will Teil der Unterhaltung sein.

Entschlossen schiebe ich Jules zur Seite. »Bitte, kennen Sie diesen Mann? Haben Sie vor fünfundzwanzig Jahren ein Baby zur Welt gebracht?«

»Sie kennt weder dich noch Lee Jonghyung«, wirft Jules ein.

»Aber das da auf dem Foto ist sie«, beharre ich.

»Ich weiß, aber sie sagt, dass sie es *nicht* ist und dass sie nie ein Kind bekommen hat.«

Meine Euphorie verwandelt sich in Wut. Ich stemme mir die Fäuste in die Seiten, damit ich die ältere Frau nicht packe und schüttle, bis eine Bestätigung aus ihrem Mund kommt. Auf Kwon Hyeuns Gesicht hat eben ein Hauch des Wiedererkennens gelegen. Der Magnet war polarisiert. Diese Frau weiß etwas.

»Wie kann es sein, dass ich ein Foto von ihr und meinem Dad habe und sie ihn nicht kennt?«

Jules schenkt mir ein verkniffenes Lächeln. »Eine alleinerziehende Mutter zu sein bedeutet hier ein Stigma. Und sein Kind wegzugeben ist noch schlimmer, schätze ich.«

Ich nehme das Foto und halte es Kwon Hyeun vors Gesicht. »Das sind Sie.«

Sie schüttelt den Kopf, leugnet es.

»Hier. Nehmen Sie das.« Jules kritzelt etwas auf ein Stück Papier und drückt es der Frau in die Hand.

»Ich weiß, dass Sie das sind«, beharre ich. »Hören Sie zu: Ich bin Ihr Kind. Das da ist mein Vater. Oder nicht wirklich mein Vater, aber der Samenspender. Ich weiß das.« Ich zittere jetzt. Die Wörter sprudeln so schnell aus mir heraus, dass sie sich fast überschlagen.

Kwon Hyeun leugnet es noch immer. »Es tut mir leid«, sagt sie auf Englisch mit koreanischem Akzent. »Ich kenne diesen Mann nicht.« Sie schiebt sich hinter das Tor. »Und ich kenne Sie nicht.«

Das Tor fällt lautlos ins Schloss. In meinen Ohren klingt es, als wäre es mit aller Wucht zugeschlagen worden.

KAPITEL NEUNZEHN

Ich starre das geschlossene Tor an, die Hände noch immer zu Fäusten geballt an meinen Seiten.

»Du siehst aus, als würdest du dich gleich in den Hulk verwandeln und das Tor zerschmettern.«

»Denkst du, dass ich das könnte?« Die Frau hinter dem Tor ist die Frau auf dem Foto, und die Tatsache, dass Kwon Hyeun es leugnet, macht die ganze Sache verdächtig. Sie hat mich angestarrt, als ob sie es wüsste, als ob sie mich erwartet hätte.

»Nein.« Jules umfasst meine Handgelenke und beginnt, mich die Straße runterzuziehen. »Abgesehen davon wird sie die Polizei rufen, und dann stecken sie dich in ein koreanisches Gefängnis, und du wirst entweder abgeschoben oder musst für immer hierbleiben.«

»Ist das dein Ernst?«

»Ich meine, ich spreche nicht aus persönlicher Erfahrung, aber ich schaue Serien, und solange du kein Sportstar oder Promi bist, werden sie dich garantiert wegsperren.«

»Ist zur Kenntnis genommen.« Ich entfalte meine Finger langsam und zwinge mich, mich zu beruhigen. Nicht, weil Jules behauptet, dass ich wegen Einbruch ins Gefängnis gehen könnte, sondern weil ich nicht auf die andere Seite dieses Tores komme, es sei denn Kwon Hyeun lässt es zu. Also muss ich mir etwas ausdenken, um auf die andere Seite zu gelangen. Es ist an der Zeit, sich zurückzuziehen und neu zu kalibrieren. Ich brauche einen Plan.

»Lass uns essen gehen. Ich hab Hunger.«

Ich schüttele meine Tasche. »Ich habe zehntausend Won. Was bekommen wir dafür?«

»Nicht viel. Ich habe auch ein paar Won.«

Die »paar Won« reichen für eine Schüssel Instant Ramen und ein Sechserpack Bier von einem kleinen Laden am Rande des Parks, nicht zu weit entfernt von dem mauerumschlossenen Haus. Ich trage alles zur Kasse und zahle, während Jules die beiden Plastikschüsseln mit heißem Wasser aus einem praktischen Spender an der Wand füllt.

Der Angestellte sagt etwas zu mir, und ich kann es nicht verstehen. Wir starren uns an, bis Jules kommt und mich beiseiteschubst. Sie zahlt mit ihrem Handy und bedeutet mir, das Bier zu nehmen. Ich folge ihr nach draußen zu einem kleinen Tisch auf dem Bürgersteig vor dem Vierundzwanzig-Stunden-Supermarkt. Jules stellt die zwei Schüsseln ab und legt die in Papier gewickelten Essstäbchen darüber.

»Dein Koreanisch ist zu steif. Du sprichst jede Silbe aus, so wie deine Übersetzungs-App. Koreaner nuscheln eher, sie verschlucken die Hälfte der Silben. Du sagst nicht *annyeonghaseyo*, du sagst *haseyo*. Der *annyeong*-Teil bleibt hinten in der Kehle und kommt dir nicht über die Lippen. Versuche es.« Sie langt zu mir rüber und quetscht meine Lippen zusammen.

Ich nuschele es.

»Gut. Und wenn du gehst, dann sagst du *gyeseyo*. Sag es genau so, und dein Freund wird ganz schön beeindruckt von dir sein.«

»Er ist nicht mein Freund.«

»Doch, ist er. Das einzig Gute an koreanischen Typen ist, dass sie sehr schnell romantisch werden. Sie verlieren auch schnell wieder das Interesse, aber für die Zeit, die es andauert, wird er dich mit Geschenken überhäufen. Wusstest du, dass sie den Tag feiern, an dem sie ihr erstes Date hatten? Sie nennen es ›Tag eins‹.«

Mir wird klar, dass es nicht um mich geht. Sondern um Jules Schmerz und Verlangen. Ihre Trennung ist noch frisch.

»Du vermisst ihn, nicht wahr?« Ich öffne ein Bier und schiebe es über den Tisch.

Jules zuckt mit den Schultern. »Ja, verdammt.« Sie leert ihr Bier in einem Zug und öffnet noch eins. »Ich habe vor, mich zu betrinken, sorry. Du wirst uns ein Taxi rufen müssen, damit wir nach Hause kommen.«

»Ich fühle mich, als würde der halbe Staub der Stadt an mir kleben.«

»Ich auch.« Jules nimmt einen weiteren tiefen Schluck. »Nach dem heutigen Tag wird der morgige Flug ein Kinderspiel.«

Obwohl ich kein Fan von willkürlichen körperlichen Zuneigungsbekundungen bin, juckt es mich, Jules in einem Anflug von Dankbarkeit zu umarmen. Ohne sie wäre ich nicht so weit gekommen. Ich säße immer noch zu Hause fest und würde auf eine Nachricht von Boyoung warten. Ich weiß nicht, ob Jules nur hier ist, um sich auf meine Kosten zu amüsieren, oder um das Mysterium zu enträtseln, oder aus einem anderen Grund, den nur sie kennt, aber sie ist hier. Sie hätte schon vor Stunden aussteigen können.

»Danke, dass du mitgekommen bist.«

»Ach, das war besser, als nur zu Hause rumzusitzen.« Sie ist nicht gut darin, Momente wie diesen auszuhalten. Ich verstehe sie. Mir sind sie auch unangenehm.

Jules zieht den Pappdeckel von ihrem Ramen ab.

Ich tue es ihr gleich, wickle die Essstäbchen aus, breche sie auseinander und esse, bevor die Nudeln zu weich werden.

Für eine Weile ist nur zu hören, wie zwei junge Frauen ihre Nudeln schlürfen. Als ich satt bin, schiebe ich die Schüssel weg und nehme einen Schluck Bier. Koreanisches Bier schmeckt ähnlich wie amerikanisches.

»Erzähl mir von ihm. Deinem Ex in dem großen Haus.« Ich will die Geschichte hören, und ich denke, dass Jules sie mit jemandem teilen sollte. Pläne, das Kwon-Haus zu erstürmen, können später geschmiedet werden. Sie wird nirgendwo hingehen und ich auch nicht.

Jules hievt sich vom Tisch hoch. »Ich brauche Eis, bevor ich darüber reden kann.«

»Wir hatten welches zum Mittagessen.«

»Mir war nicht klar, dass es ein Tageslimit gibt.«

Als sie im Laden verschwindet, hole ich mein Handy hervor und checke meine Nachrichten.

Immer noch nichts von Boyoung, dafür zwei SMS von Yujun.

YUJUN: Das Abendessen schmeckt nicht so gut, wenn du nicht dabei bist.

YUJUN: Ich habe morgen früh ein Meeting, aber ich habe vor, danach zu gehen. Wir treffen uns an der Metro-Station, weil du die so gerne magst.

»Wieso lächelst du? Ich habe dir dein Eis noch nicht gegeben.«

Ich schaue von meinem Handy hoch und sehe, dass Jules mir ein in Papier gewickeltes Eisdessert reicht. »Ach, nichts.« Ich will kein Salz in die Wunde streuen.

»Okay, behalt dein Boyfriend-Geheimnis für dich.« Sie plumpst auf den Plastikstuhl mir gegenüber.

»Er sagt, dass er morgen früh arbeiten muss.«

»Stimmt wahrscheinlich. Koreaner sind Workaholics.«

»Du wolltest mir von deinem Ex erzählen«, erinnere ich sie. Das Eis ist eine dieser schokoladenüberzogenen Waffeln mit Nüssen drauf. Ich schätze, dass manche Desserts universell sind. Ich meine, wer bitte mag Eis und Schokolade nicht?

»Lee Bowon. Er unterrichtet Mathe an einer Privatschule für Jungs. Der Lehrerberuf ist hier sehr hoch angesehen. Nicht wie zu Hause, wo sich keiner um die Lehrer schert. Hier werden sie richtig verehrt. *Seonsaengnim* ist einer der angesehensten Titel, den man einer Person geben kann, er bedeutet wörtlich ›Lehrer‹. Also, wie auch immer, er gilt als gute Partie, und seine Mom hat ihm immer zu Blind Dates geschickt. Eine der Anwärterinnen ist Medizinstudentin an der SNU. Seoul National University. Eine andere studiert Jura an der Yonsei. Die dritte macht gerade ihren Ingenieursabschluss an der Korea-Universität – die wird SKY genannt. Er ist natürlich Seoul-University-Absolvent.« Jules beißt in ihre Waffel und kaut wütend. »Er hat alle Einladungen ignoriert, dachte ich zumindest. Ich meine, wir waren wie du und Choi Yujun. Wir waren jeden Abend zusammen. Wir waren am Seokcho und haben uns am Strand geküsst, haben am Ilsan-See Händchen gehalten und haben noch viele andere Sachen zusammen unternommen.«

Sie nimmt einen tiefen Schluck von ihrem Bier. »Und dann eines Tages hat er mir verkündet, dass wir uns nicht mehr sehen können, weil er sich verloben wird.«

Meine Güte, er hätte ihr auch gleich ein Messer ins Herz rammen können. Das wäre netter gewesen.

»War es das Mädchen von der Korea-Universität?«

Jules zieht die Augenbrauen zusammen. »Woher weißt du das?«

»Mathe und Ingenieurswesen. Hört sich so an, als passten sie zusammen – im Gegensatz zu Eis und Bier.«

»Du hast einfach noch nicht genug getrunken«, sagt Jules trotzig. Ihr Mund ist schon wieder voller Eis. »Was macht dein Freund überhaupt?«

Ich habe aufgehört zu leugnen, dass Yujun und ich miteinander ausgehen – schließlich tun wir es ja tatsächlich irgendwie –, aber er ist nicht mein Freund. Er ist ... eine Urlaubsromanze. Ein Urlaubsfreund. Gibt es dafür einen passenden Begriff? Ich spiele mit der Papierverpackung an der Spitze der Eiswaffel. »Logistik. Obwohl ich nicht genau weiß, was das heißt. Er hat Meetings, und er trägt Anzughosen zur Arbeit.« Ich erinnere mich an seine Pläne für den Abend. »Er führt seine Angestellten zum Essen aus.«

»Und er hat einen Fahrer und ein fettes schwarzes Auto. Ich verwette mein Gehalt, dass er in einer der *chaebol* ist.«

»*Chaebol* bedeutet noch was anderes?«

»*Chaebol* sind Super-Konglomerate, denen praktisch alles gehört. Von dem Eis, das du gerade isst, über die Kühlvorrichtung, in der es gelagert wird, bis hin zum Laden, der es verkauft.« Jules trinkt noch mehr Bier, bevor sie sich wieder ihrem Eis widmet. Sie verzieht das Gesicht. »Du hast recht. Bier und Eis sind eine fiese Mischung. Vielleicht kann man auch *nie* genug Bier trinken, damit die Kombi gut schmeckt.«

»Ich weiß nicht.« Ich trinke meine zweite Dose, und der leichte Schwindel in meinem Kopf fühlt sich gut an. Meine Füße tun nicht mehr weh, ich rieche nicht mehr nach Dreck und Schweiß, oder vielleicht doch, aber der Biergeruch überlagert alles andere. Ich weiß nicht, wie reich Yujun ist. Spielt das überhaupt eine Rolle? Es ist ja nicht so, als würde ich mich von seinem Status beeinflussen lassen. Wir haben Spaß zusammen. Die gesellschaftliche Stellung eines Urlaubsfreundes ist irrelevant, da er nichts mit deinem richtigen Leben zu tun hat.

Ich esse meine Waffel auf und öffne noch ein Bier.

»Ich dachte immer, dass meine Geschichte tragisch ist«, sagt Jules und greift nach dem letzten Bier. »Ausländisches Mädchen verliebt sich in einheimischen Jungen, nur um von einer Einheimischen ersetzt zu werden. Aber deine Geschichte übertrumpft meine. Du kommst hierher, findest heraus, dass dein richtiger alter Herr das Zeitliche gesegnet hat und außerdem ein Arschloch war, das sein Sperma versprüht hat wie ein Bauer Dünger auf dem Feld.« Sie hält ihr Bier in meine Richtung. »Herzlichen Glückwunsch.«

Ich kann über diese Zusammenfassung nicht mal wütend sein. Es ist die reine Wahrheit. Ich stoße mit ihr an. »Danke.«

»Ich hätte ahnen sollen, dass aus der Sache nichts wird, nachdem er mich nie seinen Eltern vorgestellt hat. Das bedeutet etwas in Korea.«

»Ist das in Amerika nicht auch eine große Sache?«

»Nicht so groß wie hier. Hier bedeutet es quasi, dass er dich heiraten wird. Ich hab mal ein koreanisches Mädchen kennengelernt, das nicht mal die Namen seiner Eltern kannte, bis ihr Freund ihr einen Antrag gemacht hat.«

»Na ja ...« Ich lasse die restlichen Tropfen aus meiner Bierdose in meinen Mund laufen.

»Ich weiß. Das ist ein Zeichen.« Sie beugt sich vor.

»Ein Zeichen wofür? Dass das Bier alle ist?« Ich stelle meine leere Dose auf den Tisch.

»Nein, dafür dass wir beide Korea den Rücken kehren sollten. Es muss doch bessere Länder mit besseren Geschichten geben. Ich entscheide mich für Neuseeland.«

»Wieso ausgerechnet Neuseeland?«

»Weil dort jeder nett ist. Selbst die Vögel sind flugunfähig.«

Ich bin angetrunken genug, um einen Sinn darin zu erkennen. »Okay, Neuseeland also.« Ich stehe auf. »Aber bevor wir gehen, trinken wir noch ein Bier.«

Es ist dunkel, als wir zu Hause ankommen. Irgendwann habe ich beschlossen, dass Alkohol mich depressiv macht, und aufgehört zu trinken. Jules dagegen hat verkündet, dass es ein Fehler sei, mit dem Trinken aufzuhören, und ist von Bier auf Soju umgestiegen; sie schüttet den starken Reiswein in sich rein, als wäre er Wasser.

Sie taumelt auf ihren Keilabsätzen, als wir mal wieder einen Hügel erklimmen. Vorsichtshalber halte ich sie am Ellbogen fest, damit sie nicht hinfällt. In der anderen Hand halte ich den Sechserpack Bier, von dem ich nichts mehr trinken möchte. Ich hatte meine Zweifel im Vierundzwanzig-Stunden-Supermarkt, aber als mich der Verkäufer auf

Koreanisch anraunzte, während ich die Münzen, die ich auf dem Boden meiner Tasche gefunden hatte, zählte, entschied ich, dass das Bier eine Notwendigkeit war, ohne die ich nicht leben konnte. Rückblickend ergibt es absolut keinen Sinn, etwas zu kaufen, nur weil man sauer auf den Verkäufer ist, aber ich war wild entschlossen, das Bier zu bezahlen.

»Er mag deine Münzen nicht«, informierte mich Jules mit übermäßig lauter Stimme.

»Dachte ich mir.« Er zeigte immer wieder auf mein Handy. Ich ignorierte ihn und zählte methodisch alle Won, die ich hatte.

Aber jetzt, wo das Sixpack schwer an meinem Arm hängt und jeder Zentimeter meiner Haut mit Staub bedeckt ist, denke ich, dass ich die Münzen wohl besser für eine Packung Feuchttücher ausgegeben hätte.

Ich wische mir mit dem Arm über die Stirn. »Wird der Berg steiler?«

»Nein. Korea ist bergig. Du wirst dich daran gewöhnen.«

»In sieben, nein, in sechs Tagen, bin ich weg.« Es bleibt keine Zeit, sich an irgendetwas zu gewöhnen. Es bleibt keine Zeit, die Sprache zu lernen. Es bleibt keine Zeit, um eine Bezahl-App herunterzuladen. Es bleibt keine Zeit, sich in Yujun zu verlieben.

»Oh.« Jules schweigt.

Vor uns blitzen Scheinwerfer auf. Eine Autotür öffnet sich und fällt leise zu. Ein großer Mann kommt aus der Dunkelheit und spaziert uns entgegen, die Hände in den Taschen. Ich kann sein Gesicht nicht sehen, aber ich verwette das Sechserpack und die eingebildeten Feuchttücher, von denen ich mir so sehr wünsche, dass ich sie hätte, dass er ein Lachen auf dem Gesicht trägt.

Jules stößt einen angeekelten Laut aus. »Ich kann immer noch nicht glauben, dass du diesen Typ am Flughafen aufgegabelt hast. Ich lebe auf Flughäfen, und bisher sah da keiner aus wie er.« Sie klopft mir auf den Rücken. »Du solltest das Beste aus den verbleibenden sechs Tagen machen.«

»Hast du mir nicht gerade gesagt, dass ich mich vor koreanischen Jungs in Acht nehmen soll, die uns lockere Amerikanerinnen nur ausnutzen wollen?«

»Aber schau ihn dir doch an.« Jules deutet auf Yujun, der auf uns zukommt.

»Wieso solltest du mit ihm ausgehen, wenn du ihn nicht mit nacktem Oberkörper sehen willst?«

Ich denke darüber nach. Es klingt richtig, dass mir nach alldem Mist, den ich durchgemacht habe, eine gute Sache zusteht. Es wäre ein Verbrechen, Yujun nicht nackt zu sehen.

»Ich wette, dass er Bauchmuskeln hat.« Jules nickt nachdrücklich und fällt dabei beinahe vornüber.

Ich packe ihren Arm und ziehe sie zurück.

»Hattet ihr einen netten Abend?«, ruft Yujun uns entgegen. Er klingt amüsiert.

»Es sieht besser aus, als es tatsächlich war«, antworte ich. »Nichts für ungut, Jules.«

»Alles gut, Hara.« Sie winkt beschwipst ab. »Choi Yujun-ssi, pass auf meine Freundin auf.«

»Sieht aus, als ob du Hilfe gebrauchen könntest.« Yujun legt Jules' Arm um seinen Nacken, bevor er sie den restlichen Berg halb hinaufzerrt und trägt.

»Wie war dein Abendessen?«, frage ich und gehe schnell ein paar Schritte vor, um das Tor zu öffnen.

»Nicht so gut wie deins.« Er schleppt Jules die Vordertreppe hinauf.

Anna öffnet die Tür. Licht fällt aus dem Inneren heraus und beleuchtet seine perfekte Figur ... Breite Schultern, eingehüllt in ein immer frisches weißes Hemd, und ein schmale Taille, die von einer dunklen, an den Knöcheln gesäumten Hose akzentuiert wird. Er ist so groß und so umwerfend, dass er mich beinahe alle schlimmen Dinge, die heute passiert sind, vergessen lässt.

Ich warte draußen, während er Jules an unsere Mitbewohnerin übergibt. Es ist spät. Er will wahrscheinlich nach Hause und ins Bett, trotzdem ist er hier. Er hat auf mich gewartet.

Er sagt etwas zu Anna, die in einer Art und Weise kichert, die in mir Territorialansprüche weckt, aber noch bevor ich etwas Dummes tun kann, wie Lipgloss auf sein weißes Hemd zu reiben, schließt sich die Tür.

Yujun schlendert mit seinen sexy langen Beinen auf mich zu. Er bleibt erst stehen, als seine glänzenden schwarzen Schuhe nur noch wenige Zentimeter von meinen staubigen Ballerinas entfernt sind.

»Bist du müde?«

»Nein.« Was gelogen ist. Ich befinde mich in diesem seltsamen Schwebezustand, in dem ich zwar erschöpft bin, aber mein Gehirn noch brummt. Ich habe nicht viele zusammenhängende Gedanken. Eine Frage stürzt über die nächste wie Steine in einer Waschmaschine. Nichts ergibt Sinn in meinem Kopf, aber es gibt viel Lärm. Ich wünschte, ich könnte mein Gehirn ruhigstellen. »Wenn du müde wärst, aber nicht schlafen könntest, wo würdest du hingehen?«

»Zum Fluss«, antwortet er prompt.

»Bring mich dahin. Bitte.«

Er stellt keine Fragen. Er redet nicht. Er führt mich nur zum Auto, setzt mich hinein, als wäre ich ein wertvolles Paket, und fährt los. Im Hintergrund ist ein Rapper mit tiefer Stimme zu hören. Leiser Lärm. Einige Zeilen sind auf Englisch. Ich höre hier und da ein Wort wie »Liebe«, »Hass« und »Seoul«, aber der Song ist hauptsächlich auf Koreanisch. Ich lehne mich gegen die Kopfstütze und lasse zu, dass der Synthesizer und das Wummern der Beats sich einen Weg in meinen Blutkreislauf bahnen.

Wir fahren ungefähr eine halbe Stunde. So spät in der Nacht ist der Verkehr spärlich. Normalerweise sieht man auf den breiten Straßen sonst vier, fünf, sechs Autos nebeneinander, jetzt sind es höchstens zwei. Gelegentlich donnert ein blauer Bus an uns vorbei. Sogar die Gebäude sind dunkel, nur hier und da schimmert Licht in einem Fenster. Die Stadt schläft, ruht sich für den morgigen Tag aus.

Der Park ist ausgestorben, als wir ankommen. Wobei Park ein wenig übertrieben ist. Es gibt hier nicht viel mehr als Betontreppen, eine Bank und ein paar Sportgeräte aus Metall.

»Der Han.« Yujun breitet die Arme in Richtung Fluss aus. Dann streckt er sich nach hinten, zur Rückbank, und zieht eine Papiertüte hervor. Der Geruch nach etwas Süßem und Frittiertem steigt mir in die Nase. Mir läuft das Wasser im Mund zusammen.

Als wir die Bank erreichen, nimmt Yujun zwei Bier aus der Tüte und zwei Gebäckstücke, die wie dicke Pfannkuchen aussehen. »Das ist *hotteok,* was praktisch in der Pfanne gebratener Teig mit Zucker in der Mitte ist. Mit Nüssen oder ohne?«

Vor Freude kommen mir beinahe die Tränen. »Keine Nüsse, bitte.«

Er reicht mir ein Bier und einen *hotteok*. »Heiß schmecken sie noch besser, aber so sind sie auch gut.«

Ich beiße in den knusprigen Teig und lasse den Zucker auf meiner Zunge schmelzen. »Köstlich«, nuschele ich mit vollem Mund.

»*Masitda*. Das ist Koreanisch für ›lecker‹.«

»*Mas-i-t-da*«, wiederhole ich langsam und erinnere mich an Jules Finger, die meinen Mund zusammenquetschen. Ich sage es noch einmal, diesmal schneller. »*Masitda*.«

»Gut.«

Ich weide mich an dem Kompliment, es ist, als ob mitten in der Nacht die Sonne aufgegangen wäre. Alles ist gut. Das Essen, das Wetter, die Gesellschaft. Mein Kopf tut nicht mehr so weh, und mein Herz auch nicht.

»Was gefällt dir an dem Fluss?«

Er streckt die Beine aus, und ich starre auf seinen Knöchel, als wäre ich eine viktorianische Jungfrau, die nur einmal alle Jubeljahre nackte Haut zu sehen bekommt. Jules hat gesagt, dass es ein Verbrechen wäre, wenn ich Yujuns Bauchmuskeln nicht zu Gesicht bekomme. Aber was ist mit seinen Waden und Oberschenkeln? Was ist mit seiner definierten Brust und dem schmalen Streifen Haare, der unter seinem Bauchnabel beginnt?

Das letzte Mal, als wir auf einer Bank am Fluss gesessen haben, habe ich ihn geküsst; und dann bin ich ihm fast auf den Schoß geklettert, habe meine Finger in sein Haar gekrallt und versucht, meine Zunge in seinen Hals zu stecken. Das war das einzige Mal, dass ich ihn wirklich angefasst habe. Meine Fingerspitzen kribbeln bei dem Gedanken an seinen nackten Hals. Ich will seine warme Haut an meiner spüren. Ich will meine Nase in seiner Halskuhle vergraben und meine Lunge mit seinem Geruch füllen.

»Magst du dein *hotteok?*«

Ich reiße die Augen von seinem Schoß los und schaue schuldbewusst zu ihm auf. »Ja.«

Die linke Ecke seines Mundes hebt sich. »Da bin ich froh.«

Grinst er? Ich nehme noch einen Bissen von meinem *hotteok.* Ich habe auf seinen Schoß gestarrt. Vielleicht darf er grinsen.

»Ich auch«, sagt er, und diesmal klingt seine Stimme tiefer und kehliger.

Reden wir überhaupt noch über das *hotteok?*

Er räuspert sich und wendet seinen Blick gnädigerweise dem Fluss zu. »Ich mag, dass er hier ist. Die Stadt verändert sich täglich, aber den Han-Fluss gab es schon vor all den Gebäuden, Autos und Leuten, und er wird auch noch lange hier sein, wenn alles andere verschwunden ist.«

Ich wische mir den Mundwinkel ab, um zu sehen, ob ich sabbere, und richte meine Aufmerksamkeit wieder auf den Fluss. Ich habe ihn darum gebeten, mich an einen Ort fahren, an dem ich meine Gedanken sortieren, nicht an dem ich ihn bespringen kann.

Auf der anderen Flussseite erhebt sich der südliche Teil der Stadt. Links der markante pinzettenförmige Lotte World Tower; die schwachen Konturen der südlichen Bergkämme zeichnen sich hinter Hochhäusern ab, die ihren Platz neben den kleineren Wohngebäuden einnehmen, die einst den Höhepunkt der Modernität darstellten.

Die Stadt verändert sich täglich, hat er gesagt. Diese moderne, schnelllebige Gesellschaft ist nicht mehr, wie sie noch vor fünfundzwanzig Jahren war. Und obwohl das Wasser des Han immer hier war, ändert es sich täglich. Es fließt von den Bergen herunter ins Gelbe Meer. Jede Strömung bringt etwas Neues hervor.

Ich schließe die Augen und beuge mich vor, um dem Fluss zuzuhören, wie er gegen die Brückenpfeiler links von mir schlägt. Ob meine Mutter wohl jemals zum Fluss gekommen ist? Hat sie das Wasser je um Rat gefragt? Hat sie gedacht, dass, wenn sie sich meiner entledigen könnte, wenn ich verschwinde, wie das Wasser den Fluss hinunter verschwindet, dass sie noch einmal von Neuem beginnen könnte?

Der nächste Bissen *hotteok* bleibt mir im Hals stecken. Ich sollte wieder dazu übergehen, mir vorzustellen, wie Yujun ohne Kleidung aussieht. Das war viel angenehmer.

Ich greife nach dem Bier, nehme einen Schluck und bemerke, wie mich Yujun besorgt mustert.

»Ich bin ein guter Zuhörer«, erinnert er mich.

Ich lasse mein Bier auf die Bank sinken und lehne mich zurück. Es sind nicht viele Sterne zu sehen, darum ist es schwer zu sagen, ob der tintenschwarze Fluss den Himmel reflektiert oder ob es umgekehrt ist.

»Ich bin adoptiert, weißt du.«

»Ja, das hast du erwähnt.«

»Ich bin hergekommen, um meine leiblichen Eltern zu finden.«

»Ja.«

Ich halte inne, drehe mich zu ihm, um ihn anzusehen. »Ja? Was meinst du mit *Ja*?«

»Dein Englisch ist zu perfekt, und du hast keine Familie

hier, die du besuchen könntest. Die Teile passen zusammen.« Er verschränkt die Finger.

»Was meinst du damit, dass mein Englisch zu perfekt ist?«

»Die meisten Koreaner, die Englisch lernen, haben einen Akzent, und selbst Koreaner zweiter Generation sprechen mit einem leichten Akzent, da ihre Eltern oder Großeltern zu Hause so sprechen. Und Leute aus dem Westen kommen meist nicht her, wenn sie hier keine Familie haben. Das ändert sich in letzter Zeit, aber ich hatte so ein Gefühl.«

Er zuckt mit den Schultern, beinahe so, als würde er sich für seine Genauigkeit entschuldigen.

»Noch eine Sache: Meine *eomma* setzt sich für Adoptivkinder ein. Oder nicht direkt, sie spendet Geld an eine Stiftung, die daran arbeitet, es hier zu normalisieren.«

Es zu normalisieren.

»Weil man auf Adoptionen herabblickt, richtig?«

Er zögert, nickt dann knapp.

»Wieso hast du nichts gesagt?«

»Ich hatte nicht den Eindruck, dass du darüber sprechen willst.« Er schneidet eine Grimasse. »Adoptionen sind stigmatisiert. Blut ist für uns im kulturellen Sinne sehr wichtig. Wir glauben, dass Leute, die in einem bestimmten Jahr geboren wurden, bestimmte Charaktereigenschaften haben. Wir glauben, dass Leute mit einer bestimmten Blutgruppe sich auf eine bestimmte Art und Weise verhalten. Diese Überzeugungen sind fester Bestandteil unserer Kultur, genauso wie die Berge, die uns umgeben, und ich schätze, nur ein Erdbeben kann große Veränderungen hervorrufen. Bis es so weit ist, können wir unseren kleinen Beitrag leisten.«

Der Gedanke, dass mein Status als »Adoptierte« ein Hindernis von der Größe eines Berges ist, ist nicht gerade angenehm, aber habe ich diese ideologische Idiotie nicht bereits zu Hause erlebt? Angefangen bei den Kindern, die gestichelt haben, dass mich keiner wolle, bis hin zu den Erwachsenen, die gesagt haben, dass ich nicht Pats richtiges Kind sei?

»So ist es nicht nur hier«, gebe ich zu. »Zu Hause hat mal eine Frau meiner Mom gegenüber erwähnt, dass sie niemals adoptieren würden, da man ja nicht wissen könne, was man bekommt.«

Er legt seine Hand auf meine. »Menschen werden immer eine Überraschung für andere sein, ganz unabhängig von den Umständen, unter denen sie auf die Welt gekommen sind.«

Der Fluss ist so still in der Frühsommernacht, dass er wie schwarzes Glas aussieht. Ich kann beinahe meine Unsicherheiten auf der Oberfläche schimmern sehen, neben den reflektierenden Neonlichtern, die sich entlang des Ufers türmen. »Als ich hier ankam, wurde ich gefragt, wieso ich meine leiblichen Eltern finden will, und ich hatte keine Antwort darauf. Aber nicht weil ich es nicht wusste, sondern weil ich den Grund nicht zugeben wollte. Es ist dumm.«

»Das glaube ich nicht.«

Natürlich glaubt er das nicht, aber die Welt ist nicht voller Yujuns, und mir ist klar, dass er es nicht wirklich ganz versteht, aber er will es hören. Und habe ich mich nicht immer danach gesehnt? Gehört und verstanden zu werden?

»Adoptiert zu sein ist, als würde jeder gestreifte Kleider tragen, während man selbst nur welche mit Pünktchen im

Schrank hat«, höre ich mich sagen. »Meine Mutter trug ein gestreiftes Kleid, und wenn wir zusammen unterwegs waren, haben die Leute gefragt, warum sie ein Kind in einem gepunkteten Kleid an der Hand hält. Sollte das gepunktete Kleid nicht bei den anderen gepunkteten Kleidern sein? Aber es gab keine anderen gepunkteten Kleider, nur gestreifte. Du verbringst so viel Zeit damit, auf Leute mit Streifen zu gucken, dass du irgendwann selbst beginnst zu denken, dass du welche trägst, bis sich dein gepunktetes Ich in einem Schaufenster spiegelt und du realisierst, dass du kein Mensch mit Streifen bist. Dann findest du heraus, dass es einen Ort gibt, an dem nur gepunktete Personen leben. Du reist an diesen Ort und bist sehr aufgeregt, weil du zum ersten Mal nicht hervorstichst und dich wie zu Hause fühlst. Aber dann öffnest du den Mund und die gepunkteten Menschen finden raus, dass du eine Betrügerin bist. Sie wissen, dass du im Inneren gestreift oder zumindest keine von ihnen bist. Und der Ort, von dem du einst dachtest, dass du dort hingehörst, existiert so nicht. Du bist immer noch eine Außenseiterin.« Yujun holt Luft, als wolle er etwas erwidern, aber ich bin noch nicht fertig. »Erzähl mir nicht, dass du selbst dieser Tatsache etwas Gutes abgewinnen kannst. Niemandem gefällt es, ein Außenseiter zu sein. Leute sagen nur, dass es ihnen gefällt, weil sie versuchen, sich davon zu überzeugen, dass ihr halb volles Glas sie befriedigt. Jeder Mensch möchte dazugehören. Zu jemandem. Irgendwo.«

Yujun wartet geduldig, bis ich mit meinem Ausbruch fertig bin, bevor er sagt: »Kennst du die Bedeutung von *han*, Hara?«

»Wie im Han-Fluss?«

»Das Wort *han* selbst hat eine Bedeutung. Diese kleine Halbinsel namens Korea war Gegenstand des Neids vieler benachbarter Länder, und sie alle haben darum gekämpft. Sie drängten uns raus, fügten unserem Volk Schmerz zu, dennoch haben wir überlebt. Der Preis war hoch. Unser Land ist geteilt. Unsere wertvollsten Relikte wurden gestohlen. Unsere Paläste brannten ab und wurden wieder aufgebaut und brannten ab und wurden wieder aufgebaut. Das ist die Bedeutung von *han.* Du magst vielleicht denken, dass du nicht hierher gehörst, weil du die Sprache nicht sprichst oder du denkst, dass du nicht nach Amerika gehörst, weil dein gepunktetes Kleid sich so sehr von all den anderen, von den gestreiften, unterscheidet, aber durch deine Venen fließt das gleiche Blut wie durch meine. Es ist das Blut aller, die von hier stammen. *Han* ist in dir. Egal wohin dich deine Reise führt, du bist davon angefüllt.«

Ich lasse die Worte in meine Haut einziehen und in mein Blut sickern. Ich glaube nicht, dass ich jemals darüber nachgedacht habe, woraus ich im Kern gemacht bin, was mein kulturelles Erbe ist – weil ich in einem fremden Land ausgesetzt wurde. Meine Atmung verlangsamt sich, wird tiefer.

»*Eomma* spendet Geld für die Ausbildung und die Unterstützung von Adoptivkindern und hilft ihnen, eine Anstellung zu finden. Diese Sache liegt ihr sehr am Herzen. Sie hat selbst viele alleinerziehende Mütter eingestellt. Sie würde dir helfen. Wenn du das willst, Hara ... Möchtest du sie kennenlernen?«

Er fragt so sanft, als würde ich ihm einen großen Gefallen tun, wenn ich Ja sage. Jules' Anmerkung, dass es einem Heiratsantrag gleichkommt, wenn man die Eltern eines Mannes kennenlernt, kommt mir in den Sinn, aber ich weiß, dass die Frage unter diesen Umständen eine andere Bedeutung hat. Es ist so, als hätte ich mir das Bein gebrochen und seine Mutter wäre Ärztin. Würde ich in diesem Fall ein Treffen ablehnen? Nein, das wäre ziemlich dumm.

Es fühlt sich seltsam an, als ob ich mich jenseits einer Grenze bewege, die ich besser nicht überschritten hätte. Ich weiß nicht, ob ich das Richtige tue oder nicht, aber als ich den Mund öffne, kommt wie von selbst ein »Ja« heraus.

Er drückt meine Finger. Ich hatte gar nicht bemerkt, dass wir uns noch immer an den Händen halten, aber vielleicht tun wir das schon seit unserer ersten Begegnung am Flughafen.

Den Rest des Abends reden wir nicht mehr viel. Wir sitzen einfach nur da, halten uns an den Händen, hören dem Klatschen des Wassers gegen den Beton zu und betrachten, wie sich die Stadt im Fluss widerspiegelt, während der rote Faden des Schicksals mein Herz mit seinem verbindet.

KAPITEL ZWANZIG

Ein Telefonanruf weckt mich. Vielleicht war es aber auch die unerbittliche Sonne, die mir ins Gesicht scheint. Ich bin erst im Morgengrauen nach Hause gekommen und mit dem Gesicht voran aufs Bett gefallen, ohne einen Gedanken daran zu verschwenden, die Vorhänge zuzuziehen. Ein Fehler.

Ich rolle mich auf die Seite und greife nach meinem Telefon. Mit verschleiertem Blick erkenne ich, dass es eine SMS von Mom ist.

> MOM: Ich habe seit Tagen nichts von dir gehört. Ich vermisse dich. Geht es dir gut? Schreib mir zurück, sonst muss ich mich nach Flügen umschauen.

Die zwei Smiley-Emojis am Ende der Nachricht wirken leicht bedrohlich. Ich versuche, mich an das letzte Mal zu erinnern, an dem ich meiner Mutter eine Nachricht geschickt habe. War das vor zwei Tagen? Drei? Ich versuche mich an der mentalen Zeitzonenmathematik, gebe auf und benutze die Zeitfunktion auf meinem Handy.

Zu Hause ist es nach Mitternacht. Also schicke ich eine Standardnachricht.

ICH: Es geht mir gut. Ich bin gestern ungefähr hundert Kilometer gelaufen, dafür habe ich zwei Eis gegessen und die laut meiner Gesundheits-App gleich durch Aktivität ausgeglichen. Hab dich lieb.

Ich will das Handy gerade weglegen, als ich eine weitere SMS, versteckt in meinem Ordner »Unbekannter Absender«, entdecke. Neugierig tippe ich auf die Nachricht.

KWON HYEUN: Hier ist Kwon Hyeun. Ich möchte mich gerne heute mit dir treffen. Es gibt da einen Coffeeshop direkt am Ausgang 10 der Gangnam Station, der Angel's Brew heißt.

Mein Herz macht einen Satz. Wann wurde die Nachricht abgeschickt? Ich scanne die Zeit. Laut Anzeige vor fast einer Stunde. *Bitte,* flehe ich stumm, *bitte mach keinen Rückzieher, bitte mach keinen Rückzieher.* Meine Hände zittern so sehr, dass ich es beinahe nicht schaffe, eine Antwort zu tippen.

ICH: Ja. Wann?

Die drei animierten Punkte erscheinen sofort. Ich umklammere das Handy. »Sag Ja, sag Ja, sag Ja«, skandiere ich.

KWON HYEUN: Ja. In einer Stunde?

Ich bestätige und springe aus dem Bett. Ich will gut aussehen, allerdings bleibt mir nicht viel Zeit. Die Karten-App teilt mir mit, dass es mit dem Taxi mindestens eine halbe Stunde bis Gangnam dauert. Ich überlege kurz, Yujun zu schreiben, und ihn um seinen Fahrservice zu bitten, beschließe dann aber, dass das noch länger dauern würde, weil er erst mit dem Auto von sonst wo hierherkommen müsste. Nachdem ich mich frisch gemacht habe, ziehe ich mir ein Kleid über – das schwarz-weiß *gestreifte* Kleid –, schnappe mir meine Tasche und meinen Cardigan, und renne zur Tür. Ich besitze nicht mal ein einziges gepunktetes Kleidungsstück. Meine Metaphern gestern Nacht sind ziemlich durcheinandergeraten.

Unten schlüpfe ich gerade in ein paar Sandalen, als ich ein »Hara?« höre.

Ich drehe mich um und sehe Boyoung, die am Küchentisch sitzt. Als sie vom Stuhl aufsteht, überprüfe ich verwirrt mein Handy. Habe ich etwas verpasst?

»Ich habe gar keine Nachricht von dir bekommen.«

»Ja, ich weiß. Eine deiner Mitbewohnerinnen hat mich reingelassen, als sie gegangen ist. Ich habe etwas gefunden, das ich dir persönlich übergeben wollte.« Sie zieht ein Stück Papier aus der Tasche ihrer frisch gebügelten, breit geschnittenen Hose. Im Vergleich zu ihr fühle ich mich geradezu schmuddelig. Eines Tages werde ich es schaffen, genauso gut wie ein normaler Einwohner Seouls auszusehen. Das würde allerdings bedeuten, weniger Zeit mit In-der-Gegend-Rumlaufen und mehr Zeit in unterirdischen Einkaufszentren zu verbringen. Ich habe schon unendliche viele hübsche Teile auf den Ständern in den Shoppingmalls gesehen. Nächste Woche ... Nein, doch nicht. Nächste Woche werde ich nicht mehr hier sein.

»Kannst du es mir schicken? Jules hat zwei der Frauen

in einer Universitätsdatenbank gefunden, und eine von ihnen möchte sich jetzt gleich mit mir in Gangnam treffen.«

Ihre Augenbrauen schießen in die Höhe, »Ich komme mit und übersetze für dich, okay?« Noch bevor ich Nein sagen kann, steht Boyoung startklar in einem Paar schwarzer Sneaker neben mir.

Ich presse die Lippen zusammen, während ich mich frage, ob dies die beste Vorgehensweise ist. Ich bin in der Lage, die U-Bahn zu nehmen oder mir ein Taxi zu rufen, aber einfache Transaktionen in einem Geschäft bereiten mir Schwierigkeiten. Sollte das gesprochene Englisch dieser Kwon Hyeun weniger fließend sein als ihr schriftliches, dann könnte es uns schwerfallen zu kommunizieren. Andererseits ... sollte Kwon Hyeun meine Mutter sein und ich deswegen einen Zusammenbruch erleiden, dann wäre es vielleicht schön, wenn ich etwas Privatsphäre hätte. Allerdings könnte es passieren, dass ich Kwon komplett missverstehe und etwas Wichtiges nicht mitbekomme.

Ich beschließe, meine Freundin mitzunehmen. »Okay, lass uns gehen.«

Boyoung sieht erleichtert aus. »Es tut mir leid, dass ich dich nicht schon früher kontaktiert habe. Ich konnte zunächst nichts finden und wollte dich nicht enttäuschen.«

»Schon in Ordnung.« Es ist schon komisch. Eine volle Woche bin ich beinahe verzweifelt, und nun bekomme ich auf einmal von allen Seiten Hilfe – von meiner Mitbewohnerin, Boyoung und von Yujuns Mutter.

Wir verlassen das Haus. Boyoung geht schneller, um mit mir Schritt zu halten. »Nun ... das ist gut. Das ist sehr gut. Wie genau bist du an deine Informationen gekommen?«

»Einer von Jules' Passagieren ist Professor an einer Uni,

die an einem Stammbaumprojekt arbeitet. Wir sind zur Uni gefahren und haben deren Datenbank durchsucht. Es tut mir leid, ich hätte dir Bescheid sagen sollen. Aber ich wusste nicht, dass du noch an der Sache dran bist.«

»Nein, nein. Es ist ... Wie hast du dich ausgedrückt? Alles in Ordnung.« Boyoung schenkt mir ein kleines Lachen. »Ich habe allerdings etwas herausgefunden. Vielleicht ...« Sie legt eine Hand flach auf die andere, »stimmt es überein?«

Ich bleibe stehen. »Echt? Informationen über wen?«

Boyoungs Gesicht hellt sich auf. »Ich denke, dass ich einen der Namen herausgefunden habe, den wir nicht entziffern konnten. Sie lebt nicht in Seoul und kommt aus Gangwon-do. Das liegt südlich von Seoul. Sie ist wegen der Arbeit nach Seoul gegangen und zurückgezogen, als ihre Eltern zu alt wurden, um zu arbeiten. Gangwon-do ist ungefähr drei Stunden von hier entfernt. Wir können einen Zug nehmen und von dort einen Bus oder ein Taxi. Es wird wohl den ganzen Tag dauern, aber das ist okay, oder?«

Ich zögere. Das wäre ein weiterer Tag, den ich von meiner schwindenden Zeit in Seoul abziehen müsste und nicht mit Yujun verbringen könnte. Die Enttäuschung darüber dämpft meine Stimmung, aber dies war nur mal der Grund, aus dem ich nach Seoul gekommen bin. Es ging nie darum, in der Stadt abzuhängen und Bier in abgelegenen Parks entlang des Han-Flusses mit einem Typ zu trinken.

»Ja«, sage ich schließlich und setze mich wieder in Bewegung. »Das hört sich gut an.« Vielleicht müssen wir den Ausflug ja gar nicht unternehmen, ich habe da dieses Gefühl bei Kwon ... Ich denke, dass sie es ist.

»Die anderen Frauen waren nicht ... Da hat es nicht geklappt?«, fragt Boyoung.

»Nein. Eine kannte ihn nicht, und die andere, nun ja, sie leugnet, Kinder zu haben, und ich habe ihr geglaubt.«

»Und wer ist die Frau, die du heute triffst?«

»Kwon Hyeun. Ich war gestern bei ihrem Haus, aber sie hat sich geweigert, mit mir zu sprechen. Dann habe ich heute plötzlich eine SMS von ihr bekommen, in der sie gefragt hat, ob wir uns treffen.«

»Ah, das ist ja gut.«

»Genau. Sehr gut.« Aufregung ersetzt das Gefühl der Gereiztheit, die ich eben noch verspürt habe. Selbst wenn Kwon Hyeun nicht meine leibliche Mutter ist, weiß sie etwas. Das muss sie einfach, sonst hätte sie mich nicht kontaktiert. Diese Hoffnung trage ich die komplette Taxifahrt über in meinem Herzen, das mit jeder Ampel schneller pocht.

Der Coffeeshop befindet sich in einem modernen Gebäude mit Rauchglasfenstern und schwarzer Beschilderung mit frischer weißer Beschriftung, auf der *Angel's Brew* auf Englisch steht. Es gibt kein dazugehörendes *hangul.*

Ich bleibe vor der Tür stehen, nehme einen tiefen Atemzug und falle beinahe vor Benommenheit um. Seit dem Becher Ramen und dem *hottoek* in der Nacht zuvor habe ich nichts mehr gegessen. Panik steigt in mir auf. Ich weiß nicht, wovor ich am meisten Angst habe – keine Informationen zu erhalten oder etwas Neues herauszufinden. So oder so habe ich das Gefühl, mich jeden Moment übergeben zu müssen.

»Wir müssen nicht hineingehen«, sagt Boyoung leise.

»Doch. Ich muss.« Entschlossen drücke ich die Tür auf und lasse die Klimaanlage den nervösen Schweiß auf meiner Haut trocknen. Im Erdgeschoss stehen einige Tische, die alle besetzt sind mit Leuten, die viel zu jung sind, als dass sie mich zur Welt gebracht haben könnten.

»Möchtest du was trinken?«

»Ja, aber ich kann bestellen.« Ich habe Boyoung ein paarmal dabei beobachtet.

Ich hole meine Karte raus und bestelle einen Americano-Espresso mit Eiswürfeln und Wasser. Nicht etwa weil ich den Koffeinkick nötig habe, sondern um mich an etwas festhalten zu können. Boyoung nimmt den Buzzer, und ich scanne den Raum ein zweites Mal.

»Vielleicht ist sie oben?«, schlägt Boyoung vor, als ich Kwon Hyeun nicht entdecke.

»Ja, vielleicht.«

»Ich kann hier warten.« Boyoung hebt den Buzzer. »Ich bringe die Bestellung rauf, wenn sie fertig ist.«

»Hört sich gut an.«

Ich weiß nicht, wieso ich so nervös bin, immerhin habe ich Kwon Hyeun schon einmal getroffen. Trotzdem fühlen sich meine Füße an, als wären sie in Zement gegossen, als ich die Treppe in den ersten Stock des Coffeeshops erklimme.

Oben angekommen erblicke ich sie sofort. Sie sitzt an einem kleinen Tisch mit Blick auf die Straße. Ihr Gesicht ist zum Fenster gerichtet. Vielleicht hält sie nach mir Ausschau.

Ich studiere sie einen Moment lang. Liegt etwas Vertrautes in der Neigung ihrer kleinen Nase, in der Form ihrer Lippen? Ist die Stirn vier oder drei Finger breit? Aus diesem Winkel ist das schwer zu sagen. Als Kwon Hyeun mein Starren bemerkt und zur Treppe schaut, sehe ich nur das Gesicht einer hübschen älteren koreanischen Frau.

Ich gehe zu ihr hinüber und verbeuge mich leicht. »*Annyeonghaseyo.*«

Meine Aussprache scheint besser zu werden, Anerkennung huscht über Kwon Hyeuns Gesicht. Sie erhebt sich halb von ihrem Stuhl und bedeutet mir, mich zu setzen. »*Annyeonghaseyo.* Bitte, nimm Platz. Hast du etwas zu trinken? Ich kann für dich bestellen.«

»Nein danke.«

Vor Kwon Hyeun steht eine kleine Tasse Kaffee, aber sie sieht unberührt aus.

Jetzt, da ich ihr gegenübersitze, sehe ich, dass ihre Stirn drei Finger breit ist wie meine. Ihr Haar ist lang, in einen Mittelscheitel geteilt und im Nacken zu einem Knoten gebunden. Ihr Gesicht ist faltenfrei, und sie trägt nur wenig Make-up, etwas hellen Lipgloss und einen Hauch Lidschatten an den Ecken. Eine beige Seidenbluse, die ins Rosafarbene changiert, umschmeichelt ihre zarte Gestalt. Um den Hals trägt sie eine einfache Goldkette mit einem Sternanhänger, der im Licht schimmert. Nichts an ihr ist prunkvoll oder auffällig, dennoch umgibt sie eine Aura von Reichtum. Sollte mich Kwon Hyeun zur Adoption freigegeben haben, bin ich sauer.

»Es tut mir leid wegen gestern. Ich war nicht vorbereitet. Darf ich fragen, wie du meine Adresse herausgefunden hast?« Sie schlingt eine Hand um ihre Kaffeetasse. Sie wirkt entspannt, was mich auf den Gedanken bringt, dass sie wahrscheinlich nicht meine Mutter ist. Warum sonst sollte sie kein Nervenbündel sein?

Ich räuspere mich ein paarmal, bevor ich antworte. »Meine Freundin Jules kennt eine Person, die eine digitale Datenbank zur Ahnenforschung aufbaut. Wir haben nach

Namen gesucht sowie möglichen Daten und Orten. Es gab nicht viele Kwon Hyeuns in dem Bezirk, in dem mein Vater vor fünfundzwanzig Jahren gewohnt hat.« Außerdem habe ich das Glück, dass Frauen in Korea ihren Namen nach der Heirat nicht ändern.

Ein reumütiges Lächeln erscheint auf ihren Lippen. »Unser Land ist zu vernetzt. Das war das Haus des Vaters meines Ehemanns. Er hätte es nicht verstanden.«

Mein Mund wird trocken. Also ist sie ...

»Ich bin nicht deine Mutter, aber ...« Sie schiebt ein Blatt Papier über den Tisch. »Ich weiß, nach wem du suchst. Diese Frau was für kurze Zeit mit Lee Jonghyung zusammen. Sie waren zusammen, als er mit mir verheiratet war. Es war keine glückliche Zeit für mich. Meine Eltern waren nicht mit ihm einverstanden gewesen, aber ich hatte ihnen versichert, dass er ein guter Mann sei. Dann habe ich ihn mit dieser Frau gesehen. Sie waren in einem Café in Itaewon und haben sich an den Händen gehalten. Damals wäre kein anständiges koreanisches Mädchen in diese Gegend gegangen, darum dachten sie, dass sie dort nicht entdeckt werden würden.«

Ich weiß nicht, was ich sagen soll. Meine Zunge liegt wie festgefroren in meinem Mund. Was egal ist. Kwon Hyeun erwartet nicht, dass ich etwas sage. Sie ist verloren in ihren Erinnerungen.

»Choi Wansu und ich gingen auf die gleiche Schule. Sie hieß damals nicht Choi Wansu. Ihr Name war Na Wansu. Sie war eine Stipendiatin mit einer bemerkenswerten Begabung für Sprachen. Wir waren die einzigen zwei, die gut Englisch sprachen. Jonghyung-oppa betrieb einen Imbiss direkt vor der Schule. Hübsche Mädchen hat er immer kostenlos probieren lassen. Hübschen Mädchen hat er etwas Soju oder eine Zigarette zugesteckt. Verstehst du, was ich damit sagen will?«

Ich nicke langsam. Mein Vater war damals ein älterer Mann, der an einer Schule rumhing, um junge Mädchen zu umgarnen. Mir wird schlecht.

»Ich wurde auch schwanger, weißt du. Aber mein Baby hat nicht überlebt, und ich konnte danach keine Kinder mehr bekommen, also kannst du nicht meine Tochter sein.« Sie rattert diese Details herunter, als würde sie die Inhaltsstoffe von einer Waschmittelflasche ablesen. *Alkohol, Sulfat, Zitronensäure, ich hatte eine Fehlgeburt, Ethanol.* Kwon Hyeun tippt auf das Blatt Papier. »Aber sie, sie ist deine Mutter.«

»W-Wie können Sie sich da so sicher sein?«

»Choi Wansu verließ die Schule und kehrte dann nach einem Jahr wieder in die Stadt zurück. Ich habe sie im Auge behalten.« Kwon Hyeun zuckt gelassen mit den Schultern. Eine Frau fünfundzwanzig Jahre lang zu stalken, ist offensichtlich keine große Sache. »Sie hat einen Witwer geheiratet, eine gute Partie, und sich dann seine Firma unter den Nagel gerissen. Du kannst auf Naver nach ihr suchen. Da findest du viele Artikel über ihren Erfolg. Sie fördert junge Frauen, insbesondere alleinstehende Mütter, und spendet viel Geld an Adoptionsorganisationen.« Kwon Hyeun hebt die Augenbrauen. »Wir müssen uns nicht fragen, wieso sie sich entschlossen hat, sich für diese Dinge einzusetzen, nicht wahr?«

»Nein.« Kälte schleicht sich in meinen Körper. Ich lege meine Hände übereinander und versuche so, etwas Wärme zurück in meine unterkühlten Finger zu bekommen.

»Sie ist mittlerweile sehr reich. Ich bin überrascht, dass

sie nicht versucht hat, dich zu finden, aber vielleicht will sie das nicht.« Kwon Hyeun wollte mich vielleicht nicht verletzen, aber es fühlt sich so an, als würde sie mir mit dem Satz eine Gabel ins Fleisch rammen.

Um Atem ringend hole ich mein Handy raus und öffne das Album mit den Fotos der fünf Frauen. Ich muss sichergehen. »Welche von denen ist Choi Wansu?«

»Ein Test?« Kwon Hyeun nimmt das Handy und wischt durch die Bilder. Sie stoppt und legt das Handy vor mich hin. »Die da.«

Es ist das Foto, das mit Na Y beschriftet war, aber jetzt realisiere ich, dass das Y eigentlich ein W ist. Na Wansu.

Mir schwirrt der Kopf von all den Informationen, die Kwon Hyeun mir gerade gegeben hat. Die Frau war einst mit meinem Halb-Geschwisterkind schwanger. Mein Vater war eine schreckliche Person. Meine Mutter ... Fuck ... Meine Mutter heißt Choi Wansu.

»Was wirst du jetzt tun?« Die Frage ist begleitet von einem durchdringenden Blick, der sich aus flachen braunen Augen in meine bohrt.

Auf Naver ihre Adresse rausfinden, ihr Haustor einreißen, ihre Villa stürmen, mit meinen Adoptionspapieren vor ihrer Nase rumwedeln und immer wieder »wieso wieso wieso« schreien.

»Ich weiß es nicht.«

Enttäuschung blitzt in den Augen der anderen Frau auf, aber als sie spricht, ist ihr Tonfall ruhig, sogar freundlich. »Auf dem Zettel, den ich dir gegeben habe, steht ihr Name, ihre Büroadresse, ihre Privatadresse und ihr KakaoTalk-Profil. Du hast alles, was du brauchst, um sie zu kontaktieren. Deine Freundin ist hier.« Kwon Hyeun steht auf und hängt sich eine teure Chanel-Tasche über die Schulter, aber sie geht nicht. Sie legt eine Hand auf den Tisch und beugt sich runter, um mich anzustarren. Dieses Mal sind ihre Augen voller Emotionen. Sie hat sich die ganze Zeit zusammengerissen, sich bemüht, nicht vor mir zusammenzubrechen.

Ihre Stimme ist belegt, als sie sagt: »Wenn du meine Tochter wärst und ich die Mittel hätte, würde ich alles tun, um dich ausfindig zu machen, anstatt dir aus dem Weg zu gehen, als ob du nicht das Wichtigste für mich wärst.« Sie streckt die Hand aus und legt einen Finger an mein Gesicht. »Ich hätte dich nicht weggegeben. Ich hätte gegen meine Eltern für dich gekämpft. Ich hätte gegen König Sejong für dich gekämpft. Erinnere dich daran, wenn du Choi Wansu triffst.«

Ein gewisser Zug – Verbitterung, Reue, Schmerz? – erscheint um Kwon Hyeuns Mund. Sie nimmt den Finger von meinem Gesicht. Ein brennendes Gefühl bleibt zurück, wo sie mich berührt hat. Dann, als sie die Tränen nicht mehr zurückhalten kann, wendet sie sich ab und stürzt davon. Ich versuche nicht, sie aufzuhalten. Ich kann mich nicht einmal bewegen. Ihre Worte haben mich auf meinem Platz festgefroren.

Boyoung nähert sich mit besorgter Miene. »War das … Kwon Hyeun?«

Ich schaffe es zu nicken, bringe aber kein Wort heraus.

Choi Wansu … eine arme Frau, die reich geheiratet hat. Die sich für Adoptionsorganisationen einsetzt. Ein Zufall. Es muss ein Zufall sein. In diesem Land leben fünfzig Millionen Menschen. Choi ist kein ungewöhnlicher Nachname. Es muss Hunderttausende von Chois in Seoul geben. Ich nehme das Blatt Papier in die Hand. Ein Zufall.

Ich springe auf, renne an einer verwirrten Boyoung vorbei und nehme zwei Stufen auf einmal, aber Kwon Hyeun ist nicht mehr zu sehen, als ich die Straße erreiche.

Ich fasse mir an den Hals und drücke zu, um den Schrei der Frustration daran zu hindern, meine Kehle zu verlassen. Meine Hand sinkt herunter, um das Handy aus meiner Tasche zu ziehen.

Die SMS an Yujun ist halb geschrieben, als ich innehalte. Was, wenn er es weiß und das alles ein riesiges Komplott ist? Was, wenn er wusste, dass ich kommen würde? Aber woher? Es sei denn, Choi Wansu und Lee Jonghyung haben das zusammen ausgeheckt? Nur dass Lee gestorben ist und Choi sich letztlich entschieden hat, dass sie ihre Tochter doch nicht kennenlernen will. Ein lächerliches Komplott. *Lächerlich,* schreie ich in meinem Kopf. Wieso hätten sie mich überhaupt reinlegen sollen, wenn es doch am einfachsten gewesen wäre, mich zu ignorieren. Vielleicht wollte Lee Jonghyung mich kennenlernen, aber Choi Wansu nicht. Und Yujun will nicht, dass ich meine Mutter finde, weil das bedeuten würde, dass ein Teil seines Erbes an mich gehen würde.

Ich schüttle den Kopf. Das sind alles wilde Spekulationen. Seifenopernhafte Vorstellungen. Als Nächstes erzählt mir jemand, dass ich eine Zwillingsschwester habe.

Es muss ein Zufall sein. Es muss. Ich wiederhole das Mantra immer wieder in Gedanken, während ich nach einem Taxi Ausschau halte.

»Hara. Hara! Warte!« Boyoung ist mir auf den Fersen. »Was ist los?«

»Ich muss zu dieser Adresse.« Ich drücke Boyoung den Zettel in die Hand. »Soll ich die U-Bahn nehmen oder ein Taxi?«

»Yongsan-gu. Das ist auf der anderen Flussseite, aber …« Sie hält abrupt inne. Ihre Augen fallen ihr beinahe aus dem Kopf. »Das ist die IF Group. Die Frau hat dir gesagt, du sollst zur IF Group gehen?«

»Andere Flussseite.« Ich halte mich daran fest und ignoriere den Rest. Was hat Jules gesagt? Es geht schneller mit der U-Bahn?

Ich öffne die Navi-App und tippe die Adresse ein. Sie ist vier Haltestellen entfernt. Gerade mal fünfzehn Minuten mit der Bahn. Ich renne die Rolltreppe runter, an den Fahrgästen vorbei, die auf der rechten Seite stehen.

Boyoung ruft hinter mir her. »Warte. Hara, warte!«

»Ja.« Ich winke ihr, zu mir aufzuschließen.

»Wirst du sie jetzt sofort besuchen?«, fragt sie mich, als sie mich erreicht.

»Ja.«

»Denkst du nicht, dass du einen Tag warten solltest?«

»Ich kann keinen Tag warten. Ich habe nur noch fünf übrig.«

Ich trete auf den gefliesten U-Bahn-Boden und schlängele mich hastig durch die Menschenmenge. Wahrscheinlich gilt das als superunhöflich in diesem Land, in dem Höflichkeit in die Kultur hineingebacken ist, aber es ist mir egal. Ich kann den Zug hören, der Boden vibriert unter meinen Füßen, und ich will in diesen Zug rein. Ich beschleunige, bis ich so schnell renne, dass die Luft zu Wind wird, der mir über die Wangen streicht. Der Zug fährt ein, als ich den Bahnsteig betrete. Ungeduldig warte ich, bis die Passagiere ausgestiegen sind, springe von einem Bein aufs andere. Ich will sie anschreien, schneller zu machen. Ich habe eine Verabredung. Mit jemand sehr Wichtigem. Beeilung, Beeilung, *Beeilung.* Die letzte Person, die aussteigt, ist eine Frau, der ich einen vernichtenden Blick zuwerfe, weil sie so *verdammt* lange braucht. In der U-Bahn breche ich auf einem Sitz zusammen und versuche, zu Atem zu kommen, aber mein Herz hört nicht auf zu rasen. Der Zug bewegt sich, aber im Inneren des Abteils fühlt es sich so an, als würde die Zeit sich verlangsamen. Die U-Bahn fährt nicht schnell genug. Die Minuten verstreichen, als würden die Waggons von Pferden gezogen. Alten Kleppern mit Arthritis, die kaum noch einen Huf vor den anderen setzen können. Ich trommle mit den Fingerspitzen auf meinen Schenkeln. Ich muss nach Yongsan-gu, und zwar am besten gestern.

Der Zug hält an, und die Türen gleiten auf. Ich springe raus auf den Bahnsteig, jemand schimpft hinter mir her. Die Adresse des Gebäudes liegt in der Nähe von Ausgang 5. Ich sprinte durch die Gänge der Station, orientiere mich an den gelben Pfeilen und Schildern, bis ich die Treppe zum Ausgang 5 finde.

Das Gebäude, in dem die Zentrale der IF Group sitzt, ist groß mit blau verspiegelten Fenstern. Die Beschriftung ist diskret und in *hangul,* aber meine Navi-App sagt mir, dass ich am richtigen Ort bin. Anders als bei meiner Suche nach Kim Jihye, als ich stundenlang draußen gewartet habe, marschiere ich jetzt, ohne zu zögern, durch die Glastür und direkt auf die Aufzüge zu. Aus dem Augenwinkel sehe ich einen großen schwarzhaarigen Mann. Ich wirble herum und sehe einen breiten Rücken in einem Jackett in ein wartendes Auto einsteigen. Ich kneife die Augen zusammen. War das Yujun, oder habe ich Halluzinationen?

»Hara, ich denke, dass du das nicht tun solltest. Lass mich dir helfen, eine E-Mail zu schreiben.«

Ich löse den Blick von dem schwarzen Wagen und stelle fest, dass Boyoung mich eingeholt hat. Hat sie ein Taxi genommen? In der U-Bahn habe ich sie nicht gesehen. Sie keucht, als sei sie außer Atem, ein leichter Schweißfilm schimmert auf ihrer Stirn.

»Warum sollte ich warten? Ich habe fünfundzwanzig Jahre gewartet. Ich denke, dass das lange genug ist.«

»Wie willst du an den Sicherheitsmännern vorbeikommen?«

Erst jetzt bemerke ich, dass der Eingang zu den Aufzügen von einer Reihe durchsichtiger Absperrungen blockiert ist und von zwei Sicherheitsmännern bewacht wird. Ich schere mich nicht um die Sicherheitsvorkehrungen. Wenn es sein muss, springe ich über die Absperrung drüber.

»Tu so, als wäre dir schlecht, und lenk sie für mich ab«, fordere ich meine Freundin auf.

»Nein. Ich kann das nicht. Warte, Hara, bitte.«

Aber ich bin fest entschlossen. Ich schiebe mich hinter eine andere Angestellte, und als die Frau ihren Ausweis durchzieht und sich die Acryltüren öffnen, gleite ich hinter ihr hinein.

Ich höre eine männliche Stimme hinter mir, vermutlich hat einer der Sicherheitsmänner etwas gerufen, aber ich tue so, als hätte ich ihn nicht gehört. Es ist schließlich nicht so, als würde ich verstehen, was er sagt. Die Frau vor mir zögert, wirft einen Blick über die Schulter. Ich überhole sie, tue so, als wäre nichts passiert, und gehe geradewegs zu den Aufzügen. Nichts kann mich aufhalten. Ich drücke den Knopf nach oben und flehe stumm die Türen an, sich endlich zu öffnen. Hinter mir höre ich Schritte, die sich nähern. Aus dem Augenwinkel sehe ich, wie zwei uniformierte Männer auf mich zukommen. Sie haben mich fast erreicht, als die Fahrstuhltür vor mir aufgleitet. Meine Chance! Ich mache einen Satz nach vorn – und pralle gegen einen breiten Oberkörper.

»Hara?«

Ich schaue auf. Ein blaues Baumwollhemd. Eine schicke blaue Krawatte mit winzigen Pünktchen. Yujun, der schief auf mich hinabgrinst. Er hat die Hände auf meine Schultern gelegt, damit ich nicht hinfalle.

»Yujun«, krächze ich.

»Was ... Was machst du hier?« Er ist überrascht.

Das bin ich auch, aber nicht im positiven Sinne. Nein, definitiv nicht im positiven Sinne. Meine Haut fühlt sich klamm an, und die Kälte, die ich im Coffeeshop gespürt habe, ist zurück. Als ich schwanke, verstärkt er seinen Griff um meine Schultern.

»Geht es dir nicht gut, Hara?«

»Bist du ... Ist das ....« Die Frage liegt mir auf der Zunge wie ein verfaultes Stück Obst. Ich will es ausspucken, aber es klebt fest. Ich greife nach dem Zettel in meiner Tasche und presse ihn an seine Brust. »Ist das deine Mutter?«

Er nimmt das Blatt Papier und überfliegt es, die andere Hand noch immer auf meiner Schulter. »Woher hast du das?«

»Ist das deine Mutter? Deine *eomma*? Diejenige, die dir geholfen hat, nicht mehr zu stottern?« *Die, die du anbetest, die dir all das Selbstvertrauen gegeben hat. Die, auf die du so stolz bist aufgrund all der guten Dinge, die sie auf der Welt tut. Ist das deine Mutter?* Ich schreie innerlich. Ich will, dass er Nein sagt. Ich will, dass er es abstreitet.

»Ja. Choi Wansu ist Eomeo-nim. Ich wollte dir eine Nachricht schreiben, dass ich sie heute zum Abendessen mit uns einladen möchte, damit ihr über deine Suche reden könnt. Aber jetzt bist du ja hier. Willst du mit nach oben kommen und sie sofort kennenlernen?«

Ich schließe die Augen und schlucke, bevor ich antworte: »Ja, das will ich.«

KAPITEL EINUNDZWANZIG

Ich registriere die anderen Leute im Aufzug kaum.

»Kennst du mich?«, platze ich heraus.

Yujun lacht, sieht dabei aber verwirrt aus. »Ja, ich kenne dich.«

Vielleicht rede ich mir die Verwirrung in seinem Gesicht und in seiner Stimme nur ein. Vielleicht sehe ich nur das, was ich sehen will, weil es von Anfang an ein Komplott war und er die ganze Zeit nur so getan hat, als würde er mich mögen ... Die Mischung aus ohnmächtigem Zorn und Demütigung, die in meinen Eingeweiden wütet, ist ein schreckliches Gebräu. Ich will mich auf seine glänzenden Schuhe übergeben und ihn dann fest genug schlagen, dass die Grübchen zu permanenten Kerben in seinem Gesicht werden.

»Kanntest du mich, bevor ich hergekommen bin? Hast du mich absichtlich am Flughafen getroffen?«

»Nein.« Er schüttelt den Kopf. Er lächelt noch immer leicht, aber der fragende Ausdruck in seinen Augen wird stärker. »Aber ich bin froh, dass wir uns getroffen haben.«

»Wieso? Wieso hast du dir so viel Mühe mit mir gemacht? Ich war eine Fremde. Ich habe dich mit jemandem verwechselt.«

»Hara.« Er berührt mich wieder an den Schultern. Ich

habe gar nicht gemerkt, dass ich zittere. »Ist alles in Ordnung?«

»Erzähle es mir«, fordere ich.

Sein Lächeln verschwindet. »Ich habe gesehen, wie du in den Terminal gekommen bist. Du wolltest dir eine Karte fürs Handy holen und hast dich damit etwas schwergetan, bis du realisiert hast, dass alle Englisch sprechen. Ich wollte zu dir gehen, um dir zu helfen, aber da hattest du es schon allein geschafft. Als du nach deinem Fahrer gesucht hast, dachte ich, dass ich nicht zulassen kann, dass so ein hübsches Mädchen einen schlechten ersten Tag in Seoul hat.«

In meiner Verzweiflung möchte ich ihm unbedingt glauben. »Aber letzte Nacht hast du gesagt, dass du gewusst hast, dass ich nach meinen leiblichen Eltern suche.«

»Ich habe es vermutet, ja. Als wir uns am Flughafen getroffen haben, hast du gesagt, dass du nicht hier bist, um deine Familie zu besuchen, und dass du adoptiert bist.«

Ich reibe mir mit meinen feuchten Händen über das Gesicht. Also war es pures Glück? Oder Zufall? Seoul ist eine große Stadt. Es leben Millionen von Leuten hier. *Es erscheint groß, aber es ist klein. Jeder ist mit jedem verbunden.* Jules hat das an dem Tag gesagt, als wir in der U-Bahn einen ihrer Kollegen getroffen haben.

»Ich denke, dass wir etwas essen sollten. Du zitterst, Hara.« Er dreht sich zu jemandem im Aufzug um und sagt etwas auf Koreanisch. *Bap*? Reis? Ich weiß es nicht. Mein Kopf tut weh, ich kann mich nicht konzentrieren.

Der Aufzug rast in den vierzehnten Stock, und die Tür öffnet sich. Niemand bewegt sich.

»Hara?«, sagt Yujun sanft. »Das ist unsere Etage.«

Ich umklammere mit zitternden Fingern den Henkel meiner Tasche und folge Yujun aus dem Aufzug. Meine Sandalen klappern auf dem Holzboden, bis wir vor einer Glastür stehen bleiben.

In dem Raum dahinter erhebt sich eine Frau im Businessoutfit hinter ihrem Schreibtisch und verbeugt sich leicht. Ich schaffe es kaum, als Erwiderung der Begrüßung zu nicken.

»Hier lang, Hara.« Yujun berührt mich leicht am Ellbogen.

Hinter uns höre ich ein leises Aufkeuchen, als ob jemand die Berührung schockierend fände.

Auf beiden Seiten des Flurs, den wir entlanggehen, befinden sich Glaswände mit einem breiten matten Streifen, der ungefähr sechzig Zentimeter über dem Boden anfängt und mir bis zur Schulter reicht. Ich kann die Köpfe der Leute hinter dem Sichtschutz sehen. Immer wieder spähe ich durch die Scheiben in der fehlgeleiteten Hoffnung, meine Mutter zu erkennen. Aber heute ist es nicht anders als an dem Tag, als ich die Angestellten gemustert habe, die aus dem Bürogebäude geströmt sind, in dem ich Kim Jihye vermutete – viele Gesichter, von denen mir keines vertraut erscheint.

Der Flur geht in einen weiteren großen Empfangsbereich über, der von einem riesigen Marmortisch mit weißen und verchromten Accessoires darauf dominiert wird. Eine sehr attraktive Frau sitzt hinter diesem Bollwerk aus Marmor. Rechts daneben steht eine Garnitur aus vier geschwungenen weißen Ledersesseln. Hinter ihr hängt ein enormes abstraktes Gemälde mit roten und blauen Strichen auf einer weißen Leinwand. Abgesehen vom schwarzen Hosenanzug der Rezeptionistin, liefert das Gemälde den einzigen Farbkontrast.

Meine Hände werden noch kälter.

»Park Seolhyun, ist Choi Wansu verfügbar? Jemand möchte sie treffen.« Yujun spricht Englisch, vermutlich für mich.

»Ja, ist sie. Ist Ihre ...« Die Frau weiß nicht, wie sie mich anreden soll, und ich mache keine Anstalten, mich zu erklären, da ich keine Ahnung habe, welche Rolle ich habe. Tochter? Fremde? Ermittlerin?

»Meine Freundin«, antwortet Yujun.

Die Frau ist überrascht, aber zu professionell, um sich mehr als ein geringfügiges Anheben der Augenbrauen zu erlauben, das ich nicht mal bemerkt hätte, wenn ich sie nicht so anstarren würde. Sie drückt einen Knopf und murmelt etwas auf Koreanisch.

Das *hotteok* von letzter Nacht kommt mir hoch. Ich stolpere ein paar Schritte rückwärts, worauf Yujun erneut nach mir greift, um mich zu stützen. Der Schock, der sich in der Miene der Rezeptionisten spiegelt, ist zu groß, als dass sie ihn verbergen könnte, aber die Bedeutung ihrer Reaktion entgeht mir. Ich denke an etwas anderes. Muss ich meine leibliche Mutter wirklich kennenlernen? Was löst das schon? Werde ich mich plötzlich so fühlen, als würde ich zu all den Leuten, die Streifen tragen, passen? Oder waren es Pünktchen? Ich weiß es nicht mehr. Ein Teil von mir denkt, dass ich Yujuns Hand ergreifen und ihn nach draußen zum Fluss zerren sollte, wo wir *gimbap* essen, Bier trinken, uns küssen und so tun, als sei all das nie passiert. Meine Gedanken türmen sich zu einem Tornado und wirbeln mit einem Tempo in meinem Kopf herum, dass ich befürchte, sie werden mich von innen aufreißen. Ich kann mich nicht mal mehr an den Zweck dieser Exkursion erinnern. Irgendwas mit Pünktchen und Streifen und meinem nachlässigen Vater und meiner eigenen Unfähigkeit, mich mit meiner Identität zu arrangieren. Nichts davon wird sich klären, wenn ich ihr von Angesicht zu Angesicht ...

Als sich die Tür öffnet, lösen sich all meine Gedanken in Luft auf.

Choi Wansu ist groß, was durch ihre Zehn-Zentimeter-Absätze unterstrichen wird. Ihre Gestalt ist in einen schicken cremefarbenen Hosenanzug mit einer blassgelben Bluse gehüllt. Nadeldünne goldene Spitzen hängen an ihren Ohren. Roter Lippenstift. Sie hat pechschwarzes Haar, das zu einem eckigen kinnlangen Bob geschnitten ist. Eine rechteckige Brille sitzt tief auf ihrer Nase, weil sie wie ich fast keinen Nasenrücken hat. Unwillkürlich berühre ich meine eigene Nase. Bis auf unsere Augen sehen wir uns kaum ähnlich. Aber unsere Augen sind die gleichen. Ich lese Schock in ihren und etwas, das wie Resignation wirkt. Sie blinzelt, und dann ist da nichts mehr außer schwarzem Glas, als würde ich in einer windstillen Nacht auf den Han-Fluss starren.

»Du hast das Gesicht deines Vaters«, sagt Wansu und bricht damit das Schweigen.

Ich umfasse meinen Hals. Drücke zu. Vielleicht instinktiv, vielleicht unbewusst, damit ich nicht schreie oder mich übergebe. Es fällt mir schwer, die Wörter an dem gigantischen Kloß in meiner Kehle vorbeizuschieben, aber ich schaffe es zu sagen: »Ich denke auch.«

Wansu tritt zur Seite und drückt die Tür auf. »Komm rein.«

»*Eomma?*« Yujun ist verwirrt. Sein Gehirn versucht, die Puzzleteile zusammenzufügen, aber ihm gefällt das Bild nicht, das sie ergeben, also verstreut er sie wieder und versucht es von Neuem.

»Wir sehen uns heute Abend, Sohn. Bitte, komm herein«, wiederholt sie an mich gerichtet.

Ich halte mich an Yujun fest, als wäre er ein Rettungsboot inmitten eines Wirbelsturms.

Lass mich hier nicht zurück, flehe ich stumm. *Ich weiß nicht, was ich hier mache.*

Er verschränkt seine Finger mit meinen. »Es wird alles gut werden.«

»Yujun-ah, als dein Vater mich vor vielen Jahren zum ersten Mal nach Hause gebracht hat, hat er uns alleine gelassen, damit wir reden konnten. Wir haben diese Zeit gebraucht. Erinnerst du dich?«

Ich fühle, wie der Druck auf meine Hand nachlässt, also greife ich fester zu.

Wansu spürt ebenfalls, dass er unentschlossen ist – mütterliche Intuition –, und fährt fort: »Ich verspreche, deine Freundin später mit zum Abendessen zu bringen. Wir werden feiern.«

Yujun drückt meine Hand, bevor er sie loslässt. »*Eomma* hat recht. Ihr zwei solltet euch allein unterhalten. Ich warte hier.« Er deutet auf die weißen Ledersessel.

Ich will ihn zurück an meine Seite reißen.

»Es wird lange dauern«, wirft Wansu ein.

Sie möchte nicht, dass er in der Nähe bleibt, was mich sofort misstrauisch macht. Plant sie, mich irgendwie loszuwerden? Wird sie ihren Assistenten beauftragen, mich nach Incheon zu fahren, um mich in den nächsten Flieger zurück nach Amerika zu setzen? Oder will sie mich einfach aus dem Fenster werfen?

»Ich warte hier«, sagt er mit einem leichten Lächeln und einem knappen Nicken, aber sein Ton ist fest. Er geht zu einem der weißen Ledersessel, schlägt seine Anzugjacke zurück und setzt sich. Er wird sich nicht wegbewegen, da bin ich mir sicher, und das beruhigt mich immens. Ich werde nicht zurückgelassen, jedenfalls nicht von Yujun.

Die beiden starren sich einen langen Moment schweigend an. Eine komplette stumme Unterhaltung findet statt, die ich nicht verstehe, weil mir die Jahre an Vertrautheit fehlen, die die zwei untereinander aufgebaut haben. Ich befinde mich außerhalb ihres Familienzirkels, obwohl Wansu meine leibliche Mutter ist und Yujuns Stiefmutter. Die Ungerechtigkeit dieser Tatsache trifft mich wie ein Schlag ins Gesicht. Verbitterung füllt meinen Mund.

Wansus Lippen spannen sich unmerklich an. Sie ist genervt, vielleicht sogar verärgert, aber abgesehen von dem kurzen Zucken, lässt sie sich nichts anmerken. Sie wendet sich ab und bedeutet mir abermals, das Büro zu betreten.

Meine Glieder sind schwer, und das Dröhnen in meinem Kopf ist so laut, dass ich mir sicher bin, dass jeder im Umkreis von mehreren Metern es hören kann, aber ich gehe hinein.

Choi Wansus Büro besteht aus Glas und Stahl und weißen Wänden mit monochromen Gemälden. Nur ein Hauch von Farbe findet sich in den Gemälden, genauso gut könnte es sich um optische Täuschungen handeln, verursacht durch die Oberlichter. Wansu oder ihr Innenarchitekt hassen Farben. Sie haben sie verbannt, genauso wie mich. Ich war ein Farbklecks in Wansus Leben, deshalb hat sie mich verlassen und mich durch etwas Eleganteres, Intelligenteres ersetzt. Durch jemand Großen, gut Aussehenden, Klugen, Netten, Besseren als mich. Mein Blick zuckt zur Tür, die Wansu gerade schließt.

Ich straffe die Schultern und recke mein Kinn. Ich bin nicht die Schuldige hier. Wieso sollte ich in der Mitte dieses Raumes stehen wie ein Kind, das vor die Klasse gerufen wurde, um einen Verstoß einzugestehen? *Ich* bin diejenige mit den Fragen. *Ich* habe nichts falsch gemacht.

Ich verschränke die Hände hinter dem Rücken und tue so, als ob es ein Privileg für sie ist, dass ich hier stehe, und fahre damit fort, Wansus chirurgisch präzise Einrichtung zu mustern. Auf der einen Seite des Raumes befinden sich Fenster, die von der Decke bis zum Boden reichen und Ausblick auf das Zentrum von Seoul bieten. Ein großes Gemälde, das gegenüber dem Schreibtisch hängt, sieht so aus, als wären zwei riesige Pinsel, die man in schwarze Farbe getaucht hat, über die Leinwand gepeitscht worden. Die Wand hinter dem Tisch ist marmorverkleidet mit beleuchteten Nischen, in denen Skulpturen aus Metall und Glas stehen. An der Wand gegenüber den Fenstern entdecke ich die einzigen persönlichen Gegenstände. Eine eingerahmte Plakette und ein Konsolentisch mit Fotos, alles wurde mit Präzision hingestellt.

Auf den meisten Bildern ist Wansu zu sehen, wie sie Auszeichnungen entgegennimmt. Sie schüttelt jemandem die Hand, während sie eine aufgeklappte gepolsterte Mappe hält, die offensichtlich wichtige Unterlagen enthält, von denen ich nicht weiß, worum es in ihnen geht. Auf einem der Fotos sind außer Wansu keine Koreaner zu sehen, der Banner hinter ihr ist auf Englisch. *Entrepreneurin des Jahres, Internationale Vereinigung zur Förderung von Frauen.*

In Ellens Haus findet sich nichts von alledem hier. Sie hat kein Büro. Sie hat eine Küche und einen Bastelraum, der chaotisch ist und zum Verrücktwerden, weil ich dort nie eine Sicherheitsnadel finde, wenn ich sie brauche. Weil Ellen nicht an Ordnung glaubt. Oder an Dinge, die weiß sind. Ich erlaube mir einen Moment des Selbsthasses und denke an all die Male, die ich Ellen in Gedanken dafür kritisiert habe, so chaotisch zu sein. Ich schicke meiner Mutter eine stumme Entschuldigung.

»Setz dich«, sagt Wansu mit dem Gebaren einer Person, die es gewohnt ist, Befehle zu erteilen, die auch befolgt werden. »Bitte«, fügt sie hinzu.

Ich folge ihrem Befehl nicht. Wansu darf mich nicht herumkommandieren. Wansu hat keine Macht über mich ... Nicht wie über Yujun. Yujun liebt sie, und diese Liebe hält ihn in Zaum. Bei dem Gedanken krampft sich mein Magen zusammen. Er hatte all diese Jahre lang die Liebe meiner Mutter.

Ich habe einmal das Ende einer Show geguckt, in der Adoptivkinder mit ihren leiblichen Eltern vereint wurden. Für gewöhnlich meide ich solche emotionalen Formate wie die Pest, aber bei dieser Sendung blieb ich hängen. Auf der Bühne befanden sich drei Adoptivkinder, und die Elternpaare der Kinder kamen eines nach dem anderen auf die Bühne. Das Publikum brach jedes Mal in Applaus aus. Die Kamera schwenkte hinüber zum Publikum, das sich die Tränen aus den Augenwinkeln wischte. Die Leute auf der Bühne weinten. Der Moderator strahlte, während er wahrscheinlich an die hohe Einschaltquote dachte. Die Szenen lösten ein Gefühl des Unbehagens in mir aus. Ich fragte mich, was ich tun würde. Weinen? Zusammenbrechen? Ich habe mir einige dieser Szenarien vorgestellt, aber in keinem von ihnen haben sich meine leibliche Mutter und ich umkreist wie zwei eingesperrte Tiger oder vielleicht wie Gladiatoren, die auf das Daumen-hoch- oder Daumen-runter-Zeichen des Kaisers warten, um zu erfahren, ob sie sich töten oder in ihre Zellen zurückziehen sollen.

»Wenn du lieber stehen möchtest, dann tu das«, gewährt Wansu, als ob es sich dabei um eine große und bedeutungsvolle Geste handeln würde. Sie selbst bleibt neben ihrem Schreibtisch stehen, eine Hand ruht leicht auf der glänzenden hölzernen Oberfläche. »Du musst so viele Fragen haben.«

»Nein. Nur eine.«

Wansu hebt die Augenbrauen. »Nur eine?«

»Warum?« Ich blicke mich in dem teuren Büro um, betrachte das gläserne Namensschild auf ihrem Tisch, den Hosenanzug, den sie trägt und der sich ohne Falten perfekt an ihre Schultern schmiegt. Ich denke an Yujuns teures Auto, seine Ausbildung in den USA, seine Designerkleidung. Ich denke an Iowa, wo mein Adoptivvater beschlossen hat, das Erbe seinem *richtigen* Kind zu hinterlassen, und an die Beerdigung meines leiblichen Vaters, bei der kaum jemand war. Ja, ich habe viele Fragen, aber sie alle beginnen mit »warum«.

Sie tut nicht so, als wüsste sie nicht, wovon ich rede.

»Als ich schwanger wurde, war mein Leben ganz anders als heute.«

»Und wann hat es sich verändert? Auch als du Geld hattest und dir alle Möglichkeiten offenstanden, hast du nichts unternommen. Warum?«

»Hast du nach mir gesucht?«, pariert Wansu.

Es ist wie ein Kampf. Wansu will recht haben, und ich will gekränkt sein.

»Nein. Ich wurde *auf der Straße* ausgesetzt. Es würde jeder Vernunft widersprechen zu denken, dass ich versuchen würde, meine leiblichen Eltern zu finden. Alles, was man mir mitgegeben hat, war ein Blatt Papier, auf dem stand, dass ich Reis und Fisch esse und gut darin bin, einen Löffel zu halten.« Ein Bild von mir mit einer Nummer auf meiner Brust. Das Fahndungsfoto eines ausgesetzten Kindes. Ich sehe es mir nie an, weil ich kein verwahrlostes Kind aus einem fremden Land bin. Ich habe es gehasst, so über mich zu denken. Ellen war es wichtig, mir immer wieder zu sagen, dass ich gewollt bin. Nachts, wenn ich geweint habe, hat sie mich im Arm gehalten und mir versichert, dass ich geliebt werde, dass sie sich für mich entschieden hat, dass sie mich mehr als alles auf der Welt wollte. Und beweist das nicht die Scheidung? Sie hat mich Pat vorgezogen. Sie hat sich immer für mich entschieden. Aber diese Frau vor mir mit dem eingefrorenen Gesichtsausdruck hat mich weggeworfen. Ich beiße die Zähne zusammen, damit all die schrecklichen, verletzenden Worte nicht herauspurzeln. Diese Frau verdient es nicht, meinen Schmerz zu sehen.

»Trotz alledem hast du mich gefunden.«

»Nicht weil du etwas dazu beigetragen hättest. Sondern deshalb.« Ich wühle in meiner Tasche und ziehe die ausgedruckte E-Mail hervor, die ich mit mir herumtrage, seitdem ich sie erhalten habe. Durch das viele Knicken ist das Papier weich geworden. Als ich Wansu das Blatt Papier vors Gesicht halte, fällt es in sich zusammen wie ein nasses Handtuch.

Wansu blickt kaum darauf. »Ein DNA-Test?«

Wut flammt in mir auf und verwandelt den Klumpen in meinem Hals in Asche. »Ja. Aber sorry, du kannst nicht mehr mit deinem alten Liebhaber zusammenkommen, weil er tot ist.«

Nicht mal ein Zucken. Wusste sie es bereits?

»Darum sollte gestern auch gestern bleiben.«

»Was soll das denn heißen?«

»Die Vergangenheit ist die Vergangenheit.« Sie schüttelt leicht den Kopf. «Wir sollten nach vorn sehen. Was brauchst du? Geld? Einen Ort, an dem du wohnen kannst? Ein Auto?«

Sie hätte mich schlagen können, und es wäre weniger schmerzhaft gewesen.

»Nichts. Ich will gar nichts.«

Es war ein Fehler. Ein großer Fehler. Ich weigere mich, es zuzugeben, aber ich dachte, dass ich hier *Zugehörigkeit* finden würde. Nicht dadurch, in Korea zu sein, sondern indem ich meine Mutter finde. Ich dachte, meine Mutter würde in einem kleinen, spartanischen Zimmer leben wie Lee Jonghyung und nicht in einem Museum aus Marmor und Chrom mit einem Bankkonto, das höchstwahrscheinlich Millionäre erröten lassen würde.

Ich gehöre hier nicht zu den Pünktchen, besonders nicht zu denen, die aus Platin gemacht und mit Diamanten übersät sind.

»Ich bin hier fertig.« Ich gehe zur Tür.

Wansu kommt mir nach. »Was soll das bedeuten, du bist hier fertig?«

»Es bedeutet, dass es mir egal ist, dass du mich auf die Welt gebracht hast. Ich will nicht länger wissen, warum. Die Antworten interessieren mich nicht mehr.« Ich halte inne und hebe eine Hand. »Lauf mir nicht hinterher. Ich weiß, wie ich nach Hause komme.« Außerdem habe ich Yujun.

Ich reiße die Tür auf, um ihm mitzuteilen, dass ich bereit bin zu gehen, aber die vier Sessel sind verwaist.

»Sein Vater braucht ihn«, sagt Wansu ruhig und mit sanftem, ehrlichem Tonfall.

Ich blinzele. Ich habe nicht mehr geweint, seitdem ich zehn Jahre alt war, und ich werde jetzt nicht damit anfangen, nur weil ein *Mann* mich verlassen hat.

»Hara. Ich werde dich nach Hause fahren. Warte hier.«

Nicht in einer Million Jahre.

KAPITEL ZWEIUNDZWANZIG

Vielleicht war es unüberlegt, einfach wegzurennen, weg von meiner Mutter, aber wieder einmal im Stich gelassen zu werden, ließ so viele verletzte Gefühle aufkeimen, dass es mir vorkam, als müsste ich in ihnen ertrinken. All das war zu viel. Ich konnte nicht mit Wansu im Auto sitzen, einem Auto, das zweifellos teuer gewesen war und ein eindeutiges Zeichen für ihr erfülltes und glückliches Leben mit ihrem perfekten Sohn hier in Seoul darstellte.

Ich gehe in Richtung Treppe, denn hier zu stehen und auf einen Aufzug zu warten, würde Wansu die Möglichkeit geben, mich zurück in ihr Büro zu zerren. Oder, noch schlimmer, in ihr Auto, und ich würde ihre Gegenwart ertragen müssen, was ich jedoch nicht kann – keine einzige Sekunde mehr. Ich nehme die Treppe, alle vierzehn Stockwerke. Als ich fast unten angekommen bin, kann ich kaum noch was erkennen, da ich Punkte vor meinen Augen tanzen sehe. Meine Atemzüge sind kurz und abgehackt, meine Haut ist klamm, aber ich weiß, dass ich weitergehen muss. Ich kann noch immer ihre strenge Stimme hören, mit der sie mir sagt, dass ich stehen bleiben und zurückkommen soll, um wie eine Erwachsene mit ihr darüber zu reden – was auch immer sie mit »darüber« meint –, daher nehme ich mir vor, auf keinen Fall stehen zu bleiben. Wenn ich das täte, würde ich auf der Stelle zusammenbrechen, und mein Körper würde hier im Treppenhaus in einem fremden Land verwesen, weil ich mich nicht wieder aufraffen könnte.

Boyoung ist in der Lobby, aber ich tue so, als würde ich sie nicht sehen. Das ist nicht schwer. Mittlerweile kann ich wirklich kaum noch etwas sehen, außer meinem Schmerz und meiner Frustration. Und diese Gefühle nutze ich, um mich weiter voranzutreiben. Falls Boyoung und Wansu hinter mir sind, kann ich sie zumindest nicht hören. Aber ich schaue auch nicht zurück. Vorwärts, vorwärts, vorwärts. Was hatte Wansu gesagt? Lass die Vergangenheit die Vergangenheit sein? Gute Idee.

An der U-Bahn-Haltestelle steige ich in die erste Bahn, die kommt, und fahre bis zum dritten Halt, dessen Namen ich nicht einmal kenne. Ich laufe weiter, vorbei an Cafés, Restaurants, Olive-Young-Filialen, kleinen Läden, die Socken und Schuhe und T-Shirts mit englischen Sprüchen verkaufen, einige vulgär, einige lustig, andere nicht zu entziffern. Die Autos und Busse und die gelegentlichen Motorräder mit ihren großen Lieferkisten, die hinten festgeschnallt sind, sausen vorbei. Die Glastüren und Fenster der Bürogebäude zeigen ein verzerrtes Bild von mir, der Straße und den Leuten. Weiter vorn, durch eine Lücke zwischen den Gebäuden, kann ich den Fluss sehen. Ich bewege mich weiter in die Richtung, erst gehend, dann rennend, ohne mich darum zu kümmern, dass es vielleicht aussieht, als hätte ich den Verstand verloren.

Ich habe tatsächlich den Verstand verloren. Den habe ich in Iowa gelassen, als ich beschlossen habe, hierherzukommen und nach Antworten zu suchen, die nicht existieren – nach Antworten, die ich nicht brauche. Was war denn so falsch an meinem Leben? Ich hatte einen Job. Ich hatte Freunde. Ja, ich stand keinem von ihnen wirklich nahe, und manchmal habe ich mich gefühlt, als würde ich ohne Anker und Schwimmweste in einem Meer von Menschen treiben, aber das ist normal. Wer fühlt sich nicht irgendwann oder sogar mehrmals im Leben verloren? Normale Leute trinken oder rauchen oder schlafen sich durch die Gegend oder fangen an zu sticken. Ich hätte mich für eine dieser Optionen entscheiden sollen, statt um die halbe Welt zu fliegen, um etwas zu suchen, das nicht existiert.

Ich renne weiter, ignoriere das Seitenstechen und meine schmerzenden Füße, überquere sechs Verkehrsspuren, eile eine Treppe hinunter und zum Flussufer. Das Geländer setzt meiner Vorwärtsbewegung ein Ende. Ich klammere mich daran fest und schnappe hechelnd nach Luft. Ich kann den Fluss wegen des Verkehrslärms oben auf der Brücke kaum hören.

Das Handy klingelt in meiner Tasche. Ich lasse die Mailbox drangehen, aber der Anrufer ist hartnäckig. Es klingelt immer wieder, was so nervtötend ist, dass ich es raushole und fast in den Fluss werfe. Als mir klar wird, wie dumm das wäre, mache ich einen Rückzieher. Aber meine Hände sind schweißnass. Ich bin schwach und tollpatschig, und das Handy rutscht mir aus der Hand und fällt mit einem nicht hörbaren Platschen ins Wasser.

»Verdammt.« Ich starre in der Dunkelheit auf die kleinen Wellen an der Wasseroberfläche. Natürlich musste ich mein Handy fallen lassen.

Ich hasse das Leben. Ich *hasse* es. Ich drücke mit den Daumen so fest gegen meine Schläfen, dass meine Augen brennen, und dann befehle ich mir, mit dem Selbstmitleid aufzuhören und das blöde Ding herauszufischen. Ich klettere über das Metallgeländer und kraxele das steile Ufer hinunter, aber als ich am Wasser ankomme, ist das Handy längst verschwunden. Das Wasser ist am Rand nicht flach. Der Grund des Flusses fällt steil ab. Ich habe keine Ahnung, wie tief es hier ist. Kleine Wellen schwappen gegen die Steine, als würden sie mich verhöhnen.

Ich lasse mich auf den Boden sinken und bedecke mein Gesicht mit den Händen. Ein Lachen entfährt mir. Ich schlucke meine Hysterie hinunter und beginne mich auszuziehen. Nachdem ich Pullover und Handtasche abgelegt habe, ziehe ich meine Schuhe aus und lasse mich ins Wasser gleiten.

Es ist kühl, und ein schwacher Geruch dringt mir in die Nase, der mir nicht aufgefallen ist, als ich mit Yujun am Ufer saß. Die Ränder des Flussbetts sind steinig und glatt. Die Steine schneiden in meine Handflächen und Fußsohlen. Ich recke den Hals und glaube, schwach die Umrisse meines Handys zu erkennen. Ich strecke meine Hand danach aus, aber der Boden unter mir gibt nach, und ich gehe unter. Ich wedele mit den Armen, suche instinktiv nach etwas, woran ich mich festhalten kann, aber da ist nichts als Luft. Ich schreie wie verrückt, schmutziges Flusswasser schwappt in meinen Mund. Meine Schwimmstunden aus der Grundschulzeit fallen mir wieder ein, und ich gelange an die Oberfläche, wobei ich Wasser und Gott weiß was sonst noch ausspucke. Ich kämpfe mich zu den rutschigen Steinen zurück und ziehe mich hoch.

»Hara, du bist die dümmste Person der Welt«, murmele ich, während ich auf dem Bauch liege wie ein gestrandeter Wal und Wasser auf die Steine spucke.

Die Sonne geht unter, und die Hitze des Tages wird durch eine kühle Abendbrise ersetzt. Ich fröstele. Eine Gänsehaut zieht sich von meinem Hals bis zu meinen Kniekehlen. Der Fluss hält keine Antworten bereit, und das habe ich auch nicht erwartet. Er schien mir nur ein guter Ort zu sein, um mich abzureagieren und meine Frustration, meine Wut und meinen Schmerz zu vergessen. Nun fühle ich mich zu allem anderen Übel auch noch wie eine Idiotin. Ich sollte nach Hause gehen und mir etwas Trockenes anziehen.

Ich drücke mich vom Boden hoch und wringe mein Kleid aus, was nicht sonderlich gut funktioniert. Dann hebe ich meinen Cardigan und meine Tasche auf und ziehe die Sandalen an. Zum Glück gibt es in der Nähe eine Bushaltestelle.

Die Leute, die unter der Überdachung warten, betrachten mich argwöhnisch, wozu sie jeden Grund haben. Wer weiß, wie wahnsinnig ich noch werden könnte? Auch der Busfahrer wirft mir einen merkwürdigen Blick zu, als ich einsteige. Ich halte meine Karte an das Lesegerät und marschiere trotzig den Gang entlang nach hinten, wobei ich das Wasser ignoriere, das an meinem Bein hinunterläuft. Der Bus fährt nicht sofort los. Wahrscheinlich überlegt der Fahrer, ob er nach hinten kommen und mich rausschmeißen soll, aber die Pflicht, pünktlich zu sein, überwiegt seinen Abscheu gegenüber einem Fahrgast, der seine Sitze nass macht. Der Bus setzt sich in Bewegung.

Ich ziehe den Cardigan enger um meinen Körper.

»Es ist der Han-Fluss«, murmele ich leise.

Das ist Choi Wansus Schuld. Mit jedem Häuserblock, an dem wir vorbeikommen, wird mir kälter und unbehaglicher zumute, da die nasse Kleidung an mir klebt wie Leim, und meine Wut wird größer. Hätte Wansu mich nicht verstoßen, wäre ich hier in Korea aufgewachsen. Ich würde mir nicht jedes Mal, wenn ich den Mund aufmache, dumm vorkommen, und ich würde mich in Iowa nicht fühlen wie eine Fremde. Ich hätte Iowa nie gesehen. Yujun, der in den USA aufs College gegangen und drei Jahre lang bei seiner Tante in L.A. gewohnt hat, war sonst auch nur in Chicago.

Aber dann wäre Ellen allein gewesen. Sie hätte Pat geheiratet, nie ein Kind gehabt und allein dagestanden, nachdem Pat sie verlassen und eine neue Familie – eine richtige – gegründet hat. Die Alternative ist auch nicht grandios.

Ich drücke meinen Kopf gegen die Stange des Sitzes vor mir und befehle meinem Gehirn, sich abzuschalten, was es jedoch nicht tut. Das Hamsterrad dreht sich so schnell wie eh und je, und die gleichen Fragen schwirren mir durch den Kopf. Schmerzen breiten sich in meinem ganzen Körper aus, bis selbst meine Fingerspitzen wehtun.

Ich brauche zwei Stunden bis nach Hause, da ich verschiedene Busse und U-Bahnen nehmen muss, und das gelingt mir nur, weil eine nette Dame in der U-Bahn Englisch spricht und mir per App zeigt, wie ich fahren muss. Als ich schließlich unten am Hügel ankomme, bin ich immer noch klamm – was in gewisser Hinsicht schlimmer als nass ist –, und mir ist kalt. Die vielen Stufen zeichnen sich bedrohlich vor mir ab, und ich ziehe kurz in Erwägung, mich bis morgen früh am Fuß der Treppe zusammenzurollen. Oder bis es an der Zeit ist, nach Amerika zurückzukehren.

Lichter blitzen hinter mir auf. Ich drehe mich um und sehe ein glänzendes schwarzes Auto mit laufendem Motor. Ich weiß sofort, wer es ist, obwohl niemand aus dem Wagen steigt oder das Fenster öffnet. Ich hätte zwei Blocks zuvor im Laden haltmachen und Eier kaufen sollen. Vielleicht hole ich das jetzt nach.

Ich drehe mich auf dem Absatz um und marschiere in Richtung Geschäft. Ich werde zwei Packungen kaufen und das glänzend schwarze Auto mit so viel Ei beschmieren, dass es aussehen wird wie ein Omelett, wenn ich fertig bin.

»Hara«, ruft eine forsche Stimme.

Ich gehe weiter. Der Motor wird lauter, und ich kann die Hitze des Wagens förmlich an meinen Fersen spüren. Ich gehe schneller. Das Auto beschleunigt sein Tempo ebenfalls.

»Hara. Hara«, ruft die Person erneut.

Ich beginne zu rennen, aber ich kann nichts sehen, weil die Straße so verdammt dunkel ist, und ich bemerke den großen Stein nicht, bis ich mit dem Zeh dagegen stoße und mit dem Gesicht auf dem Asphalt lande.

»*Omo*!« Bremsen quietschen. Eine Autotür wird zugeschlagen. Absätze klacken auf der Straße, und dann legt sich eine weiche Hand auf meine Schulter.

Ich zucke zurück. »Ich brauche deine Hilfe nicht.«

»Du frierst, und dir geht es nicht gut. Wenn du noch länger draußen bleibst, wirst du krank und machst mich auch dafür verantwortlich.«

Wansu hat nicht unrecht, aber ich bin zu wütend, um es zuzugeben. Ich raffe mich auf und zwinge mich dazu, mich in Bewegung zu setzen.

Das große schwarze Auto ist mir wieder auf den Fersen. Wansu läuft mir hinterher, und wieder erzeugen ihre Absätze klackernde Geräusche auf dem Bürgersteig.

»Was willst du?«, fragt sie. »Ich habe Geld, ich kann dich versorgen.«

»Geld?« Ich bleibe abrupt stehen und wirbele zu meiner Mutter herum. »Du glaubst, ich will Geld von dir?«

»Was denn dann?« Wansu wirkt aufrichtig verwirrt, und das macht mich noch wütender.

»Du bist meine Mutter. Du hast mich zur Welt gebracht. Du hast mich neun Monate in dir getragen, und alles, was du willst, ist mich auszahlen?«

»Ja, all das habe ich getan«, räumt Wansu ein, ihre Stimme so kühl wie die Kleidung, die an meinem Körper klebt. »Ich habe dich zur Welt gebracht. Ich habe dich gestillt. Ich habe dich aber nicht weggeworfen. Ich habe dich vor einer Polizeiwache abgelegt und dort gewartet, bis dich jemand gefunden und mit ins Gebäude genommen hat. Ich habe dich aufgegeben, damit du ein besseres Leben haben würdest. Und nun, da du mich gegen meinen Willen ausfindig gemacht hast, bin ich bereit, für dich zu sorgen wie eine Mutter. Was willst du mehr?«

Ich will, dass du mich liebst, schreit mein Herz, aber es würde nichts bringen, das zuzugeben. Es würde nichts bringen, ihr mein Herz auszuschütten, nur damit sie darauf herumtrampeln kann. Ich trage noch etwas Stolz in mir.

»Nichts. Wirklich nichts, und aus diesem Grund bin ich auch gegangen. Du bist diejenige, die mir folgt, weil du deine Schuldgefühle loswerden willst, indem du mich mit Geld überhäufst.«

»Vielleicht. Wie viel bedarf es?«

»Alles«, versetze ich. »Gib mir alles.«

Wansus Miene verhärtet sich. »Dann willst du mich also ruinieren und meinem Sohn schaden und allen Leuten, die für unsere Firma arbeiten. Das kann ich nicht zulassen.«

Es missfällt mir, dass Wansu nicht hinter meinen Vorhang

des Schmerzes sehen kann. Dass sie nicht einmal versucht, mich zu erreichen.

»Dann lass mich in Frieden. Mehr will ich nicht.«

Alle Lichter im Haus brennen, was mich nur noch erschöpfter werden lässt. Es wäre schön gewesen, wenn ich mich hätte hineinschleichen, in mein Zimmer gehen und ins Bett legen können, um meinen Kopf unter den Laken zu begraben. Stattdessen muss ich mich meinen Mitbewohnerinnen stellen, und Jules wird wissen wollen, was los ist. Ich habe keine Energie für ein Verhör. Das letzte bisschen, was davon noch übrig war, ist im Fluss gelandet.

Ich drücke das Tor auf und trotte zögerlich zur Haustür. Die Beleuchtung sollte freundlich wirken, aber die dunkle Stelle auf der Straße neben dem Lebensmittelgeschäft wirkt mit jeder Sekunde anziehender.

Die Tür wird geöffnet, bevor ich sie erreiche, und Yujuns besorgtes Gesicht kommt zum Vorschein.

Es widerstrebt mir, dass mein albernes Herz einen Satz macht, als ich ihn sehe, in seiner Arbeitskleidung, die weißen Hemdärmel so hochgekrempelt, dass ich seine schönen Unterarme, die teure Uhr und seine fähigen Hände sehen kann, die er nun ausstreckt, um mich ins Haus zu ziehen. Es ist Wansus Sohn, das Kind, das sie statt mir aufgezogen hat.

Verbitterung schwingt in meiner Stimme mit. »*Du.*«

Er zuckt leicht zusammen. »Hara, bitte.«

Ich habe mein Kreditkartenlimit noch nicht erreicht, und ich befinde mich in einer großen Stadt. Es muss ein Hotel geben, das noch freie Zimmer hat. Ich drehe mich um, entferne mich von der Tür, von den Lichtern, von ihm. Ich sollte weitergehen, bis ich Incheon erreiche, wo ich in ein Flugzeug – in irgendeines – steigen und wegfliegen kann.

»Ich wusste es nicht.« Er streckt die Hand aus und drückt gegen das Tor, damit ich nicht weggehen kann.

»Ich glaube dir nicht.« Und ich will auch nicht vom Gegenteil überzeugt werden. Er ist so charmant. Wenn er genügend Zeit und die Gelegenheit dazu bekommt, wird er mir sicherlich eine Geschichte erzählen, die mich dazu bringt, Wansu um Vergebung anzubetteln. *Es tut mir leid, dass ich hergekommen bin. Es tut mir leid, dass ich dich ausfindig gemacht habe. Es tut mir leid, dass ich existiere.*

»Woher hätte ich es denn wissen sollen?« Das Flehen in seiner Stimme ist aufrichtig, aber ich bin nicht mehr die gleiche Frau, die er mit zum Gipfel des Namsan genommen hat und die durch das Teleskop bis nach Busan geschaut hat. Ich bin die Frau, die erfahren hat, dass ihre überaus wohlhabende Mutter sie weggeworfen hat wie Müll und stattdessen einen Jungen behalten hat. Einen Jungen, den ich geküsst habe, den ich in meinen Armen gehalten habe. Über den ich Fantasien hatte, die ich nicht einmal einer Freundin anvertrauen würde. Einen Jungen, an dessen Schulter ich mein Gesicht vergraben möchte, um die Tränen zu vergießen, die ich stets zurückgehalten habe. Doch das tue ich nicht. Ich habe mich noch nie von Gefühlen runterziehen lassen, und das werde ich auch diesmal nicht.

Ich ziehe am Tor, und es lässt sich so leicht öffnen, dass ich rückwärts gegen seinen robusten Körper taumele.

Er legt mir seine Hände an die Schultern, um mich aufzufangen, und so stehen wir da, mit angehaltenem Atem, für eine halbe Sekunde, vielleicht auch länger.

Zu jedem anderen Zeitpunkt wären mir seine Hand an

meinem Arm, sein Herz an meinem Ohr und sein breiter Körper, der mich einhüllt, angenehm gewesen. Von dem Moment, in dem ich ihn am Flughafen gesehen habe, war er mein sicherer Hafen in dieser fremden Stadt, und ein Teil von mir will sich an ihn klammern.

»Du bist derjenige, den sie behalten hat. Auch wenn du es nicht wusstest.«

Darauf hat er keine Antwort, denn es gibt schlichtweg keine. Fakten sind Fakten.

Ich spüre, dass er nach Worten sucht, nach einem Weg, mich davon zu überzeugen, dass ich ihm vergeben sollte. Als er fragt »Wohin willst du denn?«, bin ich überrascht.

»Ich ... Ich ...« Diesmal bin ich diejenige, die keine Antwort hat. Ich kann wohl nur in ein Hotel gehen, aber ich würde eines finden müssen, in dem man Englisch spricht und das nicht allzu teuer ist.

»In ein Hotel?«, fragt er, als könnte er meine Gedanken lesen. »Ich kann dich fahren. Gestatte mir bitte, diese Kleinigkeit für dich zu tun. Mein Auto steht unten an der Treppe. Ich fahre dich hin, helfe dir beim Einchecken und verschwinde dann.« Seine Worte klingen scharf, wie irgendetwas zwischen Bitte und Befehl, denn Ersteres ist ihm fremd und Letzteres zu barsch. Als ich ihm nicht sofort widerspreche, drängt er weiter. »Ich bin nicht hier, weil *eomma* ... Choi Wansu mich darum gebeten hat. Ich bin wegen dir gekommen. Weil ich dich brauche und mich frage, ob du mich auch brauchst.«

Wieder überrascht er mich. »Warum solltest du mich brauchen?«

Ein gequälter Ausdruck huscht über sein Gesicht, sodass sich die Haut über seinen markanten Wangenknochen spannt und sich eine Falte auf seiner Stirn bildet. »Weil ich an dich denke, wenn ich einschlafe und wenn ich aufwache, Hara. Seit ich dich am Flughafen gesehen habe ...« Er schüttelt den Kopf. »Ich weiß nicht, ob es dir genauso geht, und ich wollte nichts überstürzen, obwohl ich eigentlich jede Minute des Tages mit dir verbringen will. Als ich wegmusste, um meinen Vater zu besuchen, konnte ich spüren, wie du mir entglitten bist. Als du nicht ans Telefon gegangen bist, als Choi Wansu-nim meine Anrufe nicht beantwortet hat ... Es war, als wärst du schon fort, und ich bin nicht bereit, dich gehen zu lassen. Noch nicht.« Er streicht mir die Haare aus dem Gesicht. »Noch nicht.«

Ich schließe die Augen und schlucke schwer. Er klingt ernst, als seien seine Gefühle echt – und sie sind wie Salbe für meine Wunden. Ich gerate ins Taumeln, verwandle mich in die schwache Person, die ich soeben geleugnet habe zu sein.

»Hara, lass mich dir helfen. Ich bin einfach Yujun aus Seoul. Mehr nicht.«

Ich schließe die Augen und verbanne ihn an einen Ort, der weit weg von Choi Wansu ist. »Na gut, aber wir können nicht zu deinem Auto gehen.« Ich habe Angst, dass sie immer noch da ist.

»Dann nehmen wir ein Taxi«, erwidert er sofort.

Er legt meine Hand in seine Armbeuge, und wir gehen schweigend zum Gipfel des Hügels. Weit und breit sind keine Taxis zu sehen, weswegen auch alle den Hügel hinunter- statt hinaufgehen. Wir bewegen uns den Lichtern und Menschen und dem Verkehr entgegen. Wir schweigen beide. Ich wüsste nicht, was ich sagen sollte, und ich vermute, dass es ihm genauso geht. An einer hellen Kreuzung bleiben wir stehen, und Yujun aus Seoul winkt ein Taxi heran. Er hält mir die Tür auf, und ich steige ein. Nachdem er dem Fahrer einige Anweisungen gegeben hat, fahren wir los.

Die beiden unterhalten sich kurz, und ich betrachte durch das Fenster, wie die Neonschilder, die Straßenlaternen und Autoscheinwerfer zu einem riesigen Lichtschein verschwimmen. Dann schließe ich die Augen und lehne den Kopf an die Scheibe.

Als das Taxi anhält, stehen wir vor einem hohen, edlen Hotelgebäude. Ein Portier mit weißen Handschuhen kommt auf uns zu.

»Warte einen Moment«, bittet mich Yujun, und bevor ich etwas erwidern kann, ist er verschwunden.

Ich begegne dem Blick des Fahrers im Rückspiegel und wappne mich für eine Frage auf Koreanisch, die ich nicht verstehen werde, gefolgt von einem enttäuschten Blick, wenn ich Glück habe, und von einem angewiderten Blick, wenn ich Pech habe. Doch er nickt mir nur kurz zu, bevor er sich am Bildschirm des Navigationsgerätes zu schaffen macht.

Die Stille im Auto ist beinahe erdrückend. Ich überlege, ob ich ihn bezahlen soll. Dann schaue ich zum Portier, der im warmen Licht des Eingangs steht, und frage mich, ob ich mir hier auch nur eine Tasse Kaffee leisten kann. Für Yujun aus Seoul ist das vielleicht kein Problem, aber Hara aus Iowa hat ihr Kreditkartenlimit bald erreicht.

Ich öffne meine Übersetzungs-App. Wenn es eine Person in dieser Stadt gibt, die ein billiges Hotel kennt, dann muss es ein Taxifahrer sein. Ich tippe die Frage ein und hoffe, dass die Übersetzung akzeptabel ist. Wie sagt man noch mal »Entschuldigung« auf Koreanisch? Das Wort fällt mir wieder ein.

Ich räuspere mich und versuche mich daran. »*Jamkkanmanyo.*«

Ich muss es gut genug ausgesprochen haben, denn der Fahrer dreht sich zu mir um. »*Ne?*«

Ja, übersetze ich still.

»*Jeolyeomhan hoteli eodi isseoyo.*« Die Worte kommen mir stockend über die Lippen, und dem verwirrten Gesicht des Fahrers nach zu urteilen, sind sie wohl auch unverständlich. Ich öffne den Mund, um es noch einmal zu versuchen, als die Tür aufgerissen wird.

Yujuns Gesicht erscheint neben mir. »Komm.« Dann fügt er hinzu: »Bitte.«

»Ich glaube nicht …«

»Ich habe mich um alles gekümmert«, unterbricht er mich eilig.« Bevor ich etwas erwidern kann, gibt er dem Taxifahrer eine Handvoll Scheine.

Dieser nimmt das Geld lächelnd an und sagt schnell etwas auf Koreanisch, bevor er winkt und zum Fenster hinausdeutet.

Ich schaue an Yujun vorbei und sehe ein paar Frauen hinter ihm. Ihre Wangen sind gerötet vom Alkohol, eine schwankt bedenklich.

Yujun schenkt mir ein Lächeln. »Der Fahrer möchte die beiden gerne zu ihrem Ziel fahren. Warum schaust du dir nicht das Zimmer an, und wenn es dir nicht gefällt, suche ich dir ein anderes.«

Mit anderen Worten stelle ich gerade ein Problem dar. Ich steige aus und trete zur Seite, während die beiden Mädchen sich an mir vorbeidrängen, um in den Wagen zu steigen.

Diejenige, die nicht kurz davor ist, das Bewusstsein zu verlieren, bleibt vor Yujun stehen und legt den Kopf schief. Sie zieht mit dem Daumen ihre Unterlippe runter, und die Worte, die sie sagt, sind auf Koreanisch, aber anhand des süßen, koketten Tonfalls ahne ich, was sie bedeuten.

Ich stehe direkt neben ihm, aber da ich nicht weiß, wie man das auf Koreanisch sagt, greife ich auf mein begrenztes Vokabular zurück und sage laut: »*Jamkkanmanyo.*«

Das Mädchen wirbelt überrascht zu mir herum, als hätte sie vergessen oder überhaupt nicht bemerkt, dass ich da bin.

Yujun presst die Lippen zusammen und wendet sein Gesicht ab, um in seine Faust zu husten. Lacht er etwa? Bevor ich mich allzu sehr echauffieren kann, greift er nach meiner Hand und zieht mich an seine Seite. »Meine Freundin ist mit mir hier«, erklärt er.

»*Yeoja chingu?*« Der Schock kriecht mir unter die Haut und bewirkt, dass ich mich an Yujuns Körper lehnen muss. Ich sehe das andere Mädchen mit klimpernden Wimpern an, und während sie mich beäugt, ziehe ich wie sie mit dem Daumen meine Unterlippe runter und drücke dann meinen Mund auf Yujuns weißes Hemd, sodass ein winziger, kaum sichtbarer Lippenstiftfleck zurückbleibt.

Yujun hustet wieder in seine Faust, und diesmal erkenne ich ganz deutlich, dass er ein Grinsen verbirgt.

Ich verdrehe die Augen, aber da ich damit angefangen habe, sollte ich es wohl auch zu Ende bringen. »Lass uns gehen.«

Ich bewege mich in Richtung Eingang, aber Yujun packt meinen Arm und schiebt mich zu einer kleineren Tür.

Ein Mann kommt heraus und hält uns die Tür auf. Ich fühle mich an unseren Clubbesuch erinnert. »Ist dein Freund, DJ Song, hier?«, scherze ich.

Eine Falte bildet sich zwischen Yujuns Augenbrauen. »Ahm Sangki?«

»Ja.« Ich deute in Richtung Tür. »Wir haben den Club doch durch den Seiteneingang betreten, weißt du noch?«

»Klar. Er hat offenbar einen bleibenden Eindruck bei dir hinterlassen.« Yujun klingt leicht verärgert. »Ich habe einen Freund um einen Gefallen gebeten, da ich dachte, du willst bestimmt nicht durch die Lobby gehen.«

Ich schaue auf meine zerknitterte Kleidung hinab. Für einen Moment hatte ich vergessen, dass ich im Han gebadet habe. »Gute Idee.« Ich gebe ihm ein Daumen-hoch-Zeichen.

Der Typ vom Hotel führt uns durch einen Flur. Die schlichten Bodenfliesen und weißen Wände verraten, dass wir uns in einem Gebäudeteil für Angestellte befinden. Er lässt uns am Dienstaufzug stehen, mit dem wir in den elften Stock fahren.

Vor einem Zimmer am Ende des Ganges bleibt Yujun stehen, holt eine Schlüsselkarte hervor und winkt mich rein.

Wie zu erwarten, ist das Zimmer edel, mit dunklem Holzboden und holzgetäfelten Wänden. Die Vorhänge sind geöffnet, und trotz der Dunkelheit kann ich die Umrisse eines Berges erkennen.

Yujun schaltet ein paar Lichter ein und öffnet einen Schrank, der mir auf dem Weg ins Zimmer nicht aufgefallen ist. Dann hält er mir einen Bademantel hin.

»Ich habe mir Sorgen um dich gemacht.« Ein leichter Vorwurf schwingt in seiner Stimme mit. »Ich habe dir geschrieben, als ich losgefahren bin, aber ich habe nichts von dir gehört.« Er verzieht das Gesicht, und mir wird bewusst, dass er wütender auf sich selbst ist als auf mich. »Ich habe versprochen, für dich da zu sein, aber das war ich nicht. Die Krankenpflegerin meines Vaters hat mich angerufen und mich gebeten, schnell zu kommen. Er ist vor ein paar Jahren krank geworden. Damals wurde Choi Wansu zur *sajangnim*, der Chefin der IF Group. Ich hätte es dir ja vorher gesagt, aber ... ich wollte nicht, dass du dir Sorgen machst.«

Diese Art von Beziehung haben wir nicht – wir erzählen einander nicht, was uns Schlimmes im Leben widerfahren ist. Was wir miteinander haben, ist ein Urlaubsflirt, ganz egal, wie viele Kameras und WLAN-Verbindungen uns zusammengeführt haben. Ich habe ihn ebenso benutzt wie er mich. Wir haben uns den Luxus gestattet, es zu genießen, aber das bedeutet, dass wir alle dunklen, schmutzigen Flecken in unserem Leben selbst bereinigen müssen. Es liegt eine gewisse Freiheit in dem Wissen, eine Leichtigkeit, die ich zuvor nie empfunden habe, und weil Wut so eine ermüdende, verheerende Emotion ist, lasse ich sie los.

»Mein Handy ist in den Fluss gefallen, und ich bin hinterhergesprungen.« So versuche ich die feuchte, zerknitterte Kleidung zu erklären, die ich trage.

»Dabei bist du also so nass geworden.«

»Ja, und danke, dass du nicht angenommen hast, ich hätte es absichtlich getan.«

»Das würde dir nicht ähnlichsehen.«

Aus irgendeinem Grund kommt mir die Geschichte von dem jungen Paar in den Sinn, das Selbstmord begangen hat, indem es in den Fluss gesprungen ist, und ich frage mich, ob wir über das Gleiche reden.

»Ich war wütend, weil mein Handy keine Ruhe gegeben hat, und ich wollte so tun, als würde ich es in den Fluss werfen, aber dabei ist es mir aus der Hand geglitten.«

»Also hast du beschlossen hinterherzuspringen?«

»Ja.« Ich verschränke die Arme.

»Ich glaube nicht, dass all der Reis in Korea es hätte retten können. Manchmal ist es am besten, Dinge loszulassen.« Ist das ein Ratschlag in Bezug auf seine Mutter? Bevor ich fragen kann, redet er weiter. »Wie fühlst du dich?«

»Nicht gerade toll«, gebe ich zu.

»*Eomma* kann manchmal schwierig sein. Sie mag keine Überraschungen.«

»Wusstest du es?« Das glaube ich zwar nicht, aber ich muss sichergehen.

»Nein, und selbst als ich ihren Namen heute auf deinem Zettel gesehen habe, habe ich nicht sofort eins und eins zusammengezählt.« Er gräbt die Finger in den dicken Stoff des Bademantels, den er noch immer hält.

»Überrascht es dich überhaupt nicht, dass wir uns begegnet sind? Es scheint mir fast ein zu großer Zufall zu sein.«

»Überhaupt nicht. Es ist Schicksal. Dein Schicksalsfaden und meiner müssen miteinander verwoben sein, sodass wir uns so oder so begegnet wären, ganz egal, welches Leben wir geführt hätten.« Er sagt es so simpel und sachlich, als ob unsere Begegnung so gewiss gewesen wäre wie der Meeresspiegel, der sich mit den Mondphasen hebt und senkt. Und ich muss es hören, selbst wenn es nicht aufrichtig ist. Mein Herz nimmt die Worte auf und legt sie wie ein Pflaster um seine zerbrechlichen, wunden Kanten.

»Ich sehe nicht aus wie sie.«

»Das würde ich nicht sagen. Du hast die gleichen Augen. Siehst du aus wie dein Vater?«

»Ich glaube nicht.« Ich greife nach meiner Handtasche und hole die Fotos heraus.

Yujun klemmt sich den Bademantel unter den Arm und sieht die Bilder durch, wobei er die Augenbrauen hochzieht wie Wansu, als er bei ihrem Foto ankommt.

Na Wansu hat keine große Ähnlichkeit mit Choi Wansu. Die Achtzehnjährige hat lange Haare und einen nach innen geföhnten Pony. Sie trägt eine enge Jeans mit einem breiten braunen Gürtel und einer blauen Bluse mit breitem Kragen. Ob sie Ohrringe trägt, kann ich nicht sehen, aber um ihren Hals hängt eine Kette. Das Erschreckendste an dem Foto ist die Tatsache, dass Wansu lächelt. Es ist kein breites Lächeln. Man kann keine Zähne sehen, aber ihre Mundwinkel zeigen sichtlich nach oben. Sie sieht glücklich aus.

»Du erkennst sie«, sage ich.

»Ja.«

»Und wenn ich dir das Bild vorher gezeigt hätte, hättest du es mir dann gesagt?«

Er nickt. »Ja, das hätte ich. Ich weiß, dass es schwer ist – für uns alle –, aber wenn der Schock erst einmal abklingt, wird alles gut werden. Du wirst schon sehen.«

Er klingt sicher und voller Selbstvertrauen, so wie immer, und weil ich müde bin und es ein sehr langer Tag war, beschließe ich, nicht mit ihm zu diskutieren. Er lebt mit einem gewissen Optimismus, den ich ihm nur ungern nehmen möchte. Warum sollte es allen schlecht gehen?

»Spring unter die Dusche. Ich gehe runter in den Souvenirladen, damit du nicht in den Klamotten schlafen musst.«

Beschämt streiche ich über meine Kleidung. Wie fürchterlich sehe ich wohl aus?

»Ich brauche nichts Schickes«, sage ich.

Er stößt ein leises erleichtertes Seufzen aus, das ich nicht gehört hätte, wenn ich nicht so nahe bei ihm gestanden hätte. Seine breite Brust dehnt sich aus, und der Drang, mein Ohr an sein Herz zu drücken, mich von seinen starken Händen an ihn ziehen zu lassen, wird stärker.

Bevor ich eine falsche Entscheidung treffen kann, trete ich den Rückzug in Richtung Badezimmer an. »Und nichts zu Teures, weil ich dir das Geld zurückzahlen werde.«

Er senkt kurz zustimmend den Kopf.

Ich sinke von innen gegen die geschlossene Tür. So sehr ich ihn auch einfach als Yujun aus Seoul betrachten möchte, in Wahrheit ist er Choi Yujun, der Stiefsohn meiner leiblichen Mutter. Meine Gefühle für ihn sollten mich anwidern. Doch das tun sie nicht, und unter der Dusche, als das heiße Wasser an meinem Körper hinabrinnt, lasse ich meine Gedanken schweifen. Es liegt an der Erschöpfung und an der Einsamkeit. An dem edlen Hotelzimmer und seinem Duft, der noch in der Luft hängt. Ich nehme den Duschkopf von der Wand und drücke ihn zwischen meine Beine. Besser, das zu tun und diese Gedanken zu vertreiben, als schwach zu werden, wenn er zurückkommt. Das Wasser schießt mir in einem harten Rhythmus entgegen. Meine Knie geben nach, und ich presse meine Hand an die nassen Kacheln, um aufrecht stehen zu bleiben. Der Orgasmus läuft kribbelnd an meiner Wirbelsäule hinunter, nur um zu erlöschen wie ein Feuer, das langsam verglüht. Ich lache über mich selbst und bringe den Duschkopf wieder an. Gott, ich bin erbärmlich. Ich kann genauso gut zugeben, dass ich Yujun die Seele aus dem Leib vögeln will, obwohl er das Kind ist, das Choi Wansu ausgewählt hat, und obwohl er nichts weiter als ein Urlaubsflirt ist und obwohl ich weiß, dass alles so fürchterlich kompliziert ist. Doch nichts von alldem kümmert meine Vagina.

Ich betrachte meinen Schritt. »Reiß dich zusammen«, tadele ich, trockne mich ab und ziehe mir den Bademantel an.

Manchmal bereue ich es, dass ich Menschen nicht näher an mich heranlasse, und wünsche mir, ich hätte mehr Zeit mit Kelly verbracht, statt zu Hause vor dem Fernseher. Ich halte beim Abtrocknen inne und erinnere mich an ein paar der dummen Dinge, die Jeff gesagt hat. Zum Beispiel daran, dass er mich gefragt hat, ob Boyoung und ich Schwestern seien, und er jedes Mal zu mir gekommen ist, wenn er eine Frage über Asien hatte. Nein, ich glaube, ich hätte nicht mehr Zeit mit Kelly verbringen können, weil das auch bedeutet hätte, Jeff ertragen zu müssen. Die Ironie ist, dass Jules diejenige ist, der ich schreiben sollte. Dieses scharfzüngige, ein wenig gemeine Mädchen hat mir dabei geholfen, Wansu zu finden, und wenn ich mein Handy gehabt hätte, dann hätte ich ihr vielleicht von dem ganzen Debakel berichtet, aber ich weiß jetzt schon, wie ihre Reaktion ausfallen würde. *Mädel, wie dumm bist du eigentlich? Auch hier in Korea gibt es Dildos.*

Ich drücke das Wasser aus meinen Haaren und entwirre es mit den Fingern. Das Gute an asiatischem Haar ist, dass es relativ pflegeleicht ist, obwohl mir die vielen Haarprodukte in den Geschäften aufgefallen sind. Wahrscheinlich sind mir bisher ein paar essenzielle Inhaltsstoffe, um schwarzes Haar so seidig zu machen wie Boyoungs, bisher entgangen. Ich brauche eine ganze Lektion über alles Koreanische, von

Essen über Schminke bis hin zur Haarpflege. Und diese hätte meine Mutter mir erteilen sollen.

Wansus Gesicht erscheint neben meinem im Spiegel. Ich fahre mir mit den Fingern über die Augenbrauen und an der Nase hinab, die ihrer so ähnlich ist. Ein Schauer läuft mir am Rücken hinab, als ich mich an den kalten Blick erinnere, mit dem sie mich gemustert hat. Mein Magen zieht sich zusammen, und meine Hände beginnen zu zittern. Ich drücke meine Fingerspitzen fest aneinander und befehle mir zu atmen.

Gedämpft, als befände ich mich tief in einer Höhle, höre ich, wie die Tür geöffnet wird. Schritte erklingen auf dem Holzfußboden und werden dann auf den Fliesen lauter, als sich Yujun nähert. Ich spüre, wie sein solider Körper die Luft neben mir verdrängt, und Wärme breitet sich von seiner Handfläche, die er gegen meinen Rücken presst, aus. »Alles klar?«

Wansu ist so kalt, so verletzend gewesen, und hier steht nun Yujun aus Seoul mit seinen breiten Schultern und seiner warmen Berührung. *Ich brauchte dich, und ich habe mich gefragt, ob du mich auch brauchst.* Ich bin die Motte in der Nacht, die nach dem kleinsten Lichtschimmer sucht und sich nicht darum schert, dass der mächtige goldene Gott so viele ihrer Art getötet hat. Alles, was ich in diesem Moment weiß, ist, dass mich niemand hier in Seoul mehr will als Yujun. Deshalb öffne ich den Mund, und mir entwischen die Worte »Küss mich«.

Yujun war noch nie langsam. Er wurde wahrscheinlich zu früh geboren, hatte es eilig, zur Welt zu kommen und allen zu zeigen, wie toll er ist. Er macht keine Pause, gestattet es mir nicht, einen weiteren Atemzug zu nehmen oder einen weiteren Gedanken zu fassen. Er drückt seinen Mund auf meinen und legt die Hände an mein Gesicht.

Etwas fällt zu Boden. Definitiv meine Skrupel und meine Hemmungen. Vielleicht auch die Tüte mit den Sachen aus dem Souvenirladen.

Er küsst mich mit der gleichen Sicherheit, mit der er alles im Leben macht – voller Selbstvertrauen und Gewissheit. Es ist verdammt sexy.

Ich mache mich an den Knöpfen seines Hemdes zu schaffen.

Er öffnet den Gürtel an meinem Bademantel.

Die Kälte des Raumes trifft auf meine Haut, aber ich bin nur für einen Moment entblößt.

Er hebt mich hoch, zieht meine Beine um seine Hüften und trägt mich mühelos aus dem Bad zum riesigen Bett mit der schneeweißen Daunendecke. Das Bett hüllt mich mit seiner Weichheit ein, während Yujuns stählerner Körper mich herunterdrückt. Seine Hände sind überall; er streicht über meine Arme, die Seiten meines Oberkörpers, meine Beine.

Wir ziehen gemeinsam sein Hemd aus, und ich öffne seine Hose. Ich umfasse seine Erektion und dämpfe das Stöhnen, das tief aus seiner Brust dringt, mit einem Kuss.

Er löst seinen Mund von mir, um an meinem Hals entlangzufahren, über mein Schlüsselbein, und verweilt lange an meinen Brüsten, bevor er sich weiter nach unten vorarbeitet.

Ich wusste, dass der Duschkopf ein armseliger Ersatz für ihn war, aber ich wusste nicht, was für ein Riesenunterschied es sein würde, bis sein Mund meine empfindliche Haut berührt.

Nun schiebt er meine Oberschenkel recht grob auseinander, und ich vergehe fast vor Begierde. Er leckt mich, labt sich an mir, als wäre ich ein köstliches Dessert, das er nur einmal im Leben essen darf.

Falls sich Sex jemals so gut angefühlt hat, kann ich mich zumindest nicht mehr daran erinnern. Meine Zehen krümmen sich, und meine Glieder versteifen sich, während der erste Orgasmus durch meinen Körper rauscht.

Als er wieder zu mir nach oben kommt, ist er vollkommen nackt – sein Hemd und seine Hose hat er irgendwo abgelegt. Sein mit einem Kondom überzogener Schwanz drückt sich zwischen meine Beine, und ich kann meine Zunge nicht davon abhalten hervorzuschießen und meine Lippen zu befeuchten.

Ein hungriger Ausdruck huscht über sein Gesicht, und dann ist er wieder auf mir, wobei er meinen Mund mit der Zunge so ausgiebig erkundet, dass er mich anschließend besser kennen muss als mein Zahnarzt.

Auch ich lasse meine Hände über seinen Körper wandern, streiche ihm über den Rücken, hinunter zu den beiden Vertiefungen neben seiner Wirbelsäule. Über seinem festen, hübschen Hintern lasse ich meine Hände ruhen.

Ich stoße die Luft aus, als er mit seiner breiten Spitze zum ersten Mal in mich eindringt.

Sofort hält er inne. »*Gwaenchana?*«

»Ja, alles in Ordnung.« Ich grabe die Finger in seine Schultern und dränge ihn weiter. »Es geht mir gut. Sehr gut sogar.«

Er grinst lüstern und gleitet in mich hinein.

Ich schließe die Augen und genieße die Empfindungen – sein Schwanz reibt an allen richtigen Stellen entlang, seine

Brust berührt meine Brustwarzen, er verschlingt mich mit dem Mund. Sein Körper ist heiß, und diese Hitze durchfährt auch mich, verbrennt den Schmerz und ersetzt ihn durch Wonne. Ich lasse mich von den Wellen in einen Kokon der Euphorie reißen.

Auch er bäumt sich auf und bebt, bevor er sich schließlich neben mich fallen lässt.

Doch in dem Moment, als er sich aus mir zurückzieht, spüre ich, wie sich dunkle Gedanken anschleichen.

»Denk nicht mehr nach, Hara. Nicht heute Abend.« Er drückt meinen Kopf an seine Brust. Sein Herz hämmert immer noch. »Dafür ist morgen noch Zeit.«

So funktioniert mein Geist aber nicht. Mein Gehirn weigert sich, zur Ruhe zu kommen, obwohl mein Körper angenehm entspannt ist, und Yujun scheint meinen inneren Aufruhr zu spüren.

Seine Brust vibriert, als er wieder spricht. »Ich kann dir eine Koreanischstunde geben. Hilft dir das beim Einschlafen?«

»Vielleicht.«

»Okay. Neues Wort. Wiederhole: *choahaeyo.*«

»*Chohay-o.*«

»Eher so wie *choaiyo*. Verschluck das H.«

»*Choaiyo.*«

»Gut. Ich mag dich auch.«

»Was?« Ich richte mich abrupt auf.

Er zieht mich wieder neben sich. »Ich mag dich. *Choahaeyo*. Leg dich zu mir. Ich muss mich erholen, bevor ich ein Taxi zurück zu deinem Haus nehme, um mein Auto zu holen.«

Ich bin hin- und hergerissen zwischen dem Bedürfnis,

ihn wegzuschicken, und zu genießen, dass er mir Raum gibt.

»Es ist wirklich schade, dass du dein Handy verloren hast.«

»Warum, abgesehen von den offensichtlichen Gründen?«

»Ich wollte das heutige Datum eingeben, damit du mir in einem Monat ein Geschenk kaufen kannst. Es ist das einundzwanzigste Jahrhundert. Frauen sollten Männern Geschenke kaufen.«

Das sagt er so schelmisch, dass ich mir ein Lächeln nicht verkneifen kann. Vielleicht das erste am heutigen Tag. Es fühlt sich an, als wäre ich aus der Übung. »Ach ja?«

Ich kann fühlen, dass Yujun schmunzelt. »Ja. In Korea musst du mir am Valentinstag ein Geschenk machen. Ich erwarte Blumen und Schokolade. Ich mag Pralinen mit Himbeerfüllung.«

Ich lache laut. »Machst du Witze? Am Valentinstag kaufen Frauen Männern Geschenke?«

»Ja. Vergiss es also nicht.«

Mein Lachen erstirbt, als ich daran denke, wie lange es bis zu diesem erfundenen Feiertag noch dauert. »Valentinstag ist erst in mehreren Monaten. Vielleicht bin ich dann gar nicht hier.«

»Natürlich bist du dann noch hier«, sagte er, als müsste man es nicht einmal infrage stellen, dass ich monatelang hierbleibe. »Zuerst kommt Weihnachten. Dann kannst du mir ja etwas schenken, auch wenn es nicht üblich ist. Wir sind Buddhisten, weißt du?«

Das wusste ich nicht.

»Normalerweise unternehmen Paare etwas zusammen. Wir können eislaufen oder in ein Skiresort fahren. Kannst du Ski fahren?«

»Nein. Ich bin nicht wirklich gut in Dingen, die mit körperlichen Aktivitäten verbunden sind. Ich bin allerdings hervorragend in allem, was man drinnen tun kann, zum Beispiel Kaffee trinken, lesen, schlafen. Solche Sachen eben.«

»Hört sich super an. Deshalb gibt es in allen Skigebieten ja auch Hütten.«

»Bei dir klingt es so, als würde ich noch eine ganze Weile hierbleiben. Es ist Juni. Bis Weihnachten sind es noch sechs Monate.«

»Wansu zu finden, war nicht schwer, oder? Dir zu überlegen, was du jetzt tun sollst, ist dagegen schwieriger, aber wir werden das Schwein schon zu Boden ringen.«

Ich vermute, dass es sich um eine Redewendung handelt und dass er Wansu nicht als Tier bezeichnet. Dazu bedeutet sie ihm, zu meinem Kummer, viel zu viel.

»Du wirst *chuseok* bald erleben«, fährt er fort. »Dabei handelt es sich um unser Thanksgiving. Und das koreanische Neujahrsfest und den White Day, und wir besorgen dir einen Stempel, damit du all deine Dokumente unterschreiben kannst und ...« Er hält inne, und sein Körper spannt sich an.

»Und?«, dränge ich.

Er schüttelt sich leicht. »Und wir tragen dich ins Personenregister ein, suchen dir einen besseren Ort zum Wohnen, einen Job, wir stellen dich all meinen Verwandten vor, was gar nicht so viele sind, aber sie werden dich dennoch vergöttern.«

»Was ist mit ... ihren ... Verwandten?«

»Ihre Eltern sind beide gestorben, kurz nachdem sie meinen Vater geheiratet hat. Sie hatten einen Autounfall auf der Mapo-Brücke.«

»Oh.«

»Ja. So spielt das Leben … Es war nicht immer leicht für …« Er bricht ab. »Das spielt keine Rolle. Lass uns schlafen. Beweg dich nicht«, fügt er hinzu, als ich versuche, mich auf den Rücken zu drehen.

»Das kann aber nicht bequem für dich sein. Ich liege auf deinem Arm. Er wird einschlafen.«

»Wofür habe ich denn Arme?« Er schlingt seinen Arm um mich. »Wir bringen schon Ordnung in das Durcheinander«, flüstert er.

Ich lasse ihn in dem Glauben. Vielleicht reicht er für uns beide.

»Es könnte schlimmer sein«, meint er.

»Inwiefern?«

»Wir könnten tatsächlich verwandt sein.«

KAPITEL DREIUNDZWANZIG

Im Bett ist es fürchterlich heiß, als ich hinausschlüpfe. Ich hinke ins Bad. Auf dem Boden liegt die Tüte mit der Kleidung, die Yujun für mich im Souvenirladen gekauft hat.

Ich schütte ihren Inhalt aus und wühle mich hindurch, bis ich frische Unterwäsche finde. Ich wasche mich mit einem Waschlappen und ziehe mich an. Als ich in die Hose mit den weiten Beinen schlüpfe und den gestreiften Strick-Longsleeve hineinstecke, frage ich mich, ob Yujun oder die Verkäuferin das Outfit ausgewählt hat. Auf jeden Fall ist es stylisch und bequem, was ich zu schätzen weiß.

Im Badezimmer des Hotels gibt es eine Zahnbürste, Zahnpasta und sogar eine kleine Einweghaarbürste. Typische Dinge, die man in Luxushotels findet. Hätte ich einen aktiven Instagram-Account, wäre dies das perfekte Futter, aber meine Social-Media-Präsenz ist, ebenso wie mein bisheriges Leben, leer.

Dass ich mit meinem – sozusagen, aber nicht direkt – Stiefbruder in irgendeinem Hotel in Seoul Sex hatte, passt irgendwie ins Bild: eine unanständige Person an einem seelenlosen Ort. Die Marmorablage ist leer, aber dank der Seife in Hotelgröße und der in Plastik eingeschweißten Zahnbürste bereit für den nächsten Gast. Genauso wie mein Leben. Abgesehen von meiner Mutter Ellen habe ich keine

Menschen, mit denen ich Dinge teilen kann. Meine Highschool- und Collegefreundschaften habe ich vernachlässigt. Ich habe keine besondere Bindung zu den Leuten, mit denen ich arbeite. Das letzte Mal Sex hatte ich in meinem letzten Jahr am College mit einem Baseballspieler aus einem Vorstadtverein.

Ein Urlaubsflirt ist perfekt für mich. Keine Verpflichtungen, keine emotionale Tiefe. Ich habe nie zugelassen, dass es sich jemand an meiner Seite bequem macht. Stattdessen habe ich Abstand zu Leuten gehalten, sie nie dauerhaft in mein Herz gelassen, habe niemanden zu nahe an mich herangelassen und die Tür immer halb offen gelassen. Deshalb war es so einfach, nach Korea zu kommen. Ich hatte zu Hause nichts, woran ich mich festhalten wollte, und das liegt nicht daran, dass die Leute dort nichts Besonderes sind oder dass es nichts gibt, wozu man eine Bindung aufbauen kann, sondern daran, dass ich diejenige sein will, die geht. Ich wurde erst von Wansu und dann von Pat verlassen. Als ich elf war, hatte ich von diesem Unsinn genug.

Das ist zumindest die Lüge, die ich mir selbst erzählt habe. Aber natürlich wollte ich eine Bindung. Ich bin schließlich ein Mensch, und als Lee Jonghyung mir die E-Mail schickte, dachte ich, dies wäre meine Gelegenheit, etwas Bedeutungsvolles und Dauerhaftes aufzubauen. Der Gedanke an diese Bindung hat mich hierhergelockt, denn wenn ich ausführlicher darüber nachgedacht hätte, hätte ich erkannt, dass ich nur um die halbe Welt fliege, weil ich mich schämte oder Angst hatte zuzugeben, dass ich das Problem war.

Es war einfacher für mich, dass Lee Jonghyung tot war. Wäre er am Leben, hätte ich mich wieder dem Schmerz öffnen müssen, weswegen ich vor Wansu auch die Beherrschung verloren habe. Als sie mich gefragt hat, was ich wolle, war ich mit Absicht so grausam gewesen wie möglich. Es war besser, selbst die enttäuschenden Worte auszusprechen, als darauf zu warten, dass sie sie sagte.

Aber nun bin ich hier, und ich bin kein Kind mehr. Ich bin eine erwachsene Frau, daher sollte ich mich dem stellen, was ich begonnen habe, und mich dann dem Drama widmen. Mir bleiben nur noch vier Tage in Seoul, und während dieser Zeit werde ich mich nicht verkriechen.

Solche Dinge zu behaupten ist nicht schwer, aber meine Vorsätze in die Tat umzusetzen, ist eine ganz andere Geschichte. Ich habe kein Handy. Ich weiß nicht, wo Choi Wansu wohnt. Aber Yujun muss es wissen.

Er liegt noch immer im Bett, einen seiner starken Arme über den Augen. Das Laken ist so weit nach unten gerutscht, dass ich es mir gestatte, ihn drei Sekunden lang anzustarren, bevor ich nach dem Handy greife, das er gestern Abend nachlässig auf den Tisch gelegt hat, bevor ich über ihn hergefallen bin. Ich schalte es ein und betrachte das gesperrte Display. Ich weiß nicht genug über Yujun, um seine Pin zu erraten.

»Ich kann von hier aus spüren, dass du die Stirn runzelst.«

Seine vom Schlafen noch raue Stimme erschreckt mich. Beinahe lasse ich das Handy fallen.

»Bring es rüber.«

Schuldbewusst gehe ich zum Bett.

Er setzt sich auf, und das Laken rutscht noch weiter runter. Gott hat sich für Yujun wirklich Zeit genommen. Es ist einfach ungerecht.

Er bedeutet mir mit einer Fingerbewegung, ihm das Handy zu geben. Dann drückt er seinen Daumen auf das

Display und wartet. »Was wolltest du machen? Hast du Hunger?«

»Ich wollte mit Wansu sprechen, und mein Handy liegt im Fluss.«

»Ach ja.« Sein Finger schwebt kurz über dem Display, dann reicht er mir das Gerät wieder. »Sie ist wahrscheinlich zu Hause. Gib das dem Taxifahrer, dann bringt er dich hin. Und diese Taste betätigst du, um zu bezahlen.«

Statt den Hochhäusern am Fluss entgegen, bewegt sich das Taxi auf der vollen Autobahn in Richtung Norden. Der Namsan Tower wird in der Ferne immer kleiner. Anstelle von Hochhäusern säumen nun Bäume, Steinmauern und frei stehende Häuser die Straße. Am Horizont sind nicht mehr Gebäude und der Fluss zu sehen, sondern Berggipfel. Hausdächer ragen über Beton und Steinmauern in die Höhe, einige davon mit Ziegeln. Überall ist es grün, an manchen Häusern wirkt es wie eine Kette aus Blumen. Hier ist alter, unaufgeregter Wohlstand zu erkennen. Wenn mich jemand fragen würde, wie Reichtum riecht, würde ich antworten »alt und grün«.

Nachdem ich bezahlt habe, setzt mich der Taxifahrer vor einer Steinmauer mit Tor ab. Rechts daneben befindet sich eine von diesen Gegensprechanlagen, die auch Kwon Hyeon an ihrer Tür hat. Über mir geht ein Licht an, während ich mich nähere, und bevor ich etwas in die Gegensprechanlage sagen kann, erklingt ein leise vibrierendes Geräusch, und die Tür lässt sich öffnen. Meine Schuhe erzeugen fast keine Geräusche, während ich die Treppe hinter dem Tor hinaufgehe. Als ich oben um die Ecke biege, wartet Wansu schon auf mich.

Ihr Körper wirkt steif, sie steht gerade da wie ein Stock. Es ist schwer zu sagen, ob ihr unbehaglich zumute, oder ob sie wütend ist.

Der Drang, mich umzudrehen und zu gehen, ist stark. Mütter haben etwas Einschüchterndes an sich, als wäre einem ihnen gegenüber eine gewisse Unterwürfigkeit eingetrichtert worden; daher ist mein erster Impuls, mich zusammenzukauern. Ich atme tief ein und stoße die Luft langsam wieder aus, während ich mich nähere. »Guten Morgen.«

Kleine Lichtstrahlen durchbrechen den Nachthimmel, aber es ist noch nicht hell genug, um ihre Miene erkennen zu können.

»Guten Morgen, Hara. Komm rein.«

Der Eingang ist mit Marmor ausgekleidet, ebenso wie die Wände. Ich ziehe meine Schuhe aus und reiche sie unbeholfen einer Bediensteten, die ganz in Schwarz gekleidet ist und mir ein Paar graue Filzpantoffeln gibt, die genau wie Wansus aussehen.

Schweigend folge ich meiner leiblichen Mutter durch den Flur in ein Wohnzimmer mit Ausblick auf einen Garten mit Terrasse. Die Sitzmöbel bestehen aus weißem Leder mit goldenen Akzenten. Wer auch immer Choi Wansus Büro eingerichtet hat, hat auch hier seinen kalten, farblosen Stil walten lassen.

Yujun hat diese Adresse in seinem Handy als »Zu Hause« abgespeichert. Ich erinnere mich, dass er erwähnt hat, dass bei ihm alles weiß sei, bis auf die gelben Kissen, die Wansu ihm aufgezwungen habe, aber ich kann ihn mir hier nicht vorstellen. Er trägt zu viel Wärme in sich für diesen Ort.

»Wohnt Yujun hier?«, platze ich heraus.

Wansus Schultern verkrampfen sich, während sie ein

Tablett auf einem Betontisch abstellt. »Nein. Er wohnt in Yongsan-gu mit Ausblick auf seinen Lieblingsort.«

»Den Fluss?«

»Auf die IF Group.«

Seine Arbeit ist sein Lieblingsort?

»Er kann den Fluss sehen, wenn er sich im Bad an der richtigen Stelle positioniert«, fährt Wansu fort, und ich weiß nicht, ob sie mir das alles erzählt, um mir Informationen zu geben, oder um mir zu verdeutlichen, wie viel enger ihre Beziehung zu Yujun ist als meine.

Mir wird bewusst, wie wenig ich über Wansu weiß und dass ich unmöglich sichere Rückschlüsse über sie ziehen kann. Traurigerweise gilt das Gleiche für Yujun. Ich weiß, dass die Haut an seinem Hals empfindsam ist und dass er ein Muttermal am rechten Oberschenkel hat, aber ich weiß nicht, wie er seinen Kaffee trinkt, was seine Lieblingsfarbe ist oder welches Buch er zuletzt gelesen hat. Wenn Wansu meine Unwissenheit hervorheben wollte, hat sie das hervorragend hinbekommen. Ich fühle mich unterlegen in diesem übertriebenen Wohlstand. Dies ist ein Ort voller edler Designermode mit Pünktchenmuster, während ich für Zehn-Dollar-Kleidung mit Streifen aus der Kelleretage des Einkaufszentrums stehe.

Wansu schenkt mir eine Tasse schwarzen Kaffee ein. »Milch oder Zucker?«, fragt sie, ihre Hand über einer kleinen Porzellanschale.

»Ich trinke ihn schwarz.« Ich brauche den Kick, den das Koffein bei mir bewirkt. Im Haus ist es so still, dass ich das Rauschen des Luftreinigers in der Ecke hören kann. Das Geräusch begleitet das Klirren von Porzellan, als Wansu die Tasse auf eine Untertasse stellt.

»Wohnt Mr. Choi hier? Yujun hat erzählt, er sei krank.«

Wansu nickt. »Ja. Wir kümmern uns hier um ihn. Er hat vor fünf Jahren einen Schlaganfall erlitten und sich noch nicht vollständig erholt.«

»Das tut mir leid.« Vor fünf Jahren war ich zwanzig und habe im College herumgealbert, während Yujun und Wansu sich mit diesem Trauma auseinandersetzen mussten. Ich hatte keine Ahnung. Doch auch sie weiß nichts über mein Leben.

»Darf ich fragen, wo du meinen ... Wo du Yujun kennengelernt hast?«

»Am Flughafen. Ich dachte, er wäre der Fahrer, den meine Freundin geschickt hat, um mich zu meinem Airbnb zu bringen.«

Wansus Augenbrauen zucken vor Überraschung in die Höhe. »Was für ein Zufall.«

»Ich weiß nicht mal, wie ich dich nennen soll. Ich schwanke immer zwischen Choi Wansu und Wansu. Ich weiß, es sollte Choi Wansu sein, wenn du eine normale Person wärst, richtig? Aber du bist keine normale Person. Du bist meine Mutter, aber nur, weil du mich zur Welt gebracht hast. Du hast mich nicht großgezogen. Das war Ellen.«

»Du kannst mich nennen, wie du willst.«

Als Yujun das zu mir gesagt hat, bin ich dahingeschmolzen. Aus Choi Wansus Mund haben die Worte nicht den gleichen Zauber.

»In Korea ist es uns wichtig, älteren Menschen Respekt entgegenzubringen, daher sprechen die meisten sie mit ihren Titeln und nicht mit ihrem Namen an«, fährt sie nach einem Schluck Kaffee fort. »Lehrer und Ärzte sind nicht Mrs. Lee oder Mr. Choi, sondern *seonsaengnim*. Eine ältere

Frau, die mit dir arbeitet, ist *sunbaenim*. Aber unter Freunden ist es in Ordnung, sich beim Vornamen zu nennen.«

»Und wenn man nicht befreundet ist?«

»*Samonim* oder *seonsaengnim*, wenn man sehr formell sein will.«

»Yujun nennt dich *eomma*.« Langsam ergibt alles Sinn. Für Yujun ist Wansu die Mutterfigur, die er verloren hat, als er noch sehr jung war. Was ist Wansu also für mich? Sie ist nicht direkt meine Mutter.

»Wie wäre es mit *imo*? So würde eine junge Person die Mutter eines engen Freundes nennen. Auf Koreanisch ist es eine Art Tante.« Sie lächelt, wobei sich ihre Mundwinkel beinahe unmerklich heben. »Oder *michinyeon*. Das bedeutet Wahnsinnige.«

Ein Lachen entfährt mir. »Wansu ist schon okay.«

Statt etwas zu erwidern, trinkt sie ihren Kaffee. Mir fällt auf, dass ihre Fingerknöchel weiß sind. Sie ist nicht ganz so cool und unberührt von unserer Unterhaltung, wie sie vorgibt. Merkwürdigerweise beruhigt mich das.

Ich lasse mich in die Kissen sinken und trinke einen Schluck Kaffee. Für einen Herzschlag, einen Atemzug wird der stille Raum nur von unseren leise klappernden Tassen erfüllt.

»Hara-ya. Sieh mich an.«

Ich schaue zu Wansu auf. Ihr emotionsloser Blick beruhigt mich auf eine Art, die ich überraschend finde.

»Ich erzähle dir das nicht, weil ich Mitleid oder Vergebung von dir will, sondern weil du verdienst, es zu erfahren. Als ich noch zur Highschool ging, habe ich deinen Vater kennengelernt. Er war sehr gütig zu mir.«

Er war ein Mistkerl, der dich ausgenutzt hat.

»Ich war einsam. Meine Eltern haben sehr hart und sehr viel gearbeitet, und ich habe sie nicht oft gesehen. Ich habe mich in Lee Jonghyung verliebt, und wir haben dich gezeugt. Als ich meinen Eltern ... meinem Vater davon erzählt habe ... Er hat es nicht verstanden.«

Die Pause verrät eine Menge. Er hat sie geschlagen. Ich weiß es, obwohl sie es nicht ausspricht. Ich erkenne einen Schatten des Schmerzes in ihren Augen. Manchmal sehe ich ihn auch an mir, wenn ich in den Spiegel schaue. Wenn ein Elternteil einen verletzt, bleibt eine Narbe im Herzen zurück. Pat hat nie seine Hand gegen mich erhoben, aber er hat mich dennoch enttäuscht.

Mitleid keimt in mir auf, und ich versuche, es zu verdrängen. Mitleid führt zu Vergebung, und so weit bin ich noch nicht. Dennoch will ich mehr erfahren. Ich warte so hungrig auf jede köstliche Information, dass ich alles dafür tun würde, damit Wansu weiterspricht. »Und deine Mutter? Hat sie dich verstanden?«

Das kaum merkliche Lächeln kommt wieder zum Vorschein. »Sie hat mich noch weniger verstanden. Ich habe ihnen gesagt, dass ich dich alleine großziehen würde, aber ich wusste nicht, was das bedeutete. Es gibt nicht viele Arbeitsplätze für Mädchen ohne Ausbildung und spezifische Fertigkeiten. Ich habe es zwölf Wochen lang versucht, aber ich konnte dich nicht ausreichend ernähren. Du warst krank und winzig klein. Eine Familie aus der Kirche, bei der ich geputzt habe, hatte ein Pflegekind gehabt, das schließlich von einer Familie aus dem Ausland adoptiert wurde. Die Familie war sehr wohlhabend. Die Pflegemutter hat dem Kind Bilder von dem großen Haus der Familie und den vielen Autos gezeigt. Ich dachte, wenn ich dieses Leben nicht haben kann, dann zumindest meine Tochter. Also bin ich eines Nachts zur Polizeiwache gegangen, und als niemand hingesehen hat, habe ich dich am Tor abgelegt. Zweiundvierzig Minuten lang habe ich dich beobachtet, bis ein Polizist für eine Zigarettenpause rauskam und dich gefunden hat.«

Zweiundvierzig Minuten. Sie erinnert sich noch an die genaue Zeit.

Meine Augen brennen. »Dann hast du geheiratet und Yujun bekommen.« *Und hast mich nicht mehr vermisst.*

Wansu stellt ihre Tasse ab und legt die Hände zusammen. Mit einem Finger reibt sie über ihren silbernen Ehering. »Was hätte es gebracht, dich zu suchen und zu finden? Hättest du es zugelassen, dass ich dich deiner Mutter entziehe? Hättest du zugelassen, dass ich dich aus deinem Leben reiße? Hätte sich für dich irgendwas verändert?«

Ich reibe mir mit der Hand die Seite meines Gesichts. »Ich glaube schon.« Aber ich weiß nicht, ob es stimmt.

»Ich kann die Vergangenheit nicht ändern, aber ich fände es schön, wenn wir eine neue Zukunft aufbauen könnten. Was auch immer dir vorschwebt, ich werde mich fügen.«

Das ist eine merkwürdige Art, es auszudrücken. Ich runzele die Stirn. »Was meinst du damit?«

Sie schaut kurz zum Handy auf dem Tisch. Yujuns Handy. Es hat keine Hülle, aber dennoch erkennt sie irgendwie, dass es seines ist. »Mir ist nicht entgangen, dass Yujun und du … zärtliche Gefühle füreinander hegt.«

Ich recke das Kinn. »Und wenn schon?«

»Erinnerst du dich noch an das junge Paar, um das am gleichen Tag wie um deinen Vater getrauert wurde?«

»Ja, aber …« Das Bild der vorbeihuschenden großen, eleganten Frau mit dem riesigen Hut blitzt in meinem Gedächtnis auf. »Das warst du im Beerdigungsinstitut, oder?«

Sie nickt knapp.

Wie merkwürdig. Ich hatte mich darüber geärgert, dass mir keine der Frauen, die ich in den letzten zehn Tagen kennengelernt hatte, auch nur annähernd bekannt vorgekommen war, aber in jenem Moment war etwas aufgeblitzt, auch wenn es mir nicht richtig bewusst gewesen war. Ich hatte geahnt, dass etwas anders war an der Frau in Schwarz. Zu dem Zeitpunkt hatte ich geglaubt, es läge daran, dass sie so eine auffällige Erscheinung war, aber ... irgendetwas an ihr musste zu mir gesprochen haben. Ein unbekanntes, aber nicht unangenehmes Gefühl macht sich in mir breit.

»Das Paar ist gestorben, weil die Öffentlichkeit sich so sehr gegen ihre Beziehung gestellt hat, dass sie es nicht ertragen konnten. Wenn ich dich offiziell anerkenne, dann wirst du meine Tochter und Choi Yujuns *Schwester.*«

Das Herz hämmert mir gegen den Brustkorb, als ich langsam begreife. Wenn ich eine Choi werden will, muss ich Yujun aufgeben. Ich kann ihn auch für immer als Yujun aus Seoul behalten, aber wenn ich das tue, kann ich nicht Teil der Familie werden, in die ich hineingeboren wurde.

Ich verlasse Wansus Haus, ohne mehr Klarheit gewonnen oder ein Ziel vor Augen zu haben. Ich habe alles gefunden, was ich hier gesucht habe – Lee Jonghyung, Wansu. Ich habe herausgefunden, warum sie mich weggegeben hat, warum sie niemals nach mir gesucht hat, aber ich fühle mich nicht besser. Mein Herz schmerzt noch immer. Ich fühle mich nicht plötzlich so, als würde ich hierhergehören. Meine Streifen und Punkte sind vermischt.

Es hat sich herausgestellt, dass Lee Jonghyung, mein leiblicher Vater, ein Mistkerl war, der den Tod verdient hat, und dennoch habe ich ihn nie zur Rede stellen können. Wansu ist nicht mehr die arme Kirchenmaus, die sie war, als ich zur Welt kam. Choi Yujun ist der Bruder, von dem ich nicht einmal wusste, dass ich mich nach ihm gesehnt hatte, doch auch der Mann meiner Träume. Mein Heimatland ist schön und warm, aber immer noch fremd, und meine Zeit hier läuft ab.

Aber diesen Dingen nachzuhängen, wäre sinnlos. Ich sollte es wie Wansu machen und mir im Leben alles nehmen, was ich bekommen kann. Ich werde Yujun alle Kraft und Energie rauben und sie in meinem Körper anhäufen wie Hamster Getreidekörner in ihren Wangen. Wenn ich nach Iowa zurückkehre, hole ich meine Erinnerungen immer dann hervor, wenn ich einsam bin, einen Leckerbissen nach dem anderen, während des langen, kalten Winters. Wenn ich nur diese vier Tage habe, werde ich jede Minute genießen.

Yujun hat einmal vorgeschlagen, mit Ahn Sangki und Boyoung zu Abend zu essen, und der Gedanke, die beiden zusammenzuführen, gefällt mir. Es würde Spaß machen, etwas zu tun, das normale Koreaner tun.

Ich lasse mich von Wansus Chauffeur nach Hause fahren. Yujuns Handy lasse ich bei Wansu zurück. Ich werde versuchen, die nächsten Tage ohne Smartphone auszukommen. Wenn ich nach Hause komme, kaufe ich mir ein neues.

Nach Hause. Bei diesem Wort denke ich an Iowa, was mir klarmacht, dass ich die richtige Entscheidung getroffen habe. Wenn ich wieder in Des Moines bin, werden diese zwei Wochen nur eine Erinnerung sein, die ich abspeichern und verdrängen kann.

Mein Kopf pocht, und meine Hände zittern, als ich meinen Arm ausstrecke, um die Haustür zu öffnen, aber das liegt daran, dass ich Hunger habe, nicht daran, dass ich aufgewühlt bin.

Die Messenger-App, die alle in Korea auf ihren Handys haben, gibt es auch als PC-Version, also lade ich sie auf meinen Laptop und sende Yujun eine Nachricht.

ICH: Später Abendessen?

YUJUN: Ja.

Ich freue mich darüber, dass ich nicht lange auf seine Antwort warten musste.

ICH: Lass uns auch Ahn Sangki fragen.

Er sendet mir ein stirnrunzelndes Emoji.

YUJUN: Besser nicht.

ICH: Ich dachte, ich könnte Boyoung Bescheid geben, damit wir die beiden miteinander bekannt machen können.

YUJUN: Okay, lass uns auch Ahn Sangki fragen.

ICH: Hervorragende Idee.

YUJUN: Lass uns hier essen.

Er schickt mir eine Adresse. Den Fotos nach zu urteilen, ist das Essen dort köstlich.

ICH: Ja.

YUJUN: Geht es dir gut?

Einerseits will ich wissen, ob er mit Wansu gesprochen hat, andererseits auch nicht. Wenn ich ihn als Yujun aus Seoul in Erinnerung behalten will, brauche ich einen gewissen Abstand.

ICH: Yep. Ich muss los, meine Mitbewohnerin ist hier.

Ich schreibe Boyoung, bevor ich in Versuchung gerate, Yujun weitere Fragen zu stellen.

ICH: Abendessen heute?

BOYOUNG: O mein Gott, ja natürlich. Wie ist es mit deiner Mutter gelaufen?

Ich mag Boyoung und betrachte sie als Freundin. Sie hat mir geholfen, meine leibliche Mutter zu finden, und vielleicht verdient sie eine Erklärung, aber auch mit ihr möchte ich nicht darüber reden.

ICH: So gut, wie so was eben laufen kann. Ich muss los, meine Mitbewohnerin ist hier.

Ich klappe den Laptop zu und begebe mich auf die Suche nach Jules.

Sie raucht draußen auf der Terrasse.

»Ich benutze dich als Ausrede, damit ich Fragen umgehen kann, die ich nicht beantworten will.«

»Ich freue mich, dass ich dir zu Diensten sein kann.« Sie hält mir die Zigarette hin.

»Nein danke. Willst du mein letztes Geld mit mir ausgeben?«

»Klar. Was machen wir?«

»Ich muss Geschenke kaufen. Ich esse heute mit Yujun und zwei Freunden zu Abend.«

»Schön.« Sie drückt die Zigarette auf einem Teller auf dem Geländer aus. »Also läuft wirklich was zwischen dir und Yujun? Meinst du, es hält?«

Ich denke an unseren Ausflug auf den Namsan Tower und wie er mich aufgefordert hat, auf dem Bildschirm die Leute in Busan anzuschauen. Ich hatte mir schon ausgemalt, dass wir einander schreiben und besuchen können und dass sich vielleicht etwas Dauerhaftes daraus entwickeln würde. Dieser Abend kommt mir unheimlich weit weg vor.

»Nein.«

»Wie war er?«

Ich hebe eine Augenbraue.

»Ich weiß, dass du mit ihm geschlafen hast. Das sehe ich dir an. Außerdem hast du einen Knutschfleck am Hals.«

Ich lege mir eine Hand an den Hals. »Du machst Witze.« Ich habe Wansu mit einem Knutschfleck gegenübergesessen? Hat sie deshalb behauptet, wir hätten Gefühle füreinander?

»Kleiner Scherz.« Jules grinst. »Aber deine Reaktion sagt mir alles, was ich wissen muss.«

»Du bist gerissen.« Ich lasse meine Hand sinken.

»Ich habe einen schrecklichen Job und ein nicht existentes Liebesleben. Ich muss mir meinen Nervenkitzel woanders suchen. Also, wie war er?«

»Wenn er eine Touristenattraktion wäre, hätte das Land keine Schulden mehr«, gebe ich zu.

»So gut? Das muss ich selbst mal austesten, wenn du weg bist.«

»Das wirst du schön bleiben lassen. Sonst bringe ich dich um.«

Jules' Blick fällt auf meine Hände, die ich zu Fäusten geballt habe, wie ich jetzt erst bemerke.

»Du willst also nicht, dass es hält, aber du bist bereit, in den Knast zu wandern, wenn er mit einer anderen Frau schläft. Ergibt Sinn.« Jules schnalzt mit der Zunge.

»Vielleicht bringe ich dich auch einfach nur um, weil du nervst.«

»Man hasste sie, weil sie die Wahrheit sprach«, sagt Jules und reckt ihr Kinn übertrieben in die Höhe. Dann drückt sie sich vom Geländer ab und geht in Richtung Tür.

Ich stoße einen Buhruf aus, während ich ihr hinein folge. Mein Vorhaben, meinen Aufenthalt in Seoul zu einer schönen Erinnerung zu machen, bedarf einer Menge Arbeit.

KAPITEL VIERUNDZWANZIG

»Da bist du ja«, ruft Sangki, als ich aus der U-Bahn komme. Er reißt Yujun einen Blumenstrauß aus der Hand und rennt auf mich zu, um mich zu umarmen. »Machst du ein Bild von uns?«, ruft er über die Schulter Yujun zu, der mit einem gewinnenden Lächeln auf den Lippen ein paar Meter entfernt steht.

Yujun, der immer zum Anbeißen aussieht, trägt ein recht enges weißes T-Shirt mit sich kreuzenden Cs auf der Brust, das er in seine schwarze schicke Hose gesteckt hat. Seine braunen Augen sind hinter einer großen dunklen Sonnenbrille verborgen. Ich würde gern zu ihm gehen und über die Stelle an seinem Hals lecken, wo deutlich eine Ader hervortritt.

Werde ich jemals in der Lage sein, ihn zu vergessen? Ich wende meinen Blick ab in dem Versuch, meine Reaktion zu verbergen, aber als Sangki zu lachen anfängt, weiß ich, dass ich ertappt wurde.

»Freust du dich, mich zu sehen?«, fragt er noch immer lachend.

»Natürlich.« Ich versuche, mich auf den Mann vor mir zu konzentrieren, statt auf den, der geduldig drei Meter entfernt wartet.

Ich bin so froh, dass ich mir ein neues Outfit gekauft

habe. In der unteren Etage der Einkaufszentren gibt es Kleidung, billig und zur Genüge. Es war einfach, einen schwarzen Minirock und ein eierschalenfarbenes Baumwolltop mit schwarz abgesetztem Saum zu finden. Der weite Ausschnitt bringt mein Schlüsselbein zur Geltung, und trotz des weiten Schnittes lässt es mich schlank wirken. Ich habe sogar ein neues Paar flache Schuhe für den kriminell niedrigen Preis von zwanzigtausend Won erworben. Vielleicht fallen sie morgen auseinander, aber für den Moment sind sie perfekt. Das sollte wohl mein neues Lebensmotto sein. Der morgige Tag mag schlimm werden, aber dieser Moment ist toll.

»Die sind für dich. Yujun wird behaupten, er hat sie gekauft, aber es war meine Idee.« Sangki drückt mir die Blumen in die Hand und nimmt mir die Tüte ab. »Was ist das?«

»Ein Geschenk.« Ich klopfe mir innerlich selbst auf die Schulter. »Für meine Freunde.«

Während er in die Tüte greift, halte ich die Blumen unter meine Nase. Tulpen außerhalb der Saison sind eine subtile Extravaganz. Typisch für Yujun. Ich halte sie ganz fest, zufrieden, dass ich endlich einmal daran gedacht habe, auch Geschenke mitzubringen. »Es ist nichts Extravagantes«, sage ich, als Sangki das erste Geschenk hervorholt. Nun, da ich die Blumen betrachte, wünsche ich mir, ich hätte ein wenig mehr ausgegeben,

»Oh, das sind ja drei Geschenke«, merkt der DJ an. »Das ist für dich, Yujun-ah. Das weiß ich, weil dein Name auf *hangul* draufsteht.«

Beide wenden sich mir mit beeindruckter Miene zu.

Ich bin äußerst stolz auf meine Bemühungen.

»Das dritte Geschenk ist für Boyoung«, verkündet Sangki, nachdem er ihren Namen auf dem Papier gelesen hat. »Ist das eine von deinen Mitbewohnerinnen, oder hast du hier Freundinnen, von denen wir nichts wissen?«

»Ich habe Freundinnen hier, von denen ihr nichts wisst«, scherze ich.

»Unmöglich.« Er tut so, als wäre er empört.

Yujun sieht mit extrem zärtlicher Miene zu, während wir miteinander herumalbern. Ihm gefällt es, dass wir uns so gut verstehen. Und mir auch. *Choahaeyo.*

Ich begegne seinem Blick, und sein Lächeln wird breiter. Seine Grübchen kommen zum Vorschein, ein eindeutiges Zeichen dafür, dass er glücklich ist.

Dieses Abendessen, dieses Treffen war genau das Richtige für heute.

Ich bin so verzückt von Yujun, dass ich nicht merke, wie Boyoung aus dem Taxi steigt und ihr vor Schreck der Mund offen stehen bleibt. Doch ich höre, dass sie aufschreit.

»Boyoung. Du bist hier.«

»Nein. Nein.« Sie stammelt eine Entschuldigung und taumelt ein paar Schritte rückwärts. »Ich dachte, wir treffen uns zum Abendessen. Nur du und ich, Hara.«

»Kim Bomi-ssi?«, sagt Yujun. »Woher kennt ihr beide euch?«

Bomi-ssi? Das würde ich auch gern wissen. »Sie ist meine Freundin aus Amerika, aber ich kenne sie als Boyoung, nicht als Bomi-ssi. Woher kennt ihr euch?«

Verwirrung huscht über Yujuns Züge und verwandelt sich schließlich in Misstrauen. Sein fast trotziger Blick aus schmalen Augen lässt mich eins und eins zusammenzählen. Es war nicht alles Zufall – nicht die Begegnung im Café, das ich regelmäßig besucht habe, nicht die Freundschaft, nicht die lange Verzögerung beim Aufspüren der Frauen auf den Fotos, nicht die falsche Fährte. Mir wird übel, ich schmecke Galle.

Boyoung – nein, Bomi – hebt eine Hand, entweder als Schutzschild oder als Maske, und dreht sich dann auf dem Absatz um.

Ich bin schneller als sie, und bekomme sie am Ellbogen zu fassen. »Nein! Du verschwindest nicht einfach so. Erst, wenn du alles erklärt hast.«

»Ich weiß nicht, was du meinst.« Bomi versucht, sich aus meinem Griff zu winden, aber das lasse ich nicht zu.

Meine Hand klebt förmlich an ihrem Arm fest. »Gehen wir«, sage ich zu Yujun.

»Wohin?« Er scheint meinen Vorschlag nicht zu hinterfragen.

»Zum Restaurant, wohin sonst?«

»Bist du sicher?«

»Absolut. Ja.« Zum ersten Mal wird es mir von Nutzen sein, dass ich in diesem Land keine Muttersprachlerin bin. Wir vier sprechen alle Englisch, wir können eine Unterhaltung führen, die kaum jemand im Restaurant verstehen wird. Ich werde jedes Detail aus Bomi herausbekommen. Wenn ich sie gehen lasse, werde ich sie vermutlich nicht wiedersehen.

»Lass mich los«, schreit Bomi.

»Nein. Du kommst mit uns.« Ich führe sie die Straße entlang in Richtung Restaurant.

Yujun sagt etwas zum Kellner, und kurze Zeit später werden wir zu einem Tisch geführt, der sich direkt hinter einer Ecke befindet.

»Es gibt hier keine Privaträume«, murmelt Yujun. »Dafür gibt es allerdings andere Restaurants ...«

»Schon gut.« Ich drücke Bomi auf einen Stuhl ganz in der Ecke und setze mich neben sie, sodass ich ihr den Weg versperre. Ich will unsere Zeit nicht damit verschwenden, ein anderes Restaurant zu suchen oder einen neuen Tisch zu reservieren.

»Wie lange wolltest du damit noch weitermachen?«, stelle ich sie zur Rede.

»Das würdest du nicht verstehen.«

»Dann erkläre es mir. Ich habe den ganzen Abend Zeit.« Ich bin so wütend, dass meine Sicht verschwimmt. Ich halte nichts von Gewalt, aber ich könnte ihr eine runterhauen, ohne ein schlechtes Gewissen zu haben.

»Wäre es zu viel, wenn ich fragen würde, was hier eigentlich vor sich geht?«, erkundigt sich Ahn Sangki. »Das würde mich deshalb interessieren, weil es Einfluss darauf hat, wie viel Soju ich bestelle. Ist heute ein Abend für vier oder für vierzehn Flaschen?«

»Das würde ich auch gerne wissen, Kim Bomi-ssi«, sagt Yujun mit fester Stimme. Diesen Tonfall habe ich noch nie von ihm gehört. »Ich dachte, du wärst in den letzten sechs Monaten im Auftrag der IF Group für ein Outreach-Programm in Amerika gewesen. So steht es zumindest in deiner Personalakte.«

Boyoung oder Bomi oder wie auch immer ihr Name ist ... presst die Lippen aufeinander.

»Ich glaube, wir brauchen vierzehn. Bin gleich wieder da.« Ahn Sangki verlässt den Tisch, doch keiner von uns beachtet ihn.

»Sie war tatsächlich in Amerika«, antworte ich. »Sie war in Iowa und hat an meinem örtlichen College an einem neuen Programm für Kulturwissenschaften teilgenommen.

Gibt es so ein Programm überhaupt?« Ich habe mich nie erkundigt. Warum hätte ich das auch tun sollen?

Bomi senkt den Blick.

Ich balle meine Hände zu Fäusten. »Dein Name ist Bomi und nicht Boyoung? War irgendwas von dem, was du mir erzählt hast, nicht gelogen?«

Bevor sie antworten kann, kommt Ahn Sangki mit dem Soju wieder.

Bomi springt auf ihn zu, greift nach einer Flasche, ohne sich um die Regeln zu scheren, und schenkt sich selbst ein. Sie stürzt das Getränk hinunter und füllt das Glas wieder auf. Und dann noch einmal.

»Soll ich sie davon abhalten?«, fragt Ahn Sangki und schaut erst Yujun und dann mich an.

»Nein.« Vielleicht löst der Alkohol ja Bomis Zunge.

Yujun bestellt. Der Kellner bringt Schalen mit *banchan,* die alle außer Ahn Sangki ignorieren, aber nach einer Weile verliert sogar er das Interesse am Essen. Bomi öffnet die zweite Flasche.

Ahn Sangki, der das Warten offensichtlich leid ist, streckt den Arm aus und schiebt den Alkohol weg. »Sprich«, befiehlt er.

Bomi lässt den Kopf hängen, sodass ihr Haar ihr Gesicht wie ein schwarzer Seidenvorhang verdeckt. »Ich bin nach Amerika gegangen, weil Choi Wansu ihre Berichte über dich nicht erhalten hat.«

»Ihre Berichte nicht erhalten hat …« Ich mache eine Pause, und der Schreck lässt mich beinahe das Gleichgewicht verlieren. Die einzige Person, die in der Lage wäre, Berichte zu senden, ist Ellen.

»Ja, genau.« Bomi hebt den Kopf und schiebt das Kinn

vor. »Deine amerikanische Mutter sollte Choi Wansu jeden Monat einen Bericht über deine Aktivitäten senden, aber sechs Monate lang kam nichts, daher hat *sajangnim* mich hingeschickt.« Sie tippt sich auf die Brust. »Sie hat mich mit dieser wichtigen Aufgabe betraut. Ich, ein Niemand, wurde zu jemandem, an den Choi Wansu glaubt. Es tut mir leid, dass ich dich angelogen habe, Hara. Ich mag dich wirklich. Ich bin deine Freundin.« Sie nimmt meine kalte Hand. »Bitte, ich habe Choi Wansu nichts erzählt, wofür du dich schämen würdest.«

Ich entziehe ihr meine Hand. »Schämen? Warum sollte ich mich schämen? Ich bin nicht diejenige, die ihr Kind weggegeben hat. Ich bin diejenige, die in einem schönen ...«

»In einem schönen Haus aufgewachsen ist, für das Choi Wansu bezahlt hat«, unterbricht mich Bomi. »Sie hat dich nicht dein ganzes Leben lang missachtet. Sie hat für dich gesorgt, für euer Haus gezahlt, für die Schule. Du hattest alles, wegen ihr. Choi Wansu ist ein guter Mensch. Ein sehr guter.« Sie beugt sich in Yujuns Richtung. »Sag Hara, was für ein guter Mensch deine *eomeonim* ist.«

»Wehe, du sagst ein Wort.« Ich funkele ihn wütend an.

Yujun wirkt ohnehin zu erschrocken, um zu sprechen. Wie konnte mir Wansu heute Morgen gegenübersitzen, ohne mir irgendetwas davon zu verraten? Sie ist tatsächlich eine *michinyeon*, eine Wahnsinnige. Ich will hoch in die Berge, will in ihren Zufluchtsort eindringen und Farbe auf ihrem weißen Marmorboden verschütten, ihr eine Ohrfeige verpassen, sie anschreien, sie schütteln, bis sie zusammenbricht und zugibt, dass sie eine fürchterliche Lügnerin ist. Und Ellen. Wie konnte sie nur? Wie konnte sie mich die lange Reise hierher antreten, in dieser Stadt umherirren lassen, ohne mir etwas zu erzählen? Wie konnte sie mir schreiben und fragen, ob ich mich gut zurechtfinde? Natürlich habe ich mich nicht gut zurechtgefunden.

Ich führe eine Faust zum Mund und beiße mir zitternd in die Hand, um meine Wut zu unterdrücken. »Ich muss weg. Ich kann hier drin nicht atmen.« Ich fühle mich so klein. Wenn ich könnte, würde ich mir das Oberteil über den Kopf ziehen und mich verstecken. Ich weiß nicht, wie es so weit kommen konnte. Wie die Leute, die ich geliebt und denen ich vertraut habe, mich in kleinen und großen Angelegenheiten hintergehen konnten.

»Okay.« Yujuns Stuhl schabt über die Bodenkacheln, als er sich erhebt. Er holt sein Portemonnaie hervor und legt ein paar Geldscheine auf den Tisch. »Kümmer dich drum, in Ordnung?«

»Ja«, antwortet Ahn Sangki. »Geh ruhig. Ich sorg dafür, dass sie nach Hause kommt.«

»Warte.« Bomi packt den Saum meines Oberteils. »Versprich mir, dass du zu niemandem ein Wort sagst. Wenn du es irgendjemandem erzählst, deinen Mitbewohnerinnen oder sonst irgendwem, könnte es ins Internet gelangen und die IF Group ruinieren.«

»Das wird nicht passieren«, unterbricht Yujun sie knapp.

»Doch«, beharrt Bomi. »*Sajangnim* hat sich immer öffentlich für Adoptionsrechte und alleinerziehende Mütter eingesetzt. Sie hat stets Frauen eingestellt, die keine Ausbildung und Erfahrung haben und von anderen Firmen abgelehnt worden wären, und hat öffentlich darüber geredet. Aber dass sie ihr eigenes Kind weggegeben, einen reichen Mann geheiratet hat, selbst stinkreich geworden ist und nicht versucht hat, ihr eigenes Kind zurückzuholen? Das würde sie ruinieren. Und die Firma. Der Vorstand würde ihr die Firma wegnehmen. Sie hassen sie schon seit …«

»Das reicht.« Yujun schlägt mit der flachen Hand auf den Tisch.

Sämtliche Blicke richten sich auf ihn. Ich höre die Leute hinter vorgehaltener Hand tuscheln.

Ahn Sangki sinkt auf seinem Stuhl zusammen.

»Das reicht«, wiederholt Yujun, diesmal in einem moderateren Tonfall. Er versucht, mich anzulächeln, aber seine Lippen verziehen sich nur verbissen. »Die einzigen Menschen, die für den Erfolg der IF Group verantwortlich sind, sind diejenigen, die dort arbeiten, und an diesem Tisch sind das Choi Yujun und Kim Bomi. Niemand sonst.«

Bomi funkelt Yujun wütend an, bevor sie sich dem anderen Mann zuwendet. »Was sagst du dazu, Ahn Sangki-nim?«

Das würde mich auch interessieren. Ich schaue Sangki an, der seinen leeren Teller plötzlich unglaublich faszinierend zu finden scheint.

»Ach, ich, na ja«, stammelt er und presst dann die Lippen zusammen, als Yujun ihn eindringlich ansieht. Schnell füllt er alle Gläser auf, auch sein eigenes, das er schnell austrinkt.

Seine unausgesprochene Antwort ist Antwort genug.

Ich lasse mich auf den Stuhl zurücksinken. »Wenn du nicht anfängst zu reden, dann wende ich mich vielleicht mit meiner Geschichte an die Presse. Wie du schon sagtest, wird das einige Leute brennend interessieren.«

Yujun, der sich wieder mir gegenüber hingesetzt hat, verkrampft sich, schweigt aber weiter.

In der Luft liegt eine Spannung, die anders ist als zuvor, durchzogen von Yujuns und Bomis Sorge.

Sie befeuchtet ihre Lippen. »Was willst du wissen?«

»Alles.« Ich lege meine Hand über ihr Soju-Glas. »Und nichts mehr davon, bis du fertig bist.«

Sie beginnt zu reden. »Ich habe bei der IF Group angefangen, als ich neunzehn war. Ich hatte keinen Collegeabschluss, aber ich wurde nach einem Vorstellungsgespräch auf einer Berufsmesse eingestellt. Schon damals konnte ich gut Englisch, deswegen habe ich die Stelle bekommen. Ich habe mich hochgearbeitet und in einem Fernstudium meinen Abschluss gemacht. *Sajang* …«

»Das bedeutet Geschäftsführerin, und diesen Titel darf sie bei der IF Group nicht verwenden. Wir sind eine Familie«, unterbricht Yujun.

»Das stimmt.« Bomi nickt eifrig. »Eine Familie. Choi Wansu-nim hat sich um mich gekümmert. Sie hat für meine Bildung bezahlt. Sie hilft mir dabei, meine Familie zu unterstützen, so wie sie es bei all ihren Angestellten tut. Sie selbst erhält kein Einkommen. Sie ist wirklich ein guter Mensch.« Bomi sagt das, als würde ich es auch einsehen, wenn sie es nur oft genug wiederholt, aber momentan gleicht mein Herz einem Stein, und keine traurige Geschichte oder heldenhafte Tat kann eindringen.

Bomi seufzt. »Aufgrund meiner Englischkenntnisse wurde ich befördert und habe an diversen Projekten mit Choi Wansu-nim gearbeitet. Letztes Jahr hat sie mich um einen sehr großen Gefallen gebeten. Sie hat mich gebeten, für kurze Zeit meine Familie zu verlassen und ins Ausland zu gehen. Es gebe jemanden dort, den sie kenne und von dem sie lange nichts gehört habe, und ob ich so freundlich sein könne, nach dieser Person zu sehen. Ich war – und bin – so dankbar, dass sie mich darum gebeten hat.«

Choi Wansu hat sich all dieser Menschen an meiner

Stelle angenommen. Ich sollte beeindruckt sein, aber mir wird bei dem Gedanken nur schlecht.

Ich hebe eine Hand. »Bitte. Ich brauche nicht noch mehr durchdachte Bemerkungen darüber, wie toll und wunderbar Choi Wansu ist. Ich will mehr über diese Berichte wissen. Wie lange gab es sie? Wie lange zahlt Wansu schon für ›alles‹, wie du sagst?«

»Ich weiß nicht, wie lange. Ich weiß nur, dass es die Berichte gab und dann plötzlich nicht mehr.«

»Und sie kamen von Ellen Wilson?« Ich will mich täuschen.

Bomi nickt. »Ja. Ich habe den letzten Bericht gesehen. Er lag auf Choi Wansu-nims Schreibtisch, als sie mir die Tickets für Amerika gegeben hat. Ich habe nicht alles gelesen. Es war nur eine ausgedruckte E-Mail. Der Betreff lautete ›Monatlicher Bericht‹.«

»Und was hast du Wansu über mich erzählt?«

»Dass es dir gut geht. Dass du dir eine Serie mit mir angesehen hast. Dass ... dein Vater gestorben ist. Dass du Kontakt zu Lee Jonghyung hattest.«

Sie hatte mir kein Sterbenswörtchen von alledem erzählt. »Woher weißt du, dass Choi Wansu alles bezahlt hat?«

»Das hat sie mir gesagt. Denn nachdem ich dich kennengelernt hatte, Hara-ya, und wir Freundinnen geworden waren, war es sehr schwer, die Sache durchzuziehen.« Sie beugt sich nahe zu mir heran, fleht stumm um Verständnis und Vergebung.

Ich erwidere eisig ihren Blick.

»Sie hat mir erzählt, dass sie dein ganzes Leben für dich gesorgt hat, und das war die Gegenleistung, die sie erwartet hat – zu erfahren, dass es dir gut geht und du gesund bist.«

»Ich glaube, das reicht für heute Abend«, sagt Yujun leise. »Lasst uns essen.«

»Ich kann nicht.« Ich schüttele den Kopf. Die Vorstellung zu essen, lässt Übelkeit in mir aufsteigen.

»Es tut mir leid.« Bomi nimmt wieder meine Hand. »Bitte, Hara, ich wollte dir nicht wehtun. Meine Familie ist ... Sie braucht mich. Ich habe es für sie getan, und du hattest so ein gutes Leben, dass es mir ein geringes Übel zu sein schien, aber nun erkenne ich, dass es eine große Sache ist, und es tut mir leid.«

Ich wünschte, ich hätte mehr Mitgefühl. Ich wünschte, ich wäre ein besserer Mensch und könnte Bomi versichern, dass es keine Rolle spielt, aber so ist es nicht. Es tut verdammt weh. Ich kann nicht einmal sprechen, denn die Worte, die mir einfallen, sind zornig, und ich habe Angst, dass ein Sturzbach an hasserfüllten Dingen herauskommt, wenn ich den Mund aufmache. Ich nehme vorsichtig meine Hand von ihrer und stehe auf.

»Ich gehe jetzt.«

»Ich komme mit.« Yujun macht Anstalten, sich zu erheben.

Ich schaue ihn an, den geliebten, umsorgten Sohn meiner Mutter, und schüttele den Kopf. »Nein.«

KAPITEL FÜNFUNDZWANZIG

Am Fluss sind Leute. Ich hatte gedacht, hier würde es leer sein, so wie beim letzten Mal, aber ausgerechnet heute Abend sind viele unterwegs. Objektiv betrachtet weiß ich, dass es in einer Stadt mit zehn Millionen Einwohnern eher selten ist, Plätze zu finden, an denen sich niemand aufhält, aber in diesem Moment ärgert es mich, Leute an meinem persönlichen Ort zu sehen. Außerdem ärgert es mich, dass Yujun mitgekommen ist.

»Machst du dir Sorgen, dass ich reinspringe?«, frage ich, ohne mich umzudrehen. Ich habe gesehen, dass er zwei Taxis hinter mir ausgestiegen ist. Er ist nicht gleich zu mir gekommen, sondern auf der Straße zurückgeblieben, während ich direkt nach unten zum Ufer gegangen bin, mich ans Geländer gestellt und grimmig auf den Fluss geschaut habe.

Ich nehme an, er hatte genug davon, mich zu beobachten, weil er schließlich doch die Treppe runtergekommen ist.

»So was passiert öfter.«

»Nun, aber ich springe nicht, also kannst du gehen.«

Er geht nicht, sagt aber auch nichts, und ich weiß nicht, ob mich das freut oder ärgert. »Hast du keinen Ratschlag?«, frage ich sarkastisch und bereue es sofort. Ihn trifft keine Schuld, aber er ist nun mal hier, und ich bin verletzt.

»Ich weiß nicht, ob ich die richtige Person bin, um dir irgendwas zu geben – selbst Trost. Aber ich bin hier, wenn du mich brauchst.«

Ich lasse den Kopf sinken und drücke die Stirn gegen meine Hände am Geländer. Seine Reaktion ist so typisch für ihn – lieb und verständnisvoll. Ich wünschte, er wäre nicht ihr Sohn.

»Meine *eo*... Jemand hat mir mal gesagt, meine schlechteste Eigenschaft sei es, dass ich zu viel rede.«

Er wollte »meine Mutter« sagen. *Unsere Mutter*, korrigiere ich in Gedanken.

Noch immer mit gesenktem Kopf sage ich: »Ich dachte, Zuhören sei deine Stärke.«

»Das ist eine antrainierte Eigenschaft. Ich war nicht immer gut darin. Als ich aufgehört habe zu stottern, wollte ich wohl beweisen, wie toll ich sprechen kann.«

Er hat dank Wansu aufgehört zu stottern. Seinen Vater erwähnt er in diesem Zusammenhang nie. Es ist immer nur seine Mutter. Sie war diejenige, die ihm gesagt hat, Zuhören sei seine beste Eigenschaft. Für sie hat er einen Job in den USA aufgegeben und ist nach Seoul zurückgekehrt.

»Du liebst Wansu, oder?«

»Ja.« Seine Antwort ist nur ein Flüstern, als hätte er Angst, dass ich wegrenne, wenn er es zu laut sagt.

»Ich verstehe nicht, wie sie so gut zu dir sein kann und kein einziges Mal versucht hat, mich zu finden. Sie bemuttert dich und Boyou... Bomi. Und zahllose andere hat sie gerettet. Warum nicht mich?« Ich klinge erbärmlich, und das missfällt mir.

Yujun übt sich darin, nicht zu sprechen, und während seines Schweigens versuche ich, meine Fassung wiederzuerlangen. Ich bin nicht wütend auf ihn. Ich bin wütend auf die Welt.

»Das Leben eines Koreaners dreht sich um Essen. Wir glauben nicht alle an denselben Gott oder an die gleiche Wirtschaftspolitik oder die gleichen Zukunftsträume, aber wir alle glauben, dass Essen heilsam sein kann.«

Ich höre ein knisterndes Geräusch, und plötzlich taucht ein Gebäckstück in Form eines Fisches vor mir auf.

»*Bungeo samanco.* Die Waffel ist mit einer Creme gefüllt. Und du musst irgendwann mal *bungeo-ppang* probieren. Das ist eine Art Pfannkuchen mit Eisfüllung, aber für den Moment sollte das genügen.«

Irgendwann? Er redet noch immer so, als gäbe es eine Zukunft für uns. Mein Magen zieht sich zusammen und erinnert mich daran, dass ich nicht viel gegessen habe außer ein paar Fischkuchen, die Jules und ich an einem Straßenstand gekauft haben, als wir die Geschenke besorgt haben.

»Als ich das Abendessen geplant habe, dachte ich, wir vier würden uns gemeinsam betrinken und am Ende vielleicht Karaoke singen gehen. Ich wollte einen ganz normalen, amüsanten Abend verbringen. Nicht so was.« Ich beiße in die Waffel. Sie ist köstlich, genauso wie alles, was ich hier bisher gegessen habe. Ich werde nie verstehen, warum koreanisches Essen so lecker ist.

»Die Notizkarten sind wirklich toll.« Er holt eine Schachtel aus seiner Hosentasche. »Sie sind sehr hübsch.«

Ich neige den Kopf, um mein Geschenk in Yujuns Hand zu sehen.

Jules hat mich in einen eleganten Handwerksladen mitgenommen, in dem es kunstvoll geschnitzte Holzfiguren zu schockierend hohen Preisen gab, aber auch eine Kollektion kleinerer Dinge, wie die handbemalten Notizkarten, die ich für Yujun gekauft habe. Auf jeder davon ist ein anderer Teil von Seoul zu sehen. Ich habe den Fluss erkannt und den Berg Namsan, nicht aber die anderen Bilder. Für Boyoung habe ich einen Schlüsselanhänger mit einer emaillierten Kirschblüte und ihren Initialen KBY gekauft, was sinnlos war, denn es ist nicht einmal ihr richtiger Name.

»Sangki-ahn hat laut gelacht, als er sein Geschenk geöffnet hat, und wollte mir nicht sagen, warum.« Yujun klingt leicht verärgert.

»Für ihn ein Geschenk auszusuchen, war am schwierigsten. Ich kenne ihn nicht besonders gut, aber Jules hat gesagt, es sei bekannt, dass er gerne Butterbrote isst. Deswegen fand ich das kleine Stoffbrot passend.«

»Du musst mir auch ein Stofftier schenken, damit es gerecht ist«, verkündet Yujun und schiebt die Schachtel wieder in seine Hosentasche.

Ich bin mir nicht sicher, ob es ein Witz ist. Seine Miene verrät nichts. »Ich verspreche, dass ich dir ein ...«

»Warte. Wenn du schon dabei bist, mir etwas zu versprechen, dann lass uns verhandeln. Erstens musst du mir nicht nur ein Stofftier kaufen, sondern Ahn Sangki darf nie mehr Geschenke erhalten als ich.« Er hält seinen kleinen Finger in die Höhe. »Zweitens musst du mir auf jede Nachricht, die ich dir mit den neuen Karten sende, eine Antwort schicken. Und drittens musst du uns eine Chance geben.«

Ich starre auf seinen kleinen Finger. Es erscheint mir alles andere als klug im Hinblick auf Wansu, die Entfernung und den Zeitpunkt. Unser Weg in eine gemeinsame Zukunft hätte mehr Hindernisse als ein militärischer Trainingsparcours.

»Es ist nur eine Chance. Mehr nicht.«

Der kleine Finger sieht einsam und mutig aus … Ich bin nur Ersteres, aber ich wäre auch gern mutig.

Ich verschränke meinen kleinen Finger mit seinem. »Eine Chance.«

Er bedeckt meine Hand und legt sie auf das Metallgeländer. Während er seine Waffel isst, starre ich auf das Wasser und denke an Wansus Geschichte darüber, dass sie arm und verängstigt und schwanger war. *Ich habe zweiundvierzig Minuten gewartet. Sie hat monatliche Berichte erhalten.* Die ganze Zeit habe ich gedacht, sie hätte mich verlassen, aber sie hat mich im Blick behalten. Als die monatlichen Berichte nicht mehr eintrafen, hat sie eine Angestellte mit gefälschtem Ausweis aus Südkorea in die USA geschickt, um herauszufinden, wie es mir geht. Sie hat für mich gesorgt, und ich habe in ihrem Haus gesessen und ihr quasi gesagt, sie sei ein fürchterlicher Mensch. Und dann ist da auch noch Ellen. Sie hat mich aufgezogen, mich geliebt, sich um mich gekümmert, aber sie hat auch eine riesige Lüge mit sich herumgetragen.

Eine Mischung aus Scham und Wut brodelt in mir, ein Zyklon aus wirren Gefühlen. Ich klammere mich am Geländer fest, und Yujuns Hand auf meiner fühlt sich an wie ein Rettungsfloß. Ich kämpfe mich durch das wirre Netz und bekomme das Ende zu fassen, das am stärksten verknotet ist – angesichts dessen ich mir eingestehen muss, dass ich mitgespielt habe.

»Weißt du noch, dass ich dir gesagt habe, ich will in den Spiegel schauen und sehen, wer ich bin? Ich bin zu dem traurigen Schluss gekommen, dass der Grund, warum ich mein Spiegelbild nicht mochte, der war, dass ich es gehasst habe, wie koreanisch ich aussehe. Mir hat die Form meiner Augen nicht gefallen und dass mein Profil, na ja, nicht vorhanden ist. Mir gefiel die Farbe meiner Haut nicht und dass ich nie den richtigen Make-up-Ton finden konnte. Ich habe mein pechschwarzes Haar verabscheut und meine langweiligen braunen Augen. Ich habe mich nicht gerne mit anderen Koreanern oder Asiatinnen umgeben, weil mir das all die Dinge vor Augen geführt hat, die ich nicht an mir mochte. Als ich hierhergekommen bin und alle um mich herum die gleiche Haarfarbe, die gleichen Augen, das gleiche zarte Profil, das gleiche Lächeln hatten, ist mir aufgefallen, dass ich meine eigene Kultur gemieden habe. Wenn ich mich nicht zugehörig fühle, trägt dann irgendjemand Schuld daran außer mir?«

Es ist einfacher, Wansu oder Ellen oder Bomi für alles verantwortlich zu machen, aber keine von ihnen hat mich dazu gezwungen, Menschen in Streifen und Punkte einzuteilen. Das war mein eigener Einfall. Ich habe mich selbst ausgegrenzt.

Er verschränkt seine Finger mit meinen und drückt meine Hand, nicht verurteilend, sondern verständnisvoll.

Die Worte auszusprechen, fühlte sich an wie ein Geständnis, und es geht mir besser. Zumindest so gut, dass ich weitermachen kann.

»Nachdem mein Vater gestorben ist und ich gehört habe, dass ich für ihn nicht sein richtiges Kind war, bin ich in einen Flieger gestiegen und hergekommen, weil ich geglaubt habe, ich würde von den zwei Menschen, die mich weggegeben haben, all die elterliche Akzeptanz bekommen, die mir als Kind verwehrt geblieben ist.«

»Ein Koreaner wäre der Letzte, der dich dafür verspotten

würde. Wir sind ständig auf der Suche nach der Akzeptanz unserer Eltern. Das ist das Benzin in unserem Motor. Mit fünfzig Jahren würde mein Vater immer noch vor seiner Mutter kuschen und das tun, was sie ihm befiehlt. Einmal, an *chuseok*, hat sie gesagt, ihr gefiele seine Krawatte nicht – es war eine mit Kürbissen. Ich hatte sie mit *eomma* ausgesucht. Er hat sie abgelegt, und ich habe sie nie wieder gesehen.«

»Wow.«

»Wow«, pflichtet er mir bei, und ein mitfühlendes Lächeln zeichnet sich an seinen Mundwinkeln ab. Fast unmerklich blitzen seine Grübchen auf.

Noch nie habe ich mich bei jemandem so wohlgefühlt. Es ist, als gäbe es keinen Fehler, kein Geständnis, angesichts dessen er sich von mir abwenden würde.

»Wenn ich dir gestehen würde, dass ich jemanden umgebracht habe, was würdest du dann tun?«, frage ich plötzlich.

»Ich würde dich fragen, wo die Leiche ist. Wenn es keine Leiche gibt, ist es schwierig, jemanden zu verurteilen.«

Meine Kehle schnürt sich zu. »Ich hatte es hier nicht sonderlich schwer. Ich habe schließlich Yujun aus Seoul kennengelernt.«

Sein Lächeln wird breiter, und seine Grübchen vertiefen sich.

»Kommst du mich in Amerika besuchen?« Der Gedanke, ihn nie wiederzusehen, versetzt mir einen schmerzhaften Stich.

»Natürlich. Kommst du wieder?«

»Ja.« Je eher, desto besser.

»Obwohl deine Erfahrungen hier nicht die besten waren?«

»Was willst du damit sagen? Mir gefällt es hier.«

Wir lachen beide.

Er legt eine Hand an mein Gesicht. »Hara-ya, ich glaube an Schicksal. Unsere roten Fäden sind irgendwie miteinander verwoben. Es ist kein Zufall, dass wir uns am Flughafen getroffen haben. Es war vorherbestimmt. Wir Koreaner sind romantische Menschen. Wir mögen Partnerlook und Seelenverwandte. Die erste Liebe. Schicksal. Den ersten Schnee des Jahres, wenn man seine Liebste trifft. Komm im Herbst wieder, und erlebe den Winter mit mir, Hara-ya.«

Ich beuge mich vor und küsse ihn. Und das Gefühl von seinen Lippen auf meinen explodiert in meiner Brust. Breitet sich aus wie Mitternachtsblumen, die sich im Mondschein öffnen. Es ist Iowa im Herbst, wenn die Blätter golden und rot werden und die Luft frisch ist. Es ist Seoul mit seinem grauen Himmel, den hohen Gebäuden, dem konstanten Surren von Automotoren auf dem Asphalt, dem Schwappen des Flusses ans Ufer. Es sind die gerollten Rs und die kehlige Betonung, der Geruch von Fischkuchen, frittiert und salzig. Es ist sein Geschmack, seine Wärme, es sind seine langen Finger an meiner Wange, mit denen er meinen Kopf so dreht, dass er mich intensiver küssen kann. Unter seiner Berührung fühle ich mich ruhig. Unter ihm. Unter der heißen Sonne von Seoul. Der gleiche Ort, der mich vor so langer Zeit verletzt hat, könnte die Wunde heilen, von der ich mir eingeredet habe, dass sie nicht existiert.

Die Tränen kommen heiß und wild und so plötzlich, dass mir nicht einmal auffällt, dass ich weine, bis ich das Salz auf meinen Lippen schmecke. Ich löse mich von ihm und wische die Nässe weg, aber die Tränen sind wie eine Flut, die einen Damm durchbricht, und ein kleiner Finger oder zwei können das Wasser nicht aufhalten.

»Ich weine normalerweise nicht«, schluchze ich.

»Natürlich nicht.« Sein Lächeln ist zärtlich, und es bringt mich dazu, noch mehr zu weinen.

Ich weiß nicht einmal, warum. Geht es um Pats Tod? Um Lee Jonghyungs Tod? Um Ellens Betrug oder Wansu? Liegt es daran, dass ich mich fühle, als würde ich nicht an den Ort gehören, den ich als Heimat betrachtet habe? Liegt es daran, dass ich Yujun gefunden habe, der mir so wichtig geworden ist, den ich aber zurücklassen muss, weil ich in meine langweilige Existenz zurückkehren muss, wo ich mir die Zeit mit Büchern und Fernsehen vertreibe? Es ist, als würde ich wegen allem auf einmal weinen. Meine Nase beginnt zu laufen, und meine Brust und mein Hals schmerzen. Meine Knie geben nach.

Yujun stützt mich, zieht mich an seine Brust. Er versucht, mein Gesicht mit seinen Händen zu trocknen, aber er hat nicht genügend Finger, daher zieht er eine Krawatte aus seiner Tasche und betupft meine Augen mit der teuren Seide.

»Ich habe noch nie ein Mädchen mit meinen Küssen zum Weinen gebracht. Nicht mal als Kind.«

»Ich stelle mir lieber vor, dass du vor mir noch nie jemanden geküsst hast, weil ich gerade verletzlich bin, und der Gedanke an dich mit anderen Frauen ist einfach zu viel.« Ich schniefe in die Seide.

Er legt die Arme um mich, ein Schutzschild vor der Welt um uns herum. »Außerdem bist du die einzige Frau, der ich meine Hermès-Krawatte als Taschentuch anbiete.«

Ich lache, aber ein Schluchzen steckt in meinem Hals und erstickt meine Stimme.

Yujun tätschelt mir den Rücken, bis ich aufhöre zu husten.

Jemand kommt herüber und sagt etwas zu Yujun.

Er antwortet auf Englisch, wahrscheinlich wegen mir. »Sie hat ihr Handy ins Wasser fallen lassen.«

»Dann sollten Sie ihr ein neues kaufen«, tadelt die Frau.

»Das werde ich«, verspricht Yujun, während ich vor Scham mein Gesicht verberge.

Es ist nur ein kleines bisschen weniger peinlich, als mit einem hinten in die Strumpfhose gesteckten Rock von der Toilette wiederzukommen. Ein öffentlicher Zusammenbruch, so laut, dass Fremde auf Yujun zukommen und fragen, ob ich Hilfe brauche? Am liebsten würde ich mir ein Loch in den Asphalt graben und hineinkriechen.

»Ich weine wirklich nicht oft«, sage ich, als die Tränen abklingen. »Ich habe nicht mal auf der Beerdigung meines Vaters geweint. Bei keiner der beiden. Pat, mein Adoptivvater, mochte es nicht, wenn ich geweint habe. Es war ihm unangenehm.« Ich wische mir mit der feuchten Seide über die geschwollenen Augen. »Was ist mit dir?«

»Ich habe schon die eine oder andere Träne vergossen.« Er beugt sich runter, um den Tränenstatus zu überprüfen.

Ich winke ab. »Ich bin gerade so verwirrt.«

»Ich wünschte, ich könnte behaupten zu verstehen, was du durchmachst, aber das kann ich nicht. Eines verstehe ich jedoch. Du bist Koreanerin, Hara. Obwohl du in Amerika aufgewachsen bist. Obwohl du Englisch und nicht Koreanisch sprichst. Obwohl du dich *anders* fühlst, sobald du den Mund aufmachst. Du bist Koreanerin, wo es zählt. Hier.« Er fährt mit dem Finger über die blauen Adern an meinem Handgelenk. »Das Blut, das durch meine Adern fließt, fließt auch durch deine. Meine Vorfahren sind deine Vorfahren. Wo du aufgewachsen bist und wer dich großgezogen hat, ändert nichts daran. Wenn überhaupt, dann macht dich deine Erfahrung nur noch koreanischer, denn was ist eine Koreanerin denn schon, außer einem Menschen, der Verluste erlebt und dennoch überlebt hat?«

Mir bleiben nur noch vier Nächte mit Yujun. Nachdem das Taxi mich vom Fluss zu den unzähligen Stufen transportiert hat, ziehe ich ihn mit mir aus dem Auto, die Treppe hinauf und in mein Zimmer.

Er lehnt sich an die Tür und nimmt mich in die Arme. Seine Küsse sind langsam und träge, als wollte er mir ohne Worte mitteilen, dass Zeit keine Bedeutung hat.

Blut strömt heiß und schwer durch meine Adern. Meine Glieder fühlen sich merkwürdig bleiern an, als ich die Arme hebe, um sein zerknittertes, von meinen Tränen nasses Shirt auszuziehen.

Er legt eine Hand an meinen Hinterkopf, als wollte er nicht, dass wir uns auch nur für eine Sekunde voneinander lösen.

Ich schiebe ihm das Hemd von den breiten Schultern und wärme meine Handflächen an seiner erhitzten Haut, atme den Geruch von Fluss, Seife und dem Minzbonbon ein, das er sich während der Taxifahrt in den Mund geschoben hat. Ich berühre seinen Hosenbund und dann den Reißverschluss, wo ich innehalte, da ich mir nicht sicher bin, ob ich weitermachen soll, aber er schlingt die Finger um meine, und zusammen öffnen wir seine Hose. Sie fällt zu Boden, und er schiebt mich langsam rückwärts zum Bett.

Eine Gänsehaut breitet sich auf meiner Haut aus, als die

kühle Luft auf meinen unteren Rücken trifft, wo er mit der freien Hand mein Oberteil hochgeschoben hat.

»Kalt?«, murmelt er an meinen Lippen.

»Nein.« Und diese Antwort bewahrheitet sich, als er mit seinem Körper die Stellen bedeckt, die er entblößt hat.

Ich spüre nur noch seine langen Glieder, seine geschickten Hände und seinen selbstbewussten Mund. Ich gebe mich ihm hin, lasse mich von ihm mit seiner Stärke trösten. In allen Erinnerungen, die ich aus Seoul mitnehmen will, kommt Yujun vor. Der Fluss ist verführerischer, die Sonne heller, das Essen köstlicher, wenn ich mit ihm zusammen bin. Hier gibt es keine Eltern. Keine Verantwortung. In diesem Bett gibt es nur seinen Körper, der meinen Körper anbetet. Seine Lippen auf meiner Brust, seinen heißen Atem auf meinem Bauch, während er seinen Mund tiefer wandern lässt.

Ich vergrabe die Finger in seinem Haar, spreize die Beine und gestatte mir, auf einer Welle der Lust nach der anderen zu reiten. Als er in mich eindringt, als sein Mund wieder auf meinen trifft und er etwas in einer Sprache murmelt, die wie Musik klingt, ist er niemand anders als Yujun aus Seoul.

KAPITEL SECHSUNDZWANZIG

Ich wache mit hämmernden Kopfschmerzen allein im Bett auf. Neben meinem Kissen liegt ein eingepacktes Handy mit einer Notiz.

Wie versprochen, hier dein neues Handy.
Du kannst es nicht zurückgeben, da es schon aktiviert ist.
Ich habe meine Telefonnummer als deinen ersten Kontakt gespeichert.

Wie versprochen? Ich weiß nicht, wann ... Ach so. Gestern Abend in dem Gespräch mit der Fremden.

Sie hat ihr Handy in den Fluss fallen lassen.

Dann sollten Sie ihr ein neues kaufen.

Das werde ich.

Yujun aus Seoul.

Ich lege meine Finger um das Handy und lächele reumütig. Ich brauche tatsächlich ein neues Telefon.

Dann stehe ich auf und mache mich fertig.

Als Erstes muss ich Ellen schreiben.

ICH: Ich komme bald nach Hause. Ruf mich an, ganz gleich, um wie viel Uhr.

Das klingt eher einladend als drohend. Wenn ich wirklich eine schnelle Antwort will, sollte ich eine vage Nachricht schreiben, in der Panik mitschwingt, wie: O *mein Gott, bitte ruf mich sofort an*. Aber ich weiß nicht, was ich zu ihr sagen soll. Ich bin verletzt und wütend, und vielleicht wäre es besser, diese Unterhaltung von Angesicht zu Angesicht zu führen, aber ich kann es nicht einfach verdrängen, so wie ich es in der Vergangenheit mit allem gemacht habe. Es ist zu schwerwiegend, um es in einer Schachtel zu verstauen und zu vergessen.

Ich will nicht wirklich ein Gespräch mit Wansu führen, bevor ich mit Mom gesprochen habe, und ich weiß nicht, was ich in Bezug auf Bomi tun soll. Yujun arbeitet, also bleibt mir nur Jules. Ich gehe nach unten, um sie zu suchen.

Doch es ist nicht sie, die am Küchentisch sitzt. Gut, dass das Handy in meiner Tasche steckt und ich es nicht in der Hand halte, denn sonst hätte ich es fallen lassen.

»Mom.«

Ellen erhebt sich, und ein unsicheres, zittriges Lächeln liegt auf ihren Lippen, bevor sie bewusst eine fröhliche Miene aufsetzt, zu mir geeilt kommt und mich umarmt.

Ich entziehe mich ihr, und sie lässt die Arme fallen.

»Eine deiner Mitbewohnerinnen hat mich reingelassen, bevor sie gegangen ist. Ich habe beschlossen herzukommen und dich zu überraschen.«

»Ich weiß es.«

Ich spüre, dass sie noch etwas sagen will, irgendeine Entschuldigung, aber ich schüttele den Kopf. Ich will keine weiteren Lügen mehr hören.

»Erzählst du es mir, oder willst du so tun, als wäre alles in Ordnung?«

»Es gibt unterschiedliche Optionen?«, versucht sie zu scherzen. Ihre Stimme zittert, Tränen kündigen sich an.

Ich schaue weg, weil es mir unangenehm ist, wenn jemand weint. Außerdem gerate ich dann vielleicht in Versuchung, zu schnell alles abzuhaken.

»Nein. Keine Optionen.« Ich deute mit dem Kopf zum Stuhl. »Lass uns reden.«

Ellen sinkt auf ihrem Stuhl zusammen, was mich an die Situationen erinnert, in denen ich als Kind etwas ausgefressen hatte und sie an den Fingern all meine Fehler aufzählte, auch solche, die ich schon Jahre zuvor begangen hatte. Ellen hat das Gedächtnis eines Elefanten.

»Ich fange an. Ich habe Choi Wansu kennengelernt.«

Ellen zuckt zusammen, als hätte ich ihr eine Ohrfeige gegeben.

Ich verschränke die Arme vor der Brust und warte, während sie zur Decke sieht, die Lippen zusammenpresst und überhaupt alles zu tun scheint, außer etwas darauf zu antworten.

Als ich acht oder neun oder vielleicht zehn war – auf jeden Fall bevor Pat uns verlassen hat –, schlich ich mich in Ellens Badezimmer und probierte ihre Yves-Saint-Laurent-Lippenstifte aus. Sie hatten eine wunderschöne rote Farbe, und ich hatte sie schon immer testen wollen. Sie sagte immer Nein, weil ich zu klein sei und jeder Lippenstift dreißig Dollar koste. Da ich nicht viel Erfahrung mit Schminke hatte, drehte ich den ganzen Lippenstift heraus und trug ihn auf, als sie einkaufen war. Der Lippenstift brach ab und fiel runter. Ich entfernte den roten Fleck vom Boden, steckte den abgebrochenen Lippenstift wieder in die Hülle und legte alles zurück in Ellens Handtasche.

Drei Tage später zitierte sie mich in die Küche, setzte mich auf einen Stuhl und wedelte mit dem Lippenstift vor meinem Gesicht herum. Ich schwieg und dachte naiverweise, dass sich das Problem von selbst lösen würde, wenn ich nur nichts sagte. Diese Taktik muss ich wohl von ihr gelernt haben.

»Du hast ihr bis vor sechs Monaten jeden Monat einen Bericht über mich geschickt. Warum hast du aufgehört?«

»Du wurdest fünfundzwanzig.«

Ich blinzele überrascht. Ich hatte gar nicht daran gedacht, dass mein Geburtstag und die Veränderung in einem Zusammenhang stehen könnten. Und der Grund dafür leuchtet mir auch jetzt nicht ein. »Warum mit fünfundzwanzig? Warum nicht, als ich achtzehn wurde oder zwanzig oder sechzehn? Und warum hast du sie überhaupt geschickt? Warum hast du mir nichts davon erzählt? Warum hast du es verheimlicht? Warum?«

»Weil du mein Kind bist«, ruft Ellen. Sie klopft mit der flachen Hand auf ihre Brust. »Meins. *Ich* habe dich großgezogen. Nicht sie. Sie hat dich weggegeben, und ich habe mich für dich entschieden. Ich habe ihr dreizehn Jahre lang Berichte gesendet, dann hatte ich genug. Verstehst du?«

Die Worte hallen in meinen Ohren nach, als ich die Küchenrolle von der Arbeitsplatte nehme und sie ihr hinhalte.

Sie reißt ein Blatt ab und drückt es sich ans Gesicht. »Ich weiß, dass du es nicht magst, wenn ich weine.«

Ich tätschele ihr unbeholfen die Schulter. Es stimmt. Ich bin schließlich auch Pats Kind. Selbst wenn ich wütend auf ihn bin.

»Ich wusste, dass das passieren würde. Ich hätte dein Flugticket zerreißen sollen, als du es mir gezeigt hast.«

Und ich hätte es auch wissen müssen.

»Sie hat mich wie eine Sekretärin behandelt. Hat verlangt, dich zu sehen.«

Ich lege mir eine Hand an den Hals. »Was hast du gesagt?«

»Sie wollte dich sehen. Hat behauptet, das wäre ihr gutes Recht. Sie hatte keinerlei Anrecht auf dich. Nur weil sie mir Geld gegeben hat, um durch schwere Zeiten zu kommen, bedeutet das nicht, dass ihr irgendwas zusteht.«

Ich ziehe die Küchenrolle wieder an meine Brust. Die Dinge, die ich Choi Wansu vorgeworfen habe, wie ich sie beschuldigt habe, dass sie versucht hätte, mich zu verkaufen, setzen sich in mir fest wie eine verfaulte Frucht. Kein Wunder, dass sie gefragt hat, wie viel Geld ich will. Mom hat all die Jahre welches von ihr angenommen, und dann, als Wansu mehr wollte als unpersönliche monatliche Berichte, wurde sie ausgegrenzt. Ich fühle mich fürchterlich. Ich schlucke, um gegen den Kloß in meinem Hals anzukämpfen.

»Wie genau lautete die Abmachung?«

Ellen schnieft, wischt sich die Augen trocken und will dann nach einem weiteren Stück Küchenpapier greifen, doch ich halte die Rolle fest an meine Brust gepresst. »Wie lautete die Abmachung? Wann wurde sie getroffen? Was hast du ihr mitgeteilt? Wie viel Geld hat sie dir gezahlt?« Ich will alles wissen.

Die Mundwinkel meiner Mutter hören auf zu zittern. Noch immer laufen ihr Tränen die Wangen hinab, aber vielleicht erkennt sie die Entschlossenheit in meiner Miene, denn sie beginnt zu reden. »Choi Wansu hat mich vor vielen

Jahren kontaktiert und mir mitgeteilt, dass sie deine leibliche Mutter ist. Sie hatte einen Privatdetektiv engagiert und hat behauptet, sie suche dich schon lange. Du musst verstehen, dass ich gerade frisch geschieden war und damit zu kämpfen hatte, uns beide durchzubringen. Ich hatte ein kleines Erbe von meiner Großmutter, aber auch das ging zu Ende. Ich hatte all die Jahre damit verbracht, uns ein Zuhause einzurichten, und keine Ausbildung, die auf dem Arbeitsmarkt zählt. Sie hat vorgeschlagen, dass sie jeden Monat Geld schickt – eine Art Kindergeld –, und alles, worum sie im Gegenzug gebeten hat, waren regelmäßige Berichte über deine Aktivitäten. Welche Noten du bekommst. Wie groß du bist. Welches Essen dir schmeckt. Welche Bücher du liest. Mit wem du befreundet bist. Fotos. So was in der Art.«

Ich reiße ein Blatt Küchenrolle ab und reiche es ihr wie eine Belohnung. »Warum hast du es mir verschwiegen?«

»Hara, du hast nie richtig um deinen Vater getrauert.« Ellen schnalzt mit der Zunge und umgeht meine Frage. »Ich weiß, dass du wütend auf ihn bist und es dein gutes Recht ist, aber er ist tot. Ihn zu hassen, macht ihn nicht wieder lebendig. Damit kannst du die Zeit nicht zurückdrehen und dafür sorgen, dass er alles bereut. Er ist nicht mehr hier, aber du bist es. Er war nicht der Vater, den du gebraucht hättest, aber er war dennoch der Mann, der hart gearbeitet hat, damit du Essen auf dem Tisch hattest, der dir beigebracht hat, wie man einen Kinnhaken setzt.«

Versteck deinen Daumen in der Faust, Mädchen.

»In ein anderes Land zu fliehen, macht ihn nicht weniger zu deinem Vater. Den Mann zu finden, der dich gezeugt hat, löscht nicht all das aus, was Pat für dich getan hat.«

»Sprechen wir jetzt von dir oder von Dad?«

Ellen spannt den Kiefer an, aber sie fährt fort, als hätte ich nichts gesagt. »Dir hat es nie an etwas gefehlt – wegen der Entscheidungen, die ich für dich getroffen habe.«

Und wegen des Geldes, das Choi Wansu geschickt hat.

Ihre Ausreden machen mich wütend, feuern meine Gedanken an Schuld und Ungerechtigkeit noch weiter an. Ja, ich hatte es gut, aber die beiden Menschen, die mich am meisten lieben und wertschätzen sollten – die Frau, die mich zur Welt gebracht, und die Frau, die mich großgezogen hat –, haben mich mein ganzes Leben lang belogen.

In meiner Brust befindet sich ein Punkt, wo die Wunde meiner Zurückweisung eitert, seitdem ich weiß, was Adoption bedeutet, und Ellen ist das bewusst. Sie hat mich gehalten, wenn ich geweint habe, mir versichert, wie wertvoll ich bin, wenn ich mich gefragt habe, warum meine leibliche Mutter mich weggegeben hat. Sie hat mich aufgezogen, mich geliebt, aber obwohl sie Antworten hatte, die mir hätten helfen können, hat sie diese vor mir geheim gehalten.

Ich weiß, dass sie den Zorn in meinen Augen sehen kann.

»Dir ging es doch gut, Hara«, schluchzt sie. »Bevor du etwas hiervon wusstest – über Choi Wansu, über Korea. Du wolltest es nicht wissen. Ich habe versucht, dich auf kulturelle Veranstaltungen und Märkte mitzunehmen, dir Sprachkurse zu ermöglichen. Wansu hat mir zusätzliches Geld für solche Dinge gesendet, aber du wolltest keine Koreanerin sein.«

»Ich weiß!« Die Scham macht mich noch wütender – auf mich selbst, auf Wansu, auf Ellen. »Ich weiß. Ich weiß, dass es mir peinlich war. Mir war es peinlich, anders zu sein, anders auszusehen, anders zu riechen, und oft konnte ich mich selbst davon überzeugen, dass ich gar nicht anders war, bis ich in den Spiegel geschaut habe und überhaupt nicht aussah wie du. Und dann, eines Tages, wollte ich wissen, wie es sich anfühlt, nicht anders zu sein, also bin ich hierhergekommen, und hier ...« Ich schließe die Augen und hole zittrig Luft. »Hier gab es auch keinen Frieden für mich.«

In meinem Kopf herrscht endlose Verwirrung und Lärm, und es ist nur dann still in mir, wenn Yujun meine Hand hält. Aber Wansu behauptet, dass ich selbst diese kleine Zuflucht aufgeben muss, wenn ich Teil ihrer Familie werden will.

»Ach, Kind, es tut mir leid. Es tut mir wirklich leid.« Ellen springt auf und versucht, mich in die Arme zu nehmen.

Ich erstarre, will mich ihr entziehen, aber ihre mütterliche Stärke hält mich fest.

»Weil ich Angst hatte«, flüstert sie heiser in mein Ohr. »Weil ich nicht ersetzt werden will, und weil du dich, als du noch jünger warst, manchmal in den Schlaf geweint und dich gefragt hast, warum deine Mutter dich weggegeben hat. Ich dachte, ich würde dich schützen.«

Und dich selbst.

»Irgendwann hast du aufgehört, diese Fragen zu stellen, und als Wansu mich kontaktiert hat, war es Jahre her, dass du mit diesen Sorgen zu mir gekommen bist, und ich wollte dir nicht von Neuem Schmerzen bereiten.« Ellen löst sich von mir und nimmt meine kalten Hände in ihre. »Du bist meine Tochter. Du bist der Mittelpunkt meines Lebens, seitdem ich dich vor vierundzwanzig Jahren am Flughafen abgeholt habe. Für mich haben diese Menschen, die Frau, die dich geboren hat, nicht mehr existiert. Für mich gab es nur dich und mich gegen den Rest der Welt. Wir brauchten niemand anderen.«

Ich weiß noch, mit welchen Geschichten ich mich getröstet habe – dass ich, obwohl ich verlassen wurde, ausgewählt worden war. Und zwar von Ellen, die mir all die Bücher gekauft, all die Fotos von mir gemacht hat, die Plätzchen für meine Freundinnen gebacken und gemessen hat, wie groß ich geworden war, und die Maße in einem Buch notiert hat. Die mich für meine guten Noten gelobt und für schlechte Noten getadelt hat. Sie hat meine Pausenbrote zubereitet, ist zu meinen Aufführungen gekommen, hat stundenlang beim Softball gesessen, um meinem Vater einen Gefallen zu tun, obwohl ich weiß, dass sie es gehasst hat.

»Ich weiß, dass du eines Tages heiraten und eine eigene Familie haben wirst, aber es ist eine Sache, dich in einen Mann zu verlieben, und eine ganz andere, eine andere Frau als deine Mutter zu lieben.«

Mein Blick fällt auf unsere ineinander verschlungenen Hände. Meine sind klein mit kurzen Fingern. Ellens sind elegant mit langen Fingern. Wir haben nur wenige Ähnlichkeiten. Ellens Haut ist rötlich und mit Sommersprossen übersät – was einerseits mit ihren deutschen Wurzeln und andererseits mit ihrer Arbeit im Freien zu tun hat. Meine Haut ist blass, ein Produkt der Büroumgebung ohne ausreichend Sonnenlicht und meiner koreanischen Gene. Ellen hat grünblaue Augen. Meine sind braun, fast schwarz. Wir sehen uns überhaupt nicht ähnlich, und vielleicht hat sich Ellen deshalb fester an mich geklammert.

»Ich habe das getan, was ich für richtig gehalten habe. Du bist meine Tochter, Hara. Pat hatte mich ohne Geld sitzen lassen. Choi Wansu hat mir eine Rettung angeboten, und ich habe sie angenommen. Bitte hass mich nicht dafür. Ich liebe dich so sehr.« Sie hebt meine Hand an ihren Mund und drückt einen Kuss darauf. Meine Fingerspitzen werden nass von ihren Tränen.

Ich brauche Zeit und Abstand von ihr, von allen, um nachzudenken. »Hast du ein Hotelzimmer?«

Sie nickt. »Ja, warum?«

»Du solltest ins Hotel gehen.«

»Hara ...«

»Nein. Bitte. Nicht mehr. Ich habe genug gehört.« Ich wollte alle Antworten, und jetzt, da ich sie habe, bin ich verwirrter als jemals zuvor.

Als Mom weg ist, greife ich nach der Flasche Soju und gehe auf die winzige Terrasse. Die kleine Tonschale, in der Jules ihre Zigaretten ausdrückt, steht neben meiner Hand. Der Geruch von verbrannter Asche und Rauch steigt mir in die Nase. Ich atme tief ein und wünsche mir, ich hätte eine Zigarette. Vielleicht würde das Nikotin meine rasenden Gedanken beruhigen.

Die Zeit vergeht. Die Sonne sinkt tiefer, und der Sommertag wird kühl. Ich rühre mich nicht, selbst dann nicht, als Jules rauskommt und einen Teller mit Obst neben meiner Hand abstellt.

Mein neues Handy vibriert – erst einmal, dann ein zweites Mal.

Ich lasse den Kopf auf meinen Handrücken sinken und wünsche mir, ich könnte die Welt ausblenden. Ich erinnere mich an den Moment, als ich mich in den Fluss habe gleiten lassen. Unter Wasser gibt es keine Geräusche. Es ist vollkommen still. Ich verstehe, warum Leute ins Wasser gehen. Ich hege nicht selbst den Wunsch, aber ich verstehe es.

Einerseits hat mich Ellen aufgezogen, ihre Furcht ist also nicht unbegründet, denn auch sie wurde verlassen. Auf der anderen Seite schäme ich mich dafür, wie ich mich vor Wansu aufgeführt habe. Sie hat eine Menge durchgemacht, und ich habe noch einiges dazu beigetragen, weil ich geglaubt habe, mein eigener Schmerz wäre der einzige, der eine Berechtigung hat. Ich bin ihr etwas schuldig, aber worum sie mich bittet, ist zu viel.

Das Handy vibriert wieder.

Ich nehme einen Schluck von dem Soju, um mir Mut anzutrinken, und drehe das Telefon um.

> BOMI: Mir tut alles so leid. Ich hoffe, du kannst mir verzeihen. Ich betrachte dich als Freundin, auch wenn ich verstehen kann, wenn du es anders siehst. Yujun hat gesagt, es sei okay, wenn ich mich bei dir melde. Aber bitte sei nicht böse auf ihn. Du weißt ja, wie er ist.

Ja, in der Tat. Er will, dass die Leute, die ihm etwas bedeuten, glücklich sind. Ich antworte nicht, weil ich nicht weiß, was ich schreiben soll. Ich fühle mich, als wollte man mich zwingen, allen zu verzeihen. Darf eine Frau denn nicht mal einen Tag lang sauer sein? Verdammt.

Als Nächstes kommt eine Nachricht von Yujun.

> YUJUN: Ich kann nicht glauben, dass ich ohne dich zu Abend esse.

Er sendet mir ein Bild von einer Schachtel mit bestelltem Essen.

Mein Magen knurrt. Ich habe den ganzen Tag noch nichts gegessen.

YUJUN: Ich wollte eigentlich vorbeikommen, aber ich hielt es für besser, auf eine Einladung zu warten. Kannst du mir bitte eine schicken?

Ich muss lachen. Er ist so charmant und der Einzige, der eine Antwort verdient.

ICH: Meine amerikanische Mom ist aufgetaucht. Es geht mir momentan nicht gut.

YUJUN: Ah, dann bist du also beschäftigt. Ruf mich an, sobald du es nicht mehr bist. Ich würde dich gerne sehen. Ich war heute Abend am Fluss, und er hat mir verraten, dass er dich vermisst. Oder vielleicht war ich das auch.

Meine Sicht verschwimmt, während ich seine Nachricht lese. Ich blinzele die Tränen weg. Kann ich ihn wirklich aufgeben?

Mein Leben ist so voller Fragen, und es gibt keine Antworten. Für den Moment bin ich mir nur einer Sache sicher.

ICH: Ich vermisse dich auch.

KAPITEL SIEBENUNDZWANZIG

Am nächsten Morgen kommt Mom früh aus dem Hotel zu mir. Sie hält eine hübsch verpackte Schachtel in der Hand, auf dem Papier befinden sich Erdbeeren. »Die lag draußen. Dein Name steht drauf, aber ich habe auch Frühstück mitgebracht.«

In ihrer Stimme schwingt Verzweiflung mit, als würde sie damit rechnen, dass ich ihr Geschenk zurückweise.

»Komm rein. Ich glaube, das Erdbeergebäck ist von Yujun.«

»Yujun? Wer ist sie?«

O Gott, ich habe nicht daran gedacht, dass ich mich erklären muss. *Hey, also ich hab mit einem Typ aus Seoul geschlafen, und er ist sozusagen Wansus Adoptivsohn. Verrückt, was? Es bleibt alles in der Familie. Ja, ich bin total abgedreht.*

Mom würde mich zum Flughafen zerren, bevor ich den nächsten Atemzug nehmen könnte.

Wir haben uns kaum von der Tür entfernt, als Ellen mich überrascht. »Ich finde, wir sollten uns zusammen mit Wansu treffen.«

Ich stolpere über die herumstehenden Schuhe, und Ellen muss mich am Ellbogen festhalten.

»Es ist die richtige Entscheidung. Lass uns ihr gemeinsam gegenübertreten.«

»Ihr gegenübertreten? Was hat sie denn verbrochen?«

Ellens Miene wird angespannt. »Dann hast du also beschlossen, dass ich die Böse bin.«

»Nein. Das habe ich nicht gemeint. Ich habe nicht vor, dich zu verlassen, Mom. Ich versuche nur, meinen Platz in der Welt zu finden und mich mit allem abzufinden. Ich habe vor einigen Tagen ein paar schlimme Dinge zu Wansu gesagt, und dafür muss ich mich entschuldigen.«

Mom stößt ein tiefes, zittriges Seufzen der Erleichterung aus. »Ach Hara, ich konnte letzte Nacht nicht schlafen.« Wieder beginnen die Tränen zu fließen.

Ich wappne mich.

»Ich dachte, du würdest mich hassen.« Sie wischt sich mit dem Handrücken über das Gesicht. »Tut mir leid, dass ich weine.«

»Schon gut.«

»Lass mich alles rauslassen, solange ich hier bin, damit ich mich vor Wansu nicht zum Narren mache. Ich wette, sie weint nie.«

»Nein, ich glaube nicht.«

»Genauso wie du.«

Ich stehe wie erstarrt da, als Ellen ins Haus eintritt. *Genauso wie ich.* Ich dachte, ich würde nicht weinen, weil Pat es mir abgewöhnt hatte, aber vielleicht liegt es in meinen Genen.

»Komm rein und zeige mir, wie man mit dieser Maschine Kaffee macht. Ist das überhaupt eine Kaffeemaschine?«

Ich reiße mich zusammen und folge ihr in die Küche. »Nein. Koreaner trinken meistens Instantkaffee. Das ist nur ein Automat für heißes Wasser. Richtigen Kaffee bekommst du im Coffeeshop.«

»Mir sind auf dem Weg hierher so viele davon aufgefallen. Übrigens bringen mich meine Waden um. Du hättest eine Wohnung mieten sollen, zu der man nicht so viele Stufen hinaufsteigen muss.« Sie setzt sich an den Tisch, während ich ihr eine Tasse Kaffee mache.

»Ich bin mir sicher, dass sie deswegen so günstig ist.«

»Wahrscheinlich.«

Ich gebe ihr den Kaffee und nehme Platz. Die Ttalgi-Café-Schachtel ist voller kleiner Kuchen und Gebäck. Ich nehme mir etwas heraus und schiebe Ellen die Schachtel hin.

»Wann willst du Wansu treffen?«

»Bald. Ich verliere vielleicht den Mut, wenn wir noch länger warten.«

»Dann ziehe ich mich um.« Ich gehe nach oben und tausche meinen Jogginganzug gegen meine letzte frische Kleidung, ein kürbisfarbenes weites Schürzenkleid, das hinten mit einem dünnen Band zusammengebunden wird.

Als ich vorzeigbar aussehe, sende ich Yujun eine Nachricht.

ICH: Meine Mom würde gerne Wansu kennenlernen. Ich hätte Wansu geschrieben, aber ich habe ihre Nummer nicht.

Yujun antwortet sofort.

YUJUN: Ich komme und hole dich ab.

ICH: Bitte nicht. Wir nehmen ein Taxi.

Punkte, die anzeigen, dass er tippt, erscheinen, verschwinden und erscheinen wieder, und ich muss eine für mich lang wirkende Stille ertragen, auch wenn es nur zwei Minuten sind.

Endlich kommt eine Antwort.

YUJUN: Okay, dann sehen wir uns später. Choi Wansu will mit euch essen. Was mag deine Mutter gerne?

Ich zögere. Mein erster Impuls war zu schreiben, dass wir Koreanisch essen gehen könnten, aber meine Mom hat einen langen Flug hinter sich, und eine solche Mahlzeit könnte schwer zu verdauen sein. Es ist besser, wenn sie etwas isst, das sie kennt.

ICH: Italienisch.

YUJUN: Dann gehen wir ins Rubrica im Westin Hotel. Superlecker. Es wird deiner Mutter gefallen. Ist es okay, wenn wir uns im Büro treffen und zusammen zum Hotel gehen?

ICH: Klingt super.

Unten erzähle ich Mom von dem Plan. »Sorry, wir müssen ein Stück laufen, um ein Taxi zu bekommen.«

»Schon in Ordnung, Hara. Ich brauche ein bisschen Bewegung.« Sie tätschelt sich den Bauch. »Wie ist Wansu denn?«

»Beeindruckend.«

»Wirklich?« Ellens Augenbrauen schießen in die Höhe.

»Das hätte ich nicht gedacht, obwohl ihre E-Mails immer kurz waren. Ich habe angenommen, dass sie nicht viel Englisch spricht.«

»Sie spricht es fließend.« Ich mache vor dem Tor halt. »Warte, weißt du gar nicht, was sie macht?«

Ellen zieht die Augenbrauen zusammen. »Sie hat gesagt, sie arbeitet für die Firma ihres Mannes und erledigt administrative Aufgaben.«

»Sie ist die Geschäftsführerin.«

Mom bleibt der Mund offen stehen. »Geschäftsführerin?«

»Ja.«

»Ist heute denn kein Arbeitstag? Wir sollten sie anrufen. Oder vielleicht warten?«

Ellens Nervosität weckt meinen Beschützerinstinkt. »Nein. Sie trifft sich mit uns.«

Ich lege Moms Hand in meine Armbeuge. Nicht zum ersten Mal fällt mir auf, wie zerbrechlich sie sich anfühlt. Sie wird älter. Will ich damit meine Zeit verbringen? Wütend auf die Frau zu sein, die mich mein ganzes Leben geliebt und aufgezogen hat? Es ist eine Frage, die ich mir die ganze Nacht lang gestellt habe. Ich bin immer noch sauer, aber ich nehme mir vor, weniger gemein zu sein.

Wir setzen uns in ein Taxi, und nachdem ich dem Fahrer ein Foto von der Adresse der IF Group gezeigt habe, setzt sich der Wagen in Bewegung.

»Wo sind deine Bilder?« Mom vollführt mit den Fingern eine »Gib-sie-her«-Geste, was mich überrascht, denn seit fast zwei Wochen sehe ich Menschen, die die gleiche Bewegung mit derselben Bedeutung machen, jedoch mit nach unten zeigenden Fingern.

»Ich habe mein Handy verloren. Habe ich dir das nicht geschrieben? Ich habe die alten Fotos noch nicht auf das neue Gerät geladen.«

»Ach ja, stimmt. Ich hoffe, es war nicht zu teuer. Hattest du eine Versicherung? Man sagt ja, das sei nichts als Abzocke, aber es scheint, als hätte es in diesem Fall nützlich sein können.«

Ich betrachte das Telefon in meiner Hand. Yujun hat behauptet, er hätte es gekauft, aber ich frage mich, ob es nicht in Wirklichkeit Wansu war. »Ich hatte eine Versicherung.«

Bevor Ellen weitere unbeabsichtigt unangenehme Fragen stellen kann, erzähle ich ihr vom Namsan und vom Seoul Tower, davon, wie ich *soondubu jjigae* gegessen und in der unterirdischen Mall eingekauft habe. Ich lasse es klingen, als ob ich hier mit touristischen Aktivitäten beschäftigt gewesen wäre, statt in ganz Seoul nach meiner leiblichen Mutter zu suchen.

Die Fahrt nach Yongsan-gu dauert nicht lang, was gut ist, denn in Bezug auf Sightseeing habe ich für einen fast zweiwöchigen Aufenthalt beschämend wenig zu berichten, schon bald fällt mir nichts mehr ein, was ich erzählen könnte.

Merkwürdigerweise hat sich vor dem Gebäude eine Menschenmenge versammelt, viele der Leute halten Schilder hoch.

»Was steht da drauf?«, fragt Ellen.

»Keine Ahnung.« Ich verenge die Augen, als würde das meinem Gehirn helfen, *hangul* besser zu entziffern, aber obwohl ich die Zeichen erkenne, fehlt mir das Vokabular, um ihre Bedeutung zu verstehen.

Vor der Gruppe, bei der es sich um Demonstranten zu

handeln scheint, befinden sich Leute mit Kameras und Mikrofonen. Was hat mir Bomi noch gleich an dem Tag im Café erzählt? *Demonstrieren ist in Korea ein Hobby. Wir protestieren gegen alles: wenn die Produktion unseres Lieblings-Joghurt-Drinks eingestellt wird genauso wie für die Absetzung eines korrupten Präsidenten. Es funktioniert, darum machen wir immer weiter.*

»Die Vorliebe für Proteste ist in der koreanischen DNA verankert.«

»Das ist nichts Schlechtes«, erwidert Ellen und steigt vorsichtig aus dem Taxi.

»Das habe ich auch gesagt«, rufe ich, während ich hinter ihr aus dem Auto klettere.

Mom tätschelt mein Gesicht. »Weil du mein Kind bist.«

Angesichts des Lobes meiner Mutter lächele ich reflexartig, ehe mir einfällt, dass ich damit aufhören sollte, aber als ich meine Miene entspanne, wirkt Mom auf einmal entmutigt. Sich einen Weg durch die Menge zu bahnen, wird nicht einfach werden.

Die Menschengruppe verstummt, und auf einmal sind die Kameras auf uns gerichtet.

Ich schaue mich über die Schulter um, aber dort ist niemand.

In diesem Moment werden die Türen der IF Group aufgerissen, und Bomi kommt herausgeeilt. Auf ihrem Gesicht zeichnet sich eine Dringlichkeit ab, die ich sogar von hier aus erkenne. Irgendetwas stimmt nicht.

»Lass uns gehen, Mom«, dränge ich. Wir müssen ins Gebäude.

Ellens Verwirrung bringt die Kameraleute dazu, sich einen Moment von mir abzuwenden.

Die Kameras werden in die andere Richtung gedreht und richten sich nun auf Bomi.

»Wir müssen sofort gehen.«

Ich packe Moms Hand, schirme mein Gesicht ab und ziehe sie zum Eingang.

Bomi löst sich aus der Meute und winkt – mit den Fingern nach unten zeigend –, damit ich mich beeile. »*Ppalli ppalli*«, höre ich sie sagen. *Beeil dich.*

»Stimmt irgendwas nicht?«

»Vermutlich, aber ich weiß nicht, was.«

Die Reporter rufen Bomi etwas zu, aber diese ignoriert sie. »Bitte kommt rein.« Sie legt die Finger um mein Handgelenk, als ich etwas Weißes, Kleines auf uns zurasen sehe.

»Bomi«, rufe ich, aber es ist zu spät. Sie wird seitlich am Kopf getroffen. Schleimiges Eigelb explodiert auf ihrem glänzenden schwarzen Haar.

Sie hebt eine Hand, die ebenfalls sofort klebrig wird.

Mom bleibt stehen und versucht, die Person ausfindig zu machen. »Wer war das?«, ruft sie. »Das ist absolut nicht okay.«

»Nein. Nein. Schon in Ordnung. Kommt rein«, fleht Bomi.

Ein weiteres Geschoss fliegt durch die Luft, aber nun erscheint eine Armee von Männern in schwarzen Anzügen, um uns hereinzuziehen, bevor wir noch weiterbombardiert werden können.

Die Reporter drängen sich an die Glasscheiben wie hungrige Zombies.

Eine Gruppe gaffender Büroangestellter drückt sich in der Nähe herum und versucht, nicht allzu neugierig zu starren, was ihnen nur zum Teil gelingt.

»Geht es dir gut?« Ich hebe die Hand und versuche, ein wenig von der klebrigen Masse auf den Boden zu schnippen, bevor sie Bomis schwarzes Kostüm versaut.

Bomi duckt sich unter meiner Hand weg. »Ja. Mir geht es gut. Und dir? Du bist nicht getroffen worden, oder?« Sie mustert mich.

»Ich bin nicht diejenige, die mit einem Ei beworfen wurde. Verdammt, Bomi, was geht hier vor? Hat jemand von der IF Group jemanden umgebracht?«

Sie hört auf, mich besorgt zu inspizieren. »Nicht direkt.«

Angesichts ihrer Worte erstarre auch ich. Also ist tatsächlich etwas in der Firma passiert.

Bomi sagt etwas zu dem Mann neben ihr, der ein Taschentuch hervorholt, aber statt es für sich selbst zu verwenden, nimmt sie meine Hand und versucht, an mir herumzuwischen.

Ich schüttele sie ab. »Mir geht es gut, Bomi. Bitte sag mir, was hier vor sich geht.«

»Oben. Choi Yujun-nim wird so wütend sein, wenn er das hier sieht. Ich gehe mir die Haare waschen. Bringen Sie sie in *sajangnims* Büro«, weist sie einen der Securitymänner an.

Ich drehe mich zu Mom um. »Alles in Ordnung?«

»Ja, ich bin nur verwirrt. Bei dem Protest muss es um etwas Ernstes gehen.« Sie wirft einen besorgten Blick über die Schulter.

»Ja. Aber ich weiß nicht, um was.«

Wir folgen dem Securitymann zu den Aufzügen.

»Hast du irgendeine der Fragen verstanden, die die Reporter gerufen haben?«, flüstert Ellen laut.

»Nein, Mom.«

»Ich auch nicht. Ich habe mir im Flugzeug eine Lektion für Anfänger angehört, aber ich erinnere mich an nichts mehr außer an ›Hallo‹. Nun bereue ich es, dass ich die Schlaftablette genommen habe.« Sie drückt aufgebracht meine Hände, als hätte ihr eine weitere Stunde dazu verholfen, Koreanisch zu verstehen.

Meine Brust zieht sich vor Angst zusammen. In Yujuns Firma gibt es irgendein Problem – ein so großes, dass eine Schar Reporter und diverse Demonstranten vor dem Gebäude stehen.

Als sich die Aufzugtür im vierzehnten Stock öffnet, steht Yujun vor uns. Das Lächeln auf seinen Lippen ist dünn, und er sieht ungewöhnlich zerzaust aus.

»Tut mir leid, dass ich nicht runtergekommen bin. Ich habe telefoniert. Wo ist Kim Bomi?« Er reckt den Hals, um in den Fahrstuhl zu spähen, als würde sie sich hinter dem Sicherheitsmann verstecken.

»Sie musste zur Toilette.«

Er runzelt die Stirn. »Sie hätte euch nicht alleine lassen sollen.«

»Es geht uns gut.« Ich bin mir nicht sicher, ob das auch auf Bomi zutrifft. »Was geht hier vor?«

Er deutet mit dem Kopf in die Richtung von Wansus Büro. »Das erzähle ich euch in *eommas* Büro.« Er verbeugt sich tief vor Ellen. »Es tut mir leid, dass wir uns unter diesen Umständen kennenlernen.«

»Das ist Yujun. Choi Yujun. Er ist Wansus Sohn. Stiefsohn«, korrigiere ich mich.

Ellen hebt die Augenbrauen. Offenbar wusste sie nicht, dass Wansu einen Sohn hat. Ich glaube, meine beiden Mütter haben sich nie richtig ausgetauscht. Ellen hat die Berichte geschrieben, und Wansu hat die Schecks ausgestellt. Mehr Interaktion hat offenbar nicht stattgefunden – weil Ellen Angst hatte, mich zu verlieren, und Wansu Angst hatte, mehr zu wollen.

Im Büro ist es beinahe unheimlich still. Alle Köpfe sind gesenkt, Spannung liegt in der Luft wie ein dichter Nebel.

Die Doppeltür zu Wansus Büro steht offen. Durch den Spalt kann ich sehen, dass sie hinter ihrem Schreibtisch steht, die Hände zu Fäusten geballt und auf die hölzerne Tischplatte gestützt. Sie ist so blass wie ihr cremefarbenes Kostüm. Ihre sonst so makellose und polierte Aufmachung wirkt mitgenommen, als hätte jemand einen breiten nassen Pinsel genommen und damit über ein Bild von ihr gestrichen. Ihr roter Lippenstift ist an den Mundwinkeln verlaufen, ihr Kajal unter den Augen verschmiert, als hätte sie zu fest darüber gerieben. Vorn auf ihrer Bluse prangt ein Kaffeefleck.

Yujun hat sein Jackett abgelegt und sich die Ärmel hochgekrempelt. Seine Weste ist aufgeknöpft, und sein Haar verstrubbelt, wahrscheinlich, weil er sich mit der Hand hindurchgefahren ist. Er sieht aus, als hätte er hundert Stunden gearbeitet, dabei ist es erst zehn Uhr morgens.

Sobald wir im Büro sind und die Tür geschlossen ist, wendet sich Yujun mir zu. »Jemand hat einen Bericht über dich veröffentlicht.«

»Was soll das heißen? Einen Bericht über mich?«

»Ich glaube, jemand hat unser Gespräch im Restaurant mit angehört. Wir haben uns auf Englisch unterhalten, aber es gibt auch noch andere Koreaner, die Englisch sprechen, und die Person muss alle Teile der Geschichte zusammengefügt haben. Dass du *eommas* Tochter bist, die sie vor vielen Jahren weggegeben hat. In den Klatschspalten heißt es, dass du nichts davon wusstest und wütend warst, als du es herausgefunden hast.«

»O mein Gott.«

Ich bin schockiert. Ich habe an dem Abend alle ins Restaurant geschleppt, ohne auf einen privaten Raum zu warten. Ich habe nur an mich gedacht, und das ist dabei herausgekommen. Doch warum sollte die ganze Sache jemanden so sehr interessieren, dass er oder sie sich damit an die Presse wendet? Ich weiß, dass die IF Group eine große Firma ist, aber dies scheint mir eher ein persönlicher Angriff gegen Choi Wansu zu sein ... Mir wird übel. Ich lege mir eine Hand auf den Magen, während mir ein unangenehmer Gedanke kommt. Ja, vielleicht steckt jemand aus dem Restaurant dahinter, aber abgesehen von den Leuten dort, die nahe genug saßen, um uns gehört haben zu können, gibt es nur eine andere Person, die von dem ganzen Drama weiß, und das ist Kwon Hyeun. Sie hätte einen Grund, zur Presse zu gehen. Kwon Hyeun und Wansu haben um denselben Mann gekämpft. Sie waren beide zur gleichen Zeit von ihm schwanger, aber Wansu hat das Baby ausgetragen und ausgesetzt, während Kwon Hyeun eine Fehlgeburt hatte und unfruchtbar wurde. Choi Wansu hatte alles, was Kwon Hyeun wollte, vor allem ein Kind, das Kwon Hyeun verloren und das Wansu weggegeben hat.

Ich schlucke. »Yujun, was ist, wenn es Kwon Hyeun war?«

»Kwon Hyeun?«, mischt sich Wansu ein, bevor Yujun antworten kann.

»Ja, sie ist diejenige, die mir alle Informationen über dich gegeben hat. Sie und mein Dad, hatten zur gleichen Zeit ... Nun, du weißt es ja.« Ich möchte Wansu an diesem ohnehin schon schrecklichen Tag nicht mit weiteren unangenehmen Details belasten und schlimme Erinnerungen heraufbeschwören.

»Sie könnte es gewesen sein. Sie kennt die ganze Geschichte, nicht?«, fragt Yujun.

»Ja. Soll ich sie anrufen?«

»Was geht hier vor?«, fragt Ellen. »Sind Sie Choi Wansu? Ich bin Ellen Wilson, und meine Güte, sind Sie hübsch, was natürlich klar ist, denn Hara ist wunderschön, also muss auch ihre Mutter ... Ich meine, ich bin ihre Mutter, aber Sie ja auch.« Ellen bricht in Tränen aus.

Wansu sieht leicht entsetzt aus und weicht ein Stück zurück, als würde es sich bei Ellens Tränen um eine ansteckende Krankheit handeln.

Ich lege Mom einen Arm um die Schultern und führe sie zum Sofa.

Wansu beobachtet uns den ganzen Weg lang eingehend und sieht ein wenig sehnsüchtig aus. Ob sie will, dass ich auch sie am Arm nehme und ihr helfe, sich hinzusetzen? Doch der Moment ist schnell verstrichen, denn schon im nächsten Augenblick ist Wansus Miene wieder vollkommen gefasst. Sie greift nach dem Telefonhörer und spricht einen Befehl hinein, woraufhin umgehend ein Assistent in der Tür erscheint und ein Tablett mit vier Tassen hereinbringt.

»Mom ist gestern angekommen. Sie hat einen Jetlag«, versuche ich zu erklären.

»Du musst dich nicht entschuldigen. Es ist ein schwerer Tag.« Yujun drückt mir ein Taschentuch in die Hand, das ich an Ellen weiterreiche.

»Ich bin nah am Wasser gebaut«, sagt Ellen, während sie

sich die Augen abtupft. »Ich weine wegen allem. Sag es ihnen, Hara.«

»Das stimmt. Sie weint bei Werbespots, und nicht nur, weil das Fernsehprogramm deswegen alle fünf Minuten unterbrochen wird.«

Niemand lässt sich angesichts meines schlechten Witzes auch nur ein Lächeln entlocken.

Yujun nimmt gegenüber meiner Mutter Platz und schenkt eine Tasse Kaffee ein. »Der ist gekocht, kein Instantkaffee«, informiert er uns, als er ihr die Tasse reicht. »Ich weiß, dass Amerikaner Kaffee lieben.« Dann neigt er den Kopf. »Bitte verzeihen Sie uns, was draußen passiert ist.«

»Was geht denn nun hier vor sich?«

Die beiden Chois wechseln einen Blick, den ich nicht deuten kann.

Mom ist genauso verwirrt. Sie hält die Kaffeetasse in der Hand, ohne zu trinken.

»Yujun?«

Er weicht meinem Blick aus. »Ich rufe euch einen Wagen. Mr. Park fährt euch zurück zu deiner Wohnung beziehungsweise zum Hotel deiner Mutter.«

»In welchem Hotel sind Sie untergekommen?«, mischt sich Wansu ein.

»Ich?« Ellen deutet fragend auf ihre Brust. »Im Best Western in Gangnam.« Sie schenkt uns ein verweintes Lächeln. »Wie in dem Lied.«

Wansu rümpft die Nase, wenn auch nur ganz leicht. »Yuun-ah, ruf im Four Seasons an und bestell eine Suite für unsere Ellen. Es würde nicht gut aussehen, wenn die Chois Haras Mutter nicht im besten Hotel unterbringen würden.«

KAPITEL ACHTUNDZWANZIG

Zuerst begleitet uns Bomi zum Best Western Hotel, wo sie sich um das Auschecken kümmert, und anschließend zum Four Seasons, wo sie sich um das Einchecken kümmert. Dies geschieht jedoch nicht vorn am Schalter. O nein. Wir werden in eine private Lounge geführt, wo wir Champagnergläser und warme Handtücher gereicht bekommen, bevor man uns Käse, Oliven, Obst, Gelee und winzige Schalen Pudding serviert.

»Das ist aber schön«, flüstert Ellen, während sie mit einer Hand über das cremefarbene Ledersofa streicht.

»Alles, was die Chois auswählen, ist schön.« Ich starre auf Bomis Hinterkopf, den sie über ein Dokument vom Hotel gebeugt hat. Sie weiß alles. All die Antworten, die ich brauche, befinden sich nur ein paar Meter von mir entfernt.

»Ich weiß nicht recht, ob ich wirklich in dieses Zimmer einziehen soll. Es ist bestimmt schrecklich teuer.«

»Es bringt nichts, mit den Chois zu diskutieren.«

Yujun mag verschlossen sein, aber ich werde alle Fakten aus Bomi herausbekommen.

Sie beendet das Gespräch mit der Angestellten und kommt herüber, um Mom eine Schlüsselkarte zu übergeben. »Das Zimmer ist noch nicht fertig, aber es wird nicht lange dauern. Sie dürfen sich hier an allem bedienen, auch an Wein und Bier. Wenn Sie irgendetwas benötigen, können die Angestellten es Ihnen bringen.«

»Ich müsste mal zur Toilette«, erwidert Mom. »Hara? Kommst du mit?«

»Nein.« Ich wende den Blick nicht von Bomi ab.

»Oh, okay. Ich bin gleich wieder da.«

Sobald sie außer Hörweite ist, packe ich Bomis Hand. »Erzähl mir alles.«

Sie versucht, sich mir zu entziehen. »Ich weiß nicht, wovon du sprichst.«

»Blödsinn. Deine Haare sind übrigens immer noch nass.« Ich funkele sie verärgert an. »Du bist es mir schuldig, also rede.«

Bomi presst die Lippen zusammen, aber ich weiß, dass ich diesen Kampf gewinnen werde, weil sie es loswerden will. Sie will mir unbedingt etwas erzählen, sonst würde sie mir nicht gegenübersitzen und ihre Hände ineinander winden. Sie wäre längst zurück in der IF Group neben ihrer Lieblingsperson – Choi Wansu. Dass sie hier immer noch mit mir sitzt, verrät mir, dass sie etwas zu gestehen hat und versucht, den Mut dafür aufzubringen. Ich verschränke meine Arme vor der Brust und warte.

Es dauert nicht lange, bis Bomi anfängt zu reden. »Choi Wansu hat vor ungefähr fünf Jahren die Leitung der Firma übernommen. Choi Yujun kam mit vielen radikalen Ideen aus Harvard zurück, aber es waren letztlich die gleichen, die auch *sajangnim* immer hatte. Die IF Group sollte Leute nur noch basierend auf Leistung einstellen, ohne Religion, Ausbildung, Geschlecht und Beziehungen zu berücksichtigen. Sie wollten einen Kindergarten auf dem Firmengelände eröffnen, damit Mütter, besonders alleinerziehende, auch bei ihnen arbeiten könnten. Das war eine große Veränderung, und Gerüchten zufolge hat sich Choi Yusuk – das ist Choi Yujuns Vater – wochenlang dagegengestellt.«

Choi Yusuk. Mir wird bewusst, dass ich seinen Namen zum ersten Mal höre.

»In Amerika ist das vielleicht nicht üblich, aber hier wird uns beigebracht, ältere Menschen zu ehren und ihr Wissen und ihre Erfahrung zu respektieren. Im Gegenzug versorgen und ernähren sie uns.«

Ein Koreaner wäre der Letzte, der dich dafür verspotten würde, hatte Yujun gesagt. *Wir sind ständig auf der Suche nach der Akzeptanz unserer Eltern. Das ist das Benzin in unserem Motor. Mit fünfzig Jahren würde mein Vater immer noch vor seiner Mutter kuschen und das tun, was sie ihm befiehlt. Einmal, an* chuseok, *hat sie gesagt, ihr gefiele seine Krawatte nicht – es war eine mit Kürbissen. Ich hatte sie mit* eomma *ausgesucht. Er hat sie abgelegt, und ich habe sie nie wieder gesehen.*

Sich gegen seinen Vater aufzulehnen, muss schwer für Yujun gewesen sein.

»Ein weiteres Gerücht besagt, dass Choi Yujuns Streit mit seinem Vater dessen Schlaganfall ausgelöst habe, aber selbst als Choi Yusuk im Krankenhaus lag, hat sein Sohn mit seiner Stiefmutter zusammengearbeitet, um sicherzustellen, dass sie erfolgreich wird. Und dank der Anteile, die ihm gehören und der Bevollmächtigung seines Vaters unterstützt er sie bei jedem Vorstandsmeeting. Diese unumstößliche Unterstützung vonseiten des Erben hat dazu geführt, dass sich der Vorstand geeinigt hat, und Choi Wansu die IF Group ohne Probleme leiten konnte.«

»Aber?« Es muss einen Haken an der Sache geben.

»Der Vorstand wartet ständig darauf, dass sie einen Fehler macht, damit sie nicken und sagen können, sie hätten es schon immer geahnt. Eine Frau habe nicht den nötigen Mumm, ein Unternehmen wie die IF Group zu leiten, behaupten sie. Sie mögen ihre Regeln nicht, da sie diese als schwach betrachten. Sie wollen keine Leute wie mich.« Bomi tippt sich an die Brust. »Leute, die kleine Schulen auf dem Land besucht haben und keinen Collegeabschluss vorweisen können. Sie wollen sich damit brüsten, die meisten Absolventen der Seoul National University zu haben oder sogar die meisten Mitarbeiter, die in westlichen Ländern studiert haben, aber *sajangnim* meint, solange wir Umsatz machen, können sie ihr nichts anhaben.«

Das klingt nach der Bomi, die ich kenne, die sich voller Leidenschaft für Frauenrechte ausspricht. Mir war damals nicht bewusst, dass es ein Problem ist, welches ihr selbst so sehr am Herzen liegt und das auch sie einst betroffen hat.

»Und wenn überall bekannt wird, dass sie, die sich so sehr für Frauen einsetzt, die Geld an Adoptionsorganisationen spendet, ihr eigenes Kind weggegeben hat, wird man es gegen sie verwenden«, schlussfolgere ich.

Bomi nickt eifrig. »Ja. Viel von *sajangnims* Macht hier basiert auf dem Glauben, dass das, was sie tut, richtig ist. Ihr – und unser – Ruf baut darauf auf. Dass sie ein Kind weggegeben hat und dass dieses Kind nichts davon wusste, wird der Vorstand nicht gerne sehen. Sie werden behaupten, Choi Wansu sei eine Heuchlerin, da sie sich für Menschen, die adoptiert wurden einsetzt, aber dich damals selbst weggegeben hat, und dass sie deshalb nicht geeignet sei, die Firma zu führen.«

»O mein Gott, wir müssen etwas unternehmen. Hara, was sollen wir tun?«

Bomi und ich springen beide auf, als wir die Stimme meiner Mutter hören. Ich hatte sie vollkommen vergessen, und Bomi offenbar auch.

Ich schaue mich um, um zu sehen, ob sonst noch irgendjemand unser Gespräch gehört hat, aber die Lounge ist abgesehen von zwei Angestellten am Empfangstresen, die zu weit weg sind, um etwas verstehen zu können, leer.

»Wir können nichts tun.« Aber noch während ich diese Worte ausspreche, erkenne ich, wie falsch ich liege. Ich kann die Sache für Wansu, für Yujun, für Bomi und für Hunderte von Frauen, die für Wansu arbeiten, geradebiegen. Ich muss nur eine Sache aufgeben.

In Bomis Augen liegen Mitgefühl und Hoffnung, als sie erkennt, dass ich zu dem Schluss gekommen bin, zu dem sie mich gelenkt hat.

Mein Herz zieht sich zusammen und schreit, aber ich weiß, was die richtige, ehrbare Entscheidung ist. Heiße Tränen brennen in meinen Augen – ich blinzele sie entschlossen weg.

Als ich noch ein Kind war, habe ich gesprochen wie ein Kind, habe Dinge verstanden wie ein Kind, habe gedacht wie ein Kind. Aber als ich erwachsen geworden bin, habe ich alles Kindliche abgelegt.

Welches Recht habe ich auf Yujun, wenn so viele andere leiden? Wie glücklich könnte er mit mir sein, wenn die Firma ihm und Wansu weggenommen wird? Wie könnte ich mit dieser Niederlage leben, an der ich direkt teilhätte, unabsichtlich oder nicht, ob wir nun im Restaurant belauscht wurden oder ob Kwon Hyeun ihrer Verbitterung Luft gemacht hat? Das wäre ganz einfach nicht richtig.

KAPITEL NEUNUNDZWANZIG

Als ich in der Suite des Four Seasons aus der Dusche komme, entdecke ich eine mir unbekannte schwarze Kleidertasche auf meinem Bett. Die *hangul*-Schriftzeichen sind die gleichen wie die auf der Tasche, die Bomi mir vor zwei Wochen an meinem zweiten Tag in Seoul mitgebracht hat. Ich habe schon vermutet, dass Wansu mir das Kleid für die Beerdigung gekauft hat, und damit bestätigt es sich. Ich kann mittlerweile genug lesen, um den Namen zu entziffern – Hwaiteu Ip. Was die anderen Schriftzeichen bedeuten, weiß ich nicht genau, aber ich glaube, das erste Wort lautet »Weiß«. »Weiß-eu.«

»Das bedeutet ›Weißes Blatt‹«, erklärt Wansu. »Ein sehr schöner Laden.« Sie kommt zum Bett herüber und öffnet den Reißverschluss. »Er wird von zwei Schwestern geführt. Sie beschäftigen Frauen, die aufgrund ihrer Vergangenheit keine Anstellung finden. Das weiße Blatt steht für einen Neubeginn.«

Das Kleid ist nicht weiß, sondern von einem ganz blassen Rosa – die Farbe des Inneren einer Blüte, die zu schüchtern ist, um sich der Sonne zu zeigen. Es ist schlicht und hübsch und wird mich aussehen lassen wie die Jungfrau, die dem Gott der Geschäftswelt geopfert wird.

»Ich habe mein eigenes Outfit«, sage ich. Ich hole den

grauen Hosenanzug mit den Nadelstreifen hervor, den Bomi mit dem letzten Geld auf meiner Kreditkarte gekauft hat. Die gerade geschnittene Hose hat einen Umschlag, der perfekt auf meinen schwarzen fünf Zentimeter hohen Pumps aufliegt. Ich kombiniere den Hosenanzug mit einer schönen hellen Bluse, deren Kragen und Vorderseite mit weißen und rosafarbenen Kirschblüten bestickt ist.

Falls Wansu enttäuscht darüber ist, dass ich mich für ein anderes Outfit entscheide, lässt sie es sich zumindest nicht anmerken. Ohne ein Wort legt sie das Kleid wieder in den Kleidersack und schließt den Reißverschluss.

Ich gehe zurück ins Bad, das ans Schlafzimmer angrenzt, und ziehe mich an.

Wansu und Ellen unterhalten sich nicht, daher ist es ganz still. Die einzigen Geräusche, die man hört, sind der Stoff, der über meine Haut gleitet, der metallene Reißverschluss, als ich ihn zuziehe, und mein Atem, während ich die Kleidung zuknöpfe, zurechtzupfe und glatt streiche.

»Zieh den Blazer noch nicht an. Ich habe eine Visagistin und eine Stylistin kommen lassen«, sagt Wansu, als ich die Badezimmertür öffne.

Da ich bereits den Kampf um das Outfit gewonnen habe, folge ich ihr ergeben ins Wohnzimmer, das in einen Salon verwandelt wurde. Ein Heer von Leuten mit Bürsten, Lockenstäben und Föhnen drückt sich im Raum herum. Ich bin erstaunt, wie schnell all das organisiert wurde. In einem Moment höre ich mir Bomis Geschichte über Wansus Aufstieg an, und zwei Stunden später bereite ich mich auf ein Notfallmeeting mit dem Vorstand vor.

Ich habe keine Ahnung, wo Yujun ist. Während Bomi Wansu angerufen hat, um ihr von meiner Entscheidung zu berichten, habe ich versucht, Yujun zu erreichen, aber er ist nicht drangegangen. Wansu hat mir erzählt, dass sie Yujun über meinen Plan in Kenntnis gesetzt hat und dass er der Ansicht sei, dies sei die beste Vorgehensweise. Das hat mich schwer getroffen, obwohl es meine verdammte Entscheidung war. Wahrscheinlich hatte ein kleiner Teil von mir gehofft, dass er protestieren würde. Oder eher gesagt ein großer Teil von mir hat sich gewünscht, dass er auf einem weißen Ross herbeigeritten kommt und mich rettet, uns alle rettet. Wie demütigend. Ich verdränge den Kummer, den ich eigentlich gar nicht empfinden sollte, und begebe mich in die Hände von Wansus Wunderteam.

Ellen sitzt bereits auf einem Stuhl. »Komm her, Schatz, und leg deine Rüstung für die Schlacht an.« Sie tätschelt die Armlehne des Stuhls neben ihr. »Gefällt dir mein Kleid? Wansu hat es gekauft.«

»Es ist sehr hübsch.« Das, was ich davon sehen kann, sieht gut aus. Über Ellens Schultern ist ein Tuch drapiert, aber das Kleid hat eine schöne gelbe Tulpenfarbe. Wansu wollte uns alle so einkleiden, dass wir zart wie Blumen aussehen, und ich habe es ruiniert. »Danke, Wansu.«

»*Eomoni.*«

»Was?«

»Du musst mich vor dem Vorstand *Eomoni* nennen. Das ist eine formellere Version von ›Mutter‹«, erklärt Wansu für Ellen.

»Richtig. Das habe ich vergessen«, erwidere ich steif. Es ist nicht die gleiche Anrede, die Yujun für sie verwendet, aber sie ist ähnlich genug. *Es könnte schlimmer sein,* höre ich ihn sagen, *wir könnten tatsächlich verwandt sein.* Er hatte recht. Es könnte schlimmer sein. Das hier ist der Beweis.

»Komm, setz dich«, fordert Ellen mich auf und zupft diesmal an meiner Hose. »Lass es uns über die Bühne bringen.«

Ich gehorche.

Mein Haar wird zu einem eleganten Dutt im Nacken hochgesteckt, dann überlässt mich die Friseurin den Händen der Visagistin, die mir erst eine und dann noch eine Creme aufträgt, bevor sie mit dem Make-up beginnt. Ein heller Lidschatten wird aufgetragen. Rouge wird auf meine Wangenknochen getupft. Highlighter wird auf meiner Nase und Stirn verteilt.

Die Visagistin schüttelt ein Fläschchen mit Flüssig-Eyeliner.

Ich spüre, wie der nasse Eyeliner über mein Augenlid gezogen wird, höre ein Murmeln und fühle dann ein Wattestäbchen auf meinem Lid. Das passiert noch zweimal. Ich rede mir ein, dass es kein schlechtes Omen ist, dass nicht mal eine Koreanerin Eyeliner richtig auf meine Augenlider auftragen kann.

Wansu – ich kann mich noch nicht dazu durchringen, sie *Eomoni* zu nennen – sagt in scharfem Tonfall etwas auf Koreanisch.

Als ich meine Augen öffne, sehe ich, dass sich die Visagistin verbeugt und zurücktritt.

Wansu nimmt den Eyeliner und schüttelt ihn noch einmal. »Deine Augen sind ungleichmäßig, deshalb ist es schwer, den Lidstrich zu ziehen. Am äußeren Winkel senken sich deine Augen, und du musst …« Wansu zieht den feinen Pinsel über mein Lid. »Zumachen«, weist sie mich an.

Ich gehorche.

Zwei weitere Striche, und Wansu ist fertig.

Ich schaue in den Spiegel. Die schwarzen Linien sind perfekt gezogen, heben die Form meiner Augen hervor und lassen sie ebenmäßiger sowie größer wirken. Wir haben die gleichen Augen. Ich habe nicht die Augen meines Vaters, sondern Wansus. Als ich meinen Augenwinkel berühre, spüre ich etwas Nasses.

Wansu ist damit beschäftigt, den Eyeliner zu verschließen und sieht nicht, dass Tränen an meinen Wangen hinablaufen. Ich habe nicht bemerkt, dass sie sich ankündigen, sonst hätte ich sie vielleicht zurückhalten können. Aber sie sind in meiner Kehle aufgestiegen und mir aus den Augen geschossen, bevor ich auch nur blinzeln konnte.

Die Visagistin stößt einen kehligen Laut aus und kommt mit einer Puderquaste, um die Rückstände meines emotionalen Ausbruchs wegzutupfen.

Aber die Erkenntnis, dass ich erst meine mir ähnlich sehende leibliche Mutter treffen musste, um zu lernen, wie ich meine Augen richtig schminke, ist zu viel für mich, und genauso wie an dem Abend am Fluss kann ich den Tränenschwall nicht zurückhalten.

»Weinst du, Hara?« Ellen klingt erschrocken, kommt herüber und hockt sich neben meinen Stuhl.

»Nein«, schluchze ich in meine Hände.

»Du weinst doch sonst nie.« Sie schaut zu Wansu. »Nicht einmal bei der Beerdigung ihres Vaters hat sie geweint.«

»Die Tränen werden ihre Schminke verwischen.« Erwidert Wansu, als hätte ich nur ein Staubkorn ins Auge bekommen. Die Antwort ist so sachlich, so kalt und so typisch für sie, dass mir ein Lachen entfährt.

Ich lache und weine so sehr, dass sich beides vermischt und ich es nicht mehr auseinanderhalten kann.

Keine weiß, wie sie sich verhalten soll. Alle warten einfach, bis ich mich wieder gefasst habe.

»Wir müssen es nicht heute tun. Wir können warten, bis du dich wohl dabei fühlst. Nicht wahr, Wansu?« Ellen wendet sich erwartungsvoll an die andere Frau, aber Wansus Miene ist hart wie Granit. Sie will keine Verzögerung, und ich auch nicht. Warten macht es nur noch schwerer.

Unter Wansus stählernem Blick reiße ich mich zusammen, nehme tiefe Atemzüge, bis die Tränenflut versiegt und das hysterische Lachen abklingt. In Wansus Unumstößlichkeit liegt etwas so Beruhigendes. Ich kann mir gut vorstellen, warum Yujun sich das Stottern abgewöhnen konnte. Wansu hätte es ganz einfach nicht erlaubt. Und so wie ihre Charakterstärke sie durch schwierige Zeiten in der Vergangenheit getragen hat, wird sie uns alle durch diese Zeit tragen.

Die Visagistin fixiert meine Schminke, und am Ende tupfe ich meine perfekt umrandeten Augen ab, ehe ich mich erhebe. »Ich bin bereit.«

Das Handy in meiner Hand vibriert sanft.

Ich weiß, es ist Yujun, aber ich weigere mich, auf das Display zu sehen. Was, wenn er mich bittet, nicht zu sprechen? Was, wenn er mir sagt, er habe eine andere Lösung? Ich würde nachgeben, also wähle ich den feigen Ausweg und lasse mich nicht einmal in Versuchung bringen.

Als wir am Bürogebäude der IF Group ankommen, steht eine Wand aus Fotografen im unterirdischen Parkhaus.

»Ist das kein Privatgrundstück?«, fragt Ellen überrascht.

»Doch«, erwidert Wansu grimmig. Sie erteilt dem Fahrer einen knappen Befehl auf Koreanisch und wendet sich dann Ellen und mir zu. »Park Minho wird einen Pfad für uns frei machen, aber wir können nicht warten, bis alle gehen, sonst kommen wir zu spät. Folgt mir, wenn ich die Tür öffne. Beantwortet keine Fragen.«

»Wir sprechen doch ohnehin kein Koreanisch.« Ellen streicht sich das Haar zurück.

»Es wird auch Fragen auf Englisch geben«, warnt uns Wansu.

»Aber es wird doch gut gehen, oder, Hara?«, fragt Ellen.

Ich gebe einen Laut von mir, den Ellen vermutlich als Ja interpretiert, aber in Wahrheit weiß ich nicht, ob es gut gehen wird.

Ich beuge mich leicht vor und beginne, durch den Mund zu atmen. In meinem Magen braut sich ein Hurrikan zusammen, und ich habe Angst, dass mir der Erdbeerkuchen, den ich mir heute Morgen reingezwungen habe, bevor meine persönliche Schneekugel auf den Kopf gestellt und geschüttelt wurde, wieder hochkommt.

Im Kopf gehe ich die kurze Rede durch, die ich vor dem Vorstand halten soll. In der Highschool konnte ich im Rede- und Debattierkurs einmal nur die Hälfte meiner vorbereiteten Ansprache vortragen, ehe mir die Worte im Hals stecken blieben und ich keinen Laut mehr hervorbringen konnte. Mein Lehrer, ein kräftiger Mann mit Glatze namens Johannessen, hatte Mitleid mit mir und schickte mich zurück an meinen Platz. An seinen Namen erinnere ich mich, weil ich das halbe Schuljahr gebraucht habe, um mir zu merken, wie oft ein N und wie oft ein S darin vorkommt. Ja, *hangul* ist wahrscheinlich einfacher zu lernen. Wenn es noch einmal zu einem solchen Vorfall wie damals im Unterricht kommt, wird mich Wansu aus dem Fenster des Meetingraumes werfen, da bin ich mir ganz sicher.

Park Minho hält die Tür auf.

Wansu steigt erhobenen Hauptes aus, und ich frage mich, warum sie mir nicht ihre starken Nerven vererbt hat. Selbstsüchtige Frau. Sie marschiert auf die Glastüren des Kellereingangs zu.

Ellen folgt ihr, ein bisschen weniger selbstsicher, aber mit strahlenden, neugierigen Augen.

Ein paar Fragen werden ihr auf Englisch zugerufen.

»Sind Sie die englische Mutter?«

»Wann haben Sie rausgefunden, dass Choi Wansu-nim die leibliche Mutter ist?«

»Geben Sie Ihre Elternrechte auf?«

Ellen bleibt angesichts dieser Frage stehen und öffnet den Mund.

Bevor sie auch nur ein Wort sagen kann, packe ich sie am Arm und schiebe sie vorwärts.

»Wirklich, Hara, diese Frage hätte beantwortet werden sollen. Natürlich gebe ich nicht meine elterlichen Rechte ab«, verkündet Ellen schnaubend, als wir durch die gläserne Doppeltür gegangen sind.

Wansu drückt auf die Aufzugtaste.

»Wansu hat uns angewiesen, keine Fragen zu beantworten.«

»*Eomoni*«, korrigiert Wansu.

»Mit solchen Fragen hatte ich aber nicht gerechnet«, protestiert Ellen. Sie sieht aus, als wolle sie hinausgehen und kämpfen. Zum Glück öffnet sich die Aufzugtür.

Ich schiebe meine Mutter hinein. »Wansu hat gesagt ...«

»Lieber Himmel, ich weiß, was Wansu gesagt hat, aber sie

ist nicht deine Mutter.« Ellen wirft ihre Hände in die Luft. »Ich bin die Mutter. Ich habe dich großgezogen. Ich war für dich da, als du dir die Knie aufgeschlagen hast, als du in der vierten Klasse weinend nach Hause gerannt kamst, weil dich ein Junge gefragt hatte, ob dein Gesicht flach sei, weil du vom Klettergerüst gefallen bist; oder als das gemeine Mädchen in der sechsten Klasse behauptet hat, du würdest merkwürdig riechen. Ich war diejenige, die deine Tränen getrocknet hat, dir Eis gegeben hat und dich im Bett zugedeckt hat. Ich habe alles bezahlt ...« Sie bricht abrupt ab und schaut Wansu an. Ihre Atmung ist abgehackt.

Wansus porzellanartiger Teint wird noch blasser.

»Ich weiß.« Ich bedecke Ellens Hand mit meiner. »Du verlierst mich nicht, nur weil ich Wansu *Eomoni* nenne. Ich bin immer noch deine Tochter. Das werde ich immer sein.«

Ellen schnieft, aber sie schafft es, die Fassung zu wahren.

Als sich die Tür diesmal öffnet, steige ich als Erste aus und gehe erhobenen Hauptes und mit fokussiertem Blick den Flur entlang. Wir können nicht alle gleichzeitig zusammenbrechen.

Der Meetingraum ist bereits voll, aber noch haben nicht alle Platz genommen. Die Mitglieder sind unterschiedlichen Alters, auch wenn niemand so jung aussieht wie Wansu. Niemand außer Yujun. Ich weiche seinem Blick aus, denn ich befürchte, meine Entschlossenheit zu verlieren. In seinem dreiteiligen Anzug und mit seinem nach hinten gegelten Haar sieht er zum Anbeißen aus. Sein Gesicht wirkt angespannt, und ich wünschte, ich könnte ihm nur annähernd so viel Trost spenden wie er mir in den letzten zwei Wochen.

Aber es gibt keine guten Optionen mehr. Wir hatten

zwei Wochen miteinander, und das genügt nicht, um eine Liebe aufzubauen, die ein Leben lang hält. Das ist nicht Grund genug, um das Leben von möglicherweise Tausenden Leuten auf den Kopf zu stellen, die sonst kein Dach über dem Kopf und kein Essen auf dem Tisch hätten. Wenn wir uns unseren selbstsüchtigen Gefühlen hingeben würden, wäre es nicht Bomi, die leidet, sondern Bomis Familie. Es wären die Brüder und Schwestern und Söhne und Töchter von all den Familien unter dem Schirm der IF Group. Es wäre ein weiteres Opfer, das Wansu würde bringen müssen, und davon hat es in ihrem Leben bereits genug gegeben.

Ich muss aufhören, in Selbstmitleid zu zerfließen, und erwachsen werden. Wenn Yujun und ich uns schon länger kennen würden, wenn es nicht nur ein Urlaubsflirt wäre, dann hätten wir uns vielleicht selbst davon überzeugen können, dass unsere Gefühle wichtiger wären als das Leben aller anderen. Aber dem ist nicht so, und so stehe ich nun hier in der Höhle der hungrigen, gierigen Wölfe, die Yujuns Zukunft verschlingen wollen. Ich kann nicht mit ihm zusammen sein, aber ich kann ihm das hier geben. Ich zwinge mich, meinen Blick von Yujun abzuwenden und mich im Raum umzusehen.

Überraschenderweise scheinen die Geschlechterverhältnisse recht ausgeglichen zu sein, in etwa die Hälfte der Anwesenden sind Frauen. Aber Yujun hatte schließlich erwähnt, dass Wansu weitreichende Änderungen vorgenommen hatte, und ich vermute, davon war auch der Vorstand betroffen. Schade, dass es nicht ausgereicht hat, um den Skandal verblassen zu lassen.

Ich verbeuge mich, ganze neunzig Grad, und warte darauf, dass Wansu mich vorstellt.

»Das ist Hara Wilson. Wie Sie aus den Zeitungsberichten und den firmeninternen Nachrichten wissen, ist Ms. Wilson meine leibliche Tochter. Da ihre Adoptivmutter und sie kein Koreanisch verstehen, möchte ich Sie bitten, für die beiden Englisch zu sprechen.« Wansu macht eine Pause, aber als keine Einwände vorgebracht werden, redet sie schnell weiter. »Heute wurde dieses Notfallmeeting des Vorstandes einberufen, da sich einige von Ihnen Sorgen machen, dass meine Rolle als Geschäftsführerin die Zukunft dieser Firma gefährden könnte. Ich weiß, dass es viele Änderungen gab ...«

»Ich unterbreche nur ungern, *sajang*, aber die Mission dieses Unternehmens war es stets, Mädchen und Frauen, die nicht das Glück haben, eine gute Universität besuchen zu können, Möglichkeiten zu bieten. Diese Mission ist aufgrund Ihrer Handlungen gefährdet«, wirft ein weibliches Mitglied des Vorstands ein. Sie ist schon älter, hat graue Haare und spricht in einem autoritären Tonfall. Die anderen hören ihr zu.

»Das ist mir bewusst, und ich werde demütig zurücktreten, sollte der Vorstand dies für das Beste halten. Dennoch denke ich, es ist offensichtlich, weshalb ich mich für alleinerziehende Mütter, für Adoption und Frauenrechte eingesetzt habe. Hara habe ich außerdem eine Zeit lang finanziell unterstützt. Auch wenn ich nicht bei ihr war, habe ich meine Pflichten gegenüber meiner Tochter erfüllt, sobald es mir möglich war.«

»Und was sagt Hara Wilson dazu?«, fragt die ältere Frau.

Alle Blicke richten sich auf mich wie ein heller Scheinwerfer.

Der Drang, mich hinter meiner Mutter – egal, hinter

welcher von beiden – zu verstecken, ist stark. Nachdem ich zweimal schwer geschluckt habe, was nicht dazu beiträgt, meine Nerven zu beruhigen, trete ich nach vorn.

»Hallo. Vielen Dank, dass Sie alle gekommen sind.« Meine Stimme zittert. Ich bin wirklich nicht gut darin, vor Publikum zu sprechen. Wie geht noch gleich der Witz, den dieser berühmte Comedian mal gemacht hat? Dass man lieber selbst im Sarg liegen würde als die Trauerrede zu halten? Noch nie lag diese Aussage für mich näher an der Wahrheit. Ich würde momentan alles dafür geben, in einer Holzkiste in der Mitte des Raumes zu liegen, statt vor einem Haufen Fremder zu stehen, die doppelt so alt sind wie ich und mich ansehen, als hätte ich Geld aus ihren Taschen gestohlen.

»Ich bin Choi Hara, die Tochter von Choi Wansu und die Schwester von Choi Yujun.« Ich schaue nicht in Yujuns Richtung, während ich meine Rede aufsage. »Ich bin dankbar für die Wahl, die *Eomoni* für mich getroffen hat. Ich habe in Amerika bisher ein sehr gutes Leben mit meiner Adoptivmutter Ellen geführt. *Eomoni* hat uns Geld zukommen lassen und für mein Studium am College sowie für meine Wohnung bezahlt. Ich bin dankbar für alle Möglichkeiten, die sie mir gegeben hat. Sie sollte dafür gerühmt werden«, ich stoße den Atem aus, »und nicht verunglimpft. Hätte ich das Recht abzustimmen, würde ich Choi Wansu als *sajang* behalten.«

»Was ist an den Gerüchten über Ihre Beziehung zu Choi Yujun-ssi dran?« Die Frage kommt von einem Mann mit einem Anzug, der eine Nummer zu klein aussieht.

Yujun öffnet den Mund, aber hält inne, als ich meine Hand hebe. »Ich liebe ihn wie den Bruder, den ich nie hatte.«

Der Mann wirkt enttäuscht. Das war nicht die Antwort, die er sich erhofft hatte.

Ehe er eine weitere Frage stellen kann, mischt sich Wansu ein und sagt etwas auf Koreanisch. Es muss an Yujun gerichtet sein, denn der steht auf und verbeugt sich. »Da kann ich Hara-ssi nur zustimmen.«

Wansu will, dass er noch mehr sagt, aber er ist fertig.

Nun begegne ich doch seinem Blick und bin überrascht, dass ich eher Entschlossenheit als Wut darin sehe. Ein Funke entfacht in mir. Das ist nicht die Miene eines Menschen, der etwas aufgibt, sondern eines Menschen, der für etwas kämpft.

Was bedeutet das? Ich verfluche mich selbst dafür, dass ich nicht vorher mit ihm gesprochen habe. Habe ich die falsche Entscheidung getroffen? Bomi und Wansu und Ellen finden alle, dass dies die richtige Vorgehensweise ist, aber gibt es einen Ausweg, der mir noch nicht in den Sinn gekommen ist?

»Welche Stelle werden Sie Ihrer Tochter geben?«, fragt der Mann.

Wansu ist erschrocken – so sehr, dass sie auf Koreanisch antwortet. »*Museun marieyo?*«

»Was ich meine? Ihre Tochter sollte eine Stelle hier bekommen, damit andere sehen können, dass sie ein geschätztes Mitglied unserer Familie ist. Dafür steht unsere Firma doch. Wir sind eine Familie. Und Familienmitglieder kann man nicht ignorieren.«

»Ja, das finde ich auch. Sie sollte einen Job bekommen«, meldet sich Yujun zu Wort.

Das gehörte nicht zum Plan.

Wieder suche ich seinen Blick. Er sieht mich unumwunden an. *Vertrau mir,* scheint er zu sagen.

»Ich spreche kein Koreanisch«, merke ich an. Ich soll hier arbeiten? In Korea? Mit Yujun? Das ist keine gute Idee.

»Sie kann uns bei den Englischübersetzungen helfen. Hara arbeitet als Redakteurin beim amerikanischen Magazin *Perfect Home*. Sie kann das Gleiche bei uns machen. Schließlich haben wir vor, global zu expandieren«, schlägt Yujun vor.

Er sollte aufhören, so hilfreiche Vorschläge zu machen. Ich kann nicht hier in Korea bleiben, in der gleichen Stadt wie er, ohne mit ihm zusammen zu sein. Ich brauche einen Ozean und einen Kontinent oder drei, die uns trennen. Ich muss zu den Kühen und Maisfeldern, den endlosen Gesprächen über Versicherungsprämien, zu Pizza und Pancakes zurückkehren und vergessen, dass dieses Land und dieser Mann existieren. Dies versuche ich ihm ohne Worte verständlich zu machen, aber er gibt vor, es nicht zu bemerken.

Raunen und Gemurmel erheben sich im Raum. Den Vorstandsmitgliedern scheint der Plan zu gefallen. Nein, er gefällt ihnen nicht nur, sondern sie denken ernsthaft darüber nach.

Ich wende mich Wansu zu. Sie wird dem Ganzen doch gewiss einen Riegel vorschieben, aber sie betrachtet eingehend die Vorstandsmitglieder, schätzt ihre Reaktion ab, legt sich hundert unterschiedliche Szenarien zurecht, und als ein kleines Lächeln auf ihren Lippen erscheint, weiß ich, dass ich mich getäuscht habe.

Die Unterhaltung ist beendet. Nach einer kurzen Besprechung wird abgestimmt, und Wansus Position ist gerettet.

Anschließend werden noch weitere geschäftliche Themen diskutiert, aber ich höre nicht mehr zu. Zuvor habe ich gedacht, Yujun nie wiederzusehen, wäre das Schlimmste, was mir passieren könnte. Ich hatte nicht einmal in Erwägung gezogen, dass es noch schlimmer sein könnte, ihn jeden Tag sehen zu müssen, ihn jedoch nicht haben zu können. *Dieses* Szenario hatte ich nicht bedacht.

Endlich endet das Meeting, und alle verlassen den Raum, sodass Ellen, Wansu, Yujun und ich allein sind – die Familie Choi.

»Das hast du gut gemacht«, lobt mich Wansu. In ihrer Stimme liegt eine Selbstgefälligkeit, die mich stört. Alles hat sich für sie zum Guten gewendet. Sie kann ihre Position und ihre Firma behalten. Ellen und ich sind offiziell dankbar für alles, was sie getan hat, wieder einmal ist sie in den Augen ihres Sohnes eine Heldin. Ich wurde gezwungen, allen zu verzeihen – Ellen, Wansu, Bomi.

»Ja. Du warst fantastisch, Hara. Ich bin so stolz auf dich. Ich weiß, dass du es nicht gerne getan hast. Sie hasst es, vor Leuten zu sprechen«, erklärt Ellen.

Ich bin wütend. Ich fühle mich wie eine Schachfigur in meinem eigenen Leben. Wansu hat mich geschickt über das Spielfeld geschoben. Ja, ihr ist im Leben Unrecht widerfahren, aber alles hat am Ende funktioniert. Sie hat ein Kind aufgegeben, aber dafür einen perfekten Sohn gewonnen. Sie wurde arm geboren, aber jetzt wohnt sie in einem Haus, das nicht nur schöner ist als das im Film *Parasit*, sondern sicherlich auch ausschließlich teure Autos im Keller hat. Sie tat mir leid, und das hat sie gegen mich verwendet. Nun wollen sie, dass ich hier in Südkorea lebe, dem Land der Punkte, obwohl ich ganz eindeutig ein Streifen bin.

»Hört auf, so zu reden, als wäre ich nicht da.« Ich koche vor Wut. »Hört auf, mich zu behandeln, als wäre ich ein Spielzeug. Ich habe mich bereit erklärt herzukommen, um die Firma zu retten, nicht für dich, Choi Wansu, sondern für Yujun und Bomi und all die anderen Leute, die sonst hätten leiden müssen. Ich habe es für sie getan. Nicht für dich. Ich würde nichts für dich tun.«

Ellen schnappt nach Luft. »Nein. Nein. Das meint sie alles nicht so. Sie steht noch unter Schock. Hara, entschuldige dich umgehend bei Wansu.«

»Warum? Weil sie ein paar Sachen bezahlt hat. Hast du das Haus gesehen, in dem sie wohnt, oder das Auto, das sie fährt? Ach ja, eigentlich fährt sie es gar nicht. Sie sitzt auf der Rückbank, weil sie einen Chauffeur hat. Alles in ihrem Leben ist perfekt. Das ist nur ein kleiner Rückschlag in ihrem gut durchdachten Leben. Und nun will sie, dass ich in Korea wohne, und du bist einverstanden?«

»Na ja, Wansu hat mir auch eine Stelle angeboten ...« Ellen verstummt, als sie die plötzliche Wut in meinem Gesicht sieht.

»Habt ihr das alle zusammen geplant, ohne mir etwas davon zu sagen?«

»Nein.« Die Antwort kommt von Yujun. »Mir war es nicht in den Sinn gekommen, bis Kim Jungkwon es gerade erwähnt hat. Aber es ist die perfekte Lösung. Es wird uns Zeit verschaffen.«

»Zeit wofür? Um alle um dich herum wissen zu lassen, dass wir Bruder und Schwester sind?«, frage ich voller Verbitterung.

»Eigentlich habe ich ihr bessere Manieren beigebracht, das schwöre ich.« Ellen wischt sich die Tränen aus dem Gesicht. »Sie ist dankbar. Das sind wir alle. Sie haben so viel für sie getan.«

»Nein.« Wansus Stimme klingt rau und brüchig. »Ich kann

das, was ich getan habe, nie wiedergutmachen. Haras Reaktion ist gerechtfertigt. Man erntet, was man sät. Ich habe die Entscheidung getroffen, dich wegzugeben, Hara, und das bereue ich nicht. Ich würde es wieder tun.« Ihre Stimme bricht, und sie beugt sich vornüber. Sie geht in die Knie und senkt den Kopf. Die Bewegungen sind geschmeidig und wohlüberlegt, aber für mich ergibt es keinen Sinn. Dass diese überaus stolze, überaus elegante Frau in dem maßgeschneiderten elfenbeinfarbenen Hosenanzug auf dem Boden niederkniet, kommt mir vor wie eine Filmszene und nicht wie das wahre Leben. Es ist keine respektvolle Verbeugung um neunzig Grad. Sie geht vollständig zu Boden, kniet, streckt die Arme nach vorn und senkt den Kopf.

Ich schließe meine Augen, ich will das nicht sehen.

Ellen geht auch zu Boden. »Nein. Nein. Was machen Sie da?«

»Danke. Danke.« Das perfekte Englisch, das Wansu normalerweise spricht, ist verschwunden. Sie ringt nach Worten. »Dafür, dass Sie sich um mein Kind gekümmert haben. Dass Sie sie all die Jahre beschützt haben. Dass Sie sie so gut erzogen haben.«

Ein Klumpen setzt sich in meiner Kehle fest. Ich habe Mühe, an meiner Verbitterung festzuhalten. Ich will kein Mitgefühl empfinden. Ich will wütend sein. Ich sollte wütend sein. Auf Ellen, weil sie Geheimnisse vor mir hatte. Auf Wansu, weil sie mich weggegeben hat. Auf Yujun, weil er so verdammt verständnisvoll ist.

»Das ist deine Tochter Hara«, setzt Ellen an, als würde sie mich zum ersten Mal vorstellen. »Sie konnte schon früh lesen und auch früh sprechen. Ihr erstes Wort war ›Milch‹. Ich dachte, es wäre ›Mom‹ gewesen, aber Pat hat gesagt, es sei ›Milch‹, und er hatte recht. Sie hatte Hunger. Sie ist zuweilen tollpatschig und ungeduldig. Stoisch. So was von stoisch. Ich glaube, das hat sie von dir.«

»Ich habe dir gesagt, du sollst nicht weinen«, sagt Wansu vollkommen unerwartet. »Als ich dich auf der Straße zurückgelassen habe, habe ich dir gesagt, du sollst nicht weinen. Erwachsene mögen keine Schreikinder, und ich hatte Angst, dass man dich nicht aufnehmen und lieben würde, wenn du weinst. Ich habe meine Hand auf deine winzige Brust gelegt und gebetet, dass du nicht schreien würdest. Und ich habe geschworen, dass auch ich nicht weinen würde.« Wansus Stimme ist tief und heiser, und ihre Worte sind schwer wie Blei, sodass ich kaum verstehen kann, was meine Mutter sagt.

Ein Klagelaut entfährt Wansu, und auf einmal wird mir alles zu viel. Ich strecke meinen Arm aus, suche nach der Tür. Ich finde sie und drücke sie auf.

Ich schaffe es in den Flur, ehe ich zusammenbreche. Mein Herz ist gebrochen und gleichzeitig voller Liebe.

»Alle weg. Park Minho, sorge dafür, dass alle verschwinden.«

Zwei starke, warme Arme legen sich um meine Schultern. Eine große Hand umfasst meinen Hinterkopf, um mich an eine harte Brust zu drücken, die mit einem schneeweißen Hemd bedeckt ist. Yujun versichert mir nicht, dass alles gut wird. Er sagt nicht, dass ich aufhören soll zu weinen. Er hält mich einfach nur fest.

Er war die ganze Zeit so lieb, so perfekt, so präsent, wann immer ich ihn brauchte, von dem Zeitpunkt, als er am Flughafen aufgetaucht ist, dem Abend, an dem wir stundenlang am Ufer des Hans saßen und er schweigend meine Hand gehalten hat, bis zu diesem Moment.

»Warum ist es so schwer, das Richtige zu tun?«, schluchze ich.

»Du könntest genauso gut fragen, warum alles, was lecker ist, dick macht«, erwidert er.

Ich lache erstickt. »Es wird schrecklich werden.«

»Nein. Wir werden schon zurechtkommen.« Yujun schiebt mich zur nächsten Tür und in einen Raum hinein, hebt mein Kinn an und küsst meine geschwollenen Lider. »Unser Schicksal ist verwoben.« Kuss. »Es wird eine Lösung geben.« Kuss. Kuss. Kuss.

Ich finde seine Hemdknöpfe.

Er zieht an meiner Bluse.

Ich weiß nicht genau, wo wir sind, aber es ist mir egal. Ein Erdbeben könnte sich ereignen, eine Alarmsirene könnte losgehen, und ich würde trotzdem nicht von Yujun ablassen. Ich streiche über seine Wirbelsäule.

Er zittert und zieht mich noch näher an sich. Dann dringt er mit der Zunge in meinen Mund ein, kitzelt jedes Nervenende in mir und erweckt auch solche, von deren Existenz ich nicht einmal wusste.

Ich lasse meine Hände unter sein Hemd gleiten und streiche über seinen nackten Rücken.

Seine Muskeln spannen sich unter meiner Berührung an. Er hebt mich hoch und wirbelt mich herum, um mich mit dem Hintern auf etwas Hartem abzusetzen.

Ich bereue es, heute eine Hose angezogen zu haben. Er gräbt mir seine Finger in die Oberschenkel und zieht mich an sich.

»Yujun-ah, bitte komm raus. Die Presse ist unten. Sie warten auf ein Statement.« Wansus Stimme dringt durch den Nebel der Erregung.

Für eine Sekunde hört Yujun auf, sich zu bewegen.

Nur für eine Sekunde, aber das genügt mir, um wieder zu Sinnen zu kommen. Ich schiebe ihn von mir weg und lasse mich von der Ablage hinuntergleiten. Er hat mich in die Waschräume geschoben. Wie günstig, dass diese bei der IF Group nicht nach Geschlechtern getrennt sind, sinniere ich zusammenhanglos, während ich meine Bluse zuknöpfe.

»Dein Haar ist durcheinander«, sage ich zu Yujun und betrachte seinen Hinterkopf im Spiegel.

Er hat sich in eine Statue verwandelt – *Coitus interruptus* wäre der Titel der Skulptur. Sein Kopf ist gesenkt, und seine Schultern hängen. Er sieht immer noch zum Anbeißen aus, sogar noch mehr, weil sein Hemd aus dem Hosenbund gelöst ist und ich ein winziges Stück Haut an seinen Hüften sehen kann. Sein Körper ist so atemberaubend, dass er verboten sein sollte. Eine Gänsehaut läuft an meiner Wirbelsäule hinab.

Frustriert fährt er sich mit einer Hand durch die Haare und flucht leise, bevor er sich aufrichtet. Er meidet Blickkontakt mit mir, als er sich anschickt, den Schaden, den ich angerichtet habe, zu beheben. Er befeuchtet seine Hände und streicht sich das Haar glatt, knöpft sein Hemd zu und steckt es in die Hose.

Ich lehne mich gegen die Ablage und sehe ihm zu. Es könnte die letzte Darbietung sein, die mir vergönnt ist. Yujun dabei zu beobachten, wie er sich wieder herrichtet, hat etwas überaus Erotisches. Als er fertig ist, trocknet er seine Hände ab und streckt die Hand nach der Tür aus.

»Komm zum Fluss. Heute Abend um neun.« Dann geht er.

KAPITEL DREISSIG

Yujun steht an der Bank, als ich ankomme. Zu seinen Füßen befindet sich eine Tüte.

Ich erschrecke. Ein Geschenk? Ich hätte es wissen müssen. Koreaner machen einander ständig Geschenke. Warum sollte nicht auch eine Trennung ein geeigneter Anlass dafür sein?

»Ich habe dir nichts mitgebracht«, sage ich, als ich ihn erreiche. Ich stehe ständig mit leeren Händen da.

Er lächelt, ein verheerendes, schiefes Lächeln mit dem winzigen Grübchen. »Vielleicht ist es ja gar nicht für dich.«

Ich muss widerwillig lachen. Er kann mich stets zum Lachen bringen. »Wie unverschämt von mir das anzunehmen.«

Er grinst, aber das Lächeln vergeht ihm schnell. Seine Miene wirkt angestrengt, und seine Mundwinkel senken sich. Die beiden Grübchen verschwinden, und es ist, als wäre das Licht am Nachthimmel erloschen.

Das gefällt mir gar nicht.

»Es ist für dich«, sagt er leise. »Bitte setz dich.«

Ich will mich nicht setzen. Ich kann Yujun nicht ansehen, wenn wir nebeneinandersitzen, und ich habe Angst, dass ich keine weitere Gelegenheit bekommen werde, um ihn anzustarren. Alle werden darauf achten, wie wir einander anschauen, wie nahe wir beieinanderstehen, wie wir uns anreden. Es wird keinen Yujun mehr für mich geben. Ich werde ihn *oppa* nennen müssen, und zwar ohne jede Art von Koketterie oder Zuneigung. Wenn ich hierbleibe, muss mein Umgangston mit Yujun durchzogen sein von der richtigen Portion an Respekt, der richtigen Portion an Ehrerbietung und, am wichtigsten, der richtigen Portion an Distanz.

»Ich kann nicht.« Nicht heute Abend. Heute Abend ist er immer noch mein Yujun aus Seoul. Heute Abend will ich ihn so lange anschauen, wie ich kann, und mir einprägen, wie sich Fältchen um seine Augen bilden, wenn er lächelt, wo jedes noch so kleine Muttermal ist, die Rundung seiner Wangen, die Form seiner Nase, seine langen Finger, die hervortretenden Adern, die Breite seiner Schultern, auf denen er glaubt, jede Last dieser Welt tragen zu können.

»Okay.« Er akzeptiert meine merkwürdige Bitte ohne Fragen. Die Sommerbrise weht über den Fluss. Sie ist warm und schwer, aber dennoch zittere ich. Yujun hebt instinktiv den Arm, um mich zu wärmen, aber ich trete zurück.

Schmerz huscht über sein Gesicht, und es ist, als würde ich mir mit Papier in den Daumen schneiden – eine winzige Wunde, an die ich mich aber dennoch jeden Tag erinnere, weil kleine Verletzungen schärfer sein können als große.

»Es tut mir leid«, sage ich, als die Stille unangenehm wird. »Ich wollte diese Entscheidung nicht treffen, aber …«

Er hebt eine Hand. »Ich weiß. Ich *weiß*«, wiederholt er und beißt sich leicht auf die Unterlippe. Er löst den Blick von mir und schaut auf den Fluss. In der Dunkelheit sieht der Han trotz der Lichter, die sich flackernd auf seiner Oberfläche spiegeln, bedrohlich aus.

Was sieht er dort? Wie unsere Hoffnung ertränkt wird? Die Tränen, die ich vergossen habe? Die Tränen, die in seinen Augen stehen?

Gestern Abend habe ich einen Familienstammbaum gezeichnet. Ich habe Ellen und Patrick auf eine Seite gesetzt und Wansu und Jonghyung auf die andere. Ich habe die Bilder hochgehalten und erkannt, dass sie gleich aussehen: zwei Elternteile und ein Kind. Aber selbst wenn die Person unten – ich – die gleiche war, unterschieden sich die Seiten in ihren Anfängen. Während ich wie Wansu und Jonghyung aussehe und Yujun schöne Worte darüber sagt, dass ich Koreanisch bin, wo es zählt, bin ich in Iowa aufgewachsen. Ich habe Geburtstagskuchen statt Seetangsuppe gegessen. Mein Lieblingstrostgericht waren Sandwichs mit Erdnussbutter und Marmelade statt Kimchi und Reis. Football bedeutete Helme und Knieschoner und Touchdowns, statt Tore schießen.

Gestern Abend habe ich die Entscheidung getroffen abzureisen. Ich bin nicht hergekommen, um irgendjemanden zu verletzen. Ich bin hergekommen, um meine Seele zu heilen. Zu Hause in Iowa habe ich all diese Sticheleien erlebt. Kleine Verletzungen von dem Moment an, als ich alt genug war, um herauszuhören, wie anders ich war. Dass ich angeblich merkwürdig riechen würde. Dass es bei mir zu Hause nach Fisch roch oder mein Gesicht flach war. Dass ich nicht zu meiner Mutter gehörte. Dass ich nicht das richtige Kind meines Vaters war. Dass ich nichts über meine Vergangenheit wusste und daher auch keine Zukunft haben könnte. Dass ich nicht gut genug, hübsch genug, klug genug war, als dass mich meine Eltern hätten behalten wollen. Dass es das Beste gewesen war, mich zu verlassen, mich wegzugeben. Letzteres war nicht nur eine kleine Verletzung, sondern eine große. Es war die Verletzung, die nie geheilt war. Vielleicht könnte ich mein normales Leben weiterführen, wenn ich zu meinen Geburtstagstorten und meinen Erdnussbutter-Sandwichs zurückkehrte, und alles wäre in Ordnung. Dann würde auch mein schmerzendes Herz wieder in seinen normalen Zustand zurückkehren. Doch nun bin ich hier in dieser Stadt, die mir sowohl vertraut als auch fremd vorkommt, neben einem Mann, der mich mit so viel Glückseligkeit erfüllt, dass ich zerspringen könnte.

Doch diese Glückseligkeit darf ich nicht behalten. Ich muss sie in eine Kiste verbannen und zur Seite stellen.

Yujun greift nach der großen Tüte und holt eine kleine quadratische Schachtel mit einer roten Schleife hervor. »Es ist nichts Großes, aber ich wollte, dass du es bekommst.«

Meine Hände zittern, und ich lasse die Schachtel beinahe fallen, als er sie mir in die Hände legt. Die rote Schleife schiebe ich als Andenken in meine Tasche. Einen Moment lang mache ich mir Sorgen, dass ich als eine dieser alten Damen enden werde, die nichts als ein Haus voller Katzen und ein Zimmer voller Andenken hat – Schleifen, Schachteln und Taschentücher. Wenn ich so verzweifelt bin, dass ich benutzte Taschentücher stehle, weiß ich, dass ich es zu weit habe kommen lassen.

Yujun wartet still, während ich den Deckel öffne.

Ich schnappe nach Luft, als ich den Jadestein in Form einer winzigen Ente auf einem Lotusblatt entdecke.

»Enten bleiben einander ein Leben lang treu. Wenn eine stirbt, trauert die andere, bis ihr Herz aufhört zu schlagen. Paare kann man nicht trennen. Sie müssen immer im gleichen Teich schwimmen, die gleichen Wege fliegen und sich im gleichen Hafen ausruhen.« Yujun nimmt die Kette mit dem roten Seidenband aus der Schachtel.

Ich senke den Kopf, damit er sie mir umlegen kann. Die Jadeente ruht zwischen meinen Brüsten, schwer und beruhigend.

Er tritt zurück. Durch einen Schleier aus Tränen sehe ich, wie er die obersten zwei Knöpfe seines Hemdes öffnet. Er zieht den Stoff zur Seite, und dieselbe rote Kette kommt zum Vorschein.

»Man sagt, dass die Götter rote Fäden um unsere Knöchel legen und daran ziehen, wenn sie Hilfe brauchen, aber die gleichen roten Bänder können auch Menschen miteinander verbinden. Wir sind füreinander bestimmt, und daher werden wir die Sache durchstehen, ganz egal, wie viele Wochen oder Monate oder Jahre es dauern wird. Unsere roten Fäden waren miteinander verbunden, bevor wir uns getroffen haben, und wenn man einmal zusammengebunden ist, kann man diese Verbindung niemals trennen. Die Bänder können sich dehnen und verknoten, aber nichts kann sie zerschneiden.«

Ich hebe die Hand, um nach der Kette zu greifen. Ich will es glauben. Wir sind zwei schlaue Menschen. Gewiss gibt es eine Lösung, auf die wir einfach nur noch nicht gekommen sind. »Du hast mir beigebracht, auf Koreanisch ›Ich mag dich‹ zu sagen. Wie sagt man ›Ich liebe dich‹?«

Er zieht die Luft ein. »*Saranghaeyo.*«

Ich wiederhole es leise für mich. Ich kann es nicht laut aussprechen, aber ich präge mir den Klang seiner Stimme ein, als er es noch einmal leise flüsternd wiederholt. Ich möchte in diesem Moment verweilen, einfach neben Yujun stehen, die gleiche Luft einatmen, wiederholen, dass wir uns lieben, auf Englisch und Koreanisch, so oft wie möglich, bis es Form annimmt und so groß ist, dass nichts und niemand es widerrufen kann. Ich liebe dich. *Saranghaeyo*. Ich liebe dich. *Saranghaeyo*.

»Du hast ein wunderschönes Augenlächeln«, sage ich.

Ein Muskel in seinem Kiefer zuckt. »Du bist jetzt eine richtige Koreanerin. Alle bittersüßen Gefühle fließen durch deine Adern.« Sein Tonfall ist düster. Yujun, der sich niemals über irgendwas oder irgendwen ärgert, ist wütend. Irgendwie macht das alles ein kleines bisschen besser. »Ich hatte viel Glück im Leben. Zu viel wahrscheinlich.« Yujun hebt die Hand, um mein Gesicht zu umfassen, aber vielleicht wird ihm bewusst, wie zerbrechlich ich durch meine Emotionen bin, und er lässt den Arm an seine Seite sinken.

»Dann ... dann fange ich an.« Er weiß, dass ich wie immer Zeit für mich brauche. Und ich weiß, dass er auf der Straße in seinem Auto sitzen und auf mich warten wird. So wird es ab jetzt für uns sein. Wir werden im gleichen Gebäude arbeiten – er in der vierzehnten Etage und ich in der neunten, wo das Marketingteam ansässig ist. Wir werden einander am Tisch gegenübersitzen, nur eine Armeslänge voneinander entfernt. Wir werden zusammen sein, aber nicht auf die Art, die wir uns wünschen.

Ich bin nach Seoul gekommen, um mich selbst zu finden, und stattdessen habe ich alles gefunden, was ich mir hätte wünschen können – eine Familie, eine Liebe, ein Leben. Dennoch ist es nicht das, was ich mir ausgemalt hatte – dieses perfekte Leben, das knapp außerhalb meiner Reichweite liegt.

Da ich nicht möchte, dass Yujun zu spät nach Hause

kommt, zwinge ich mich dazu zu gehen. Oben an der Treppe wartet ein Wagen auf mich. Yujun muss ihn bestellt haben, sobald er in sein Auto gestiegen ist. Ich halte den Blick geradeaus gerichtet, gestatte mir nicht, Yujun anzusehen, denn ich habe Angst, dass ich dann die Selbstbeherrschung verliere, zu seinem Wagen laufe und fordere, dass wir zusammen abhauen. Ich setze einen Fuß vor den anderen, bis ich beim Taxi angekommen bin.

»Adresse?«, fragt der Fahrer, als ich mich auf die Rückbank setze.

Ich murmele den Namen des Hotels leise, weil die Tränen in meinem Hals mich heiser machen. Die Silben vermischen sich miteinander, und zum ersten Mal klinge ich wie eine richtige Koreanerin.

Der Mann nickt und fährt los.

Ich registriere die hübsche Skyline nicht. Ich denke nur an Yujun und schließlich auch an Wansu, Lee Jonghyung, Ellen, Pat, Kwon Hyeun, Ahn Sangki, Jules und Bomi. All diese Menschen machen für mich Korea aus, nicht nur einer von ihnen – genauso wie ich nicht nur das eine oder das andere bin. Ich bin kompliziert und voller Widersprüche, und ich weiß nicht, wie all das nebeneinander existieren kann, aber all diese Versionen gehören nun einmal zu mir.

Ich lehne meinen Kopf gegen das Fenster und lasse den Tränen freien Lauf, während ich den Refrain meines Herzens wieder und wieder durchgehe. Ich liebe dich. *Saranghaeyo.* Ich liebe dich. *Saranghaeyo. Saranghaeyo. Saranghaeyo.*

DANKSAGUNG

Als ich mit dem Schreiben begann, hätte ich nie damit gerechnet, dass es einen Markt für Bücher wie dieses geben würde. Aber zusammen mit der Welt verändern sich auch die Möglichkeiten. Die letzten Jahre waren in Bezug auf den Schreibprozess eine Herausforderung, und während diese Geschichte entstand, habe ich oft auf meine Tastatur geschaut und mich gefragt, was ich eigentlich zu erreichen versuche. Meine Finger tippten Wörter, aber ich hatte die Fähigkeit verloren zu beurteilen, ob diese Wörter gut waren, ob sie Sinn ergaben. Ich hatte mich wirklich verloren.

Ich weiß nicht, von wem das Sprichwort stammt, aber es ist in der Tat so, dass man Großes erschaffen kann, wenn Furcht im Spiel ist. Es ist keine universelle Wahrheit, aber es war eine Wahrheit für mich. Ich hatte mich stets selbst zurückgehalten. Wenn man über eine Kultur schreibt, die nicht direkt die eigene ist, besteht das Risiko, dass man diese Kultur falsch darstellt. Das Korea, über das ich schreibe, ist nur eine winzige Sichtweise, ebenso wie die Geschichte dieses einen Adoptivkindes. Es ist nicht meine Absicht, mit diesem Buch alle Adoptivkinder oder alle Koreanerinnen und Koreaner zu porträtieren. Sollte ich eine weitere Geschichte über eine adoptierte Person schreiben, wird sie nicht die gleiche Handlung oder die gleichen Charaktere haben, weil man mit einer einzigen Geschichte nicht alle Menschen darstellen kann. Auch wenn ich noch immer Angst habe, dass mir ein Fehler unterläuft und ich mit meiner Darstellung jemanden vor den Kopf stoße, habe ich dennoch mein Bestes gegeben. An einigen Stellen habe ich mir eine gewisse künstlerische Freiheit herausgenommen, um diese Geschichte erzählen zu können. Ich weiß es zu schätzen, wenn die Leserinnen und Leser dies verstehen.

Ich bin meinen Freundinnen und Freunden, die mich motivieren weiterzumachen, unendlich dankbar: Jeanette Mancine, Melissa K., Meljean Brook, Jessica Clare, Robin Harders, Syreeta Jennings, Lea Robinson.

Mein besonderer Dank geht an Christina Hobbs, die mir als Belohnung und Anreiz immer ein Foto meines Lieblingsband-Stars geschickt hat. Ich kann es kaum erwarten, wieder auf Konzerte zu gehen und an unseren Lieblingsstellen deine Hand zu halten. Mögen wir immer den Soundcheck mitbekommen. Oder zumindest einmal pro Tour.

Elyssa Patrick hat diese Geschichte teilweise gelesen und mir unermesslich gutes Feedback gegeben. Ich werde unsere Freundschaft immer in Ehren halten.

Nicole, meine herausragende Autorinnenassistentin, ich frage mich oft, ob ich noch schreiben würde, wenn es dich nicht gäbe. Danke für all die Arbeit, die du leistest.

Diane Park, meine liebe koreanische Freundin, danke, dass du dieses Buch gelesen und mir bei der Romanisierung unserer wunderschönen Sprache geholfen hast und mich bei den Details zu der schönen Stadt Seoul unterstützt hast. Danke auch für all die anderen Dinge, die du tust. Du bist ein wertvoller Mensch. Alle Fehler liegen in meiner Verantwortung.

Mein unendlicher Dank geht an Cindy Hwang, meine Lektorin, die mir und dieser Geschichte eine Chance gegeben hat. Danke an Steve Axelrod, der dieses Projekt in Cindys Hände gelenkt hat.

Kein Buch schafft es ohne die riesige Hilfe eines Verlagsteams auf den Markt. Danke an Angela Kim, Fareeda Bullert, Jessica Brock und allen anderen bei Berkley/Penguin Random House.

Danke an alle Leser:innen, Bookstagrammer:innen, Facebook-Gruppen, YouTuber:innen; Menschen, die mit mir auf Twitter kommunizieren, die mir Nachrichten auf Instagram senden, die mir auf Facebook folgen; Menschen, die Rezensionen auf B&N, Amazon und Goodreads hinterlassen: Danke für die Zeit und die Mühe, die ihr in die Lese-Community investiert.

Und zu guter Letzt danke ich meiner Mutter, die mich ausgewählt hat, ich liebe dich. An die Mutter, die mich aufgegeben hat, ich liebe dich auch. An meine Brüder und Schwestern, danke, dass ihr Teil meines Lebens seid. An meinen Mann und meine Tochter, ihr seid die wichtigsten Menschen in meinem Leben. Danke, dass ihr mich liebt und unterstützt.

An dich, der oder die dieses Buch liest und Trost darin findet: Du bist toll, und ich bin auf deiner Seite.